청년의사 장기려

우리 시대의 마지막 성자

청년의사 장기려

손홍규 장편소설

다산
책방

차례

대담해야 외과의사다   7
무엇을 할 것인가   24
뜨거운 사람   42
꿈꾸는 사람들   56
의사가 될 수 있다면   69
형제를 미워하면 살인을 하게 된다   82
바보 의사   101
피아니스트   116
사람 살리는 의사를 넘어   131
마음에 거리낌이 없게 하라   143
강물을 거슬러 떠먹는 사람들   165
전멸은 면했구나   189

무식한 외과의사	210
해방조선, 그 깊은 사강	237
조선의 얼굴	268
혼돈의 시대	286
오로지 하나의 생명으로	305
전선으로 떠나는 사람들	324
폐허가 된 평양	343
부활하는 부산	373
에필로그	401
작가의 말	409

대담해야 외과의사다

　구름 한 점 없이 맑은 날이었다. 북한산을 넘어 인왕산을 타고 내려온 오월의 미풍이 두 사내를 부드럽게 감싸다가 허공으로 다시 풀려나갔다. 그들의 시선이 머문 곳은 경복궁이었다. 물론 그 옆에는 하늘에 삿대질을 하듯 삐죽 솟은 첨탑을 머리에 이고 있는 조선총독부 건물이 있었다. 그들은 총독부 청사를 보지 않으려 이리저리 고개를 돌려보았지만 푸른 창으로 된 돔이 되쏘는 햇살을 피할 수는 없었다. 옥상 난간에 한쪽 팔꿈치를 대고 옆 사람을 향해 비스듬히 서 있는 사람은 호리호리한 체격에 눈매가 날카롭다. 다른 한 사내는 둥근 테 안경을 쓰고 가운의 두 주머니에 손을 찌른 채 서 있었다. 그들은 의학전문학교 시절부터 함께 공부한 사이로 서로 속한 과는 달랐지만 부속병원에서 함께 조수로 근무하고 있었다. 그들은 이처럼 종종 건물 옥상에 올라 담소를 나누곤 하였다. 이날 역시 내원 환자들의 진찰을 마치고 한숨 돌릴 겸 옥상에 올라왔다가 지난해부터 한의학계를 중심으로 시작된 동서의학논쟁에 관해 몇 마디를 주고받은 참이었다. 눈매가 날카로운 사내는 무언가 못마땅한 듯 잔뜩 인상을 쓰고 있었다. 햇살에 눈이 부셔서인지, 동료와 의견충돌을 일으켜서인지, 혹은 둘 다여서인지 알 수 없으나, 사내의 이마에는 굵은 주름이 잡혀 있었다.

"흥. 한방이니 양방이니 하는 두 개의 의술이 존재할 수 없고 오로지 의술만이 존재한다는 말은 한방과 양방 사이에 존재하는 실제적인 차이를 무시하는 말일 뿐이야. 그렇게 구렁이 담 넘어가듯 유야무야하려면 애초에 논쟁 따위를 하지 말았어야지."

눈매가 날카로운 사내는 동료의 반응을 살피듯 잠시 말을 멈추고 옆 사내의 얼굴을 힐끔 보았다. 그러나 둥근 테 안경의 사내는 굳게 입을 다문 채 아무 말도 하지 않았다. 둥근 테 안경의 사내도 살짝 눈살을 찌푸리고 있었는데, 불만을 담고 있는 표정이라기보다는 차라리 고뇌하는 표정에 가까웠다.

"아무리 한의학이 수천 년의 역사를 지녔다 해도, 결국 이성이 결여된 미신에 지나지 않는다는 걸 이제 모든 사람들이 인정하게 될 거야. 이봐, 어떻게 생각해?"

이 물음에 둥근 테 안경의 사내가 천천히 입을 열었다.

"선배님 생각도 일리는 있습니다. 하지만, 한의학을 이성이 결여된 미신으로 치부하는 극단적인 견해에는 선뜻 고개를 끄덕일 수가 없군요. 선배님도 아다시피……."

"또 그 신의에 대해 말하려는 거지? 죽은 사람도 살려낸다는 의생 말이야. 물론 그런 신기에 가까운 의술을 지닌 한의사가 있다는 걸 나도 인정하네. 하지만 그건 장님 문고리 잡기 식일 뿐이야. 체계화된 이론과, 그 이론을 뒷받침해줄 임상경험이 없는, 그저 운 좋게 치료에 성공한 한 사람의 기예일 뿐이지, 의학이라고 할 수는 없잖아. 어떤 기술이든 학문이 되려면 보편타당한 내적 논리를 지녀야 한다는 건 삼척동자도 아는 사실이야."

하지만 둥근 테 안경의 사내는 선배의 의견에 동의할 수가 없었다. 수천 년 이어져 내려온 한의학을 그처럼 쉽게 전근대적이고 비과학적인 미신쯤으로 여기는 생각의 이면에는 근대적이고 과학적인 것만이 옳다는 편견이 자리 잡고 있었다. 지금 이 순간 근대적이며 과학적이라 여겨지던 것들도 시간이 지나면 좀더 근대적이고 과학적인 것들에 의해 부정될 게 뻔하다. 인류가 세균을 발견한 것도 그리 오래된 일이 아니다. 항생제와 설파제에 관한 연구는 이제 시작일 뿐이다. 다음으로 무엇이 발견될지 알 수 없고 그것이 무엇을 뜻하게 될지 알 수 없는 노릇이 아닌가. 둥근 테 안경의 사내는 자신도 모르게 한숨을 내쉬었다. 고뇌하는 듯한 그의 표정이 고통스러운 표정으로 바뀌었다. 선배라 불린 사내는 혀를 찼다. 매사에 진지하기 이를 데 없는 이 후배 조수 앞에서는 말 한마디도 허투루 할 수 없다는 걸 누구보다 잘 알고 있기 때문이었다.

그들은 몇 마디 더 주고받기는 했지만, 두 사람 가운데 어느 쪽도 사실 논쟁을 위해 이런 말을 꺼내지는 않았다는 듯 슬쩍 다른 쪽으로 화제를 돌렸다. 그들이 서 있는 병원 옥상에서는 경복궁이 한눈에 들어왔다. 고색창연한 경복궁을 보고 있노라면 어느새 그들의 가슴속에 쓸쓸함이 깃들었다. 망해버린 왕조에 대한 애틋함과는 달랐다. 인생무상이라고나 할까. 5백 년을 이어온 한 왕조의 비참한 종말과 더불어 저 건물들도 마땅히 사라졌어야 했다. 그러나 마치 고집스러운 아이처럼 경복궁은 말없이 그 자리에 오롯이 남아 지난 세월의 영욕을 증언하고 있었다. 둥근 테 안경의 사내는 자신이 서 있는 이 건물도, 경성의전 부속병원인 3층짜리 이 벽돌건물도 언젠가는 저 경복궁처럼 시대와 역사를 증언하는 쓸쓸한 기념비가 될 것이라는 생각을 했다. 그때가 되면 나는 어디에 있을 것인가. 먼 훗날 그런 날이 온다 해도 여전히 이 경성은 아름답겠지. 그러나 지금 이 아름다운 경성을 지키는 건 경성 시민이 아니다. 조선인도 아니다. 그건 바로 조선군 20사단이다. 용산에 주둔하고 있는 조선주둔 일본군이다.

눈매가 날카로운 사내는 자신의 지도교수가 임상강의를 할 예정이므로 연건동의 학교로 가야 한다고 말했다.

"그나저나 주임 간호사인 하노 말야. 교수들에게는 굽실굽실하면서 조수들은 깔보는 게 영 마음에 들지 않아. 어쩌면 우리가 조센진이기 때문에 그렇다는 게 더 맞는 말일지도 모르지만."

둥근 테 안경의 사내도 고개를 끄덕였다. 그는 며칠 전의 일을 떠올렸다. 일본인 조수들은 조선인 조수들과 어울리려 하지 않았다. 그건 조선인 조수들도 마찬가지였다. 일본인 조수들은 시간이 날 때면 주로 야구를 했고, 조선인 조수들은 주로 축구를 했다. 그날도 사내는 다른 조선인 조수들과 함께 점심 식사 뒤 축구를 하고 의무실로 돌아갔다. 의무실에는 주임 간호사 하노가 있었는데, 조선인 조수들이 한꺼번에 밀려들자 불쾌한 낯으로 고개를 돌렸다. 혈기왕성한 사내들이 내뿜는 땀냄새가 거슬렸으리라. 그는 무심코 손에 잡히는 거즈로 코를 풀었는데, 하노가 마치 들으라는 듯 다른 간호사에게 큰 소리로 속삭였다.

"조선 사람들은 저렇게 야만스럽다니까."

여러 사람이 그 말을 들었다. 그러나 아무도 하노에게 주의를 주지 않았다. 소독한 거즈를 그렇게 사용한 건 분명 잘못이었으니 말이다. 그렇다고 해도 조선 사람이어서 야만스럽다는 불평이 듣기 좋을 리는 없었다.

"구보久保 교수 시절이 생각나는군. 도대체 요즘 녀석들은 배짱이 없다니까. 일본인 교수의 멱살을 잡던 기개는 어디로 가고 간호사의 그런 망발에도 대꾸 한번 대차게 하는 녀석이 없으니. 하긴 누굴 탓하랴. 나부터가 속만 끓이고 있으니. 어쨌든 나는 가네. 늦었다고 야단맞지 않기를 빌어주게나."

눈매가 날카로운 사내가 총총걸음으로 옥상을 내려갔다. 조금 뒤 그 사내가 양복 차림으로 병원을 빠져나가는 모습이 보였다. 그는 돌아보는 사내를 향해 손을 흔들어주었다. 이제 옥상에는 둥근 테 안경의 사내만 남았다. 구보 교수와 얽힌 사건은 사내의 기억 속에도 생생하게 남아 있었다. 물론 그 사건이 일어났던 해, 사내는 겨우 열한 살의 소학교 학생이었다. 하지만 남다른 기억력을 지닌 이 사내는 그 사건이 일어났던 해를 똑똑히 기억할 수 있었다. 구보 사건은 당시 세간을 떠들썩하게 했고 그가 경성의전에 입학한 뒤로 선배들을 통해 귀가 닳도록 들었던 터라 잊으려야 잊을 수가 없었다. 1921년 경성의전의 구보 다케시 해부학 교수는 어느 날 해부실에서 두개골이 하나 없어진 걸 발견하였다. 노기등등해진 교수는 강의실에 들어가자마자 조선인 학생들을 향해 다짜고짜 이렇게 말했다. '해부실의 두개골을 도난당했다. 너희들

중에 누군가가 가져간 것이 확실하니 내놓아라.' 어리둥절한 학생들이 이구동성으로 그런 적이 없다고 하자 교수는 입가에 비웃음을 띠며 말했다. '너희들 조선인은 원래 해부학상으로도 야만에 가까울 뿐만 아니라 너희의 지난 역사를 보더라도 약탈과 도둑질에 능하므로 의심의 여지가 없다.' 이에 분개한 조선인 학생들이 거세게 반항하고 나오면서 사건은 일파만파로 커지게 되었다. 사내는 구보 다케시 교수의 이런 편견이 비단 그만의 생각은 아닐 것이라고 여겼다. 일본인은 일등국민이고 조선인은 이등국민인 게 엄연한 현실이었다. 주임 간호사 하노만 보더라도 알 수 있는 일이었다. 사내는 윗니로 입술을 지그시 깨물었다.

둥근 테 안경의 사내가 계단을 내려와 병동 복도를 걷고 있을 때 저쪽 끝에서 누군가 달려왔다. 웬만큼 급한 일이 아니라면 병동 복도에서 뛰는 일이란 없었다. 하노였다. 사내는 자신도 모르게 이마를 찌푸렸다. 복도에서 뛰는 것도 못마땅하거니와 자신을 향해 손사래를 치는 모습이 방정맞게 여겨졌기 때문이었다.

"선생님, 선생님! 어디 계셨습니까? 한참 찾았잖아요."

사내는 우뚝 선 채 간호사가 다가오기를 기다렸다. 하노는 숨을 헐떡이며 말을 이었다. 금방이라도 간호모가 흘러내릴 것만 같았다. 늘 단정하던 모습과는 딴판이었다.

"응급환자가 왔어요. 상태가 아주 심각해요. 수술이 필요할 것 같아요."

"수술?"

"네, 지금 당장요. 백 교수님은 교수회 때문에 자리를 비우셨어요. 집도하실 의사선생님이라고는 지금 아무도 없다고요."

사내는 가슴이 철렁 내려앉는 기분이었다. 스승인 백인제 박사 밑에서 외과 조수로 근무한 지 4년째였다. 그동안 직접 대수술을 집도할 수 있는 날이 오기를 얼마나 기다렸던가. 그렇지만 이렇게 느닷없이 그런 기회가 찾아오리라고는 생각지도 못했다. 그러나 하노의 말투와 표정으로 보아서는 한시도 지체할 수 없는 환자인 게 분명했다. 사내는 금세 냉정을 되찾았다.

"환자의 증세는?"

"오른쪽 가슴의 통증을 호소하고 열이 높아요."

사내는 재빨리 머릿속으로 진단을 했다. 오른쪽 가슴이라면 간에 문제가 있는 게 분명하다. 또한 통증만을 호소한다면 가벼운 증상이지만 발열이 심하다면 장기에 문제가 있는 것이다.

"황달 증세가 있던가? 오한으로 떨지는 않던가?"

하노는 단호하게 대답했다.

"네."

그렇다면 담낭결석일 확률이 높았다. 사내는 응급실로 달려갔다. 응급환자의 진찰기록부를 살피고 직접 환자를 보았다. 환자는 서른 중반의 여자였다. 샛노랗게 변해버린 얼굴이 고통으로 일그러져 있었다. 즉시 수술이 필요한 환자였다.

"수술준비 해주세요."

그때 사내의 귓가에 스승의 목소리가 쩌렁쩌렁 울렸다. '수술을 잘하는 의사가 명의가 아니라 진단을 옳게 하는 의사가 명의다.' 사내는 자신의 섣부른 결정을 후회했다. 스승은 늘 강조했다. 환자가 어떤 병에 걸렸는지를 정확히 아는 게 환자 치료의 첫걸음이자 마지막이라고. 사내는 하노 간호사를 향해 손을 내저었다.

"잠깐만 기다려주세요."

그리고 사내는 손바닥으로 환자의 오른쪽 윗배를 지그시 눌렀다. 환자가 비명을 질렀다. 사내는 조금만 참으라고 타이르며 숨을 크게 들여마시라고 했다. 환자는 순순히 그의 요구에 응했으나 더는 숨을 들이켤 수도 없을 만큼 고통스러워했다. 결석 때문에 생긴 급성담낭염의 통증은 상상하기도 힘들 정도다. 이만큼 참는 것도 환자로서는 대단한 인내를 발휘한 것이라는 걸 사내는 잘 알고 있었다. 환자의 보호자인 듯한 중년의 사내가 그의 팔을 붙잡았다.

"의사선생님, 제발 어떻게 좀 해주십시오."

사내는 화가 나는 걸 감출 수 없었다.

"대체 언제부터 이런 겁니까? 왜 빨리 환자를 병원으로 데려오지 않았습니까?"

보호자는 머뭇거리다 대답했다.

"그게, 오래전부터 약을 대먹는 약방이 있는데, 그 의원이 처방을 해주면서 걱정하지 말라고 했습니다. 그 말만 철석같이 믿고 있었는데 이렇게 될 줄 누가 알았겠습니까?"

약방이라면 한의사의 처방을 받았다는 뜻일 게다. 한의학의 근본은 자연과 인간의 조화를 추구하는 것이다. 만성적인 질병에는 효과적이지만 이런 급성환자에게는 맥을 못 춘다. 물론 동의보감처럼 병증을 확인하고 그 병을 직접 공격하는 처방이 없는 건 아니지만 수술처럼 즉각적인 효과를 보기 어려운 것도 사실이다. 사내는 보호자에게 화를 내는 게 쓸데없는 일이라는 걸 깨달았다. 많은 의사들이 너무 앞서 나가고 있다면 아직 많은 일반인들은 너무 뒤처져 있었다.

"하노 씨, 수술준비 해주세요."

하노는 고개를 크게 끄덕이고 수술실로 달려갔다. 뒤늦게 조선인 후배 조수가 달려왔다. 사내는 후배에게 수술을 준비하라 이른 뒤 연구실에 들렀다. 기도를 하기 위해서였다. 사내는 속으로 말했다. 자신의 첫 수술이 성공적이기를. 사내는 서두르지 않고 수술복으로 갈아입었다. 깨끗한 수술복으로 갈아입으니 한결 기분이 나아졌다. 하지만 사내는 떨고 있었다. 스승 곁에서 조수로 수술에 참여할 때는 그렇게도 명쾌하게만 여겨지던 수술절차들이 하나도 떠오르지 않았다. 마취도 직접 해야 한다. 마취의 달인이라 할 수 있는 스승도 마취를 할 때면 늘 조심스러워했다. 물론 스승을 대신해 마취를 해본 경험은 헤아릴 수 없을 만큼 많다. 하지만 그때는 스승이라는 버팀목이 곁에 있었다. 그 사실만으로도 사내는 자신감을 가질 수 있었다.

　사내는 머리를 흔들었다. 그렇게 하면 뒤죽박죽된 머릿속이 정리라도 될 듯이. 사내는 지금 당장 무엇을 해야 할지 생각해보았다. 그래, 우선 손을 소독해야 한다. 사내는 수술실 입구의 소독실로 들어갔다. 사내는 어미가 자식들을 씻길 때처럼 자신의 손에 꼼꼼하게 머큐로크롬을 칠했다. 차고 선득한 느낌에 절로 진저리가 쳐졌다. 누구보다 소독을 강조한 사람이 바로 스승인 백인제 박사였다. 사내는 수도꼭지를 틀고 콸콸 쏟아지는 물로 손을 씻었다. 비누칠을 해가며 머큐로크롬을 닦아낸 다음 세면기에 리졸액을 부었다. 그곳에 손을 담그고 세면대 앞의 거울에 비친 자신의 얼굴을 멍하니 바라보았다. 둥근 테 안경 너머 눈은 흐리멍덩했다. 사내는 눈에 힘을 주었다. 그래도 여전히 흐리멍덩했다. 사내는 고개를 저었다. 거울 속의 사내도 고개를 저었다. 리졸액에 손을 담근 지

5분이 지났다. 그 사이 사내의 생각도 정리되었다. 세면기의 배수구 뚜껑을 열었다. 리졸액이 둥글게 소용돌이치며 배수구로 빨려 들어갔다. 사내는 마지막으로 알코올에 적신 솜으로 손가락 사이와 손톱 사이까지 꼼꼼하게 소독하였다. 그리고 선반 위 쟁반에서 수술 장갑을 집어 들었다. 사내가 면장갑을 끼고 수술실에 들어가자 먼저 와서 기다리고 있던 후배가 눈을 동그랗게 떴다.

"선배님, 수술을 집도하실 건데 면장갑을 끼면 어떡합니까?"

사내는 흠칫 놀랐다.

"미안하네. 조수만 하다 보니까 나도 모르게."

사내는 말꼬리를 흐리며 면장갑을 벗었다. 대신 소독된 고무장갑을 끼었다. 손에 찰싹 들러붙는 고무의 질감이 부드러웠다. 사내는 장갑을 낀 채로 손가락을 움직여보고 주먹을 쥐었다 폈다 했다. 부드러운 줄만 알았던 고무장갑이 자신의 손을 옥죄고 있는 듯한 기분이 들었다. 탄성이 있는 고무장갑은 사내가 움직이는 대로 따라와주기는 했지만, 마치 학교 가기 싫은 아이가 어미의 손에 이끌려 마지못해 끌려가듯 저항하는 듯한 기분도 들었다. 함부로 움직여서는 안 된다는 듯.

사내는 수술대 위에 누운 채 끙끙 앓고 있는 환자를 보았다. 눈이 마주치자 환자는 그 시선에 간절함을 담아 보냈다. 사내의 가슴 한쪽이 섬뜩해졌다. 그 눈빛에는 고통과 절망,

그리고 실낱같은 희망이 담겨 있었다. 그 희망은 자신을 돛대로 삼은 난파선이다. 사내는 조수로 수술에 참여하는 것과 직접 수술을 집도하는 것의 커다란 차이를 새삼 뼈저리게 느껴야 했다. 후배 조수는 자신의 역할을 잘 알고 있었다. 후배 조수가 수술부위를 표시하고 사내가 그곳을 중심으로 국소마취를 실시했다.

 이윽고 간호사가 사내에게 메스를 건네줬다. 수술등 아래 메스가 한겨울 잠깐 깃든 햇살에 노출된 고드름처럼 날카롭게 빛났다. 복강경 따위가 없던 시절이므로 어찌되었든 수술부위를 갈라야 했다. 사내는 환자의 오른쪽 늑골 아래 칼을 댔다. 스승이라면 거침없이 갈랐을 것이다. 오랫동안 스승의 수술을 목격했던 사내마저 전율을 느낄 만큼 빠르고 정확한 손놀림을 가진 사람이었다. 그래서 가끔은 그 무표정한 스승에게서 잔인함마저 느끼곤 했다. 그러나 외과의사는 누구보다 담대해야 한다는 걸 사내 자신도 잘 알고 있었다. 병실을 돌며 환자들의 상태를 점검하고 스승의 수술을 보조하던 것이나 해부실습을 하는 것과는 질적으로 다른 상황에 처한 것이다. 이제 이 수술을 이끌어야 할 사람은 그 누구도 아닌 자신이었다. 사내는 메스를 쥔 손에 힘을 주었다. 칼끝이 환자의 살을 파고들었다가 사내의 손길을 따라 움직였다. 거의 15센티 가량을 갈랐다. 이 정도 크기의 절개라면 수술 뒤에도 창상을 염려해야 한다. 하지만 지금 창상 따위를 염두에 둘 수는 없었다. 쓸개를 제대로 절개하려면 어쩔 수 없지 않은가. 순간 사내는 묵묵히 수술을 집도하던 스승도 이런 생각을 했을까라는 의문이 생겼다. 어쩌면 수술을 하는 매 순간이 판단과 선택의 순간인지도 모른다. 그때, 사내는 다시 스승의 목소리를 들었다. '이봐 자네, 집중하지 못해?' 사내는 흠칫 놀라 뒤를 돌아보았다. 그러나 사내의 등 뒤에는 적요만이 고여 있을 뿐이었다. 사내는 고개를 흔들었다.

  환자는 눈을 감은 채 끙끙거리기는 했지만 반응을 보이지는 않았다. 국소마취가 제대로 된 것이다. 사내는 우선 마취가 잘 되었다는 사실만으로도 안심이 되었다. 갈라진 틈으로 내부가 보였다. 핏물이 환자의 옆구리로 흘러내렸다. 후배 조수가 재빨리 혈관들을 묶었다. 피는 멈추었다. 사내는 후배와 눈을 마주쳤다. 잘했다는 무언의 격려였다. 사내는 손으로 간 아래 붙은 쓸개를 만져보았다. 쓸개는 가지를 닮은 주머니 형태라 금방 눈에 띄었다. 딱딱했다. 담석이 있는 게 확실했다. 사내의 이마에서 땀이 흘러내렸다. 머뭇거릴 수가 없었다. 사내는 간과 간정맥을 건드리지 않으면서 세심하게 담석이 들어 있는 쓸개를 절개했다. 그 순간에도 스승의 목소리는 계속 들려왔다. '황소처럼 무작정 힘을 주지 말라구. 애인을 다루듯 살살, 지극정성으로.' 사내는 다시 뒤를 돌아보았다. 그러자 이번에는 스승의 성난 목소리가 들려왔다. '환자를 앞에 두고 대체 무슨 짓이야!' 사내는 황급히 고개를 돌려 쓸개에 시선을 집중했다. 쓸개를 절개하자 주사위만한 적갈색의 돌 두 개가 나왔다. 핀셋으로 담석을 집어 잠시 들여다보았다. 조수와 간호사에게 보여주기 위한 것이기도 하지만 자신이 첫 수술에서 제거한 담석을 자세히 보아두려는 심사이기도 했다.

마지막으로 담즙이 십이지장으로 내려가는지 살펴보았다. 쓸개가 없어진 셈이니 담즙을 임시로 저장할 창고가 사라진 것이나 마찬가지다. 다행히 문제는 없었다. 간에서 십이지장으로 연결되는 담관에 티자 형의 관을 넣고 봉합했다. 내부에 들어찬 고름을 빼낼 수 있는 배농관을 넣는 건 조수의 몫이었다. 사내는 고개를 돌려 수술실 출입문 쪽을 보았다. 거기에 스승이 서 있었다. 스승의 입가에는 미소가 서려 있었다. 눈을 껌벅이자 스승은 사라졌다. 갈랐던 부위를 봉합하고 수술장갑을 벗어던지기까지는 채 한 시간이 걸리지 않았다. 그러나 사내에게는 그 시간이 마치 영원처럼 느껴졌다.

수술을 마치고 연구실로 돌아온 사내는 다시 두 손을 맞잡았다. 바둑판을 복기하듯 수술과정을 되돌아보았다. 특별히 큰 실수를 하지는 않았다. 다른 장기를 건드리지도 않았고 티자 형 관 삽입과 봉합도 깔끔했다. 담즙이 역류할 가능성도 적었다. 환자의 보호자에게도 걱정하지 말라고 일러주었다. 그런데도 왠지 모르게 불안했다. 사내는 세 살짜리 큰아들과 둘째 아이를 임신한 아내를 떠올렸다. 환청 같던 스승의 목소리도 더는 들리지 않았다. 그래, 스승은 내가 수술하던 내내 나와 함께 해주셨던 것이다. 평소에는 인자하지만 수술에만 들어가면 그토록 냉랭할 수가 없는 스승이었다. 그제야 사내는 스승이 왜 그토록 수술실에서 엄격했는지 알 수 있었다. 그러지 않았더라면 사내는 첫 수술을 하면서 그토록 침착할 수 없었으리라. 그러자 불안이 가셨다. 수술 뒤 경과를 좀더 지켜보아야겠지만 이 정도면 첫 수술치고 성공적이라고 할 수 있지 않을까. 사내는 길게 심호흡을 한 뒤 연구실을 나섰다. 몸에 밴 피냄새며 소독약냄새를 떨쳐버리고 싶었다. 그는 병원 현관에서 간호사 하노와 마주쳤다.

"선생님, 정말 놀랐어요. 백 박사님보다 더 잘하시던 걸요."

안경알 너머 사내의 눈빛이 부드러워졌다. 사내는 왠지 그 순간만은 하노 간호사가 밉살스럽지 않았다.

"고맙습니다. 하지만 수술보다 수술 뒤가 더 중요하다는 건 잘 아시겠지요. 수시로 상태 확인하고 포도당 주사도 신경 써주세요. 부탁드립니다."

하노는 입을 손으로 가리고 웃었다.

"부탁이라뇨, 당연히 제가 해야 할 일인 걸요. 그럼 나중에

뵙겠습니다. 장기려 선생님."

사내는 뚜벅뚜벅 걸어 병원 현관을 빠져나왔다. 이대로 걸어 명륜동의 집으로 달려가고 싶었다. 아내의 부풀어 오른 배에 귀를 대고 둘째 아이를 느끼고도 싶었고, 가만히 속삭여주고도 싶었다. 세 살배기 장남 택용의 작은 손을 꼭 쥐어보고도 싶었다. 아이야, 오늘 아빠가 생애 첫 수술을 했단다. 아직은 장담할 수 없지만, 성공적인 수술이었다고 말하고 싶구나. 겨우 첫 수술을 한 게 무어 대수냐고? 그래, 이제 시작일 뿐이지. 하지만 아이야, 이제 아빠가 진짜 의사가 된 거란다. 진짜 외과 의사가.

장기려가 자신의 생애 첫 수술을 집도한 해는 그의 나이 스물다섯이던 1935년이었다. 송도고등보통학교 5학년 시절, 의사가 되기를 갈망했던 그때로부터 꼭 8년 만의 일이다.

무엇을 할 것인가

장기려는 1923년 송도고등보통학교에 입학했다. 당시 교장은 민족운동가로 추앙을 받고 있던 윤치호 선생이었다. 두루마기 자락을 휘날리며 교정을 성큼성큼 걸어가는 윤치호는 환갑을 앞둔 사람이라고는 믿을 수 없을 만큼 활동적이었다. 채플 시간이면 직접 나와 설교를 하기도 했는데, 그 목소리가 얼마나 우렁찬지 2층짜리 대강당이 쩌렁쩌렁 울렸다.

학교는 송악산 기슭에 있었다. 그는 매일 하숙집이 있는 룡수산 아래에서 시내 중심부인 북안동을 지나 등교했다. 호기심에 일본인들이 몰려 사는 관서 쪽을 지나가기도 했고, 그 유명한 개성상인들이 몰려 사는 태평동을 가로질러 가기도 했다. 어느 쪽으로 가든 학교와 하숙집을 오가는 길은 그에게 멀기만 했다.

송악산 자락 가풀막진 길을 올라 운동장에 이르면 벌써 배가 고팠다. 호미좁쌀 밥에 나물 반찬 두세 가지가 전부인 하숙집 밥으로는 무쇠도 씹어 삼킬 소년의 허기를 다 채울 수 없었다. 교문을 들어서도 교실까지는 한참이었다. 이럴 때면 커다란 교정이 자랑스럽기는커녕 원망스럽기까지 했다. 교문을 지나면 저 멀리 높다란 계단 위에 개성에서 나는 화강암으로 지은 웅장한 본관 건물이 보였다. 격자창들이 아침 햇살을 되쏘며 눈부시게 빛났고 그 뒤에서 송악산이 그를 내려다보고 있었다. 그가 이 학교에서 가장 마음에 들어한 곳은 외국에서 들여온 값비싼 실험기구들이 가득한 이화학관도 아니고 저 웅장한 석조 건물인 본관도 아니고 유도장과 체조장을 겸하는 실내체육관도 아니었다. 대학강의실을 연상케 하는 계단식 강의실도, 드넓은 목초지가 펼쳐져 있는 농장도, 그의 흥미를 끌지 못했다.

그는 열여섯 개의 코트가 있는 테니스장을 가장 좋아했다. 고향인 용천을 떠나 타향인 개성에서 하숙생활을 하는 열세 살의 소년을 사로잡은 건 사슴처럼 뛰어다니며 테니스를 치는 선배들이었다. 1학년 내내 그는 학교와 하숙집이 아니라 테니스장과 하숙집을 왔다 갔다 하며 살다시피 했다. 그가 다니던 시절 송도고보에는 역사교사로 문일평 선생이 있었고, 생물교사로 원홍구 선생이 있었다. 하지만 그런 명망 높은 학자형 교사들도 그에게 아무런 자극이 되지 못했다. 방과 후면 테니스장에서 땀을 뻘뻘 흘리며 기진맥진할 때까지 테니스를 치고 밤이면 친구들의 하숙집에 모여 화투를 쳤다. 나이는 그보다 세 살이 많았지만 한 학년 선배인 석주명의 하숙집에도 들러 기타를 치곤 했다.

그가 2학년이던 해, 동맹휴업의 불길이 송도고보에도 찾아왔다. 시작은 3, 4학년 선배들이었다. 그해 5월 28일 3, 4학년 학생들은 자질 없는 일본인 교사를 방출할 것과 실험시설을 보완해줄 것, 그리고 교장이 성실하게 학교를 운영해줄 것을 요구하는 진정서를 제출하고 동맹휴학을 시작했다. 그 진정서를 받은 윤치호 선생은 노발대발했고 결국 4학년 선배 백여 명이 일제히 자퇴서를 냈다. 윤치호 선생은 동맹휴학에 가담하지 않은 1, 2학년 학생들을 찾아와 이렇게 말했다.

"얼마 전에 고보생들이 참여한 웅변대회를 보았는데 그중 대다수가 볼셰비키들이 즐겨 쓰는 용어로 유산계급에게 욕설을 퍼붓기만 하더군. 웅변이란 말만 들어도 이제 신물이 날 지경이네. 지금 조선 학생들 사이에서 유행하고 있는 동맹휴학도 대부분의 경우는 신문이 러시아 유형의 사회주의를 선전한 데서 비롯된 것일세. 나는 우리 학교 학생들이 그런 못된 물결에 휩쓸리는 건 바라지 않아."

하지만 윤치호 선생의 이런 설득은 오히려 1, 2학년 학생들의 반감만 샀다. 고보생들은, 특히 송도고보처럼 민족의식이 높은 학교의 학생들은 사회주의적인 성향이 강했다. 그런 청년들에게 윤치호 선생의 설득이 먹혀들 리 없었다.

동맹휴업을 한 3, 4학년 선배들이 1, 2학년들을 찾아와 토론을 하느라 어수선했다. 그의 동창생들은 모두 동맹휴업을 지지하고 있었고 조만간 1, 2학년도 참여할 기미가 엿보였다. 그는 학교가 어수선한 게 싫어 테니스도 마다하고 석주명 선배의 하숙집으로 찾아갔다. 석주명 선배는 하숙집에 홀로 남아 기타를 치고 있었다.

"선배님, 다른 선배들은 다들 동맹휴업이라고 난리가 아닌데 여기서 신세 편하게 기타나 치고 계십니까?"

그가 짐짓 조롱하듯 말하자, 석주명 선배는 기타를 한쪽에 놓고 그를 바라보았다.

"웬걸, 나도 마음은 그곳에 가 있지만, 차마 그렇게는 못하겠어."

"다른 이유라도 있습니까?"

"기려, 너는 내가 왜 숭실고보를 그만두고 이곳에 온지 모르니?"

그가 고개를 갸웃 기울이자 석주명이 한숨을 내쉬며 말했다.

"숭실고보에서도 동맹휴업에 참여했다가 중퇴할 수밖에 없었어. 그래서 어머니께서 동맹휴업 바람이 불지 않은 이곳 개성으로 전학시키신 거야. 그런데, 내가 어찌 다시 그럴 수 있겠어?"

그는 놀란 눈으로 이 가무잡잡하고 왜소한 체격의 선배를 바라보았다. 말수 적고 소심해 보이는 석주명에게 그런 과거가 있었다는 게 뜻밖이었다. 그가 하숙집을 나설 때 석주명 선배는 이렇게 말했다.

"뜻있는 학생들은 강습소에 나가 야학교사를 한다지. 기려, 너도 정 무료하고 심심하면 그런 일이라도 해보려무나."

하숙집을 향해 돌아가는 내내 석주명 선배의 말이 그의 귓속을 맴돌았다. 석주명 선배의 말투는 어쩐지 동창생인 정준택을 떠올리게 했다. 정준택은 머리가 비상하고 학생들 사이에서도 신임이 있는 동창이었다. 정준택이 그에게 독서회를 함께 해보는 게 어떻겠느냐고 물은 적이 있었다. 그는 내키지 않아 고개를 저었지만, 사실은 두려웠다. 독서회는 이름만 독서회일 뿐 실제로는 사회주의 학습을 하는 비밀스러운 모임이라는 걸 그 역시 잘 알고 있었다. 그는 생래적으로 급격하고 과격한 변화를 바라지 않았다. 부당한 일이 있다면 신념과 끈기를 가지고 개선해나가야지 혁명과 같은 급진적인 방식으로 이루어진 변화는 결국 어떤 변화도 가져오지 못할 것이라고 생각했다. 쉽게 끓으면 쉽게 식는다, 이게 그의 생각이었다. 하지만 오늘만은 그도 선배들이나 다른 동창생들처럼 끓어오르면 좋겠다는 생각이 들었다. 어떤 가치를 지키기 위해 자신의 안위를 돌보지 않는 사람들이 부러웠다. 따지고 보면, 그 많은 성자들도 이유만 다를 뿐 그처럼 열정적인 사람들이 아니었던가. 그는 자신이 무언가 커다란 잘못을 저지르고 있는 건 아닌가 하는 걱정이 들기까지 했다. 하숙집에 돌아갔으나 할 일이 없는 건 마찬가지였다. 그는 홀로 방에 우두커니 앉아 어둠이 깃드는 걸 보았다. 그리고 생각했다. 나는 무엇에 뜻을 두어야 하나.

다음날 학교에 간 그는 동맹휴업에 참여한 3, 4학년 전원이 무기정학 처분을 받았다는 걸 알게 되었다. 학교는 용광로처럼 달아올랐다. 여기저기서 학교 측의 부당한 처사를 비판하는 목소리들이 나왔다. 이제 동맹휴업의 향방은 최상급 학년인 5학년들의 손에 달려 있었다. 지금까지 후배인 3, 4학년의 동맹휴업을 관망하기만 하던 선배들이 토론을 시작했다. 학교는 쥐죽은 듯 조용했다. 5학년 선배들이 어떤 결정을 내릴지 모든 학생들이 숨죽인 채 기다리고 있었다. 만약 5학년 학생들이 동맹휴업을 이대로 끝내야 한다고 결정을 내리면 3, 4학년 학생들도 어쩔 수 없이 그 결정을 따라야 했다. 하지만 5학년 선배들은 쉽사리 결정을 내리지 못했다. 그들은 취업 혹은 대학 진학을 눈앞에 두고 있었다. 만약 동맹휴업으로 학업을 이수하지 못하게 된다면 모든 게 물거품이 되기 때문에 신중할 수밖에 없었다. 그들은 3, 4학년 후배들에게 내려진 학교 측의 처분이 부당하기는 하지만, 동맹휴업을 계속할 수는 없다고 의견을 모아가는 중이었다. 대신, 청원서를 올려 무기정학을 취소해줄 것을 요구하기로 했다. 그때 누군가 5학년 선배들이 토론을 하고 있는 교실로 뛰어 들어갔다. 송도고보 모든 학생들의 눈과 귀는 이 대담한 학생에게 쏠렸다.

"선배님들, 이렇게 불쑥 뛰어 들어와 죄송합니다. 저는 2학년생 정준택이라고 합니다."

5학년 선배들로서는 기가 막힐 노릇이었다. 그들은 새파랗게 어린 후배가 감히 자신들의 교실로 뛰어 들어왔다는 사실에 분노했다. 누군가 정준택의 멱살을 잡았다.

"여기가 어디라고 들어와. 당장 나가!"

"이렇게 나갈 거였다면 들어오지도 않았을 것입니다. 선배님들 부디 제 이야기를 들어주십시오. 만약 선배님들께서 동맹휴업에 참여하지 않으신다면 무기정학을 받은 3, 4학년 선배들은 어떻게 될지 생각해보십시오."

여기저기서 성난 목소리가 튀어나왔다.

"네가 그런 것까지 걱정할 필요는 없다. 동맹휴업을 하지 않더라도 무기정학 처분을 철회해달라 요구할 테고, 그 정도 요구쯤은 학교에서도 들어줄 테니까."

정준택은 그런 말을 기다렸다는 듯이 회심의 미소를 지었다.

"잘 알겠습니다. 하지만 선배님들, 알고 계십니까? 이와 똑같은 일이 다른 고보들에서도 벌어졌다는 사실을. 그런 요구를 받아들이는 척하다가 동맹휴업이 무산되자 처벌의 수위를 높여 동맹휴업에 참여했던 학생들을 퇴학시켜버렸다는 사실을 선배님들은 알고 계시는 겁니까?"

정준택은 이렇게 말한 뒤 5학년 선배들을 노려보았다. 정준택의 먹살을 쥐고 있던 학생은 슬그머니 손을 풀고 뒤로 물러났다. 5학년 대표가 정준택에게 물었다.

"그게 사실이냐?"

"네, 사실입니다. 그런 일이 우리 학교라고 해서 벌어지지 않는다고 장담할 수 없습니다. 선배님들께서 동참해주지 않으신다면 3, 4학년 선배들을 다시는 볼 수 없게 될지도 모릅니다. 그래도 괜찮으시다면 반대하셔도 좋습니다. 하지만 저는 선배님들께서 현명한 판단을 내리실 것이라 믿습니다. 무례하게 찾아왔던 걸 용서해주십시오. 그럼 저는 이만 물러가겠습니다."

토론의 분위기는 급격히 변했다. 결국 5학년 선배들은 의리를 선택했다. 그러자 기다렸다는 듯 2학년 학생들도 동맹휴업에 동참하기로 결정을 내렸다. 이제 남은 건 1학년뿐이었다. 그러나 5학년 선배들은 큰형이 막내동생을 배려하듯 1학년만은 동맹휴업에 참여하지 말라고 당부했다. 그렇게 해서

1학년을 제외한 송도고보의 모든 학생들이 동맹휴업에 참여하게 되었다. 공업부 학생들의 력직기도 멈추었고 농장의 가축들도 돌보는 학생들이 없어 우리에 갇힌 채 울어대기만 했다. '산수 좋고 역사 깊은 천년 고도에⋯⋯' 교가가 우렁차게 울렸다. 학생들은 본관을 점거하고 학생 대표단을 꾸려 교장 선생과의 면담을 요청했으나 교장 윤치호는 코빼기도 비치지 않았다. 정준택은 순식간에 영웅이 되었다. 기려는 그런 동창생을 보며 자신도 모르게 주눅이 들었다.

기려는 시끌벅적한 본관을 떠나 박물관 쪽으로 향했다. 박물관은 송도고보의 전신인 한영서원이 세워졌던 초창기에 함께 건립된 지하 1층, 지상 2층의 화강암 건물이었다. 본관처럼 웅장하지는 않지만 고즈넉한 분위기가 퍽 마음에 드는 곳이었다. 무엇보다 박물관 주변을 둘러싸고 있는 수령 3백 년의 느티나무들을 보고 있노라면, 절로 숙연해지곤 했다. 그래서 평소에도 조용히 무언가를 생각하고 싶을 때면 이 느티나무 그늘을 찾곤 했다. 모든 학생들이 학교를 휩쓴 열기에 들떠 있는 건 아니었다. 동맹휴업을 반대하지만 드러내놓고 반대의사를 표현할 수가 없어서이거나, 동맹휴업에 찬성하지만 집회를 갖고 토론을 하는 일이 부담스러워 슬며시 빠져나왔거나, 어쨌든 박물관 주변에는 기려처럼 교실을 빠져나온 학생 몇 명이 서성거리고 있었다. 그 사람들 가운데 한 명이 그를 보자 팔을 번쩍 들었다. 석주명 선배였다.

"미래의 파브르 아니랄까 봐."

그가 이렇게 핀잔을 주자 석주명이 쑥스럽다는 듯 얼굴을 붉혔다.

"여긴 나도 평소에 자주 찾는 곳이야. 박물관에서 곤충 표본들을 보고 있노라면 마음이 편해지거든. 편해진다는 건 아주 좋은 일이야. 무언가를 사랑하게 되면 집착 때문에 오히려 마음이 불편해지는 법이거든. 마치 어떤 여학생을 사모하는 남학생의 마음처럼. 하지만 난 이곳에 오면 마음이 편해. 손으로 만지거나 눈으로 직접 보지 않아도, 박물관이 보이는 저 만치에서부터 벌써 마음속에 기쁨이 가득해지거든."

그는 석주명과 이런저런 이야기를 나누며 그날 하루를 보냈다. 기타에 미친 평범한 고보생인 줄만 알았는데 석주명의 가슴속에는 누구보다 커다란 포부가 숨겨져 있었다. 특히 선배가 우리 조선을 네덜란드와 같은 낙농왕국으로 만들고 싶다는 말을 할 때는 그 역시 가슴이 뛰었다. 처음 느껴보는 감정이었다. 무엇을 할 것인가, 어떤 사람이 되어야 할 것인가에 대해서는 기려 역시 많은 고민을 해보았다. 하지만 석주명처럼 자신의 꿈과 집단의 꿈을 일치시키려 노력해본 적은 없었다. 낙농학자가 되고 싶다는 석주명 선배는 자신이 선택한 그 일이 조선과 조선 민족에게 보탬이 될 것이라는 확신을 가지고 있는 것 같았다. 기려도 세례 요한과 같은 인물이 되고 싶다는 생각을 막연하게 가지고 있기는 했다. 하지만 그런 개인적인 바람이 조선 혹은 조선 민족과 연결될 수 있다는 생각은 한 번도 하지 않았다. 그 사이 날이 저물고 있었다. 두 사람은 느티나무 그늘을 벗어나 기숙사를 지나 본관 쪽으로 천천히 걸어갔다. 본관 쪽은 조용했다. 어쩌면 학생들은 벌써 해산하여 교실로 들어갔거나 하교했을지도 모른다. 석주명과 많은 이야기를 나누기는 했지만 그는 여전히 가슴이 답답했다. 정작 코앞에 닥친 동맹휴업에 대해서는 별다른 이야기를 나누지 않았기 때문인지도 모른다.

"기려, 너 혹시 나한테 묻고 싶은 게 있는 거 아니냐?"

선배가 먼저 말을 꺼냈으나 그는 선뜻 대답하지 못했다. 지금의 동맹휴업에 대해 선배는 어떻게 생각하느냐고 묻고 싶은 마음은 굴뚝같았지만, 왠지 선배를 난처하게 하는 질문인 것만 같아 꾹 참고 있었던 것이다. 그의 마음을 알고 있기라도 하듯 석주명 선배는 씽긋 웃으며 말했다.

"나는 동맹휴업도 중요하다고 생각해. 무능력한 일본인 교사들이 판을 치고, 유능한 조선인 교사들은 그 기세에 눌려 숙직실에서 화투나 치며 한탄만 하고 있는 게 현실이니까. 정의에 민감할 수밖에 없는 청년들이 동맹휴업을 하는 것도 어쩌면 당연한 일이지. 하지만 마찬가지로 학생의 본분을 지키는 것도 중요하다고 생각한다. 동맹휴업으로 얻는 것도 있겠지만 또한 잃는 것도 있으니까. 뜻을 세웠다면 그 뜻을 이루기 위해 노력하는 게 중요하겠지. 나도 뜻을 세웠다. 낙농학자라는. 그래서 나는 동맹휴업에 참여할 수가 없는 거야. 기려, 이걸 우리 민족이 겪어야 할 천형이라고 해두자. 우리가 우리만의 나라를 가진 민족이었다면, 이런 일로 고민할 필요도 없었겠지. 하지만 우리는 마치 장애를 갖고 태어난 사람처럼 나라 없는 민족으로 태어난 사람들이잖아. 왜 이런 민족으로 태어났느냐 한탄만 하다 세월을 보낼 수는 없지 않겠냐. 동맹휴업을 하겠다는 학생들이나 나처럼 공부만 하겠다는 학생들이나, 모두 슬픈 민족의 한 구성원으로서 자신에게 주어진 짐을 감당하는 나름의 길을 걷는 것뿐이라고……, 그렇게 나는 생각한다. 내가 해줄 수 있는 말은 이게 전부다."

그는 자신도 모르게 고개를 끄덕였다. 기려는 석주명 선배가 겁쟁이여서 혹은 자신의 안위를 위해 동맹휴업을 회피하는 게 아니라는 걸 알게 되었다. 또한 충분히 그런 자세에 동의할 수 있었다. 문제는 석주명 선배가 아니라 바로 자신이었다.

'나에게는 석주명 선배와 같은 뜻도 없지 않은가.'

그런 주제에 이렇게 방관하고 있는 건 결국 감당하기 어려운 현실을 회피하려는 것과 다르지 않은 게 아닐까. 그는 쓸쓸했다. 자신에게도 석주명처럼 확고한 의지와 꿈이 있으면 좋겠다고 생각했다.

학교 당국은 조기방학을 선언하고 서른여덟 명의 학생을 주동자로 지목하여 퇴학시켰다. 사태는 나아질 기미가 보이지 않았고 오히려 최악에 이르고 말았다. 5학년 선배들이 주도하여 다시 토론회를 열었고 송도고보 학생들은 자신들이 내걸었던 요구조건이 이뤄지지 않더라도 모든 희생을 감수하고 다시 공부할 것을 결의했다. 송도고보를 찾아온, 아니 장기려 생애 처음으로 찾아온 동맹휴업의 열풍은 이처럼 허무하게 스쳐지나가고 말았다. 그날 하숙집에 돌아간 그는 며칠 동안 앓았다. 마치 그 열풍을 홀로 고스란히 받아낸 것처럼.

며칠 째 앓던 그는 누군가의 손길을 느끼며 정신을 차렸다. 그의 곁에 고향에서 올라온 종기의腫氣醫 아저씨가 앉아 있었다. 그의 집안이 한약을 대먹던 약종상을 운영하는 분이었다. 특히 종기를 째고 고름을 빼고 고약을 붙여 치료해주는 실력이 뛰어난 종기의이기도 했다. 기려는 어린 시절부터 종기의를 박씨 아저씨라 부르며 곧잘 따르곤 했다. 박 의원 이마에 잡혀 있는 굵은 주름이 그의 눈에 들어왔다.

"아저씨, 어쩐 일이세요?"

종기가 났던 자리가 후끈거리기는 했지만 통증이 느껴지지는 않았다.

"자네는 어린 시절부터 온갖 부스럼을 달고 살더니 고보생이 되어서도 마찬가지군."

머쓱해진 그는 머리를 긁적였다. 박 의원의 말이 그를 어린 시절로 되돌려놓았다. 그는 온갖 부스럼과 종기를 달고 살던 몇 해 전을 떠올렸다. 피부가 민감했던 것도 한 이유였고, 다른 아이들과 마찬가지로 말썽쟁이처럼 아무 곳이나 함부로 쏘다녔던 것도 한 이유였다. 그 시절 박 의원을 만나면 손부터 내밀었는데, 박 의원이 늘 숙지황을 한 움큼씩 가지고 다녀서였다. 숙지황은 아이들에게는 훌륭한 군것질감이었다. 색깔은 새카맣고 모양은 누에를 닮아 흉측하기도 했지만 여간 쫄깃하고 달짝지근한 게 아니었다.

박 의원은 그의 고향인 용천에서 여전히 한약방을 운영하고 있었다. 이번에 개성에 올라온 이유는 이곳에서 한의사로 이름이 높은 정영수라는 사람이 운영하는 죽림당 의원에서 몇 가지 약초를 구하기 위해서였다.

개성에 병원이라고는 선교사들이 운영하는 남산병원 하나뿐이었다. 그래서 보통사람들은 남산병원 문턱도 넘어가지 못했고, 개성의 부유한 사람들만이 드나들 수 있었다. 그리고 김제치과라는 구강병원이 하나 있기는 했지만 치료보다는 주로 보철을 하는 곳이었다. 사정이 이렇다 보니 보통 사람들은 주로 한의원이나 약국을 이용했는데, 그것도 채 열 군데가 되지 못했다. 박 의원은 이런저런 이야기를 해주었다.

"내 침술은 정영수에 비하면 아무것도 아니지. 정영수란 사람은 원래 가난해서 독학으로 의술을 익히기는 했지만 약국조차 차리지 못했다네. 그러다가 강화도에 가서 어느 수공업자에게 고용되어 수직기로 천을 짜는 일을 했지. 그때 천석지기 집안의 외동딸이 중병에 걸려 죽을 날만 기다리고 있었는데 정영수가 자신이 고쳐보겠다며 나선 거야. 그 집안에서야 어차피 죽은 딸로 여기고 있었으니 밑져야 본전이라고 생각하고 딸을 맡긴 거지. 그런데 정영수가 한 달 만에 죽어가는 딸을 살려낸 거야. 죽어가는 딸을 살려준 사람인데 천금이라고 아까울까. 그 집안에서 돈을 대줘 이곳 개성에 의원을 차릴 수가 있었던 거지."

"아저씨도 정영수 못지않은 명의잖아요."

"나야 의원이라 불릴 자격도 없는 사람이지. 나는 한의학에서도 천대받는 종기의일 뿐이라네. 한의학에서는 우선 진단과 처방을 잘해야 명의 소리를 듣고 다음으로 침을 잘 놓아야 신의 소리를 듣지. 칼로 종기를 째고 고름이나 빼고 고약이나 붙여주는 나 같은 게 정영수에 비할 수나 있겠나."

"하지만 저는 그 정영수라는 사람이 마음에 들지 않아요."

"정영수는 침 한 대로 귀머거리를 고친 적도 있는걸?"

"의술이 높아봐야 무얼 합니까? 그 높은 의술로 돈이나 벌어서 겨우 했다는 게 고려시대 학자였던 익재 이제현 선생의 집터를 차지한 것뿐이잖아요."

박 의원은 그의 이런 당돌한 말에 껄껄껄 웃었다.

"그 할머니에 그 손자일세. 할머니의 강직한 성품을 물려받았으니 그런 생각을 할 법도 하지. 자네 말이 맞네. 아무리 의술이 높으면 무엇 하겠는가. 부유한 사람들만 손님으로 받고 돈 없는 사람은 나 몰라라 하는 사람을 참된 의원이라고 할 수는 없겠지."

박 의원은 그의 종기를 치료해준 뒤 용천으로 돌아갔다. 박 의원이 왔다 간 뒤 그는 설명할 수 없는 외로움에 시달려야 했다. 동맹휴업은 끝이 났고 학교 측은 방학을 앞당겼다. 또 다른 동맹휴업이 일어나기 전에 학생들을 학교 밖으로 내쫓기 위해서였다. 덕분에 방학이 일찍 찾아와 기쁘기는 했지만, 그는 알 수 없는 허전함에 괜스레 서글퍼지곤 했다. 마음은 고향으로 달려가고 있었지만, 하숙비를 미리 치른 터라 방학이 일찍 시작되었다고 해서 무작정 내려갈 수도 없었다. 책을 읽어보려 해도 눈에 들어오지 않았고 테니스를 치러 가도 그것마저 시큰둥해졌다. 개성이 집인 친구들은 벌써부터 어디론가 여행을 떠났고, 개성이 아닌 타지방 출신 친구들도 하나 둘 고향집으로 내려가고 있었다. 그는 답답한 마음에 맑은 공기라도 흠뻑 들이켜보자는 생각으로 운계천을 따라 걷기도

하고 자남산에 오르기도 했다. 휴일을 맞아 나들이를 나온 사람들이 많았다. 머리가 하얗게 샌 노인부터 코흘리개 아이까지, 가족들끼리 이야기를 나누며 산책하는 사람들을 보고 있노라니 당장이라도 고향으로 달려가고 싶어졌다. 그가 무심히 지켜보고 있는데 한 아이가 넘어졌다. 갑작스레 일어난 일에 깜짝 놀라 그는 그쪽으로 달려가 아이를 일으켜 세워줬다. 무릎에서 피가 흘렀다. 아이는 피를 보더니 울기 시작했다. 그가 어쩔 줄 몰라 하고 있는 사이 아이의 할머니가 부리나케 달려왔다.

'어이구 내 강아지. 자, 이 할머니가 아프지 않게 호 불어주마. 그러니 눈물 뚝!'

그러자 아이가 언제 울었냐는 듯 뚝 울음을 그쳤다. 그 순간 기려는 자신의 내부에 똬리를 틀고 있는 쓸쓸함의 정체를 깨달았다. 바로, 할머니였다. 어린 시절의 그에게 할머니는 세상 그 자체였다. 할머니는 자주 앓는 그를 위해 손수 탕약을 끓여주었고, 그러면서 자연스레 박 의원과도 가까운 사이가 되었다. 그러나 할머니는 구강암을 앓으면서 투병을 시작했다. 길고도 힘든 싸움이었다. 입속에 종기가 났기 때문에 할머니는 음식을 잘 들지 못했다. 미음을 떠 넣어 입속 깊숙이 넣어주어야 간신히 몇 모금 삼킬 수 있었다. 기려는 그런 할머니를 보며 자신도 밥을 굶겠다고 떼를 쓰기도 했다. 부모님도 그를 어쩌지 못했다. 그가 이틀을 굶고 해쓱해진 낯으로 할머니 옆에 앉아 있을 때, 그는 할머니의 눈가에 맺힌 눈물이 방울로 굴러 떨어지는 걸 보았다. 할머니는 말을 하지 못했기 때문에 손으로 숟가락을 쥐고 밥을 떠먹는 시늉을 했다. 그는 할머니가 배가 고픈 거라 생각하고 미음을 가져와 먹여드리려 했다. 하지만 할머니는 손을 내저었다. 그가 숟가락을 들고 입가에 갖다 대도 그랬다. 그제야 그는 할머니가 하고 싶은 말이 무엇인지 알았다. 할머니는 당신의 배고픔을 말하고 싶었던 게 아니라, 기려에게 밥을 먹어야 한다고 말하고 싶었던 것이다. '할머니, 할머니가 이걸 드시면 저도 먹을 게요.' 그는 눈물이 뚝뚝 흐르는 눈두덩을 문지르며 이렇게 약속했다. 그러자 할머니는 평소보다 달고 맛있게 미음을 먹었다. 그때부터 그는 밥을 굶겠다는 투정은 결코 부리지 않았다.

산책을 나온 가족들이 그를 스쳐 지나갔다. 그는 낯선 땅에 홀로 버려진 듯한 고독을 느꼈다. 그는 고개를 들어 하늘을 보았다. 저 하늘 어디에선가 할머니가 지켜보고 있을 것만 같았다. 하늘을 쳐다보는 그의 눈가에도 이슬 같은 눈물이 맺혔다. 뜨거운 사람이 되라던 할머니의 말씀을 잊지는 않았지만, 그는 아직도 뜨거운 사람이 되기 위해서 무엇을 해야 하는지 알지 못했다.

뜨거운 사람

그는 할머니에 대한 그리움으로 밤잠을 설쳐야 했다. 고향에 내려가지 않은 친구들이 예전처럼 화투를 치자고 찾아와도 고개를 저었다. 친구들과 어울리는 일도 싫증이 났고 테니스에도 흥미를 잃었다. 그렇다고 학구열에 불타오른 것도 아니었다. 만사가 귀찮았다고 하는 편이 사실에 가까웠다. 깜박 잠이 들면 꿈에 할머니가 나타났다. 그런데 그때의 할머니는 생전의 인자하고 자애로운 모습의 할머니가 아니었다. 암투병 중에도 의연하기만 했던 할머니였는데 꿈속에서는 서글픈 얼굴이었다. 아니, 서글프다는 말로는 다 표현할 수 없을 만큼 깊고 아득한 슬픔에 빠져 있는 듯한 얼굴이었다. 그 얼굴을 보고 있는 자신마저 슬퍼지는, 참혹하달 수밖에 없는 표정이었다. 할머니의 눈물을 닦아주기 위해 손을 뻗어보았지만, 그럴 때면 할머니는 노한 표정을 지었다. 그 표정이 얼마나 무섭던지, 매번 그 장면에서 잠이 깨곤 했다. 그는 어린 시절 귀에 못이 박히도록 들었던 이야기를 떠올리며 얼굴을 붉혔다. 할머니는 늘 그를 위해 기도했다.

"이 세상 나라와 하나님 나라에서 크게 쓰임 받는 일꾼이 되게 하여 주옵소서."

할머니의 바람대로 크게 쓰임 받는 사람이 될 수 있을지 자신이 없었다. 그는 이렇게 중얼거릴 수밖에 없었다.

'할머니, 죄송해요. 기려는 할머니가 생각하는 그런 일꾼이 되기에는 너무 게으르고 욕심이 많아요. 무엇을 하고 싶은지도 모르겠고, 무엇을 할 수 있는지도 모르겠어요. 할머니, 저를 보고 계시다면 제가 무엇을 해야 하는지 알려주세요.'

그때 어느 곳에서 들려오는지는 알 수 없으나 은은한 종소리가 그의 귓속으로 부드럽게 파고들었다. 그에게 손짓을 하는 듯했다. 어서 오라고, 무얼 주저하느냐고 묻고 있는 듯했다. 그의 눈에서 눈물이 후두두 떨어졌다. 잊고 있던 옛일이 떠올랐다.

할머니가 아직 병에 걸리지 않았던 어느 해 겨울이었다. 몸이 약한 그를 위해 할머니는 읍내에서 약종상을 하는 박 의원을 불렀다. 박 의원은 그를 진맥한 뒤 수일 내로 보약을 가지고 다시 오겠다고 했다. 그러나 며칠이 지나도 아무런 연락이 없었다. 마음이 급한 할머니는 직접 읍내에 가겠다며 차비를 차렸다. 집안 식구들이 말렸지만 할머니는 내 손자 먹일 약 가지러 간다는 데 왜 그러냐며 뿌리치고 집을 나섰다. 그는 할머니 뒤를 쫓았다. 할머니의 치맛자락을 붙잡고 물었다.

"할머니, 어디 가?"

"응, 우리 기려 먹일 보약 가지러 읍내 가는 길이다."

"그럼, 나도 같이 가."

"날이 차가워서 안 된다. 할머니가 갔다 올 테니까 너는 집에서 기다리고 있어라."

그가 떼를 쓰자 할머니는 마지못한 듯 허락했다. 하지만 읍내에 이르기도 전에 어린 장기려는 벌써 후회하기 시작했다. 길은 멀고 날은 춥고 배까지 고팠다. 읍내의 약종상에 들렀으나 박 의원은 없었다. 대신 기려 또래인 박 의원의 아들이 자리를 지키고 있었다. 한의사를 아버지로 둔 아이라고는 믿을 수 없을 만큼 병약해 보였다. 버짐자국이 있는 얼굴 탓에 더욱 핼쑥해 보였다. 하지만 눈매만은 날카롭게 살아 있었다. 박 의원은 어디 갔느냐는 물음에 그 아이는 며칠 전 나간 뒤로 아직 돌아오지 않았다고 퉁명스럽게 대답했다. 할머니는 혀를 찼다.

"이 사람 또 어디 먼 곳으로 출타한 모양이군. 좌우지간 마음이 약해서 탈이라니까. 아픈 사람이 있다면 어디든 달려가서 몇 날이고 직접 약을 달이기까지 하면서 병구완을 해주니……, 원."

할머니는 박 의원이 기려를 위해 준비해뒀음이 분명한 약꾸러미를 찾아냈다.

"애야, 넌 이름이 뭐니?"

"박종훈이요."

"그래, 종훈아. 이 약꾸러미를 가져갈 테니 아버지가 돌아오시거든 말씀드리거라. 그리고 이건 약값이니 아버지에게 잘 전해드리고."

그는 할머니를 따라 집으로 돌아갔다. 약종상을 나설 때만 해도 드문드문 흩날리던 눈발이 읍내를 빠져나올 무렵에는 함박눈으로 바뀌었다. 그는 울상이 되어 할머니에게 빨리 가자고 채근했다.

"아이구 이 녀석, 그러게 따라오지 말라고 그렇게 일렀거늘."

할머니는 목도리를 풀어 그의 목에 감아주었다. 산촌의 겨울밤은 너무나 빨리 찾아왔다. 어느덧 사위가 어둑어둑해졌다. 집안 식구들은 모두 동동걸음을 치며 그와 할머니가 돌아오기를 기다리고 있을 것이었다. 그는 덜컥 겁이 났다. 비록 할머니와 함께 있었지만, 집으로 돌아가려면 산고개를 넘어야 했고 그곳에는 아이들의 간을 빼먹는 문둥이들이 숨어 산다는 소문이 있었다. 그러나 할머니는 태연하기만 했다. 나직하게 찬송가를 읊조리며 자박자박 걷고 있는 모습에서 어떤 위엄까지도 느낄 수 있었다. 그는 안도감을 느끼며 할머니의 손을 꼭 쥐었다. 그의 마을이 내려다보이는 고개에 이르렀을 무렵, 저 앞에서 희미한 그림자들이 움직였다. 기려는 가슴이 덜컥 내려앉았다. 드디어 문둥이들이 나타났구나 싶었다.

"할머니, 저기 문둥이들!"

그러나 그들은 한센병 환자들이 아니었다. 읍내에서도 쫓겨나 산속에 움막을 짓고 사는 사람들일 뿐이었다. 가까이 가 보니 부부로 보이는 젊은 여인과 젊은 사내였다. 젊은 아낙은 천으로 감싼 아이를 가슴에 품고 있었다. 어두웠지만 궁핍에 시달려 초췌한 그들의 얼굴을 알아볼 수 있었다. 할머니는 젊은 아낙의 손을 잡았다.

"이를 어째, 이 추운 날 아이를 안고 나오다니."

할머니는 외투를 벗어 그들에게 주었다. 그들은 괜찮다고 손사래를 쳤으나 할머니는 기어이 외투를 아이엄마에게 입혀 주었다. 그렇게 하면 아이까지 외투의 품으로 들어와 한결 나을 테니.

"날이 어두워지는데 어딜 가는지 모르겠지만, 아이가 있는데 함부로 돌아다녀서야 쓰겠나? 날 밝거든 저 아랫마을 장씨 집으로 찾아오게나."

젊은 사내가 어물어물 대답했다.

"장 향유사 어른 댁 말씀이지요? 그 댁 노마님이셨군요."

"그렇다네. 아이를 위해 내 비록 헌옷일지라도 몇 벌 챙겨 줄 수 있을 듯하니 꼭 잊지 말고 찾아오게나."

그들은 할머니에게 연신 허리를 굽히며 고맙다고 말했다. 그는 할머니가 못마땅했다. 외투를 줘버리면 할머니가 추울 게 아닌가. 그런 기려의 마음을 아는지 모르는지 이번에는 할머니가 그에게 목도리를 달라고 했다.

"싫어, 싫어."

그는 이렇게 고개를 저었지만 기어이 목도리는 갓난아이에게 넘어갔다. 그는 엉엉 울면서 할머니의 손에 이끌려 고개를 내려왔다. 서러움 때문에 추운 줄도 몰랐다. 고개를 다 내려왔을 무렵 할머니는 그에게 말했다.

"기려야, 할머니가 외투랑 목도리랑 저 사람들에게 준 게 그토록 못마땅하냐?"

그는 고개를 끄덕였다. 할머니는 한숨을 내쉬었다.

"생각해보렴. 우리는 집에 가는 동안 잠깐만 추우면 되지만, 저 사람들은 어쩌면 평생을 추워하며 살아야 하는지도 모른단다. 잠깐을 참으면 저 사람들이 이 겨울을 따뜻하게 지낼 수 있는데도 그리 싫으냐?"

"몰라, 몰라."

할머니의 이야기가 그의 귀에 들어올 리 없었다. 도둑에게 빼앗긴 것처럼 마냥 억울하기만 했다.

"하나님께서 우리 집을 다른 집들보다 조금이나마 형편이 좋게 하신 건, 저 혼자 잘 먹고 잘살라는 뜻은 아닐 것이다. 살아서 재물을 나누면, 하늘나라의 창고에 그만큼이 쌓인단다. 기려야, 너는 나중에 하늘나라에 갔을 때 네 창고가 텅텅 비어 있어도 괜찮은 거냐? 그때가 되면 후회해도 늦을 텐데?"

그 말에 어린 장기려는 겁이 덜컥 났다. 정말 나중에 하늘나라에 갔을 때 자신의 창고가 텅 비어 있으면 어떡하나 하는 걱정이 들었다. 말은 그렇게 하셨지만 할머니의 두 뺨도 얼어가고 있었다. 할머니는 두 손으로 그의 볼을 비벼주었다. 투박한 할머니의 손이 비단보다 부드럽게 느껴졌다.

"조금만 참아라, 아가야. 이제 조금만 가면 따뜻한 집이란다."

신기하게도 뺨이 따뜻해지면서 몸도 조금 따뜻해지는 기분이 들었다. '너희는 너희 소유를 팔아서 자선을 베풀어라. 너희는 자기를 위하여 낡아지지 않는 주머니를 만들고, 하늘에다 없어지지 않는 재물을 쌓아두어라. 거기에는 도둑이나 좀의 피해가 없다. 너희의 재물이 있는 곳에 너희의 마음도 있을 것이다.' 할머니의 목소리가 저 먼 곳에서 들려오듯 아련했다. 문득 할머니가 그에게 이렇게 물었다.

"기려야, 생각해본 적 있느냐. 옷이라는 게 무언지."

"뭔데 할머니?"

"옷이란 건 말이다, 네 몸의 온기를 가두어두는 것일 뿐이란다. 옷 자체가 따뜻한 건 아니잖느냐. 그런데도 우리가 옷을 입으면 따뜻하다고 느끼는 이유는, 그 옷이 네 몸에서 나오는 열기가 허공으로 헛되이 흩어져버리는 것을 막아주기 때문이란다. 그러니까 결국 온기를 지닌 건 바로 너 자신이란다. 옷 때문에 따뜻한 게 아니고 사람은 원래 그렇게 따뜻한 존재로 이 세상에 나온 거란다."

무슨 말인지 알 것도 같았고 모를 것도 같았다.

"기려야, 너는 옷을 여러 벌 껴입는 사람이 되고 싶으냐, 아니면 다른 사람을 따뜻하게 해주는 옷과 같은 사람이 되고 싶으냐. 이 할머니는 네가 다른 사람들의 옷이 되어줬으면 싶구나. 다른 사람들의 체온을 지켜주는, 옷처럼 늘 사람들 곁에 머무는 그런 사람이 되어준다면 더 바랄 게 없겠구나."

그리고 할머니는 들릴락 말락 한 목소리로 이렇게 덧붙였다.

"너는 뜨거운 인간이란다."

집에 돌아간 그는 자신의 방에 들어가 외투를 한 벌 더 껴입어보았다. 물론 껴입기 전에 한번 만져보았다. 외투에는 온기가 없었다. 하지만 껴입고 조금 지나자 한결 따뜻해졌다. 다시 외투를 벗으니 조금 추운 듯했다. 그리고 그는 한 번 더 외투를 만져보았다. 외투에는 온기가 묻어 있었다. 할머니의 말 그대로 옷이 온기를 지니고 있는 건 아니었다. 그가 발산하는 열을 가두고 있는 것뿐이었다. 그는 할머니의 말을 따라 중얼거려보았다. 나는 뜨거운 인간이다. 그러자 정말 알몸으로 눈 내리는 세상을 헤매어도 전혀 추울 것 같지가 않았다. 그리고 부끄러워졌다. 추위에 떠는 가난한 사람들을, 그 사람들 품에 안겨 있던 아이를 떠올리며 목도리 하나 빼앗겼다고 울음보를 터뜨렸던 자신이. 그날 이후 할머니는 몸져눕고 말았다. 그 추위 속을 외투도 없이 헤치고 왔던 때문인지도 모른다. 혹은 그저 할머니의 몸에 잠복해 있던 병이 우연히 그때 모습을 드러낸 것인지도 모른다.

할머니는 손자인 그에게 뜨거운 사람이 되어야 한다고 가르쳐주었다. 오직 그걸 가르쳐주기 위해 살아오신 분인 것만 같았다. 그는 할머니의 병세가 악화되어 신의주의 큰 병원에 입원했던 때를 떠올렸다. 그때 이미 할머니는 살아 있는 게 기적이라 할 만큼 온몸이 망가져 있었다. 오랜 투병 생활로 야위다 못해 거죽만 남은 할머니는 미풍에도 휙 날려갈 종잇장만큼 가벼워져 있었다. 그는 아직 삶과 죽음이 무엇인지 잘 몰랐다. 죽는다는 건 막연히 멀리 어디론가 가는 것이라고 생각했다. 그가 죽음에 대해 그다지 커다란 공포를 느끼지 못한 건, 할머니가 늘 '죽어도 사는 삶'에 대해 이야기했기 때문인지도 모른다. 하지만 어린 기려도 할머니가 고통스러워하고 있다는 것만은 알고 있었다. 어른들은 그를 병실에 들여보내지 않았다. 아니, 병원으로 가는 것조차 허락하지 않았다. 기려는 혼자라도 할머니를 찾아가고 싶었지만, 고향인 용천에서 신의주까지는 어린아이가 혼자 찾아가기에는 너무 먼 거리였다. 그러던 어느 날 어른들이 그를 데리고 신의주로 향했다. 그는 이제 할머니를 만날 수 있겠구나 싶어 기뻤지만, 어른들의 무거운 표정 때문에 내색을 하지는 못했다. 비록 말도 잘 못하고 귀도 어두운 할머니지만, 그때까지 겪었던 재미있던 일들을 이야기해드리고 싶어 마음만 급했다.

 기려는 그때를 뚜렷이 기억하고 있다. 병원 복도를 떠돌던 소독약 냄새, 높은 천장 탓에 두 배 세 배로 크게 울려 퍼지던 발소리, 어른들끼리 수군대는 목소리, 누군가의 한숨, 그리고 통곡까지, 모든 게 방금 겪었던 일처럼 생생하게 떠올랐다. 할머니가 누워 계신 병실에 들어갔을 때, 맞은 편 창문 너머로 보이던 거무스름한 하늘까지 선명했다. 그 창문으로 허약한 햇살이 야윈 할머니에게 쏟아져 내리고 있었다. 숨을 헐떡이던 할머니는 발소리만으로도 기려가 왔다는 걸 알아챘던 게 분명했다. 할머니는 기려가 다가가기도 전에 눈물을 뚝뚝 흘렸다. 기려는 무엇을 해야 할지 몰랐다. 그저 할머니가 계시지 않는 동안 일어났던 일들을 말씀드리고 싶었고, 예전처럼 할머니가 머리를 쓰다듬어주셨으면 했을 뿐이다. 기려는 손을 뻗어 할머니의 눈물을 닦아주려 했다. 눈물이 손끝에 닿는 순간 기려는 진저리를 쳤다. 눈물이 그토록 뜨거울 수도 있다는 걸 기려는 그때 처음 알았다. 그리고 할머니는 눈을 감았다. 늦은 오후였다. 식어가는 햇살이 그와 할머니의 얼굴을 더듬고 있었다. 어른들은 할머니가 기려를 보고 돌아가시고 싶었기 때문에 지금까지 견딘 거라고 말했다. 할머니의 소원이 이루어졌으니 잘된 일이라고 했다. 하지만 기려는 두 귀가 먹먹해서 아무 소리도 들을 수가 없었다. 할머니가 돌아가셨다는 사실이 실감나지 않았다. 금방이라도 두 눈을 뜨고 '우리 기려 왔구나!' 하며 반갑게 웃어줄 것만 같은데, 투박한 두 손을 뻗어 두 볼을 문질러줄 것만 같은데, 할머니는 아무 말이 없었다.

할머니의 운구는 고향으로 내려왔다. 그리고 할머니의 소천召天을 기리는 의미로 교회는 종을 울렸고, 그 종소리는 오래도록 기려의 귓가에 맴돌다가 마침내 그의 몸속으로 파고들어와 심장에 화인처럼 박혔다. 그 종소리를 지금 이곳 개성에서 그는 다시 듣고 있었다.

그는 한달음에 달려 학교로 갔다. 그때까지도 그의 귓가에는 이명처럼 종소리가 울리고 있었다. 그는 지금 자신이 듣고 있는 종소리가 할머니가 돌아가신 뒤 들었던 종소리와 똑같다는 걸 알고 있었다.

조기방학을 맞은 학교는 한산했다. 아니, 을씨년스럽기까지 했다. 그는 교회 옆에 딸린 사택의 문을 두드렸다. 송도고보는 감리교 소속이었고 감리교에서는 목사를 감독이라 불렀다. 문이 열리고 감독이 얼굴을 내밀었다. 미국 출신의 선교사 감독이 이 시간에 무슨 일이냐고 물었다. 숨이 턱에 차오른 소년을 내려다보는 감독의 눈에 호기심이 가득했다. 그는 자신이 이 학교 학생이며, 지금 당장 세례를 받고 싶다고 말했다. 감독은 고개를 저었다. 세례는 지정한 날에 단체로 할 것이니 그때 오라고 했다. 하지만 그는 물러서지 않았다.

"소리를 들었습니다. 소리를."

감독은 당돌한 소년의 말에 화를 내기는커녕 진지한 눈빛으로 물었다.

"그래, 무슨 소리를 들었느냐?"

"그러니까……."

막상 대답하려니 뭐라고 설명해야 할지 알 수가 없었다. 그는 종소리를 들었을 뿐이다. 하지만 그 종소리는 마치 실타래의 한쪽 끝처럼, 그에게 수많은 생각들을 풀어내 보였다. 그걸 말로 설명하기란 참 어려운 일이었다. 그가 대답을 못하고 머뭇거리자 감독은 푸른 눈을 빛내며 고개를 끄덕이더니 사택을 나와 교회 쪽으로 성큼성큼 걸어갔다. 그가 따라가지 않고 여전히 머뭇거리자 감독이 뒤돌아보며 말했다.

"따라오지 않고 뭐하는 게냐? 세례를 받고 싶지 않은 게냐?"

"아, 아닙니다."

그는 부리나케 감독의 뒤를 쫓아갔다. 간단한 교리문답이 끝나고 감독과 그는 예배를 올렸다. 감독의 낭랑한 목소리가 교회당에 울려 퍼졌다. 날은 맑았고, 창문을 통해 들어온 햇살이 그와 감독의 어깨에 내려앉았다. 아늑하고 고요했다. 그는 천국으로 통하는 문 앞에 서면 이처럼 아늑하고 고요하지 않을까라고 생각했다. 그 문을 열면 따뜻하고 부드러운 빛이 쏟아져 나오겠지. 감독은 그의 머리에 손을 얹고 이렇게 말했다.

"성부와 성자와 성령의 이름으로 장기려에게 세례를 주노라."

그러나 그의 귀에는 이렇게 들렸다.

"너의 죄는 예수 그리스도께서 십자가에서 대속해주셨는데 왜 너는 그것을 믿지 않고 절망하는가. 일어나라. 너의 의무를 알고 배우는 일에 정진하여라."

그가 고개를 들자 감독은 방금까지 엄숙한 의식을 치른 사람답지 않게 장난기 섞인 얼굴로 물었다.

"그래, 아직도 소리가 들리느냐?"

그는 얼굴을 붉혔다.

"어떤 소리인지는 모르겠지만, 그것이 바로 말씀일 것이다. 그 말씀이 무엇이었는지 내게 말하지 않아도 괜찮다. 네가 가슴속에 간직하고 잊지 않으면 그것으로 족하니까 말이다."

그는 고개를 끄덕였다. 세례라는 간단한 의식이 끝났을 뿐인데 그는 세례 전과 세례 후의 자신이 전혀 다른 존재라고 생각했다. 어쩌면 그것은 용서받기 전과 용서받은 후의 차이와 같은 것인지도 모른다. 또는 예수가 오기 전과 예수가 온 뒤의 차이와 같은 것인지도 모른다. 교회를 나서 교정을 가로질러 하숙집까지 돌아오는 길이 그에게는 마치 모세가 바다를 가르며 걸어갔던 길처럼 낯설고 경이로웠다. 할머니의 말을 기억해낸 것도 그러했고, 충동적으로 세례를 받은 것도 그러했고, 그 모든 경험들이 그에게는 낯설고도 경이로웠다. 이 흥분이 언제까지 지속될지 알 수는 없었지만, 한 가지만은 확실했다. 방금 전의 자신과 지금의 자신은 다르다는 사실만은. 열네 살 소년인 기려는 앞으로 살아가면서 여러 번 겪게 될 변화의 한 징후를 처음으로 느끼고 있는 중이었다.

꿈꾸는 사람들

그가 2학년이던 해 처음 겪었던 동맹휴업은 시작에 불과했다. 졸업할 때까지 해마다 연례행사처럼 동맹휴업이 일어났다. 그때마다 이유는 달랐지만, 학생과 학교 측은 늘 평행선을 달렸다. 그 역시 조선의 마지막 왕 순종의 장례식 때는 나라 잃은 백성의 한 사람으로 가슴 아파하지 않을 수 없었다. 이때 만세운동이 일어났고, 동맹휴업도 그 성격이 달라져 다분히 정치적이고 급진적인 형태가 되었다. 기어이 윤치호 선생은 교장직을 사임했고 몇몇 일본인 교사들도 학교에서 쫓겨났다. 학생들은 환호했지만, 시간이 흐르면서 들뜬 분위기는 점차 가라앉았다. 석주명 선배는 원홍구 선생의 가르침을 착실히 받아들이고 있는 듯했다. 다른 친구들 역시 동맹휴업의 나날 속에서도 자신이 꿈꾸는 것들을 이루기 위해 노력하고 있다는 걸 알 수 있었다. 세례를 받은 뒤 그때까지의 게으른 생활을 청산하고 공부에 몰두하기는 했다. 성적은 나아졌으나 그는 여전히 무엇을 해야 할지, 무엇을 꿈꾸어야 할지 결정할 수 없었다.

졸업을 앞둔 5학년이던 어느 날 박 의원이 그를 찾아왔다. 박 의원은 개성에 있는 경성제국대학 부속 약초시험장에 볼일이 있어 왔다고 했다. 기려는 진로에 대해 심각하게 고민하고 있는 중이었다. 예전에는 국민교육을 통해 국민 개개인의 교양을 키우고 실력을 양성하자는 안창호의 교육입국론에 마음이 기울어 있었다. 그래서 막연하게나마 교육자가 되어야겠다는 생각을 하고 있었다. 그러나 4학년이 된 뒤 그의 마음은 흔들리기 시작했다.

그해 말 석주명 선배는 일본의 가고시마 고등농림학교에 시험을 쳐 합격했다. 일본에서도 알아주는 농업전문학교에 선배들 가운데 유일하게 합격하여 가게 된 것이다. 석주명 선배는 꿈을 이루기 위한 첫 걸음을 내딛었다. 다른 많은 선배들도 자신들의 꿈을 찾아 떠났다. 기려는 차라리 자신이 사범학교에 다녔더라면 어땠을까 생각했다. 그랬다면 교사라는 진로가 분명히 정해져 있으므로 이처럼 고민하지 않아도 되지 않았을까. 하지만 그는 고개를 저었다. 어떤 학교냐보다, 무엇을 생각하고 무슨 꿈을 꾸느냐가 더 중요하다는 걸 모를 만큼 어리석은 그가 아니었다. 석주명 선배뿐만 아니라 뜻있는 선배들은 대개 모험을 찾아 떠났다. 안정된 직업이 보장된 학교, 출세가 보장된 학교에 갈 만큼 실력이 있는 선배들도 그러했다. 그들은 안정을 찾기보다, 민족을 위해 자신이 무엇을 할 수 있을 것인가를 먼저 고려했다. 그런 선배들을 보니 선생질이나 해먹겠다고 마음 편하게 생각한 자신이 한심하게 여겨지기도 했다. 성경에 등장하는 성인들도 사실은 다 그런 모험가들이 아니었던가. 편하고 안정된 직장을 찾아, 일신의 안락과 평안을 추구한 사람이 성경에 등장한 적이 있던가? 성인의 반열에 오른 적이 있던가? 오로지 믿음 하나만을 지닌 채 불투명한 미래로 성큼성큼 나아갔던 사람들이 아니었던가. 하지만 그는 자신에게 그런 모험을 기꺼이 받아들일 용기가 있는지 확신할 수 없었다. 일본으로, 만주로 더 나은 미래를 위해 기꺼이 방랑하고 투쟁하고 어떤 고통이라도 감내할 만큼 자신이 적극적이고 능동적인 사람이라고는 생각하지 않았다. 하지만 용기가 없다고 해서 생각조차 비겁한 건 아니었다.

선배들이 그런 선택을 한 이유는 교육입국도 중요하지만, 무엇보다 조선의 독립이 중요하다고 생각했기 때문이었다. 조선이 독립을 하려면, 우선은 강해져야 했다. 강해지는 길은 여러 가지가 있지만 무엇보다 기술과 산업을 일으키는 게 중요했다. 장기려도 그때부터 안창호의 교육입국론보다 이승훈과 조만식의 산업입국론에 더 마음이 기울기 시작했다. 일본이 짧은 시간 안에 서양과 어깨를 겨룰 수 있을 만큼 성장한 것도, 조선을 집어삼킬 수 있었던 것도 모두 산업과 과학기술을 부흥시켰기 때문이라고 생각했다. 일본을 극복하기 위해서는 많은 조선인들이 산업과 과학기술 부흥에 몸을 던져야 한다, 라고 그는 생각했다. 한마디로 조선인은 근대적인 민족으로 거듭나야 한다고 믿었다. 그래서 4학년 말에 동급생 여남은 명을 비롯해 5학년 선배 열댓 명과 함께 여순공과대학에 응시했다. 합격하리라는 자신은 없었다. 여순공과대학은 조선과 만주에서 가장 유명한 대학 가운데 하나였고, 그만큼 경쟁이 치열했다. 시험에 합격하는 조선 학생은 기껏해야 한 학교에서 한두 명 정도뿐이다. 그만큼 여순공과대학은 일류대학이었다. 하지만 그래서 더욱 도전해보고 싶은 대학이기도 했다. 그는 역사지리 수업 교재인 지도책을 펼쳐놓고 여순공과대학이 있는 곳을 짚어보았다. 랴오둥 반도 끄트머리, 다롄에 속한 뤼순시가 그의 집게손가락 끝에 머물러 있었다. 그곳을 가려면 고향인 용천을 지나야 한다. 그래야 신의주를 지나 압록강을 건너 랴오둥 반도로 갈 수 있다. 마침내 그는 고향에 들러 여비를 마련한 뒤 다른 사람들과 합류해 뤼순으로 향했다.

 돌아오는 길은 막막하기만 했다. 안중근 의사의 절규가 남아 있는 뤼순 감옥을 보고도 감상에 잠길 여유조차 없었다. 시린 바다를 배경으로 사열하는 일본 군함들의 웅장함 앞에서 열패감만을 곱씹어야 했다. 조선의 비참한 현실이 바로 자신 탓인 것만 같았다. 그는 다른 학생들과의 실력 차를, 아니 솔직하게 말하자면 일본 학생들과의 실력 차를 뼈저리게 느끼며 도망치듯 떠나와야 했다. 1차 시험에 합격하면 면접을 치르게 되지만 그는 면접에 응시할 수 없으리라는 걸 알고 있었다.

일본인은 내지인이고 조선인은 반도인이었다. 일본인은 일등국민이었고 조선인은 아무리 기를 쓰고 용을 써봐도 이등국민에 지나지 않았다. 일본인들이 조선인을 가리켜 조센진이라고 하는 건 차라리 들어줄 만했다. 하지만 그들은 자기네들끼리 조선인을 언급할 때에는 꼭 '무코노 히토'라고 불렀다. 우리말로 하자면, '저것들'쯤 되는 말이다. 고등교육의 기회도 조선인에게는 쉽게 오지 않았다. 물론 일본인 학생과의 경쟁에서 살아남는 조선인 학생들이 전혀 없는 건 아니었다. 하지만 그 정도 수준이 되기 위해서는 뼈를 깎는 노력을 해야 했다. 하지만 그는 2년여를 방탕하게 살았고 공부에 몰두하기 시작한 지 겨우 2년밖에 되지 않았다. 위안이 있다면, 그가 아직 4학년이라는 사실뿐이었다. 5학년 때 다시 한 번 도전할 수 있을 테니 말이다.

그는 고향집에 돌아갈 면목이 없었다. 여비를 마련해주신 부모님께 죄송했고, 그가 큰 인물이 될 것이라 믿어 마지않는 고향 어른들께 죄송했다. 그래서 그는 자신이 원하는 대학에 들어갈 때까지 다시는 고향에 돌아가지 않으리라 마음먹었다. 이제 고보시절도 1년이 남았을 뿐이다. 지금 최선을 다하지 않는다면 나중에 후회할 게 분명했다. 그는 학교와 교회 그리고 하숙집, 이 울타리를 벗어나지 않았다. 고향에 편지도 쓰지 않았다. 스스로 외로운 섬이 되었다. 목표를 이룰 때까지는 이 섬에서 한걸음도 나가지 않으리라 다짐했다. 그래도 때때로 고향과 부모님이 그리웠다. 그러던 중 이 섬에 박 의원이라는 연락선이 찾아왔으니 반갑지 않을 수가 없었다.

박 의원은 고향 소식에 목말라하는 기려의 마음을 아는지 모르는지 엉뚱한 이야기만 늘어놓았다.

"영흥에서 일어난 사건은 알고 있느냐?"

"무슨 사건이요?"

"에메틴 중독 사건 말이다. 여섯 명이 아까운 목숨을 잃고 또 그만큼의 환자들이 위태롭다고들 하지."

"아, 저도 들은 것 같아요. 한성의사회가 아니었다면 묻힐 뻔한 사건이었다죠."

"조선인 의사들이 모처럼 좋은 일을 한 게야. 하지만 죽은 목숨을 되살릴 수는 없는 노릇이지. 새파랗게 젊은 외아들을 잃은 어미의 심정을 누가 알꼬. 보상금이라며 쌀 한 섬 살 돈밖에 안 되는 20원을 던져준 사람들이 그 마음을 알 리가 없지."

"무슨 사건인지 자세히 말씀해주세요."

디스토마 치료에는 일반적으로 에메틴 주사가 사용되었다. 함경남도 영흥 주민 가운데 백여 명이 폐디스토마에 걸렸는데, 일본인 공의公醫가 환자들의 건강상태와 무관하게 마구잡이로 에메틴을 주사했다. 에메틴은 효과가 좋은 대신 중독성이 있었다. 주사를 놓은 뒤 환자의 상태를 관찰하면서 계속 투여할 것인지 말 것인지를 결정해야 했지만, 일본인 공의는 어린 아이든 노인이든 상관하지 않고 마치 만병통치약이라도 되는 듯 계속해서 주사를 놓았다. 결국 여섯 명이 에메틴 중독으로 죽고 심각한 약물중독 증세를 보인 사람이 아흔세 명이나 되었다. 하지만 경찰과 총독부 위생과는 이 사건의 원인이 에메틴 중독이 아니라 때맞춰 감기가 극성을 부리면서 생긴 폐렴 때문이라고 주장했다.

"그때 나도 영흥에 있었지. 원산에서 약종상을 하는 친구를 방문했다가 돌아오려던 참에 그 일이 벌어진 거라네. 한성의사회 소속 의사들이 열성적으로 이 사건을 파고들지 않았다면 묻히고 말았을 일이지."

"그래서 어떻게 됐나요?"

"경찰과 총독부를 상대로 이길 수 있는 조선인은 없다네.

결국에는 일본인 공의를 해고하고 몇 푼의 보상금을 지급하는 것으로 끝나고야 말겠지. 저들이 '호의로 인한 실책'이라고 자인한 것만으로도 대단한 양보를 받아낸 것이라고 할 수 있네."

박 의원은 긴 한숨을 내쉬었다. 기려도 경찰과 총독부의 처사에 화가 났지만 달리 할 말이 없어 침묵을 지켰다.

"하지만 생각해보면 이 모든 게 의사가 부족하기 때문이기도 해. 일본인들의 무도함이야 어쩔 수 없는 일이지만, 만약 그런 시골에도 조선인에게 애정을 지니고 진찰할 수 있는 조선인 의사가 있었다면, 이번 사건은 일어나지 않았을 테니 말일세."

그는 조심스럽게 물었다.

"거리에 널린 게 약종상이고 또 아저씨처럼 한의학에 종사하시는 분들이 많잖아요?"

박 의원은 씁쓸한 표정으로 그를 보았다.

"이명래 고약만 해도 그렇지. 나처럼 한물간 종기의가 엄두도 낼 수 없는 일을 하고 있으니 말일세. 그 고약만 붙이면 만사형통이니 나처럼 칼로 종기를 째고 고름을 빼며 수작업으로 모든 일을 하는 종기의들은 별로 환영받지 못하는 시대가 되었어. 하지만 중요한 건 이명래 고약을 아무나 구할 수는 없다는 사실이네. 그 고약을 구하기 위해 경성까지 갈 수 있는 사람이 과연 몇이나 될까. 이명래 같은 한의사가 한 천 명쯤 있다면 모를까. 그렇지 않다면 없는 것이나 마찬가지일세."

"결국 숫자가 문제란 말씀이군요."

"한의사로서의 자질도 문제지만 숫자도 중요하지. 누구나 아프면 가까운 곳에서 치료를 받을 수 있어야 하지 않겠나."

"아저씨 말씀대로라면 한의사든 의사든 많이 양성하면 문제가 해결될 텐데 왜 그러지 못하고 있는 거죠?"

"한의사든 양의사든 그 수련기간이 길기 때문이야. 너도나도 먹고살기 힘든데, 있는 집 자식이 아니고서야 그처럼 오랜 시간을 들여가면서 의술을 익히려고 하는 사람이 몇이나 되겠나. 요새 화두는 밥벌이 아닌가?"

그는 속으로 뜨끔했다. 얼마 전까지만 해도 그 역시 사범학교 운운하며 그와 비슷한 생각을 하지 않았던가. 그는 박 의원이 나무라지도 않았는데 변명을 하듯 말했다.

"그래도 요즘에는 밥벌이보다는 뜻을 이루기 위해 진학을 하고 직장을 구하는 학생들도 꽤 많아요."

"아무렴, 그래야지. 학생들은 조선의 미래고 기둥이야. 그런 학생들이 일신의 안락을 위해 살아간다면 우리에게는 미래가 없는 셈이지. 그래, 말이 나왔으니 한번 묻겠네. 자네도 이제 고보 졸업반이니까 앞으로 무엇을 할 생각인지 궁금하네."

기려는 잠시 머뭇거렸다. 자신이 지난해 말 여순공과대학에 응시했다는 사실은 고향의 부모님과 가까운 친척들만 알고 있었다. 합격했다면 모를까 보기 좋게 떨어졌으니 구태여 소문낼 필요는 없었다. 하지만 그는 박 의원에게까지 그런 사실을 감출 필요는 없다고 생각했다.

"…… 사실은 작년에 여순공과대학에 응시했다가 떨어졌어요. 그래서 올해 다시 한 번 도전해볼 생각입니다."

"여순공과대학?"

"네. 기술자가 되어서 조선의 산업부흥에 이바지하는 사람이 되고 싶어요."

기려는 포부를 지닌 청년들이 흔히 그러듯이 자신있게 말했다. 그러나 박 의원은 선뜻 그의 말에 맞장구를 쳐주지 않았다.

"식산殖産이라. 뜻은 좋네만, 과연 산업을 부흥한다고 해서 조선 사람들의 생활형편이 나아질까? 자네는 잘 모르겠지만, 나는 조선 팔도를 떠도는 처지라 이것저것 보고 듣는 게 많다네. 원산항부터 제물포항, 군산항, 목포항, 그리고 부산항까지 안 가본 곳이 없을 정도지. 그런 항구에 가면 쌀섬들이 산처럼 쌓여 있지. 조선인들은 배를 곯고 있는데도, 해마다 엄청난 양의 쌀이 일본으로 흘러들어간다네. 총독부의 산미증식계획은 조선인을 배 불리자는 계획이 아니라네. 이 비옥한 땅에서 자란 곡식을 헐값으로 거두어 제 나라 백성들 배를 채

우겠다는 속임수라네. 사정이 이러한데 총독부의 식산이 조선인을 위한 산업부흥이라고 믿을 수 있겠나?"

기려도 지지 않았다.

"그러니까 우리 조선 학생들이 더욱더 많이 기술자가 되어서 조선인을 위해 일해야지요."

"만약 그 기술자만 배부른 사람이 된다면?"

"글쎄요. 아저씨 말씀대로라면 무엇보다 독립을 먼저 해야하는 거고, 그러자면 모든 사람들이 독립운동에 뛰어들어야한다는 거잖아요."

"물론 그런 말은 아닐세. 다만, 현실적으로 볼 때 산업부흥이라는 것도 결국에는 일본에만 이득이 되는 일이라는 거지. 여순공과대학만 해도 그렇다네. 여순은 일본 최강의 함대가 있는 군항일세. 왜 그런 곳에 군항이 있겠나? 만주와 중국을 집어삼키기 위한 일본의 전초기지 아니겠나? 대학을 졸업해서 기술자가 된다 해도 결국에는 일본의 침략을 돕는 일에 종사하게 될 거네."

그는 고개를 끄덕일 수도 저을 수도 없었다. 박 의원의 말을 수긍하기에는 자존심이 상했고, 그렇다고 마냥 부정하기에는 현실적으로 그리 틀릴 게 없는 말이었으니까. 그는 박 의원과 논쟁하는 걸 포기했다.

"아저씨, 그럼…… 어떤 뜻을 세우는 게 올바른 일일까요?"

"사람을 살리는 일에 뜻을 세워야지."

모호한 대답이었다. 사람을 살리는 일은 생각하기에 따라서는 어떤 일이든 가능하다는 말이기도 했고 그 무엇으로도 가능하지 않다는 말이기도 했다. 하지만 박 의원은 더 이상 가타부타 설명하지 않았다. 마치 화두를 던져준 고승처럼 입가에 뜻을 알 수 없는 미소를 띠고 있을 뿐이었다. 박 의원은 찾아왔을 때처럼 사라질 때도 바람 같았다. 그는 개성역까지 박 의원을 바래다주었다. 박 의원은 개찰구를 나가기 전에 그에게 말했다.

"자네 학업에 지장을 줄까 봐 얘기하고 싶지 않았는데, 이제 자네도 진로를 선택해야 하고, 나이 열일곱이면 다 큰 어른이나 마찬가지니 알고 있어야 할 것 같아 말하는 거네. 자네 집이 요즘 사정이 좋지 않아. 자네 아버지인 향유사 어른께서 고향의 땅을 팔아 구입한 김포의 땅이 수리조합에 넘어갔다네. 또 만주에 사놓으신 땅도 중국인들의 텃세 때문에 도저히 경작을 할 수가 없어 일본인에게 헐값으로 넘기셨다네. 풍비박산이라고 해도 과언이 아닐세. 그러니 자네라도 심지를 굳게 갖고 남은 학업을 잘 마치게나. 그게 자네 집안을 위해서 자네가 할 수 있는 최선일 테니."

박 의원을 배웅하고 하숙집으로 돌아오는 길에 그는 레코드 가게에서 나오는 노랫소리를 들었다. '사의 찬미'였다. 그와 같은 또래의 학생들을 울려놓은 노래였다. 자살이 유행처럼 퍼지던 때이기도 했다. 그는 울적했다. 박 의원이 생각보다 일찍 떠난 것도 아쉬웠고 고향집이 그렇게 어려운 사정인 걸 여태 모르고 있었다는 것도 가슴 아팠다. 그럼에도 불구하고 아버지는 예전과 똑같은 용돈을 보내주고 계시지 않았던가. 집안의 어려운 사정을 타향에서 공부하는 아들에게 알리고 싶지 않았던 것이리라. 한편으로는 홀가분한 심정이기도 했다. 그의 집안은 고향에서 지주의 땅을 관리해주는 마름으로 치부한 집안이었다. 소작인들의 입장에서 보자면 지주라는 착취자에게 빌어붙은 또 다른 착취자에 불과했다. 그래서 그의 가슴속에는 자신의 집안이 남들보다 부유하다는 게 썩 자랑스럽지는 않았다. 어쩌면 이것도 하늘의 시험인지도 모른다. 할머니가 남들에게 베푸는 일에 인색하기는커녕 오히려 적극적으로 나섰던 것도 그런 원죄의식을 지니고 있었기 때문인지도 모른다. 차라리 잘된 일인지도 모른다. 그렇게 생각하자 무거웠던 마음이 조금은 홀가분해졌다. 이제 나도 남들과 다른 게 없다. 이제 시작일 뿐이다. 그는 입술을 깨물었다.

의사가 될 수 있다면

 새벽에 잠들어 새벽에 깨어났다. 잠을 잘 때가 아니면 등을 바닥에 대지 않았다. 깨어 있어야 할 시간에 졸음이 밀려오면 입술을 깨물었다. 그 탓에 그의 입술은 늘 동상에 걸린 것처럼 새파랗게 멍들어 있었다. 학교 친구들은 낯빛이 창백해져 가는 그를 걱정스러운 눈빛으로 지켜보았다. 그동안 테니스를 치며 체력을 길러온 덕분에 쉽게 쓰러지지 않았다는 게 다행이라면 다행이었다. 정신이 아득해질 때마다 찬물로 세수를 한 탓에 그의 얼굴은 까칠해져갔다. 영양부족과 수면부족으로 손톱에 거스러미가 일어났고 코피를 흘린 것도 한두 번이 아니었다.
 지난 4년 동안의 어느 때보다 더욱 열심히 공부했지만, 하루아침에 눈부시게 실력이 나아질 수는 없었다. 반에서 15등이었던 그가 여름방학을 앞두었을 때에는 7등으로 성적이 껑충 뛰어올랐다. 하지만 그는 만족할 수 없었다. 지난해 여순 공과대학에서의 치욕을 되풀이하고 싶지 않았다. 지금 실력으로도 턱없이 부족했다.

여름은 고보 5학년생에게는 잔인한 계절이다. 더위를 피해 산으로 바다로 떠나는 사람들을 속절없이 지켜봐야 했다. 한가로이 과수원의 원두막에 누워 수박을 갈라 먹을 수도 없었고 참외서리를 다닐 수도 없었다. 게다가 한여름의 뙤약볕은 싱싱한 청년들마저 금세 녹초로 만들었다. 나무 그늘 속에 있어도 후텁지근한 바람을 피할 수 없었고 밤이 되어 조금 선선해졌다 싶으면 벼룩, 빈대는 물론이거니와 제철을 맞아 기세등등한 모기 때문에 공부에 집중할 수가 없었다.

방학을 맞아 텅 빈 학교를 찾는 학생은 5학년들뿐이었다. 기려도 날마다 학교에 갔다. 어느 날 그는 낯익은 학생이 교문 앞에 서 있는 걸 보았다. 동창생 김주필이었다. 아니, 이제는 동창생이라고 할 수 없었다. 지난 봄 동맹휴업으로 퇴학을 당했기 때문이다.

"주필아! 잘 지냈어? 웬일이야?"

김주필은 힘없이 한 손을 들었다가 내려놓았다. 학생복이 아닌 평상복을 입은 김주필이 왠지 낯설었다. 김주필은 시커멓게 탄 얼굴로 낯빛보다 어두운 미소를 지었다. 그 어둡고 무거운 미소 때문에 기려는 악수를 하기 위해 내밀었던 손을 슬그머니 거두어야 했다.

"여전하구나, 기려 너는. 어때, 공부는 잘 되니?"

"죽지 못해 하는 거지 뭐. 그나저나 너 평양에 있다는 소문이던데, 언제 개성에 돌아왔어?"

"평양은 무슨. 학교를 알아보기는 했는데, 내가 갈 만한 곳이 없어서 포기했어. 쭉 개성에 있었어. 야학에 나가 사람들을 가르치는 일을 하고 있어."

기려는 김주필이 편모슬하에서 자란 외아들이며 무척 가난하다는 사실을 알고 있었다. 머리가 명석해서 장학생으로 다녔는데, 4년을 잘 견디다가 결국 지난 봄 동맹휴업을 주도했다는 이유로 퇴학을 당했다. 그는 김주필에게 연민을 느꼈다. 아니 솔직히 말하자면 마치 죄를 지은 듯한 기분이 들었다. 김주필이 퇴학을 당한 게 자신 때문인 것만 같았다. 결국 동맹휴업을 주동한 것도 모두 자신과 같은 동료 학생들을 위해서가 아니었던가. 하지만 결과적으로 기려는 멀쩡하게 학교를 다니고 있었고 김주필은 퇴학을 당했다. 이렇게 될 줄 알면서도 동맹휴업에 뛰어든 김주필이 가엾기도 했지만, 그런 용기를 지녔다는 점 앞에서는 고개를 숙이지 않을 수 없었다.

기려는 뒤늦게 김주필의 어깨에 걸린 바랑을 알아보았다. 기려가 눈길로 자신의 바랑을 더듬자 김주필이 변명을 하듯 말했다.

"사실은 어머니가 몸이 좀 아프셔. 어머니 병에 좋다는 약초가 송악산에 많다기에, 약초 캐러 왔다 돌아가는 길에 그냥 한번 들러본 거야."

기려는 김주필이 약초를 구하러 다니기 시작한 게 어제오늘 일이 아니라는 걸 깨달았다. 김주필이 무의식적으로 감추려 하는 손등에는 할퀸 자국이 여럿이었다. 이미 아물어가는 상처와 방금 생긴 듯한 상처까지. 게다가 하얗고 곱던 얼굴마저 머슴처럼 새카맣게 타버릴 정도니 그동안 김주필이 많은 고생을 겪었다는 걸 짐작할 수 있었다.

"많이 편찮으시니?"

김주필은 보일락 말락 고개를 끄덕였다.

"나아질 기미가 안 보여. 병명이 뭔지도 몰라."

"병원에는 모시고 가봤어?"

김주필은 대답하지 않았다. 기려는 이해할 수 없었다. 아무리 가난하다 해도 어머니가 편찮으신데 병원에 한 번쯤은 모시고 가는 게 당연한 일 아닌가.

"나도 하숙집으로 돌아가는 길인데 너희 집에 들를까. 어머님이 편찮으신데 문병이라도 해야겠다."

김주필은 내키지 않는 듯 망설였으나 기려가 채근하자 마지못한 듯 고개를 끄덕였다. 김주필의 발걸음은 위태위태했다. 며칠 동안 굶은 사람처럼 기운이 없어 보였다. 산속을 헤집고 다녔으니 그럴 만도 했다. 기려는 자신의 주머니 사정을 머릿속으로 떠올려보았다. 며칠 전 고향에서 보내준 우편환을 돈으로 바꿔 하숙비를 치르고 남은 돈이 조금 있었다. 문병을 간다면서 빈손으로 갈 수는 없었다. 그는 길가에 내놓고 파는 참외 네 알과 조랭이떡을 샀다. 참외는 김주필의 어머니께 드리고 조랭이떡은 함께 나눠 먹을 생각이었다. 그가 조랭이떡을 건네자 김주필이 괜찮다며 손사래를 쳤다.

"이거 너랑 함께 먹으려고 산 거야."

김주필은 고맙다고 말한 뒤 조랭이떡을 맛있게 먹었다. 허기를 채우자 조금 힘이 난 듯 김주필이 그에게 물었다.

"기려, 앞으로의 진로는 생각해봤어? 참, 너 작년에 여순공과대학에 응시했다가 낙방한 적이 있으니 올해 다시 응시하겠구나."

기려는 고개를 저었다.

"잘 모르겠어. 요즘에는 의학을 공부하는 것도 좋지 않을까 싶어."

"의학? …… 그래 의사가 되는 것도 멋진 일이겠지. 그런데 왜?"

"할머니가 계셨는데, 어떤 의사도 손써보지 못한 채 돌아가셨어. 그것도 무려 이태 동안 힘겹게 투병을 하시다가 돌아가셨지. 요즘에 할머니 생각이 자주 나거든. 만약 의사가 된다면, 할머니처럼 고통받는 분들을 위해 일해보고 싶어."

"…… 그럼 미리 한 가지 부탁하자. 의사가 되면 우리 어머니부터 봐주겠다고."

그와 김주필은 동시에 웃었다. 하지만 웃음 끝에 기려는 자신의 처지를 되돌아보지 않을 수 없었다. 시간이 지날수록 초조해졌다. 이 실력으로는 아직 부족했다. 그는 실제로 마음속으로 의학대학을 염두에 두고 있었다. 박 의원의 말 때문만은 아니었다. 무엇보다 지금은 생존이 중요한 시기다. 살아 있어야 독립도 할 수 있고 민족을 위해 무슨 일이든 할 수 있지 않겠는가. 그들은 운계천을 따라 내려가다 남대문을 지나 초가집들이 다닥다닥 붙어 있는 마을로 들어섰다. 그곳 역시 기려의 하숙집이 있는 곳과 마찬가지로 가난한 사람들이 모여 사는 마을이었다. 곳곳에 담장이 허물어져 있었고 폐가처럼 음산한 분위기의 집들이 많았다.

"동네가 조금 을씨년스럽네. 왜 이런 거야?"

기려가 묻자 김주필은 이태 전 을축년 대홍수의 흔적이라고 했다.

"여태 저렇게 놔둔 거야?"

"아니. 그때 전염병이 생겨서 사람들이 많이 죽었거든. 그래서 아예 사람이 살지 않는 집도 있고, 그런 집들은 누구도 들어가서 살려고 하지 않으니까 빈집이 되어버린 거지. 사람의 손을 타지 않으면 제 아무리 벽돌집이라고 해도 저절로 무너지기 마련이니까. …… 나는 여기서 태어나고 여기서 자랐기 때문에 저 빈집들에 원래 누가 살았는지 잘 알고 있어."

김주필의 눈길은 이제 그곳에 없는 사람들을 추억하는 듯 빈집들을 더듬고 있었다.

"세월 앞에 장사 없다잖아."

기려도 이태 전 홍수를 잘 알고 있었다. 그해에 모두 네 차례에 걸쳐 조선 전역에 엄청난 비가 쏟아졌다. 홍수는 총독부 1년 예산의 절반에 해당하는 피해를 낸 뒤에야 지나갔다. 하지만 그때 기려는 고향인 용천에 내려가 머물고 있었던 터라 그가 개성에 돌아왔을 때는 수마가 할퀴고 간 상처가 흔적으로만 남아 있었다. 그래서 여태 을축년 대홍수를 피부로 느끼지는 못하고 있었다.

"사실 우리 집도 그때 많은 피해를 입었어. 내가 고친다고 애를 썼지만 무너진 담을 모두 새로 쌓지는 못했어. 쌓아도 곧 허물어져버리긴 하지만……."

김주필은 자신의 집을 보고 놀라지 말라는 듯 이렇게 말했다. 마을은 후락했지만 골목길은 정갈했다. 굴러다니는 돌멩이 하나 없었고 담장 아래 잡초도 한 포기 없었다. 기려는 가난하지만 바지런하고 순박한 사람들의 마을이라는 인상을 받았다. 비록 초가지붕에 흙담이었지만, 이곳이 개성이라는 걸 증명이라도 하듯 오랜 세월의 흔적을 품고 있었다. 오래된 왕성을 거니는 느낌이었다.

"들어와, 이곳이 우리 집이야."

그는 김주필이 이끄는 대로 여느 집과 별로 다르지 않은 초가집으로 들어갔다. 대문은 있으나마나였다. 무너진 담장 너머로 집안이 훤히 보였다. 김주필은 바랑을 내려놓고 쪽마루 앞에 선 채 작은 목소리로 어머니를 불렀다. 그러나 안에서는 아무런 소리도 새어나오지 않았다. 김주필의 얼굴에 불안한 그림자가 드리워졌다.

"주무시나 보다. 그럼 다음에 올 테니 군이 편찮으신 분을 깨우지는 마렴."

기려는 그렇게 말한 뒤 참외가 든 봉투를 놓고 돌아가려 했다. 김주필이 그런 기려를 붙잡았다.

"여기까지 오느라 땀을 많이 흘렸는데 시원한 물이라도 한 잔 마시고 가야지."

김주필은 뒤란으로 돌아갔다. 그곳에 우물이 있는 모양이었다. 곧이어 풍덩, 두레박이 우물물에 빠지는 소리가 들려왔다. 조금 뒤 김주필이 오지그릇을 두 손으로 받치고 나타났다. 기려는 오지그릇을 건네받아 목을 축였다. 시원하고 달콤했다. 개성에서 4년여를 지내는 동안 그가 가장 마음에 들었던 것 가운데 하나는 바로 이 달콤한 물맛이었다. 개성약수는 조선에서도 알아주는 명물이었으니까.

기려가 사양해도 김주필은 자신이 꼭 배웅을 해주겠노라 우겼다.

"너희 하숙집이 있는 곳까지 가는 지름길이 있으니까 내가 그 길을 가르쳐줄게. 조금만 기다려. 어머니가 어떠신지 살펴보고 나올 테니까."

잠시 뒤 김주필이 방에서 나와 쪽마루에 걸터앉았다. 누가 건드리지도 않았는데 쪽마루에 올려놓았던 봉투에서 참외 한 알이 굴러 나왔다. 기려는 참외가 데구르르 굴러 쪽마루에서 떨어지는 걸 바라보았다. 참외는 기려의 발치에서 멈췄다. 그 순간 기려는 김주필이 허수아비처럼 옆으로 쓰러지는 걸 보았다. 그는 달려가 친구를 일으켜 세웠다.

"주필아, 왜 그래?"

그는 오지그릇에 남아 있던 물을 한 모금 머금었다가 김주필의 얼굴에 뿌렸다. 김주필은 간신히 눈을 뜨고 흐느끼는 듯한 목소리로 말했다.

"어머니가…… 어머니가…….."

기려는 방문을 열었다. 지린내가 코끝에 확 끼쳐왔다. 맞은편 봉창에서 햇살이 비치고 있어 방 안은 그리 어둡지 않았다. 방 한가운데 홑이불을 덮고 누워 있는 김주필의 어머니를 볼 수 있었다. 그 위로 쉬파리들이 웅웅 소리를 내며 날아다니고 있었다. 기려는 알 수 있었다. 방문을 열고 안을 들여다본 순간, 낯익은 공포가 그를 사로잡았기 때문이다. 오래전, 할머니가 임종을 맞이했던 병실에서 느꼈던 전율, 바로 그것이었다. 김주필은 넋 나간 사람처럼 내뱉었다.

"어머니가…… 눈을…… 뜨지 않으셔…… 눈을."

옷가지 하나 걸려 있지 않은, 가구 하나 없는 방이었다. 아마도 오래전 옷과 가구는 전당포에 잡히거나 내다 팔았으리라. 김주필은 이성을 잃은 듯했다. 갑자기 벌떡 일어나더니 의원을 모시러 가야겠다며 나가는 게 아닌가. 하지만 기려가 보기에 김주필의 어머니는 숨을 거둔 지 오래였다. 어쩌면 오늘 돌아가신 게 아니라, 이미 며칠 전에 돌아가신 건지도 모른다. 김주필은 그 사실을 인정할 수 없어 저렇게 약초를 구하겠노라 돌아다녔던 건지도 모른다. 그가 김주필을 붙잡을 필요는 없었다. 김주필은 대문에서 몸을 돌려 되돌아왔다. 그리고 다시 쪽마루에 앉아 두 손으로 얼굴을 감쌌다.

"매번 이랬어. 아무도 와주지 않았어. 의원들은…… 우리 마을처럼 가난한 마을에는…… 우리 집처럼 가난한 집에는 오지 않아…… 내 아버지도…… 내 동생들도…… 의원의 코빼기 한번 보지 못하고 죽었어. 나도…… 그렇게 죽고 말겠지……."

기려는 김주필과 가까웠던 친구 몇 명에게 연락을 했다. 장례를 치르는 동안에도 김주필은 넋 나간 사람처럼 멍하니 앉아 있을 뿐이었다. 미래에 대한 불안이 끈적끈적하게 들러붙어 있는 한여름이었다. 장례를 마치고 친구들이 김주필을 위해 몇 푼의 돈을 모아주었다. 김주필이 만주로 떠나겠다고 했기 때문이었다. 떠나기 전 김주필은 기려에게 이렇게 말했다. 그는 김주필의 핏발 선 눈을 똑바로 보고 있기조차 힘들었다.

"기려야, 고맙다. 이 은혜는 평생 잊지 않으마. 너…… 의사가 되고 싶다고 했지? 그렇게 되기를 나도 빌어주마. 넌 좋은 의사가 될 수 있을 거야. 대신 한 가지만 나와 약속하자."

기려는 침을 꿀꺽 삼켰다.

"가난한 사람들을 모른 척하지 않겠다고."

기려는 고개를 끄덕였다. 김주필은 그의 어깨를 두드리고 한 번 힘차게 포옹을 했다. 그리고 개성을 떠났다. 어쩌면 김주필은 먼 훗날 독립운동가로 이름을 날리게 될지도 모른다. 아니면 마적단이 될지도 모른다. 무엇이 되든, 김주필의 운명의 지침을 돌려놓은 건 바로 지금 이 순간의 경험일 것이다.

시간은 흐르고 대학 입학시험 날짜는 코앞으로 다가왔다. 진인사대천명이다. 자신이 할 수 있는 모든 것을 했으므로 이제는 운명이 그를 어디로 이끌어줄지 기다리는 일만 남았다.

그리고 그는 하숙방에 무릎을 꿇고 앉아 기도를 했다. 기도를 하기 전에 그는 잠시 생각했다. 무엇을 기도해야 한단 말인가. 나의 합격을? 나의 성공을? 그는 지금까지 자신을 위해 기도한 적이 없었다. 하지만 이제 처음으로 자신을 위해서도 기도를 하고 싶었다. 그는 두 손을 모아 쥐고 눈을 감았다. 수많은 생각들이 떠올랐다 사라졌다. 또한 수많은 기억들이 먼지처럼 떠돌았다. 그는 포충망을 들고 곤충을 채집하는 아이처럼 그 숱한 생각과 기억들 가운데 지금까지 자신에게 가장 큰 감명을 주었던 것들만 거두어들였다. 맨 마지막에 김주필과 그의 어머니가 기려의 내부로 스며들어왔다. 그것들이 기려의 내부에 들어온 대신, 그의 내부에 고여 있던 눈물이 밖으로 빠져나왔다.

"제가 의사가 될 수 있게 도와주세요."

그때 누군가 그의 귀에 대고 속삭였다.

"무엇 때문에 의사가 되려고 하느냐?"

그는 주저하지 않고 대답했다.

"만약 제가 의사가 된다면 의사를 한 번도 보지 못하고 죽어가는 사람들을 위해 평생을 바치겠습니다."

졸업을 앞두고 그보다 성적이 좋은 학생들이 음주사건을 일으키는 바람에 유급이 되었다. 덕분에 1등으로 졸업할 수 있었고, 그 성적이 입학시험에 반영되어 경성의전에 들어갈 수 있었다. 순전히 실력으로만 시험을 치렀다면 합격을 장담하기 어려웠을 것이다. 어쩌면 이 모든 게 그의 서원 덕분인지도 모른다. 의사를 한 번도 보지 못하고 죽어가는 사람들을 위해 살아가겠노라는, 그 어렵고도 무거운 서원을 훗날 후회하게 될지도 모른다. 하지만 어쩌랴. 그에게는 길이 주어졌고, 이제 남은 건 그 길을 걸어가는 것뿐이었다.

그는 1928년 4월 1일 경성의학전문학교에 입학하였다. 입학성적은 31등이었다. 그러나 2학년은 4등으로, 3학년은 2등으로, 4학년은 1등으로, 마지막으로 전학년 성적을 합산하여 졸업할 때는 2등으로 학업을 마쳤다. 그 세월 동안 그는 오직 공부밖에 모르는 사람이었다.

형제를 미워하면 살인을 하게 된다

 신문사 마크가 크게 그려진 일본식 잠바를 입은 사내가 새벽어둠을 헤치고 골목을 달려가고 있었다. 사내의 허리춤에 달린 요령들이 내는 소리가 골목을 가득 메웠다. 하루의 시작을 알리는 소리였다. 장기려는 여느 때처럼 첫 전차가 나오는 소리와 신문배달 요령소리에 잠을 깼다. 아내는 벌써 일어나 아침을 준비하고 있었다. 그는 이부자리를 정돈하고 벽에 걸린 십자가를 향해 무릎을 꿇고 앉았다. 그의 일상은 기도로 시작하고 기도로 마감했다. 조수생활을 하는 동안 그는 부쩍 몸이 약해졌다. 하지만 단 한 번도 출근시간에 늦은 적은 없다. 스승인 백인제도 아침 회진을 거르지 않았는데 제자인 자신이 게으름을 피울 수는 없었다. 시내는 여느 때와 마찬가지로 활기가 넘쳤다. 등교하고 출근하는 사람들의 얼굴에는 모자란 잠 때문에 피로가 묻어나긴 했지만, 오늘 하루에 대한 기대감도 묻어나고 있었다. 그에게 오늘 하루는 여느 때와 같은 하루가 아니었다. 이제 그도 수술을 집도하는 의사가 되었으니 말이다. 진짜 의사가 되어 맞이하는 첫 아침이었다.

"대담하게 잘해냈구나. 내가 했어도 그처럼 잘했으리라 장담할 수는 없을 거야."

스승은 연구실을 찾아온 그에게 이렇게 말했다. 그는 얼굴을 붉혔다. 스승은 그런 제자를 대견한 듯 바라보았다. 스승은 칭찬에 인색한 사람이었다. 그런 스승에게 칭찬을 받았다는 것만으로도 그는 날아갈 듯 기뻤다. 스승이 어떤 사람인가. 일본인과 조선인을 통틀어 조선 최고의 외과의사 백인제가 아니던가.

한편 백인제에게 이 젊은 제자는 불가사의한 존재였다. 시국에 대한 의견을 피력하는 모습을 본 적도 없고, 요즘 젊은이라면 관심을 가질 만한 일들, 이를테면 활동사진이라든가 유행가라든가 혹은 소설에 대해서도 전혀 관심이 없는 듯했다. 한마디로 재미없는 친구다. 운동마저 좋아하지 않았다면 퍽 무료하고 딱한 인생이었을 것이다. 하지만 백인제는 그런 제자의 불가사의함이 오히려 좋았다. 그가 기억하기에 장기려는 명석한 두뇌를 지닌 제자는 아니었다. 우선 입학성적부터가 평범했다. 그러나 해가 거듭될수록 성적이 올랐다. 천재

성을 지니지는 못했지만, 꾸준히 노력하는 성실한 청년이라는 걸 증명이라도 하듯, 제자는 하루하루 괄목할 만큼 성장했다. 실제로 외과의사에게 필요한 건 바로 성실과 인내 그리고 끈기다. 백인제가 이 순박한 제자를 누구보다 아끼는 것도 바로 그런 이유에서였다.

"하지만 이 사실은 잊지 말게나."

스승의 칭찬은 너무나 짧았다. 그는 불현듯 두려움을 느꼈다. 어제 수술을 하면서 자신이 미처 깨닫지 못한 실수가 있었던 건 아닌지……. 그는 어서 자신이 수술한 환자에게 달려가 상태를 확인해보고 싶었다.

"왜 우리와 같은 의사들의 사회를 규도계라고 하는지 생각해본 적이 있나?"

그는 고개를 저었다.

"규도가 무엇인지는 알겠지? 그래, 규도는 가루약을 뜨는 작은 숟가락을 일컫지. 쉽게 말하면 약숟가락일세. 우리가 어린 시절 제아무리 심한 복통을 앓아도 어머니의 손이 쓰다듬고 지나가면 낫곤 했지. 그래서 어머니의 손을 약손이라고 했던 거네. 자네라면 약숟가락이라는 말 속에 담긴 다른 의미를 잘 알 거라고 믿네."

스승은 지금 수술의 성공에 자만하지 말고 환자의 예후를 잘 살피라는 말을 돌려서 하고 있는 것이었다. 그의 얼굴이

전보다 더 붉게 달아올랐다. 스승의 칭찬 한마디에 어린 아이처럼 기뻐한 자신이 부끄러웠다.

스승의 연구실을 나온 그는 어제 수술했던 환자의 입원실을 찾았다. 환자는 부기가 다 가라앉지 않아 푸석푸석한 얼굴이었지만 온화한 표정을 짓고 있었다. 그는 당직간호사가 작성한 일지를 살펴보면서 지난밤 상태가 어땠는지를 물었다. 환자는 수술부위가 조금 욱신거리기는 하지만 참을 만하다고 답했다. 증상이 완화되고 있는 게 틀림없었다. 소독도 잘 되어 창상을 염려할 필요는 없을 듯했다. 그래도 그는 간호사에게 소독에 신경을 쓰라고 일러주었다.

그날 하루도 그는 눈코 뜰 새 없이 바빴다. 백인제 교수의 수술실력이 널리 알려진 탓도 있고, 수혈에 관한 독보적인 위치도 있어 경성의전 부속병원은 응급환자들이 넘쳐날 지경이었다. 수혈이 필요하다 싶으면 다른 병원들이 무조건 이곳으로 환자들을 보내기 때문이었다. 그래서 부속병원 앞은 늘 인력거와 사람들로 붐볐다. 대기실은 물론이요 현관 앞마당까지 북적거렸다. 당시의 대수술은 스승의 독무대나 마찬가지였다. 조선인, 일본인 할 것 없이 전국 각지에서, 심지어 일본이나 만주에서도 수술을 받기 위해 직접 스승을 찾아왔다. 위장, 특히 위궤양, 위암, 간담관, 유암, 갑상선 등의 수술을 받기 위해 오는 환자들이 많았다. 일본인들은 경성의전 부속병원에 들어서면 우선 '하구센세이(백 선생)!' 하며 스승부터 찾았다.

부속병원 조수로서 일과가 끝나면 그는 스승의 연구를 돕거나 스승이 자신에게 준 과제를 이행하느라 밤을 하얗게 지새우기 일쑤였다. 그즈음 의학계에서는 장폐색증 연구가 활발하게 이뤄지고 있었다. 수술을 잘 마치고도 장폐색증 때문에 환자가 숨지는 경우가 많았다. 보건위생이 적절한 수준으로 이뤄지지 않아 조선인 대부분이 회충에 감염되어 있다 해도 과언이 아닌 시절이었다. 이러한 회충이 종양처럼 장속에서 흐름을 방해해 장폐색증이 생기기도 했다. 당시 조선의 외과학은 경성의전의 백인제 교수팀과 성균관대의 오가와 교수팀으로 양분되어 있었다. 오가와 교수팀은 장폐색증으로 사람이 죽는 원인을 하부장관에서 발생한 독소가 인체에 대량으로 흡수되기 때문이라고 주장했다. 반대로 동경대학에서는 상부장관 독소발생설을 취하고 있었다. 그러나 어느 쪽도 이렇다 할 치료방법이나 치료에 성공한 예를 보고하지는 못했다. 스승인 백인제 교수는 상부장관을 복벽에 유착시켜 장루를 형성시킨 다음 장관을 감압시켜서 폐색된 부분을 통하게 하는 수술을 진행하고 있었고 기려를 비롯한 다른 조수들이 그 수술을 거들고 있었다.

뿐만 아니라 스승은 그가 조수가 되자마자 충수염 및 충수염성 복막염의 세균학적 연구를 테마로 주었다. 그와 관련한 실험 데이터를 정리하고 분석하는 것만으로도 시간이 부족할 지경이었다. 처음에 그는 왜 스승이 자신에게 충수염을 테마로 주었는지 의문이었다. 현미경의 발달로 세균학적 연구가 성행하고 있는 건 사실이지만, 충수염 외에도 외과의사라면 평생을 걸고 도전해보고 싶은 분야가 많았다. 한 해가 지나가고 두 해가 지나가고, 실험이 거듭될수록 그는 스승의 깊은 뜻을 어렴풋하게나마 알 수 있을 듯했다. 흔히 맹장염이라 알려진 충수염은 발생 원인조차 뚜렷하게 규명되어 있지 않았다. 그에 비해 치료방법은 너무나 간단했다. 맹장 아래 손가락 굵기로 연필 길이 만하게 붙은, 지렁이를 닮은 충수를 제거해주면 된다. 하지만 원인이 불투명하기 때문에 진단이 쉽지 않았다. 장폐색증과 증세가 비슷한 데다 충수염이 발생하면 그 통증이 복부의 이곳저곳을 옮겨다니며 나타나기 때문이다. 4년 동안 충수염을 일으키는 장내 세균들에 대한 연구를 진행하면서 그는 의학의 시작과 끝이 무엇인지 알 수 있었다.

그가 깨달은 건, 시작과 끝이 없다는 것이었다. 고대의 체액설부터 근대의 세균설에 이르기까지 의학은 눈부시게 발전해왔다. 체액설이 옳다고 믿었던 시대에는 모든 걸 체액설로 설명할 수 있었다. 그리고 세균설이 옳다고 믿는 이 시대에는 모든 걸 세균으로 설명할 수 있게 되었다. 하지만 어느 시대든 예외는 있게 마련이고, 예외마저 포괄할 수 있는 이론이

등장하면 과거의 이론적 틀은 폐기되고 만다. 다시 말해 의학이란, 눈 내리는 길을 걷는 것과 비슷했다. 한 걸음, 두 걸음, 매 걸음이 미답의 영역에 발자국을 남기는 개척의 역사를 이루지만, 마찬가지로 세 걸음, 네 걸음 앞으로 나갈수록 첫 번째 발자국과 두 번째 발자국은 계속해서 내리는 눈에 의해 지워지고 말지 않던가. 그래서 의학은 늘 새롭고도 낯선 영역이다. 그는 이런 깨달음을 충수염에 관한 연구를 하면서 얻게 되었다. 충수에 생긴 염증과 그 염증이 주변의 장기에 유착되어 제한적 복막염을 일으키게 되는 건 스승의 생각처럼 세균에 의한 것일 수 있다. 하지만, 또한 그것은 다른 이유 때문일 수도 있다. 결국 의학이란 수많은 '부분'들로 이루어진 하나의 '전체'다. 그의 이 하찮아 보이는 연구가 쌓이고 쌓여, 그와 비슷한 연구들이 손을 뻗어 서로 마주잡을 때 비로소 의학의 발전이 이뤄지는 것이다. 그리고 이 발전이 이루어진 순간 의학에 몸담은 사람들에게는 새로운 과제가 주어지는 것이다. 그는 스승이 이런 사실을 깨우치라는 의미에서 충수염을 연구과제로 내주었으리라 믿고 있었다.

어느 날 밤이 깊은 시각, 그는 바람을 쏘이기 위해 옥상에 올랐다. 저 멀리 종각 쪽에 여전히 불빛이 어른거리는 곳은 얼마 전 착공한 화신백화점 건설현장임이 분명했다. 조선인의 손으로 만든, 조선 최대의 건축물이라는 소문이 파다했다. 그는 안경을 벗고 침침한 두 눈을 감은 채 눈두덩을 손바닥으로 문질렀다. 그때 그의 눈에 무언가 보였다. 옥상 구석에 웅크리고 있던 그것은 인기척을 느끼자 벌떡 일어나 그 앞으로 쏜살같이 달려왔다. 놀란 그는 황급히 몸을 옆으로 피하면서 그것을 붙잡았다. 그의 손에 부드러운 팔이 잡혔다. 그는 자신이 붙잡은 게 사람의 팔이라는 걸 깨닫자 불에 덴 듯 놀라며 놓아버렸다. 간호사였다.

"누구십니까?"

그가 떨리는 목소리로 이렇게 묻자 간호사가 대답했다.

"죄송해요, 선생님. 놀라게 하려던 건 아니었습니다. 저는 간호사 김옥자입니다."

간호부의 유일한 조선인 간호사였다. 그는 왜 이런 곳에 있느냐고 물었다. 간호사는 아무 말도 없더니 갑자기 주저앉았다. 그가 일으켜 세우려 하자 간호사가 고개를 들어 그를 보았다. 그 눈에 물기가 가득했다. 한참 뒤에 간호사는 간신히 말을 이었다.

"여드레째 야근을 하다 보니 몸이 조금 피곤했어요."

"왜 야근을 그렇게 오랫동안 합니까?"

"조선인인데 별 수 있나요? 주임 간호사가 당직을 그렇게 짜준 걸 제가 어쩌겠어요."

"열이 있는 것 같으니 쉬어야겠습니다. 말하기가 곤란하다면 내가 대신 말해주지요."

"괜찮아요, 선생님. 그렇게 말씀해주신 것만으로도 벌써 기운이 납니다."

"말로 고칠 수 있는 병이 있고, 쉬어야 낫는 병도 있는 법이지요."

그는 성큼성큼 걸어 먼저 옥상을 내려갔다. 하노 간호사가 있는지 없는지는 모르겠지만 어쨌든 간호부실로 찾아갈 생각이었다. 김옥자는 차마 그를 붙잡지 못하고 그의 뒤를 따라왔다. 간호부실에는 다른 일본인 간호사가 있었다. 명패를 보니 하나꼬였다. 하나꼬는 그에게 가볍게 목례를 했다. 그리고 그의 뒤에 김옥자가 서 있는 걸 보더니 눈살을 찌푸렸다. 그는 하나꼬에게 말했다.

"이 간호사가 몸이 안 좋아 보입니다. 휴가를 줄 수는 없더라도 하루쯤 병가를 낼 수 있게 해주세요."

하나꼬는 머뭇거리더니 마지못한 듯 대답했다.

"그건 제가 알아서 할 일이 아닙니다. 주임 간호사가 결정할 일이지요. 그리고 외람되지만, 이런 일은 간호부의 소관이지 조수들이 간섭할 일은 아닙니다."

틀린 말은 아니었지만 왠지 그는 분노가 치솟았다. 설령 절차가 있다 해도, 이 정도쯤은 간섭이 아니라 부탁으로 생각해도 될 일이 아닌가. 그러나 하나꼬의 말투에는 조수 주제에 무슨 상관이냐는 힐난의 의미가 느껴졌다. 아니, 사실 그는 그 말투에서 조선인이라서 조선인 편을 드는 게 아니냐는, 결국 조선인이란 이런저런 방법으로 게으름이나 피우려는 사람들이 아니냐는 멸시를 느꼈다.

"그럼 내가 내일 직접 주임 간호사인 하노 씨에게 부탁하겠습니다."

그러나 그는 스승의 학회발표 준비와 자신의 연구논문 작성에 골몰한 나머지 그 일을 까맣게 잊고 말았다. 그러다 며칠 뒤 회진을 하다가 그 조선인 간호사가 입원해 있는 걸 보았다. 핼쑥해진 김옥자는 그를 보자 억지로 몸을 일으켰다.

"깜빡 잠이 들었다 싶었는데 깨어 보니 여기 누워 있더군요. 하루 이틀 쉬면 나아질 거라고들 하십니다."

과로 때문에 까무러친 모양이었다. 수액을 공급하는 주사바늘이 박힌 김옥자의 팔뚝이 삭정이처럼 보였다. 그는 왠지 눈물이 날 것 같았다. 다른 환자들을 건성으로 보고 진찰실에 앉았다. 그래도 마음이 진정되지 않았다. 그때 외래환자가 왔고 며칠 전 그에게 눈살을 찌푸렸던 일본인 간호사인 하나꼬가 차트를 들고 들어왔다. 그는 환자와 대화를 나눈 뒤 진찰대 위에 누우라고 했다. 그때 하나꼬는 침대의 깔개를 쥔 채 엉거주춤 서 있었다. 깔개는 오랜 시간 수술을 할 때 환자의 욕창을 방지하기 위해서도 필요하지만, 병원이라면 우선 겁부터 집어먹는 사람들의 긴장을 이완시키기 위해서도 필수적이었다. 부드러운 깔개 위에 누우면 그나마 쉽게 안정을 찾기 때문이었다. 그는 하나꼬의 손에서 깔개를 낚아채 진찰대 위에 폈다. 그러자 하나꼬가 화가 난 표정으로 그 깔개를 다시 접는 게 아닌가. 그가 하나꼬를 빤히 바라보자 간호사는 못마땅하다는 듯 말했다.

"이 깔개는 옆구리가 터졌어요. 꿰매야 합니다."

그 순간 그는 자신도 모르게 간호사의 뺨을 때렸다. 순식간에 일어난 일이었다. 옆에 주임 간호사가 있었다면, 대체 어떻게 교육을 시켰기에 의사가 환자를 보기 위해 깔개를 펴는데 간호원이 개켜버릴 수가 있느냐고 한바탕 호통을 쳐주었을 것이다. 그렇게 하면, 하나꼬에게 당한 모욕과 조선인들은 야만적이니 어떠느니 했던 하노에게 당한 모욕마저 갚아줄 수 있을 것만 같았다. 그때 마침 주임 간호사가 진찰실에 들어왔다. 그러나 막상 그 모습을 보자 그는 아무런 말도 할 수가 없었다. 마음속에서는 이미 하노에게 호통을 치고 있었지만, 그보다 더 깊은 곳에서는 간호사의 뺨을 때린 자신을 용서할 수 없다는 또 다른 외침이 들려오고 있었다. 하노는 눈을 동그랗게 뜬 채 하나꼬와 그를 번갈아가며 보았다. 그리고 장기려에게 얻어맞은 뺨을 감싸 쥔 채 훌쩍이고 있는 하나꼬를 껴안았다. 하노는 그를 쏘아보며 말했다.

"대체 무슨 짓을 하신 겁니까? 하나꼬는 며칠 전부터 몸이 아팠단 말입니다. 이 창백한 얼굴이 보이지 않습니까?"

아닌 게 아니라, 하나꼬는 핏기가 없는 얼굴이었다. 난처해진 그는 아무 말도 할 수 없었다. 원래 하얀 얼굴인 줄 알았는데 그게 아픈 기색이었다니.

그로부터 이틀 동안 그는 아무것도 먹지 못했다. 자신이 누군가에게 폭력을 휘둘렀다는 생각만이 머릿속을 어지럽게 맴돌았다. 길을 걷다가도, 책을 읽다가도 그는 자신의 오른손을 들어 손바닥을 지그시 들여다보았다. 수술을 해야 할 이 손으로 한 여자의 뺨을 때렸다! 이런 생각이 들 때마다 미칠 것만 같았다. '조선인을 야만인이라고 비난한다 해도 이제 나는 할 말이 없게 된 셈이다.' 이렇게 중얼거리면서.

하나꼬는 입원했다. 장티푸스로 밝혀져 격리병동에 수용되었다. 그는 몇 번이나 격리병동 쪽으로 발길을 옮기려다 돌아서야 했다. 그는 자신이 용서를 구할 자격도 없다고 생각했다. 하나꼬의 안색이 창백했던 것도, 화가 난 듯 눈살을 찌푸린 것도, 모두 병 때문이었다. 장티푸스에 걸리면 온몸이 나른해지고 곧이어 두통과 관절통이 찾아온다. 하나꼬는 아마도 움직이는 것조차 어쩌면 숨쉬는 것조차 버거웠으리라. 그런 줄도 모르고 뺨을 때렸으니. 문득 정신을 차려보니 그의 손에 메스가 들려 있었다. 그는 생각했다. 무엇을 쥐느냐가 중요한 게 아니라, 무엇을 위해 쥐느냐가 중요하다. 똑같은 칼이라 해도 군인이 쥘 때와 의사가 쥘 때는 그 의미가 다르게 마련이다. 자신의 손은 환자들을 위해 칼을 쥐어야 하는 손이다. 그런데, 그 손으로 가엾은 한 간호사의 뺨을 때렸다. 말하자면 그는 누군가를 죽이기 위해 칼을 쥔 군인과 다름이 없었던 것이다. 자괴감이 밀려왔다. 그는 기도를 하고 싶었다. 하나꼬의 환후는 좋지 않았다. 장티푸스는 당시로서는 치료가 힘든 병이었다. 더구나 과로와 스트레스로 몸이 약해질 대로 약해진 여자에게는 치명적인 병이었다. 1주일이 고비다. 첫 1주일을 무사히 넘기면 면역체계가 장티푸스를 감당할 수 있다는 걸 뜻했다. 하지만 쇠약한 몸으로는 그게 가능할 것 같지 않았다. 그는 자신의 연구실로 들어가 책상 앞에 무릎을 꿇었다. 그리고 기도했다. 부디 자신의 죄를 용서하지 않기를. 이 죄를 평생 짊어지고 갈 수 있기를. 그리고 하나꼬가 병마에서 벗어날 수 있기를 기도했다. 그러나 기도로도 그의 마음은 진정이 되지 않았다. 그는 스승을 찾아갔다.

"자네답지 못한 일을 했군."

"용서해주십시오, 선생님. 그리고 이 사표를 받아주십시오."

그는 스승 앞에 사표를 내놓았다. 백인제는 그가 내민 사표를 물끄러미 바라보고는 깍지 낀 두 손을 조용히 책상 앞에 내려놓았다.

"이야기 들었네. 이런저런 악감정이 쌓여 있었던 게지. 해부학적으로 조선인은 도둑놈이 될 수밖에 없다는 구보 다케시 교수 사건도 떠올렸겠지. 하지만, 기려, 나는 조금 다르게 생각하네. 당시 조선인이라면 누구나 그 말에 흥분했지. 하지만 세월이 흐른 지금 돌이켜보면, 그건 조선인 인텔리들이 터뜨린 불평에 지나지 않았다는 생각이 들곤 하네. 나도 너희 일본인만큼 똑똑한 사람이라는 자부심 말이야. 이 자부심은 민족 전체로 확산되어가지는 않는다네. 그때의 학생들은 지금 무얼 하고 있나? 그들도 일본인과 대화를 나눌 때면 조선인들은 게으른 족속이라는 말을 스스럼없이 하지. 그들은 의학대학 학생으로서, 엘리트로서 자존심이 상했던 것뿐이야. 조선인이 도둑놈의 관상이든 아니든 상관없었던 거지. 그런 조선인으로 싸잡아 욕보이고 싶지 않았던 거지. 만약 그들이 진정으로 조선인으로서 수치감을 느꼈다면, 그들 스스로 조선인을 비하하고 무시하지는 못할 것이네. 하지만 그들은 지금 어디에 있나? 저 한없이 낮고 초라한 조선인들 곁에 있나? 아닐세. 그들은 자신들의 성공을 기뻐하며 자신들에게 재능이 있음을 즐기며 살고 있지. 그들은 자신들이 일본인과 비교해도 모자랄 게 없는 뛰어난 사람이라고 주장하고 싶었던 것일 뿐이야. 그런 게 바로 자칭 인텔리들의 불평불만 아니겠나. 민족의식이라는 거, 그렇게 허점이 많은 환상일 경우가 많다네. 자네가 만약 이번에 그런 실수를 한 이유가 그 알량한 민족의식 때문이라면, 내 말을 다시 한 번 깊이 생각해보게나."

스승인 백인제는 알듯 모를 듯한 미소를 지었다. 기려는 스승의 얼굴을 똑바로 보지 못했다. 눈을 마주치면 지금까지 꾹 참고 있었던 감정들이 폭발해버릴 것만 같았다. 대신 기려는 스승의 입을 보았다. 그걸 알고 있기라도 하듯 스승의 입이 천천히 열렸다.

"전화위복이란 말이 뭔지 잘 알고 있겠지. 자네도 알다시피 지난 기미년에 나도 동료 학생들과 함께 만세운동을 했지. 그 때문에 열 달 동안 감옥 구경도 했지. 당시 외과주임이었던 우에무라 선생이 아니었다면 복학도 어려웠을 거네. 어렵게 복학해서 졸업을 하긴 했지만 의사면허를 받을 수가 없었지. 자네도 한번 생각해보게. 4년 동안 밤낮없이 공부에 매달린 20대의 청년이 졸업하던 날, 다른 동료들은 모두 의사면허를 받아 즐거워하는데 서글픔을 감추고 그들을 축하해야 했던 모습을. 물론 그때 내 가슴속에는 시기심과 질투심이 가득했다네. 조선의 독립……"

스승은 잠시 숨을 골랐다. 기려는 깜짝 놀랄 수밖에 없었다. 스승의 입에서 '조선의 독립'과 같은 강렬한 언어가 튀어나오리라고는 생각지도 못했던 탓이다. 스승은 일본인 교수들과 친분이 두터울 뿐만 아니라 모가 나거나 두드러진 성격을 지닌 사람이 아니었다. 독립이니 투사니 하는 낱말들을 평소에 입에 올리지도 않을뿐더러 그런 것과는 전혀 무관한 그저 한 사람의 의사에 만족하는 것처럼 보였다.

"아닐세. 어쨌든 내 눈에는 버젓이 면허를 받아 의사행세를 하게 될 동료들이 아니꼽게 비쳤던 게 사실이네. 사회가 어찌 되든, 민족이 어찌 되든 상관없이 자신의 미래만 보장된다면 상관없다고 생각하는 동료들을 가슴으로 받아안을 수 없었으니 말일세. 졸업식날 교장이 나를 부르더니 이렇게 말하더군. 내 지난 경력 때문에 의사면허를 줄 수는 없지만 방법이 아주 없는 건 아니라고. 그 방법이 뭐냐고 물었지. 교장은 총독부 의원에서 부수副手로 2년 동안 근무하면 그때 의사면허를 받을 수 있을 거라고 하더군. 하늘이 노랗게 보였다네. 면허를 영영 받지 못하게 된다는 것보다는 나았지만 2년 동안 허송세월을 할 생각을 하니 다리에 힘이 빠졌다네. 하지만,"

스승의 음성이 높아졌다. 기려는 고개를 들어 스승의 눈을 보았다. 그 눈은 방금 개울에서 건져낸 조약돌처럼 물기가 묻어 빛이 났다.

"그게 바로 내 삶의 전화위복이었네. 나는 다른 동료들보다 2년 동안 더 연구에 몰두할 수 있었고 새로운 의학들을 접할 수 있었다네. 그 시절, 졸업을 하고 의사면허를 쥔 채 세상으로 나간 동료들은 편하고 안정된 삶을 구했을지는 몰라도 나처럼 의학의 심연으로 다가가보지는 못했을 테니 말일세."

 스승이 오른팔을 들었다. 그 팔이 눈 앞에 다가오자 기려는 자신도 모르게 상체를 숙였다. 마치 마라톤을 막 끝낸 선수를 옆에서 부축하듯, 기려는 스승의 팔이 자신의 어깨에 좀더 편하게 놓여질 수 있도록 몸을 움직였다.

 "지금 당장 자네 앞에 고난이 있다 해도 좌절하거나 절망하지 말게. 우리 같은 의사들에게 고난이란 기회의 다른 이름에 지나지 않네. 나는 자네를 믿네. 자네는…… 조선의 의사니까."

 기려는 고개를 숙인 채 두 눈을 부릅떴다. 눈을 깜박거리기라도 하면, 금세 눈물이 떨어질 것만 같아서였다. 스승이 3·1운동으로 고초를 치르고 부당한 대우를 받았다는 사실은 익히 알고 있어 새로울 게 없었다. 하지만 그런 고난마저 전화위복으로 여기는 긍정적인 생각을 지니고 있을 줄은 몰랐다.

 백인제는 총독부의원에서 2년간 더 임상공부를 하고 나서야 의사면허를 받을 수 있었다. 외과학교실에서 조수가 되지 못하고 부수로서 2년간 마취를 전담하였다. 당시에는 전신 마취 전문의사가 없었고 의국원들이 순번제로 돌아가면서 의학서에 기재되어 있는 마취학의 이론에 따라 주로 에테르 마취의 개방성 점적방법을 실시했다. 백인제는 지금의 마취전문 의사들보다 쉽게 환자가 심마취에 들어가도록 숙련되었다.

기려도 마취를 하다가 환자가 흥분기에서 심마취기에 들어가지 않아 당황한 적이 있는데, 그때 백인제가 시범으로 마취기술을 보여주었다. 환자가 호흡하는 리듬에 맞추어 흡기 직전에 에테르 마스크 위에 에테르를 뿌려주기를 1분간 지속하니까 환자는 고요히 심마취기에 들어갔다. 그때 기려는 외과의의 수기手技는 예술이라는 인상을 받았다. 단조롭고 무미해 보이는 외과의사의 손기술도 그토록 오묘하고 심미적일 수 있다는 걸 스승을 통해 알게 되었다. 그러니 스승이 전화위복을 이야기하는 것도 어쩌면 당연한 일일 수 있다.

하나꼬는 시작에 불과했다. 그로부터 보름도 채 안 되는 사이에 다섯 명의 간호사가 장티푸스로 입원하게 되었다. 같은 시기 경성제국대학 부속병원에서 열다섯 명의 간호사가 장티푸스에 걸린 것과 비교하면 그나마 나은 상황이었지만, 이 사건을 통해 그는 새삼 간호사들이 얼마나 힘든 상황에서 일하고 있는지를 알 수 있었다.

그는 격리병동으로 찾아갔다. 하나꼬는 기적처럼 의식을 차렸고, 모든 걸 다 용서한다는 듯한 표정으로 그를 바라보았다. 그는 하나꼬의 침대 옆에 무릎을 꿇고 앉았다. 누구든지 자기 형제를 미워하면 살인자다, 라는 요한 1서의 구절을 되새기면서 진심으로 기도했다. 그러자 그의 감은 눈 위로 사람들이 떠올랐다. 일본의 어느 시골마을에서 태어나 간호학교를 나오고 현해탄을 건너 조선에 들어온 여인들이, 비록 일본 제국주의자들이 닦은 길을 따라 들어왔지만, 이곳 조선이 여전히 낯선 타향이고 이국일 수밖에 없는 여인들이, 바로 수많은 하나꼬들이 떠올랐다. 민족은 달라도 성별은 달라도, 이 순간만은 하나꼬가 그에게는 형제나 다름없는 사람으로 여겨졌다. 간호사들을 구원의 여신이라 치켜세우면서 사실은 그들이 처한 열악한 조건에는 무관심하지 않았던가. 대부분의 의사들이 마치 종을 부리듯 간호사를 부리지 않던가. 또한 그들은 전염병이 옮을 위험을 무릅쓰면서 환자들을 간호하지 않던가. 의사보다 먼저 일어나 수술실과 병실을 청소하고 언제 발생할지 모르는 위급상황 때문에 휴일과 외출도 없이 일하고 있지 않은가. 때로는 의사들을 대신해 직접 왕진을 가기도 하지 않던가. 그러면서도 의사 월급의 반의 반에도 미치지 못하는 박봉에 시달리지 않던가. 그는 눈을 떴다. 그의 눈가에서 한 줄기 눈물이 흘러내렸다. 희생을 강요당하는 사람들은 모두 내 형제다, 라고 그는 생각했다. 하나꼬는 기도하는 그를 물끄러미 내려다보고 있었다. 말은 못했지만, 그는 알 수 있었다. 하나꼬가 그를 용서했음을. 그러나 그는 고개를 저었다. 나는 그렇게 쉽게 용서받아서는 안 된다. 왜냐하면…… 나는 의사, 사람을 살리는 의사여야 하니까. 그는 기도할 때보다 절실한 심정으로, 이렇게 중얼거렸다.

바보 의사

"사람을 해부한다는 건 어떤 기분인가?"

이광수의 질문 때문에 기려는 경성의전을 다니던 시절의 해부학 시간을 떠올렸다. 처음으로 사람을 해부하는 광경을 지켜보아야 했던 그때, 그는 끝까지 지켜보지 못하고 화장실로 달려가 구토를 했다. 많은 학생들이 그랬다. 그러나 그는 다시 교실로 들어가 실습이 끝날 때까지 자리를 지켰다. 그 자신도 왜 그랬는지 알 수가 없다. 사명감으로만 설명하기에는 뭔가 부족했다. 죽은 사람을 해부한다는 건, 마치 죽음 그 자체를 해부하는 것 같은 기분을 불러일으켰다. 인체해부도를 펼쳐놓고 혈관과 신경과 장기의 위치 따위를 외우는 것과는 전혀 다른 차원의 문제였다.

"글쎄요. 썩 재미있는 일은 아닙니다. 하지만 사람의 신체를 해부하는 일이 사람의 영혼을 해부하는 일에 비교나 되겠습니까? 선생님께서는 사상가이고 문필가이시니 매 순간마다 사람의 영혼을 들여다보고 계시지 않습니까? 그건 대체 어떤 기분입니까?"

"이런, 내가 장 군한테 한 방 먹었군. 그래, 재미없는 건 마찬가지지."

이광수는 이렇게 말하며 껄껄 웃었다. 그러나 이광수의 얼굴은 핏기가 없어 웃는 모습조차 고통스러워 보였다. 이광수는 지난해 동우회 사건으로 구속되었다가 병보석으로 풀려난 뒤 그가 근무하는 경성의전 병원에 입원했다. 그러자 백인제는 기려를 이광수의 주치의로 임명했다. 그는 이광수에게 경외감을 가지고 있기는 했지만, 그렇다고 해서 이광수를 특별대우하지는 않았다. 이광수는 그런 장기려에게 불만이 많았다. 이광수의 병실에는 늘 손님들로 가득했고 이광수는 지인들의 방문을 반가워했다. 그런데 어느 날 주치의 장기려가 손님들의 면회를 제한해버렸다. 화가 난 이광수는 장기려를 호출했다. 호출한 지 한 시간이 지나고 두 시간이 지나도 그는 나타나지 않았다. 기다리다 지친 이광수는 깜빡 졸았다. 그러다 이마에 서늘한 기운이 느껴져 눈을 떠보니 장기려가 병상 옆에 서 있는 게 아닌가. 이광수는 화가 날 대로 났다.

"이보게, 장 군. 내가 자네를 부른 지 벌써 몇 시간이나 지났는데 이제 나타나면 어떡하나?"

장기려는 담담하게 대답했다.

"선생님, 저는 수술을 끝내자마자 달려왔습니다. 수술복도 갈아입지 못하고 왔습니다."

그제야 이광수는 기려가 수술 가운을 입고 있다는 걸 알았다.

"자네는 내 주치의가 아닌가. 환자가 부르면 당연히 달려와야 하는 게 아닌가?"

"네, 알겠습니다. 그런데 무엇 때문에 부르셨습니까?"

"자네가 내 손님들의 방문을 거절했다지? 왜 그랬는지 이유를 듣고 싶었네."

그러자 장기려는 한심하다는 듯한 표정을 지었다.

"그것 때문에 부르신 겁니까? 그런 문제라면 간호사나 직원들과 이야기를 해서도 충분합니다. 안정이 필요한 환자에게 주치의가 방문을 제한하는 건 당연한 일입니다. 그럼 저는 이만 돌아가겠습니다."

이광수는 기가 막혔다. 적반하장도 유분수지, 몇 시간이나 기다리게 해놓고 이렇게 그냥 간다는 건 참기 힘든 모욕이었다. 이광수가 호통을 치려 할 때 장기려가 먼저 이렇게 말했다.

"선생님, 저는 선생님만의 주치의가 아닙니다. 지금 이 병원에는 선생님보다 급박하고 위중한 환자들이 많습니다. 앞으로는 그런 사소한 일로 호출하지 않으셨으면 합니다."

이광수는 분을 참을 수 없었다. 그러나 백인제가 추천한 의사였기 때문에 별 도리가 없었다.

이광수가 입원한 지 한 달쯤 지나 해가 바뀌어 1938년이 되었다. 어느 날 이광수는 가슴의 통증으로 한밤중에 잠에서 깨어났다가 누군가 옆에 있는 걸 알고 깜짝 놀랐다. 이광수는 그때 병보석이 취소되어 다시 감옥으로 끌려가는 꿈을 꾸곤 했으므로 자신을 잡으러 온 일본 순사인 줄만 알았다. 이윽고 잠기가 사라진 이광수는 자기 옆에 서 있는 사람이 그냥 서 있는 게 아니라는 걸 알았다. 그는 기도하고 있었다. 자신의 건강과 완치를 바라며 기도하는 사람은 바로 장기려였다. 이광수는 모르는 척 꼼짝도 하지 않고 있었다. 기도를 마친 장기려는 한동안 환자일지를 들여다보았다. 조금 뒤 이광수는 자신의 이마에 와 닿는 장기려의 손을 느꼈다. 장기려는 흘러내린 이불을 덮어준 뒤 병실을 나갔다. 이광수는 그제야 눈을 떴다. 그리고 어쩌면 이게 처음이 아닐지도 모른다는 생각이 들었다. 자신이 잠들어 있는 사이에도 누군가 자신을 돌봐주고 근심하고 있다는 사실이 좋았다. 장기려가 환자들을 위해 때와 장소를 가리지 않고 기도한다는 소문도 사실이지 않을까 생각했다. 그때부터 그를 보는 이광수의 눈길이 조금 달라졌다. 사람들 보는 곳에서 호들갑을 떨며 기도를 하는 것과, 잠들어 있는 환자를 지그시 내려다보며 나직한 어조로 기도를 하는 것은 분명 커다란 차이가 있으니까. 그러니 이렇게 농담을 나눌 수 있게 된 것도 오래된 일이 아니다.

며칠 뒤 경성제국대학 부속병원에 입원해 있던 안창호 선생의 부음이 들려왔다. 그 소식을 들은 이광수는 망연자실했다. 이광수가 가장 존경하는 인물이 죽은 것이다.

기려가 이광수의 병실을 찾았을 때, 이광수는 의자에 앉아 창밖을 바라보고 있었다. 척추의 휘어짐을 방지하기 위해 등에 부목을 대놓은 탓에 꼿꼿하게 상체를 세운 채, 아주 오래전부터 그러고 있었던 게 아니었을까 싶게 무심하게 앉아 있었다. 그 무심함이 오히려 어떤 참담한 표정보다 가슴 시리게 기려의 눈에 들어왔다. 창문에 비친 이광수의 흐릿한 눈동자가 그를 보았다. 그는 무어라 위로해야 할지 몰랐다. 잠자코 이광수 뒤에 선 채 똑같이 창밖을 바라보았다. 이광수는 그가 등 뒤에 서 있는 걸 아는지 모르는지, 아니 알고는 있지만 마치 창밖의 다른 누군가에게 건네듯 힘없이 말했다.

"내 발등의 힘줄은 말굽모양이네. 그래서 한평생 방랑하고 살 팔자라고들 했지. 돌아보면 정말 내 삶은 나그네와 다름없었다네. 그런 나를 이 지상에 비끄러맨 단 하나의 줄이 있다면 그게 바로 안창호 선생이었어. 선생을 잃은 것도 슬프지만, 그와 동시에 나 또한 이 지상과는 아무런 인연이 없는 사람이 된 것만 같아 슬프기 짝이 없군."

 장기려는 이광수의 혼잣말 같은 이야기를 들으며 그대로 서 있었다. 달리 할 수 있는 게 없어서이기도 했지만, 자신 또한 이광수 못지않은 슬픔을 느끼고 있었기 때문이다. 많은 민족지도자들이 안창호 선생처럼 죽거나, 눈앞의 이광수처럼 치명적인 병에 걸리거나, 일본 경찰에 쫓겨 도망자가 되거나, 혹은 망명객이 되어 다시는 고국 땅을 밟지 못하는 신세가 되었다. 그들은 무얼 위해 그렇게 살아야만 하는가. 그가 오랫동안 지녀왔던 물음이었다. 만약 이광수가 우리 민족의 지도자를 잃은 아픔에 대해 말했다면, 기려 역시 별다른 생각이 없었을 것이다. 하지만 이광수의 고백은 지극히 개인적인 것이었다. 민족 혹은 독립과 같은 거대한 관념에 대해서가 아니라, 사모하고 존경하는 사람을 잃은 자들의 보편적인 심정, 그럼으로 자신 또한 이 지상에서 고아가 된 듯한 쓸쓸함을 토로하고 있는 것이다. 한 사람의 죽음 앞에서 자신의 죽음을 떠올리지 않는다거나, 보편적인 죽음에 대해 심사숙고 하지 않는다면, 그건 무지해서거나 위선적이어서일 것이다. 그런 점에서 볼 때, 이광수의 이러한 고백은 퍽 개인적이면서도 은밀하면서도 진정한 것이라는 생각이 들었다. 그걸 깨닫자 장기려는 이광수가 느끼는 고통을 함께 느낄 수 있었다.

그날 이후 기려는 어쩐지 이광수가 오래전부터 알고 지낸 벗처럼 가깝게 여겨졌다. 외롭고 쓸쓸할수록 사람이 그리운 법인가 보다. 그리고 그럴 때 찾아와준 사람이 못내 정겨운 것도 누구나 마찬가지인가 보다. 이광수도 그가 병실에 들어서면 마치 오랜 친구가 찾아온 듯 반갑게 맞았다. 자신의 목숨줄을 쥐고 있는 의사에 대한 거역할 수 없는 경외감과는 달랐다. 하긴 장기려가 환자들에게 그런 권위를 요구할 사람이 아니라는 걸 이광수도 이제는 알고 있었다.

어느 날 이광수는 병실 창문 밖을 내다보다가 총총걸음으로 정문을 나가는 장기려를 보았다. 어딜 저렇게 바쁘게 가는 걸까. 그런 생각을 하고 있는데, 그가 되돌아오는 게 아닌가. 남루한 복색의 노인 한 명을 부축하며 돌아오는 그를 보는 이광수의 입가에 희미한 미소가 떠올랐다. 병원을 가고 싶으나 돈이 없어 서성거리는 사람들을 장기려는 한 번도 못 본 척하지 않았다. 이번에도 그런 경우일 것이다. 이광수의 눈에 비친 장기려는 어딘지 모자란 사람 같았다. 늘 스스로 일을 찾아 분주하게 움직였고, 누가 무슨 부탁을 해도 거절하지를 못했다. 돈 없는 환자들의 입원비를 대신 치러주는 것도 목격했다. 성격 탓이러니 하기에는 너무나 세상 물정을 모르는 사람 같았다. 이광수는 그 이유가 궁금해 참지 못하고 장기려에게 물어보았다.

"장 군, 바보 같이 사는 게 꼭 좋은 건 아니야. 친절도 도가 지나치면 위선으로 여겨지는 법이라네. 나는 대체 자네가 무슨 생각으로 그러는지 궁금하네."

장기려의 얼굴에 그늘이 생겼다. 기려는 한숨을 내쉬었다.

"말씀드리기도 부끄러울 정도입니다……."

장기려는 자신이 겪은 일을 이광수에게 들려주었다. 20대 중반의 청년이었다. 충수염이 원인이 되어 복막염을 앓고 있는 환자였다. 복막염을 치료할 항생제가 없었기에 수술을 통해 내부에 쌓여 있는 고름을 제거하는 것 말고 달리 할 수 있는 일이 없었다. 수술환자의 3분의 2 이상이 죽어가는 시절이다. 대부분 항생제가 없기 때문이었다. 그래서 사람들은 수술을 두려워했고 의사들 역시 최선을 다해도 결국에는 모든 걸 환자 스스로의 치유력에 맡길 수밖에 없었다. 그 환자 역시 그런 경우였다. 회진을 나갈 때마다 환자는 의식이 불분명했다. 계속되는 고열로 이미 폐와 기관지도 상할 대로 상했을 것이다. 그가 해줄 수 있는 것이라곤 고작 환자의 손을 꼭 잡아주는 것뿐이었다. 의식을 잃으면 청년은 아버지를 찾으며 헛소리를 하곤 했다. 그 정경이 얼마나 가련한지 같은 병실의 다른 환자들도 눈시울을 적시곤 했다. 청년의 고향은 경성에서 천 리 길이나 되는 곳이었다. 청년의 입원소식을 들었다 해도 아버지가 경성까지 올라오기에는 많은 시간이 걸릴 터였다. 그러나 청년의 아버지는 경성에 오지 못했다. 아버지 역시 병환으로 자리보전을 하고 있기 때문이었다. 청년은 자신의 병세가 위중한데도 오히려 아버지의 병세를 걱정했고, 그럴수록 더욱 청년의 병세는 나빠졌다. 의사인 그가 보기에 청년의 목숨은 하늘에 맡길 수밖에 없었고 길어야 1주일이었다. 하지만 청년은 초인적이었다. 그가 처방한 해열제도 소용이 없을 지경이었으나 청년은 용케 견뎌냈다. 1주일이 지나고 2주일이 지났다. 청년은 가뭄에 말라비틀어진 농작물처럼 시들었다. 2주일을 견뎠으나 병세가 나아진 건 아니었다. 말 그대로 목숨만 붙어 있을 뿐이었다. 누군가 꼭 쥐어짜고 아무렇게나 던져놓은 행주 같았다. 하루 종일 수액을 투여해도 청년은 메말라가기만 했다. 그가 보기에 전혀 가망이 없었고 그렇게 억지로 고통을 견디느니 차분히 죽음을 받아들이는 게 나을 것만 같았다. 하지만 청년은 지독했다. 3주가 지났고 한 달이 지났다. 청년의 의지만은 인정하지 않을 수 없었다. 하지만 의학적으로는 여전히 가망이 없었다. 한 달이 지난 어느 날, 청년은 장기려에게 물었다.

"선생님, 솔직히 말씀해주세요. 제가 살 수 있는 겁니까?"

그는 청년의 핏기 없는 얼굴을 내려다보며 말했다.

"굳이 말씀드리자면 지금까지 견뎌오신 것만으로도 기적에 가까운 일이라고 할 수 있어요. 의사로서 말하라면 솔직히 뭐라 드릴 말씀이 없군요."

 그 말을 듣고 청년은 눈을 감았다. 청년의 감은 눈에서 눈물이 흘러나왔다. 장기려의 가슴 한쪽으로 섬뜩한 기운이 스치고 지나갔다. 회진을 끝낸 그는 일이 손에 잡히지 않았다. 청년의 눈물에서 어떤 불길한 예감을 가졌던 것이다. 아니나 다를까, 그로부터 겨우 두 시간 뒤 기어이 청년은 죽고 말았다. 그는 자신을 사로잡은 불길한 예감이 무엇이었는지 확실히 알 수 있었다. 살고자 하는 청년의 의지를 꺾은 건 바로 자신이라는, 청년을 죽음으로 내몬 사람이 바로 자신이라는 생각에 그는 하염없이 가슴이 아팠다. 대체 내가 무슨 말을 한 건가? 의사로서 나는 얼마나 무책임했던가? 이런 자책을 하며 그는 자신의 가슴을 두드렸다. 대체 얼마나 많은 시행착오를 겪어야 참된 의사가 될 수 있을까. 그가 못내 가슴 아팠던 이유는 의사의 시행착오는 한 사람의 목숨을 담보로 한다는 사실 때문이었다. 성장통처럼 스치고 지나가는 고통이 아니라 생명의 불꽃을 꺼트릴 수도 있는 치명적인 실수가 되기 때문이었다. 그는 이미 하나꼬에게도 씻기 어려운 죄를 지은 적이 있지 않은가. 사람을 살리고자 의사가 되었건만, 오히려 사람의 목숨을 빼앗았다는 사실에 그는 깊이 절망했다.

"그때부터 기도를 시작했습니다. 제가 돌보는 환자들에게 힘을 주는 의사가 될 수 있게 해달라고."

장기려는 이렇게 말을 맺었다.

"그런 마음의 병이 있는 줄은 몰랐네."

"날마다 죄를 짓고 날마다 회개하며 살아갈 수밖에 없다는 사실이 이따금 저를 고통스럽게 합니다. 그래도 죄를 짓지 않고 살아갈 수 있기를 바랄 수밖에요."

둘 사이에 잠시 침묵이 흘렀다. 그 침묵을 깨고 장기려가 입을 열었다. 그는 오랫동안 별러왔던 말을 꺼낼 순간이라고 생각했다.

"선생님 병도 마음의 병이라고 할 수 있습니다."

"그렇지. 환부다운 환부가 없는 환자니까."

"육체의 병보다 마음의 병이 더 고치기 어려운 법입니다. 또한 반대로 생각하면 마음의 병을 고치면 육체의 병도 쉽게 고칠 수 있습니다. 이제 마음의 병을 고칠 때가 되지 않으셨습니까?"

"그게 무슨 뜻인가?"

"선생님의 본업으로 돌아가시라는 겁니다. 소설을 써보세요. 그게 선생님 병의 치유에 퍽 도움이 될 것입니다."

"본업으로 돌아가라. 대체로 이럴 때 의사선생들은 안정과 휴식을 권하지 않나?"

"물론이지요. 그래서 권하는 겁니다. 선생님은 문필가이십니다. 글을 쓰지 않으면 아플 수밖에 없는 분이지요. 그런 경우에는 오히려 무리만 하지 않는다면 글을 쓰는 게 도움이 될 수 있습니다."

"정말 그게 도움이 될 거라고 생각하나?"

"네, 그렇습니다. 일단 글을 쓰시면 지금 선생님을 사로잡고 있는 다른 사념들에서도 벗어날 수 있을 테고, 그렇게 되면 오히려 정신도 맑아질 것입니다. 생각을 하지 않아야 건강한 게 아니라, 생각을 하면서 즐거워야 건강한 것이지요. 선생님의 경우에는 소설을 쓰실 때 가장 건강한 정신을 지니게 되실 테니까요."

이광수는 고개를 끄덕였다.

"듣고 보니 장 군 말이 옳은 듯하네."

이광수에 대한 치료는 세심한 주의를 요구했다. 몸이 약해진 탓에 함부로 수술을 할 수도 없는 노릇이었다. 척추결핵뿐만 아니라 결핵은 당시 내과적 치료가 별다른 소용이 없었다. 오로지 결핵이 발생한 부위에 생긴 고름을 외과적으로 제거해주는 게 의사가 할 수 있는 일의 전부라고 해도 과언이 아니었다. 특히 척추결핵의 경우 치료가 잘못되면 평생 곱사등이로 살 수밖에 없다. 하지만 결핵이라고 해서 모든 사람이 다 불구가 되거나 목숨을 잃는 건 아니었다. 특히 이광수처럼 의지력이 높은 사람은 충분히 치료가 가능했다. 결핵을 가난한 사람들의 병이라고 일컫는 건, 영양부족으로 허약해지면서 면역력이 떨어져 발병하기 때문이었다. 치료의지와 충분한 영양공급, 이 두 가지가 맞아떨어지면 완치는 아닐지라도 일상생활이 가능할 만큼 호전될 가능성이 높았다. 하지만 지금 이광수에게는 두 가지 모두 충분하지 않은 상태다. 안창호 선생의 죽음으로 의지를 잃었고, 그와 동시에 식욕을 잃으면서 몸 상태가 더욱 나빠졌다. 그래서 장기려는 이광수가 다시 생기를 찾고 예전에 그랬듯이 스스로의 힘을 믿을 수 있게 하는 방법이 무엇일까 고민했다. 고민 끝에 찾아낸 방법이 이광수에게 다시 펜을 쥐어주는 것이었다.

그의 선택은 나쁘지 않았다. 이광수는 점차 호전되어갔다. 하지만 아직 직접 펜을 들고 소설을 쓸 만큼 기력이 왕성하지는 않아, 구술로 소설을 썼다. 소설이 퍽 잘 진행되고 있는지 이따금 이광수는 깨끗하게 정서한 원고를 그에게 보여주며 환하게 웃곤 했다. 이광수가 소설을 쓰기 시작한 지 얼마 안 되어 장기려에게도 기쁜 소식이 날아왔다. 모교인 경성의전의 강사로 임용이 된 것이다. 졸업한 뒤 6년 동안 부속병원의 수련의로 근무하면서 받은 월급으로는 매달 생활비 대기에도 벅찰 지경이었다. 물론 보통의 노동자보다야 많은 액수였지만, 장기려는 자신의 월급의 반 가까이를 헌금과 진료비가 부족한 사람들에게 보태는 데 써왔던 터라 하루하루 연명한다는 점에서 날품팔이와 별로 다를 게 없었다. 그러나 강사가 되면 월급도 지금보다 배나 높아지고 시간이 흐를수록 더 오르게 될 터이니 좋은 일이 아닐 수 없었다. 이광수도 그 소식을 듣고 기꺼이 축하해주었다. 강사가 되어 모교로 강의를 나가게 되면 얼굴 보기 힘들어지는 것 아니냐고 아쉬워하기는 했지만.

어느덧 여름이 되었고 이광수의 병세도 상당히 나아졌다. 소설쓰기가 효력을 발휘하기 시작한 것이다. 소설을 쓰는 동안 이광수는 예전의 광채를 찾아갔고, 자신을 괴롭히는 결핵균들마저 잊고 지낼 수 있게 되었다. 일종의 심리치료가 들어맞은 셈이었다. 이광수는 원래 감옥에 있어야 하지만 병보석으로 석방된 터라 그 사이 병상에서 검사심리를 받는 진풍경도 벌어졌다. 말하자면 법정을 병원으로 옮겨놓은 것이었다. 하지만 이광수는 이런 시달림마저 꿋꿋이 이겨냈다. 이광수와 맺은 8개월 동안의 인연도 이제 끝맺을 때가 왔다. 퇴원하던 날 이광수는 장기려에게 물었다.

"그런데 장 군, 자네는 사랑 없이 지금의 부인과 결혼을 했으나 지금은 부인을 사랑하고 있다고 말한 적이 있지. 그건 '의무'인가, '사랑'인가?"

"'의무'이면서 '사랑'입니다. 사랑 없는 의무는 고달프고 의무 없는 사랑은 공허하니까요. 그런데 왜 그걸……?"

"소설의 제목을 뭐라 지을까 고민 중이라 자네 이야기를 한번 들어보고 싶었네."

"제목은 결정하셨습니까?"

"그렇다네. '사랑'이라고 하기로 마음먹었네."

피아니스트

 경성의 물 사정은 좋지 않았다. 수질이 나빠져 예전처럼 우물물을 길어먹을 수도 없었다. 그래서 아내는 새벽같이 일어나 공동수도에 가서 물을 길어왔다. 사내들이 들어도 무거운 물통을 머리에 이고 총총걸음으로 돌아오는 아내를 보면 기려는 속이 쓰렸다. 특히 찬바람 부는 계절이면 더욱 그러했다. 그가 아내에게 가장 미안한 점은 집안일을 하나도 돕지 못하고 있다는 것이었다. 그는 아내의 손을 빌리기 싫어 장롱을 뒤져 겨울외투를 찾았다. 그러나 결혼할 때 맞춘 가을 양복 한 벌만 덩그러니 매달려 있을 뿐이었다. 그는 아내에게 물었다. 아내는 추위 때문에 달아오른 두 볼을 더욱 붉혔다.
 "기억 안 나세요? 당신 겨울외투는 며칠 전에 끓였잖아요."
 "끓이다니?"

장기려는 잠시 멍한 기분이었다. 그제야 며칠 전 생활비 명목으로 이곳저곳에서 빌린 돈을 갚겠다며 전당포에 외투를 맡겼다는 사실이 떠올랐다. 그는 조금 서글퍼졌다. 강사 월급으로도 생계를 유지하기가 힘들다는 사실 때문이 아니라, '끓인다'라는 속어를 아내가 아무렇지도 않게 사용하고 있다는 사실 때문이었다. 살림살이의 힘겨움이 아내를 그처럼 억세게 만들었으리라.

"아 그렇지. 그런데 외투가 두 벌 아니었소?"

"그것도 잊으셨군요. 그 외투는 이미 작년 겨울에 없어졌어요. 당신이 퇴근하던 길에 만난 노숙자에게 줬잖아요. 그래서 오들오들 떨고 들어와 횡설수설하시던 것도 잊으셨어요?"

그는 아내에게 미안했다. 살림에 너무 무심한 자신이. 그리고 고마웠다. 그런 자신에게 싫은 소리 한마디 하지 않는 아내가.

"갑자기 날이 쌀쌀해졌어요. 곧 겨울이 올 텐데, 당신 감기에라도 걸리면 어쩌지요? 이렇게 추워질 줄 알았으면 외투를 맡기는 게 아닌데."

"어차피 지나간 일, 신경 쓰지 말아요."

말은 이렇게 했지만 출근길 내내 부들부들 떨며 갈 생각을 하니 벌써부터 뼛속까지 시려왔다. 그러나 그는 알고 있었다. 추위에 떨며 출근해야 할 자신을 염려하는 아내의 마음은 그보다 더욱 스산하리라는 사실을. 그는 자신도 모르게 한숨을 쉬었다. 이렇게 살기 위해 결혼을 한 건 아니었다. 아내는 그와 결혼하지 않았더라면 지금쯤 피아니스트가 되어 공연을 하고 있었을지도 모른다. 아내가 피아니스트의 꿈까지 접어야 할 만큼 자신이 가치 있는 사람인가, 라는 자문을 할 때마다 그는 가슴이 아팠다. 건반 위를 부드럽게 움직이던 아내의 손가락은 이제 마디가 굵고 거친 손가락이 되었다. 피아노 페달을 밟던 아내의 발은 이제 재봉틀의 발판을 밟고 있다. 아내는 이제 현실이라는 무대에서 생활이라는 피아노를 연주하고 있다.

아내를 처음 만난 건 그가 경성의전을 졸업할 무렵이었다. 어느 날 친구가 그에게 물었다.

"기려, 너도 이제 장가를 가야지. 좋은 배우자가 있는데 내가 소개 좀 해줄까?"

기려는 선뜻 내키지가 않았다. 이전에도 누군가의 소개로 한 사람을 만났으나 교제에 실패했기 때문이었다. 상대방이 그를 마음에 들어하지 않아서가 아니라 그의 자격지심 때문이었다. 그가 소개를 받은 여자는 그가 감당하기에는 너무 뛰어난 인재였다. 실력만 뛰어난 게 아니라 기려의 집안과는 비교도 할 수 없을 만큼 부유한 집안의 여자였다. 오르지 못할 나무는 쳐다보지도 말라 했던가. 그는 이 속담을 떠올리며 씁쓸하게 그 여자에 대한 미련마저 던져버렸다.

"괜찮아. 좋은 배우자라면 굳이 나 같은 녀석을 만날 이유가 없을 테니 말이야."

친구는 너털웃음을 터뜨렸다.

"사내자식이 이렇게 소심하고 우유부단해서야 어디에 써먹겠나. 그럼 내가 여자 쪽에는 말하지 않을 테니 우선 어떤 인물인지 몰래 한번 보는 건 어때?"

기려는 마지못해 승낙했다.

"자네도 잘 알고 있는 김하식 선생님의 따님이야. 이름은 김봉숙이라네."

그는 친구를 따라 김봉숙이 다닌다는 교회를 찾아갔다. 마침 김봉숙은 피아노로 찬송가를 연주하고 있었다. 뒷모습은 고왔다. 단아하고 수수한 기품을 지닌 여자였다. 그러나 기려는 김봉숙에게 그다지 끌리지 않았다. 너무 평범하다고나 할까. 눈에 띄는 미인도 아니었고 날렵한 몸매도 아니었다. 길을 걷다 흔히 마주칠 수 있는 젊은 아가씨에 불과했다. 기려는 곧 흥미를 잃었다. 그러나 친구는 김봉숙에 대한 첫인상이 어땠는지를 집요하게 물었다. 그는 마지못해 이렇게 말했다.

"그저 그렇긴 한데, 품위는 있어 보이더군."

험담을 즐기지 않는 그였기에 친구에게 대놓고 싫다는 말은 하지 못했다. 그는 자신의 이런 소심함이 끝내 자신의 발목을 붙잡게 되리라는 걸 알고 있었다. 그러나 어쩌랴. 성격은 쉽게 바꿀 수 없는 노릇 아닌가. 그의 대답을 호감으로 여긴 친구가 무턱대고 김봉숙과 그의 만남을 추진했다. 친구가 좋은 의도로 추진한다는 걸 알기 때문에 거절하기도 어려웠다. 하지만 그는 친구의 이런 호의가 못마땅했다. 그래서일까. 찻집에서 처음 김봉숙과 대면했을 때 그는 자신도 모르게 퉁명스럽게 말했다.

"왜 상급학교에 진학하지 않았습니까?"

그는 김봉숙이 아무런 이상과 꿈도 없이 좋은 집안의 사내를 만나 결혼하여 편히 살기만을 바라는 여느 여자들과 다를 게 없다고 생각했다. 김봉숙은 그의 말투에 날이 서 있다는 걸 알면서도 인상을 찌푸리지 않았다.

"그렇지 않아도 유학을 생각하고 있습니다."

뜻밖의 대답에 기려는 슬그머니 허리를 꼿꼿이 세우고 자세를 바로잡았다. 이제는 유학이 새삼스러울 것도 없는 세상이었지만, 그렇다 해도 여전히 여자가 유학을 결심하기란 여간 어려운 일이 아니었다. 그런데 유학이라니?

"무얼 전공하고 싶으신 겁니까?"

"피아노입니다. 어렸을 때부터 피아노에 흥미가 있었고 부끄럽지만 소질도 조금 있습니다."

기려는 찬송가를 반주하던 김봉숙을 떠올려보았다. 흐트러짐 없이 단아한 자세로 피아노를 치던 모습이 생생하게 되살아났다. 하지만 그로서는 선뜻 이해가 되지 않았다. 순박한 시골처녀 같은 김봉숙이 피아노를 전공한다는 사실도 그렇고 유학을 갈 만큼 배짱이 있는지도 의문이었다. 그래서 여진히 그는 빈정거리는 투로 말했다.

"음악에 조예가 있으신 줄은 몰랐습니다."

첫 만남은 데면데면하기 이를 데 없었다. 우선 그는 김봉숙의 외모가 썩 마음에 들지 않았다. 눈매가 부드럽고 둥근 얼굴이라 수더분해 보이기는 했지만 날카롭고 지적인 면모가 없었다. 또한 유행과는 전혀 무관한 시골처녀 같은 옷차림도 마음에 들지 않았다. 그는 세련되고 여성적인 매력을 듬뿍 지닌 사람에게 이끌렸다. 김봉숙은 단정한 사람이기는 해도 여성적 매력이 넘치는 사람은 아니었다. 내키지는 않았지만 이번에도 그의 우유부단한 성격 때문에 만남 자체를 거절하지는 못했다. 그와 김봉숙은 창경궁 돌담을 따라 어깨를 나란히 하고 걷기도 했으며, 덕수궁을 구경하기도 했다. 그런데 묘하게도 만나면 만날수록 김봉숙에게 마음이 끌리는 것이었다. 특별히 아름답지도, 세련되지도 않은 이 여자에게 무슨 매력이 있어서인지 자신도 모를 일이었다. 하지만 김봉숙과 만났다가 헤어지면 함께 나누었던 대화들이 선명하게 떠올랐다.

때로는 아주 짧은 감탄사마저 옆에서 듣고 있는 것처럼 생생하게 떠올랐다. 그렇다고 해서 가슴이 두근거리지는 않았다. 그가 생각하는 이상형은 아니었기 때문이다.

그가 김봉숙과의 만남을 꾸준히 이어가자 주위에서는 그들이 결혼을 약속한 사이라고 믿게 되었다. 그런 시선이 부담스러워진 기려는 김봉숙과의 관계를 정리할 필요를 느꼈다. 그는 종로의 한 찻집에서 김봉숙과 마주 앉았다. 선뜻 말을 꺼내기 어려워 애꿎은 엽차만 마셔대던 기려가 말을 꺼내려 할 때 김봉숙이 종이봉투를 탁자 위에 올려놓았다.

"저, 이거……."

"이게 뭡니까?"

"꺼내보면 아실 거예요."

그는 종이봉투에 손을 넣었다. 손에 부드러운 질감이 느껴졌다. 목도리였다. 김봉숙은 목에 둘러보라는 시늉을 해 보였다. 그는 김봉숙의 말대로 해보았다. 부드럽게 목을 감싸는 느낌이 싫지는 않았다.

"제가 직접 뜨개질해서 만든 겁니다. 못 만들었지요? 그래도 정성이라 생각하시고 받아주세요."

기려는 말문이 막혔다. 사람의 마음을 움직이는 건 이처럼 사소한 일들이었다. 하지만 사소하다고 해서 그것이 소중하지 않은 건 아니다. 사소하기 때문에 더욱 소중할 수도 있다.

기려는 자신의 무감각을 탓했다. 그는 여태까지 김봉숙의 외모에만 주의를 기울였을 뿐 얼마나 곱고 아름다운 마음씨를 지녔는가에는 그다지 관심을 기울이지 않았다는 사실을 깨달았다. 그는 수치심을 느꼈다. 사실 그 역시 미남은 아니었다. 그럼에도 불구하고 상대방의 외모에만 신경을 써온 자신이 한심하기 짝이 없었다.

"마음에 안 드시나요? 인사치레라 할망정 고맙다는 말씀도 없으시니……."

김봉숙의 얼굴에 서운함이 묻어났다. 당황한 기려는 황급히 고개를 저었다.

"아, 아닙니다. 무척 마음에 듭니다. 고맙습니다."

"엎드려 절 받는 기분인데요."

말은 그렇게 했지만 김봉숙의 얼굴이 환해졌다. 기려는 그 얼굴이 퍽 아름답다고 생각했다. 어딘가에 감춰져 있던 김봉숙의 매력이 미소와 함께 밖으로 드러난 것만 같았다. 어디에 그처럼 아름다운 미소가 숨겨져 있었을까 싶었다. 이런 걸 두고 내면의 아름다움이라 일컫는지도 모른다.

그러나 기려는 젊었다. 스물한 살의 청년에게 외면의 아름다움보다 내면의 아름다움이 중요하다는 말은 당위에 지나지 않았다. 아직 그는 내면의 아름다움이 지닌 힘을 절실하게 느낄 만큼 지혜롭지는 못했다. 열여덟 살에 경성의전에 입학하여 스물한 살이 될 때까지 그는 공부밖에 모르고 살았다. 여자를 어떻게 대해야 하는지 알 리가 없었다. 스물한 살 그의 여성관은 소년시절 이성에 대해 품었던 막연한 동경에서 한 걸음도 나아가지 못한 상태였다.

그는 자신을 바라보는 김봉숙의 눈빛에서 사람만이 보여줄 수 있는 숭고한 감정들을 엿보았다. 그래서 감히 우리의 만남을 이제 끝내는 게 좋겠다는 말을 꺼낼 수가 없었다. 김봉숙과 헤어져 돌아오는 길은 유난히 발걸음이 무거웠다. 그는 자신의 목덜미를 감싸고 있는 목도리를 만져보았다. 어쩌면 앞으로 살아가면서 이 부드러움과 따스함보다 더 소중한 걸 찾지 못할 수도 있다는 생각이 들었다.

그는 마지막으로 확인해보고 싶었다. 그래서 몰래 김봉숙이 다니는 교회를 찾아가 피아노 치는 모습을 다시 한 번 숨어서 지켜보았다. 예전과는 다른 느낌이었다. 그에게도 한 사람을 외모나 조건이 아니라 오롯이 사람 그 자체로 볼 수 있는 눈이 생겼는지도 모른다. 피아노에서 풀려나온 알 수 없는 기운들이 그의 가슴을 관통했다. 다음 만남에서 기려는 단도직입적으로 물었다.

"저와 결혼을 하실 분은 저의 부모님을 모셔야 합니다. 그러실 수 있겠습니까?"

김봉숙이 조용히 고개를 끄덕였다.

"이제 곧 졸업을 하지만 저는 의학공부를 그만둘 생각이 없습니다. 말하자면 돈 한 푼 벌 수 없다는 뜻이지요. 그래서 제 대신 살림을 책임져야 합니다. 그래도 괜찮으시겠습니까?"

그는 자신의 이런 질문이 상대방에게 가혹할 수 있다는 걸 알고 있었다. 그러나 그로서는 어쩔 도리가 없었다. 만약 이대로 어정쩡한 만남을 계속 이어간다면 결국 그는 김봉숙을 농락한 꼴밖에 되지 않는다. 김봉숙이 자신을 사랑하고 있다는 걸 알고 있으니 말이다. 그 사랑을 모독하지 않기 위해 그가 선택한 방식은 바로 이처럼 직접적으로 이야기하는 것이었다. 김봉숙은 이번에도 조용히 고개를 끄덕였다. 그는 손을 뻗어 김봉숙의 손을 잡았다.

"그럼, 저와 결혼해주십시오."

그는 지구에서 가장 멋대가리 없는 사내 가운데 하나다. 기려는 지금도 후회스럽다. 조금 더 멋지게 프러포즈를 할 수도 있었으련만, 아내에게 좋은 추억을 주지 못해 아쉽고 미안했다. 결혼한 뒤에도 기려는 아내에게 많은 시간을 할애할 수 없었다. 아내도 홀로 살림을 꾸려가느라 밤이 되면 잠자리에 눕자마자 죽은 듯이 깊은 잠에 빠져들었다. 남들처럼 데이트도 하고 여행도 하면 좋으련만 좀처럼 기회가 생기지 않았다. 첫 아이를 낳기 전, 딱 한 번 깜짝 데이트를 하기는 했다. 가을이었다. 퇴근하던 그는 누렇게 물든 은행나무 잎을 보며 자신도 모르게 감상적이 되었다. 집에 돌아간 그는 아내에게 외출을 하자고 말했다.

"야시장에 가서 당신이 좋아하는 꼬치도 먹고, 이것저것 구경도 하고 옵시다. 조금 있으면 날이 쌀쌀해져 돌아다니기도 힘들 테니 말이오."

아내는 놀란 듯이 눈을 크게 떴지만 싫지는 않은 듯 그를 따라나섰다. 그와 아내는 나란히 걸어갔다. 모처럼만에 즐거운 둘만의 시간을 보내고 돌아올 때, 집으로 통하는 골목길 어귀에서 그들은 은은한 피아노 소리를 들었다. 아내가 걸음을 멈추고 소리가 들려오는 쪽으로 귀를 쫑긋 세웠다. 피아노 소리는 이어졌다 끊어졌다를 되풀이했다. 아직은 서투른 솜씨인 게 분명했다. 아내의 입가에 미소가 떠올랐다. 하지만 곧 아내의 얼굴은 어두워졌다. 그는 알 수 있었다. 아내가 자신의 못 다한 꿈을 떠올렸다는 사실을. 그는 가슴이 시렸지만 내색하지 않았다. 아내에게 위로의 말을 건네는 순간, 오히려 그것이 아내에게 상처가 될 수도 있으니. 때로는 어설픈 몇 마디 말보다 침묵이 더 큰 위로가 되기도 하니까.

그는 아내의 어깨에 슬며시 손을 얹었다. 아내를 느낄 수 있었다. 으스러지게 껴안지 않아도 아내가 지금 무얼 생각하는지, 어떤 기분인지 잘 알 수 있었다. 삶은 누구에게나 가혹하지만, 둘이 함께라면 가혹한 삶도 견딜 만한 삶이 된다. 기려는 아내에게 묻고 싶었다. 나는 당신 때문에 견딜 만한데 당신은 나 때문에 견딜 만하냐고. 그러나 결국 그는 묻지 못했다. 어쩐지 그런 질문은 유치하게 여겨졌기 때문이었다. 대신 그는 이렇게 물었다.

"결혼 전에 내가 당신에게 요구했던 것 기억나오?"

"부모님을 모셔야 한다, 살림을 도맡아야 한다고 했던 것 말이죠?"

"그렇소. 그때 서운하지 않았소?"

"왜 서운하지 않았겠어요."

"지금 생각해보면 내가 그런 요구를 했던 건 책임을 회피하고 싶은 마음 때문이 아니었던가 싶소. 공부를 핑계로 생계를 나 대신 누군가가 떠맡아주길 바랐던 게 아니었던가 싶구려."

그는 이렇게 처음으로 아내에게 속내를 털어놨다.

"그거야 어쩔 수 없지요. 누군가는 해야 할 일이니까요."

서운했다던 아내는 오히려 싱글싱글 웃기까지 했다. 아내의 이런 낙관적인 면이 지금의 생활을 견딜 수 있는 힘이었는지도 모른다.

"당신에게 궁금한 게 한 가지 있어요. 대체 나의 무엇을 믿고 그렇게 순순히 내 요구를 받아들였던 거요?"

이렇게 오래전부터 묻고 싶었던 말을 내뱉자 기려는 마음이 조금 편안해졌다. 아내가 어떤 대답을 하더라도 이제는 들어줄 용기가 생겼다.

"글쎄요. 당신이 성실한 사람이라는 점이 마음에 들었겠지요. 하지만 굳이 따지자면, 어린 시절의 경험 때문인지도 몰라요."

아내는 자신이 어린 시절에 겪었던 일을 털어놓았다. 아내의 아버지, 그러니까 기려의 장인 역시 의사였다. 의사인 아버지 밑에서 자란 아내는 어린 시절부터 소독약 냄새에 익숙해져 있었다. 그러던 어느 날 아버지가 소송에 휘말리게 되었다. 처방을 잘못 내려 환자가 사망했다면서 유족들이 고소를 했다. 다행히 아버지는 혐의가 없다고 인정되어 풀려나오기는 했지만 어린 김봉숙에게는 섬뜩한 경험이 아닐 수 없었다. 그때 김봉숙은 아버지가 한탄하는 소리를 들었다. 비록 법적으로는 아무런 처벌을 받지 않았지만 아버지는 자신의 실수를 인정하고 있었다. 뒤늦게 아버지가 박사학위를 취득하겠다며 다시 학교에 다닌 것도 다 그런 이유였다.

"그때 우리 집을 찾아왔던 유족들의 얼굴 표정을 잊을 수가 없어요. 원한과 분노로 일그러져 있던 그 얼굴들. 그 뒤로 악몽에 시달렸는데 늘 그 사람들이 나왔어요. 사실 저는 당신이 의전을 다닌다는 사실이 마음에 걸렸어요. 아무리 훌륭한 의사라 해도 실수는 할 수 있는 법이고 게다가 외과를 전공한다고 했잖아요. 외과라면 위험한 수술을 밥 먹듯이 해야 하는

데, 과연 그런 사람을 만나서 행복할 수 있을지 자신이 없었어요."

기려는 이 뜻밖의 말에 너털웃음을 터뜨렸다.

"그랬구려. 나는 그때 당신이 내게 푹 빠져 아무 생각도 없는 줄만 알았소."

아내가 그를 흘겨보았다. 그는 농담이었다고 손을 내저었다.

"만약 당신이 남들처럼 서둘러 의사로서 명성을 얻기 위해 혹은 돈을 벌기 위해 개원을 하고 싶다고 했다면 저 역시 당신의 요구를 받아들이지 않았을지도 몰라요. 하지만 당신은 공부를 더 하고 싶다고 했잖아요. 그게 믿음직했어요. 의사는 사람을 살릴 수도 있지만 죽일 수도 있잖아요. 실수이든 혹은 실력이 부족해서이든 그것도 살인이나 마찬가지잖아요."

아내가 내뱉은 살인이라는 낱말이 기려의 가슴을 날카롭게 베고 지나갔다. 그는 자신보다 아내가 더 엄격한 도덕적 잣대를 지니고 있다는 걸 알았다. 사실 의사들은 실수이든 실력이 부족해서이든 종종 의료사고를 낸다. 기려는 생각해보았다. 만약 자신이 수술을 하다 환자를 죽게 한다면 어떻게 해야 할지.

"그러니 당신이 공부에만 몰두할 수 있도록 뒷바라지를 하는 것도 따지고 보면 당신이 미래에 저지를 수도 있는 어떤 실수를 막는 일이나 마찬가지 아니겠어요. 평생 단 한 번도 실수를 하지 않을 거라 장담할 수는 없지만, 실력이 부족해서 실수나 하는 의사를 남편으로 삼을 수는 없잖아요. 저는 살인자의 아내는 되고 싶지 않아요."

기려는 아내의 당돌한 말 속에 담긴 깊은 뜻을 알 수 있었다. 절로 고개가 끄덕여졌다. 이런 아내를 그저 사랑에 눈먼 흔한 여자로 여겼다는 사실이 부끄러웠다. 한편으로는 아내가 이런 생각을 지니고 있다는 사실을 알게 되어 기뻤다.

"당신은 나를 부끄럽게 하는구려. 당신의 그런 뜻을 저버리지 않겠다고 약속하겠소."

"고마워요. 그러니 당신은 공부에만 집중하세요. 그게 바로 저 김봉숙을 위한 일이라는 점도 잊지 마시고요."

기려는 고개를 들어 어두운 하늘을 보았다. 하늘에 촘촘하게 박혀 있는 별들이 그의 눈에 담겼다. 살아갈 날은 아직 저 하늘의 별들처럼 많다. 살아가면서 얼마나 많은 실수를 하게 될지 알 수는 없지만, 적어도 이제 실수를 하지 말아야 할 이유 하나쯤은 생긴 셈이다. 그는 아내에게 미안하다는 말을 할 수 없다는 걸 깨달았다. 아내가 원하는 말은 미안하다는 말이 아니니까. 아내가 피아노를 연주하는 피아니스트를 포기하는 대신 생활을 연주하는 피아니스트를 선택한 건 겨우 미안하다, 고맙다, 이런 말을 듣기 위해서가 아니었을 테니까.

사람 살리는 의사를 넘어

 1939년 겨울이었다. 세밑인지라 학교는 방학 중이었고 그는 연구실에서 논문을 마지막으로 손보고 있었다. 백인제 박사가 과제로 내주었던 '충수염 및 충수염성 복막염의 세균학적 연구'는 지난 4년 동안 270여 실험을 통해 논문으로 결실을 맺게 되었다. 마무리가 끝나면 그 논문을 조만간 나고야 대학에 제출할 예정이었다. 논문 때문에 바빴던 기려지만 세상일에 전혀 무심할 수는 없었다. 얼마 전 조선인들의 창씨개명을 요구하는 개정 조선민사령이 공표되었다. 경성이, 아니 온 조선이 그 때문에 술렁거렸다. 총독부는 이듬해 2월부터 8월까지 조선식 성명제를 버리고 일본식 씨명제로 고치라는 명령을 내렸다. 벌써부터 결코 받아들일 수 없다고 분개하는 사람들도 많았고, 총독부의 다른 방침들과 마찬가지로 이

명령 역시 시간이 지나면 유야무야되고 말 것이라고 생각하는 사람들도 많았다. 하지만 이번에는 전쟁동원을 위해 호락호락 넘어가지 않을 거라는 주장이 대체로 힘을 얻고 있었다. 어쨌든 이제는 성과 이름마저 빼앗길 처지가 되어버렸다.

잠시 이런 상념에 잠겨 있는데, 누군가 연구실 문을 두드렸다. 기려는 연구실에 들어선 사람이 누구인지 알아보지 못했다.

"누구신지…… 아!"

그는 깜짝 놀랐다. 10여 년의 세월이 박 의원의 얼굴 곳곳에 덕지덕지 묻어 있었다. 하얗게 샌 머리와 수염은 물론이요 깊은 주름살과 축 늘어진 두 볼에서 쇠락할 수밖에 없는 인간의 운명을 엿볼 수 있었다. 그는 자리에서 벌떡 일어나 박 의원에게 다가가 그 손을 잡았다.

"어르신, 대체 이게 얼마 만입니까?"

예전 같았으면 '아저씨'라고 했으련만 노인이 다 된 박 의원을 그렇게 부르기가 민망했다. 박 의원은 말없이 웃기만 했다. 그는 박 의원을 이끌고 학교를 나와 근처의 다방으로 향했다. 다방이라고는 아내와 연애할 때 몇 번, 그리고 유일준 교수가 한강에서 수영하다 익사하여 실의에 빠진 백인제 선생을 따라 몇 번 드나든 적이 있을 뿐이었다. 하지만 오랜만에 만난 아저씨를 좁은 연구실에 우두커니 세워둘 수는 없는 노릇이었다. 다방에 들어가 커피 두 잔을 시켰다. 한낮인데도 다방에는 창백한 얼굴의 청년들이 여럿 있었다. 어둡고 음습하며 담배 연기 자욱한 다방에서 만나는 청년들은 마치 식민지 조국의 자화상 같아 씁쓸한 기분이 들었다. 청년들은 여급이 여러 잔의 커피를 쟁반에 받쳐 들고 테이블 사이를 걸어가는 걸 보며, 커피 한 방울 흘리지 않는 저것이 바로 조선처자의 기개라는 둥, 물동이 이고 10리를 가도 물 한 방울 흘리지 않던 아낙의 기개를 물려받은 것이라는 둥. 객쩍은 소리나 나누고 있었다.

그는 지난 시절을 어떻게 보냈는지 이야기했다. 박 의원은 그가 말할 때마다 고개를 주억거렸다. 마치 철부지 막내아들의 성장한 모습을 보며 대견해하는 아버지처럼. 기려의 심정도 별다를 게 없었다. 옛 스승을 만난 듯, 반갑고 기쁘기 그지없었다.

"자네 이름이 경성 시내에 파다하게 퍼져 있더군. 내가 아는 한의사들도 자네 이름을 알고 있더군. 다른 사람들 입을 통해서 자네를 칭찬하는 말을 들으니 괜스레 내가 으스대고 싶은 기분마저 들었다네."

"과찬이십니다. 그저 의사로서 할 일을 한 것뿐이지요."

"의사라고 해서 모두 그럴 수 있는 건 아니라네. 사람을 죽이는 의사가 얼마나 많은지 자네도 알 게 아닌가. 의사에게 주어지는 최대의 보수는 환자의 치유라고 했네. 하지만 요즘 의사들은 돈이 없는 환자는 아예 쳐다보려고도 하지 않지."

박 의원의 말은 사실이었다. 당시 신문에는 의사들의 자성과 각성을 촉구하는 기사가 하루가 멀다 하고 실렸다. 심지어 의사 역시 장사꾼에 불과하니 그들에게 인술을 기대하는 것 자체가 잘못된 것이라는 논평까지 나오기도 했다. 의사와 병원에 대한 불신은 커질 만큼 커져 있었다. 기려도 그런 동료 의사들의 행태가 부끄럽고 안타까울 따름이었다. 기려는 쓰게 웃었다.

"어르신께서 저를 혼내주려고 오신 것 같습니다. 10년 만에 만나서 야단을 치시니 꽤나 오랫동안 벼르신 게 아닌지요?"

박 의원은 큰 소리로 웃었다.

"내 성격 탓이야. 늙어서도 이러니 누가 나를 좋아하겠나. 그건 그렇고, 바쁠 텐데 내가 시간을 너무 빼앗는 건 아닌지 모르겠네."

"괜찮습니다. 저희 집으로 모시고 싶은데 어떠신지요?"

"아닐세. 나는 가봐야 할 곳이 있네."

"10년 만에 찾아오셔서 너무 바쁜 척하시는 거 아닙니까?"

"미안하네. 사정이 그런 걸 어쩌겠나. 대신 나가서 좀 걸을까. 배웅해주는 셈치고 종로까지만 함께 걷지."

박 의원은 중절모를 쓰고 지팡이를 쥔 손을 앞으로 내밀며 먼저 걸어 나갔다. 박 의원은 예나 지금이나 바람 같은 사람이었다. 기려는 박 의원이 무슨 일을 하는지 알쏭달쏭했다. 약초를 구하러 방방곡곡을 돌아다닌다고 너스레를 떨지만, 그렇게 한가하게 살아가는 사람처럼 여겨지지는 않았다. 그들은 광화문 앞길을 따라 황토마루에 이르러 방향을 틀어 종로에 접어들었다. 1939년 끝 무렵 경성의 거리는 궁핍했다. 사람들이 길게 줄을 늘이고 서 있던 호떡집들도 굳게 문을 닫았고 그토록 활기차게 거리를 내달리던 메신저들의 자전거들이 울리던 방울 소리도 없었다. 지난 가을 독일이 폴란드를 침공한 뒤로 경성의 거리도 금세 분위기가 바뀌었다. 마치 조선이라는 거대한 동물이 처형장으로 끌려가는 모습을 지켜보는 사람들처럼 거리를 거니는 사람들의 표정에도 알 수 없는 두려움이 새겨져 있었다.

"이토록 거리가 을씨년스럽건만 저기 떼를 지어 몰려다니는 사람들은 대체 무얼 하는 사람들인가?"

박 의원이 종로에서 을지로로 빠지는 골목길을 가득 메우고 가는 사람들을 가리켰다.

"아마도 저건 조선신궁에 신사참배를 하러 가는 무리들일 것입니다."

"남산에 있는 조선신궁 말인가? 하긴 저쪽으로 계속 가면 남산이 나오지."

그들은 고개를 들어 남산을 바라보았다. 조선신궁으로 이르는 가파른 계단이 눈에 들어왔다. 남산은 치명적인 병을 앓고 있는 환자처럼 보였다. 아니, 아픔을 감춘 채 홀로 으르렁거리는 상처 입은 짐승 같아 보였다. 박 의원의 눈빛에 연민이 서려 있었다.

"그런데 어르신, 그동안 어디에서 무얼 하셨습니까?"

"나라 살리는 일을 했다네."

"나라 살리는 일이요?"

그의 가슴속에 의혹이 솟아났다. 조금 뒤 그는 자신의 눈치 없음을 깨달았다. 그가 어린 시절부터 보아왔던 박 의원은 아픈 사람이 있다면 돈이 있으나 없으나, 진찰하고 치료해주는 사람이었다. 그런 사람이라면 독립운동을 한다 해도 이상할 게 없지 않은가. 그는 자신이 박 의원의 삶에 대해 무심한 게 아니었나 싶었다. 따지고 보면 박 의원도 그에게 많은 영향을 준 삶의 스승 가운데 하나다. 그가 송도고보 시절 여순공과대학을 포기하고 경성의전을 선택한 계기가 되어준 사람 가운데 하나였으니.

그들은 화신백화점 앞을 지나갔다. 소비억제풍조 때문일까. 백화점 앞은 생각보다 한산했다. 그때 저만큼 앞에서 작은 소란이 일어났다. 사람들이 몰려들어 웅성거리고 있어 그들도 그곳으로 가보았다. 50대의 여자가 바닥에 쓰러져 있었다. 아마도 전차에 오르려다 떨어진 것 같았다. 겨울인데도 변변한 외투 하나 걸치지 못한 여인네의 몰골은 뼈만 남아 앙상했다. 동대문 밖이나 서대문 밖의 빈민촌에 사는 사람인 듯했다. 부르트고 갈라진 입술 사이로 신음이 새어 나오고 있었다. 그는 사람들을 헤치고 여자에게 다가갔다. 박 의원도 그 옆에 섰다.

"죄송하지만 몇 분이 저를 도와주셔야겠습니다. 기력이 쇠해서 잠시 정신을 잃은 모양인데 편히 눕힐 수 있는 곳으로 모셔야 합니다."

그러자 젊은 사내 둘이 그를 도와 여인네를 업고 가까운 식당으로 함께 가주었다. 그는 왕진가방이 없는 게 아쉬웠다. 가슴에 귀를 대보니 호흡이 미약했다. 우선 여인네의 기도를 확보해주고 인공호흡을 했다. 그는 여인네를 병원으로 데리고 가야겠다고 생각했다. 그래서 사내들에게 인력거를 불러달라고 부탁했다. 그러자 박 의원이 손사래를 쳤다.

"병원까지 갈 필요 없네."

박 의원은 품에서 환약을 꺼내 으깨어 물에 탄 다음 여인의 입에 흘려 넣어주었다. 그리고 침통을 꺼내 여인네의 발목과 무릎에 침을 놓아주었다. 그 사이 여인네도 의식을 회복했다. 그는 박 의원의 처치를 도와주면서 여인네의 몸을 주물러주고 있었다. 조금 뒤 여인네는 자리에서 일어났다. 그리고 그들에게 고맙다며 연신 허리를 깊이 숙였다. 그는 여인네에게 물었다.

"괜찮으십니까? 어차피 인력거를 불렀으니까 어디까지 가시는지 말씀만 하세요."

여인네는 괜찮다고 고개를 저었지만 그는 여인네를 인력거에 태워 미리 삯을 지불했다.

"안정이 필요하신 분이니까 되도록 천천히 목적지까지 모셔다드리세요."

그는 식당으로 돌아와 식당 주인에게도 고맙다는 인사를 했다. 박 의원에게도 고개를 숙였다.

"제가 다 부끄러울 지경입니다."

"이 사람, 그런 말 하지 말게나. 자네는 더 많은 일을 하는 사람 아닌가. 나 같은 사람하고는 비교도 하지 말게. 환자를 치료하는 것보다 더 중요한 건 환자에게 의지가 되어주는 거라네. 저 망할 여편네가 나한테는 인사도 하지 않고 자네한테만 인사를 한 것도 다 그런 이유 아니겠나. 하하하."

그들은 식당을 나와 다시 종로를 걸었다.

"나는 사실 자네가 의사가 될 줄은 몰랐다네. 자네는 기술자가 되어 조선의 산업을 부흥하겠다는 꿈을 지닌 학생이었으니까."

"그때 만약 어르신이 영흥 에메틴 사건에 대해 말씀만 안

하셨더라도 기술자가 되었을지 모릅니다."

"그랬군. 어쨌든 대견하네. 나야 의원이라고도 말하기 민망한 종기의지만 자네는 지금 시대에 꼭 필요한 사람 아닌가."

"아닙니다. 따지고 보면 외과의사라는 게 어르신과 같은 예전의 종기의들과 별 다를 게 없는 사람들입니다. 외과적 처치라는 것도 사실 알고 보면 배농술에 지나지 않으니까요. 어르신이 종기를 째고 고름을 빼던 것과 똑같습니다. 다만, 내부를 들여다볼 수 있다는 게 조금 다르다고나 할까요."

"그렇지. 양의와 한의의 가장 큰 차이점은 해부에 있으니까."

박 의원의 몸에서는 은은한 한약 냄새가 났다. 그의 몸에서는 은은한 소독약 냄새가 났다. 어울릴 것 같지 않은 이 두 가지 냄새가 한데 어울려 독특한 향기를 냈다. 그들은 서로의 몸에서 나는 냄새의 미묘한 차이를 느끼고 있었다. 그러나 그들은 한의와 양의라는 차이에도 불구하고 서로에게 어떤 동질감을 갖고 있었다.

경성 거리를 걷는 일도 흥이 나지 않았다. 이 한적한 거리에서 마치 호랑이 없는 산의 여우처럼 돌아다니는 사람은 일본인 순사뿐이었다. 몸에 착 들러붙는 검은 양복의 허리에 널찍한 가죽띠를 두르고 하이도라 부르는 긴 칼을 쩔렁거리면서. 동대문까지 걸어간 그들은 그곳에서 헤어졌다. 박 의원은 청량리 쪽으로 그는 다시 종로 쪽으로 가야 했다. 박 의원은 정류장에서 그에게 말했다.

"오늘 나는 직접 눈으로 자네가 사람을 살리는 의사라는 걸 확인할 수 있어 좋았다네. 그러니 이제 내가 부탁 하나 할까 하네."

"무슨 부탁입니까? 말씀만 하세요."

"사람 살리는 의사가 되었으니 이제 나라 살리는 의사가 되어볼 생각은 없는가?"

박 의원은 이처럼 뜬금없는 말을 부탁이라 내뱉고는 횡하니 제 갈 길을 가버렸다. 박 의원과 헤어져 학교로 돌아온 그는 연구실에서 다시 논문을 손보았다. 그러나 일이 손에 잡히지 않았다. 나라 살리는 의사. 그로서는 알 수 없는 일이었다. 의사로서는 사람을 살리는 것만으로도 족하다고 생각했던 그다. 나라를 살리겠다는 거창한 꿈 같은 건 잊어버린 지 오래다. 아니, 의사가 그런 일을 할 수 있다는 것 자체를 믿지 않았다. 하지만 어쩐지 박 의원의 말에는 사람의 마음을 움직이는 힘이 있었다.

그는 송도고보 시절 기도를 하던 때처럼 조용히 눈을 감았다. 의사를 한 번도 보지 못하고 죽어가는 사람들을 위해 평생을 바치겠다던 서원은 얼마나 섣부르고 어리석은 일이었던가. 그는 자신이 지금 그 서원을 잊고 사는 중이라는 걸 잘 알고 있었다. 그는 박 의원과 함께 길거리에서 만났던 여인네를 떠올렸다. 그는 단 한 번도 그런 사람들을 직접 찾아간 적이 없다. 눈에 띄는 사람들만 도와주고 홀로 만족했던 것이다. 내 눈에 보이지 않는 곳에 나를 필요로 하는 사람들이 많다는 걸 몰라서가 아니라, 그런 현실을 애써 모른 척하고 싶었던 것이다. 그는 자신은 결코 나라를 살리는 의사가 될 수 없을 거라고 생각했다. 사람을 살리는 의사에도 이르지 못했으니까. 양지를 향해서만 손을 내밀었을 뿐, 저 깊숙한 음지를 향해 손을 내밀지 않았으니까. 그는 생각할수록 자신의 기도가 부끄러워졌다. 남을 속일 수는 있어도 자신을 속일 수는 없었다. 결국 그의 기도는 대학합격을 위한 기도였을 뿐, 진정으로 참다운 의사가 되고 싶어서 했던 기도는 아니었던 셈이다.

"결국 나는 내 성공을 위해 기도를 올렸던 것이란 말인가."

학교를 나선 그는 명륜동 자신의 집까지 터벅터벅 걸어갔다. 지금까지 그는 자신의 부와 명예를 위해 기도를 올리는 사람들을 경멸해왔다. 하지만 지금 이 순간 그는 자신과 그들의 차이점을 발견할 수가 없었다. 좋은 의사라는 칭찬에 만족하고 안주해버린 자신을 볼 수 있었다. 그의 마음이 이렇게 무거운 건, 장인어른의 권유 때문이기도 했다. 장인어른은 그에게 함께 병원을 운영하자고 제의했다. 하지만 그는 장인어른의 권유를 쉽사리 받아들일 수 없었다. 어쩐지 그 길은 자신이 가야 할 길이 아닌 듯해서였다. 그보다 더욱 그의 마음을 괴롭히는 건 스승인 백인제의 권유였다. 그는 스승에게 박사논문을 마무리 지으면 학교를 떠나고 싶다고 말해놓은 터였다. 스승이 자신의 교수 자리를 그에게 물려주고 싶어한다는 건 공공연한 비밀이었다. 그의 주변 사람들 모두 그가 곧 경성의전 교수가 될 것이라 믿고 있었다. 하지만 그는 그 모든 일들이 내키지 않았다. 그 이유를 오늘에서야 알게 되었다. 자신의 발목을 붙들고 있는 건 바로 자신의 서원이었다. 어쩌자고 그런 서원을 세웠단 말인가. 그는 냉정해지고 싶었다. 서원 따위야 잊어도 되는 게 아닌가. 또 다른 서원을 세우면 되는 게 아닌가. 하지만 그는 집에 도착할 때까지도 아무런 결정을 내리지 못했다. 그가 대문 앞에 서자 눈이 내리기 시작했다. 어둡고 고요한 밤, 경성 위로 축복 같은 함박눈이 쏟아졌다. 내일 아침이면 세상은 눈부시게 하얗게 변해 있을 것이다. 그는 오래도록 눈을 맞으며 대문 앞에 서 있었다. 그의 마음도 그처럼 눈부시게 순결해질 수 있기를 바라면서.

마음에 거리낌이 없게 하라

 기려는 청량리행 전차를 탔다. 해가 바뀌어 1940년이 되었다. 그의 나이 서른이 되었다. 새해 정초를 맞이하기는 했지만, 여전히 조선인들은 음력설을 쇠었다. 일본인들이 많이 사는 명동이나 을지로는 새해 분위기로 들썩거렸지만 대부분의 조선인들은 차분하고 조용하게 새해를 맞이하고 있었다. 전차 안은 생각보다 한산했다. 날씨가 몹시도 추운 탓이었다. 하지만 그는 이 한적한 거리와 전차 안을 보며 새해가 와도 달라진 게 없는 삶을 생각했다. 새해가 희망이 되는 날은 언제 올 것인가. 이런 감상에 젖어 있는 동안 전차는 청량리역에 닿았다. 한 10분쯤 걸으니 장작시장이 보였다. 겨울이 시작될 무렵 장작을 다섯 평이나 미리 준비해두었지만 그새 다 떨어져버렸다. 예전에는 연탄과 장작을 반반씩 썼는데 연탄

값이 올라 아내가 연탄을 아예 들여놓지 않았기 때문이다. 자신은 좀 추워도 상관이 없다지만 아내와 아이들을 생각하면 한시도 미룰 수가 없어 정초부터 이렇게 장작시장을 찾게 된 것이다. 팔뚝만한 크기의 장작들을 가로세로 어빡자빡 어른 키만큼 쌓아놓은 게 한 평이다. 아내는 다섯 평만 있어도 충분하다 했지만, 그는 넉넉하게 열 평을 살 생각이었다. 장작시장은 밖에서 볼 때와는 달리 무척 컸다. 끝이 안 보일 정도로 넓은 공터에 장작들이 돌무덤처럼 무더기무더기 쌓여 있었다. 그는 얼굴이 새카맣게 탄 한 늙은 장작장수와 거래를 했다. 집에 돌아오자 한 시간 뒤에 장작을 실은 소달구지가 집 앞에 도착했다. 장작을 쌓아놓고 보니 마음이 뿌듯했다. 이걸로 올 겨울은 따뜻하게 보낼 수 있으리라. 그는 돌아서는 장작장수를 불러들였다.

"몸이라도 잠깐 녹이고 가세요."

아내는 따뜻한 숭늉이 담긴 대접을 들고 나왔다. 장작장수는 누런 이를 드러내며 고맙다고 말했다.

"그런데 이 장작은 어디에서 가지고 오신 겁니까?"

"아, 네. 저는 고양에서 왔습니다. 여기에서 족히 50리 길은 되지요."

"아니 그럼, 대체 그 먼 길을 언제 떠나신 겁니까?"

"새벽 댓바람부터 길을 재촉했지요. 그래도 저희 마을 사람들은 겨울에 장작이라도 해다가 팔아서 연명할 수 있는 걸 복으로 여기지요."

"지금 서둘러 돌아가셔도 해가 떨어진 뒤겠군요."

"이것저것 좀 사서 가자면 더 늦게 도착하게 될 겁니다."

장작장수가 돌아간 뒤 그는 깊은 생각에 잠겼다. 어차피 도시는 주변 농촌에서 먹을거리와 땔감을 대주지 않으면 살아갈 수 없는 곳이다. 도시와 농촌의 관계는 겉으로야 공생관계이지만 사실은 도시가 농촌의 시중을 받는 상하관계였다. 그는 자신이 살고 있는 도시가 괴물 같다는 생각을 했다. 온갖 재화와 재물이 모여드는 곳. 그러나 그 화려함 속에는 누군가의 피와 땀이 스며들어 있었다. 그는 스승인 백인제의 제안을 떠올렸다. 그가 경성의전 강사를 그만두고 싶다고 말하자 스승은 한사코 만류했다. 스승은 경성의전 교수직을 그에게 물려주고 싶어했다. 경성의전 외과교실은 이곳 조선에서 일본인들이 발붙이기 힘든 유일한 공간이었다. 조선인 학생들도 으레 외과를 선택했고 자연스럽게 외과교실은 일본인 대 조선인이라는 대결구도의 한 축을 이루게 되었다. 그래서 스승은 입버릇처럼 외과학교실은 조선인들의 것으로 남아 있어야 한다고 말했다. 사람들 역시 백인제의 뒤를 이어 장기려가 교수직을 물려받게 될 것이라고 생각했다. 더구나 스승은 곧 학교를 그만두고 외과를 개업해 독립할 계획을 갖고 있었다. 가만히 앉아서 기다리기만 하면 경성의전 교수직이 그에게 굴러 떨어질 판인데 느닷없이 학교를 그만두겠다고 하니 스승으로서는 기가 찰 노릇이 아닐 수 없었다.

"무슨 생각으로 그만두겠다는 건지 궁금하네."

"선생님, 제가 학교에 몸을 매이고 산 지 벌써 십 수년이 되었습니다. 선생님의 가르침과 보살핌으로 박사논문까지 완성할 수 있게 되었지요. 그래서 이제 세상으로 나가볼까 합니다. 지금까지 쌓은 지식과 기술을 더 많은 사람들을 위해 펼쳐보고 싶습니다. 선생님께서 늘 말씀하셨지요. 질병을 배우려면 환자의 침대로 가야 한다, 관찰과 실천과 경험을 통해서만 배울 수 있다, 라고요."

스승은 쓰게 웃었다. 그 말을 제자들에게 입버릇처럼 해왔던 게 사실이었다.

"그래, 자네 뜻은 알겠네. 하지만 그게 이유라면 왜 학교에 남아 후학들을 가르치는 건 불가능한지 묻고 싶네."

그는 대답할 수가 없었다. 신사참배를 강요하는, 기어이 창씨개명까지 요구하는 총독부의 눈치를 보며 사는 게 힘겨워졌노라고 말할 수는 없었다. 그렇게 말한다면 스승을 모욕하는 게 될 수도 있기 때문이었다. 그가 머뭇거리자 스승은 제자의 속내를 헤아린 듯 더는 묻지 않았다.

"자네 뜻이 정 그렇다면 내가 자리를 알아봐주겠네."

며칠 뒤 스승이 다시 그를 불렀다. 스승은 활짝 웃는 낯으로 말했다.

"자네에게 딱 맞는 자리가 나왔네. 대전의 도립병원 외과 과장직이야. 고등관이라네. 쉽게 나지 않는 자리야. 자네라면 충분히 잘해낼 수 있으리라고 믿네."

스승의 눈에는 일말의 의심도 없었다. 그가 단번에 수락할 줄 알고 만면에 웃음을 띠고 있었다. 분명 기쁜 일이었다. 고등관이라니. 꿈에서라도 그려본 적 없는 높은 직위였다. 아무 대답이 없자 스승은 그의 얼굴을 물끄러미 바라보았다. 스승의 낯에 언짢은 기색이 잠시 스쳤다. 백인제는 추진력이 있는 사람이었다. 후배와 제자들의 직장까지 손수 알선해줄 만큼 정력적이었다. 그렇게 백인제의 도움을 받아 사회로 나간 사람의 숫자는 손가락으로 꼽을 수 없을 만큼 많았다. 만약 그에게 소개받은 쪽에서 불만을 드러내기라도 하면 자신의 배를 가르겠다며 큰소리를 탕탕 칠 만큼 자신감 넘치는 사람이기도 했다.

"이번엔 또 뭐가 문젠가?"

"문제가 있는 건 아닙니다."

"그럼, 내가 소개해준 자리가 성에 차지 않는다는 뜻인가?"

그는 극구 부인했다.

"결코 아닙니다. 그 자리를 만들어주기 위해 애쓰신 선생님의 노고를 어찌 모르겠습니까? 또한 외과과장직이 아니라 말단의사라 해도 감히 제가 어찌 부족하다 생각하겠습니까?"

"알다가도 모를 녀석일세. 그렇다면 한번 말이나 들어보세."

"선생님, 오래전에 제가 송도고보에 다닐 때, 한 가지 서원을 세웠습니다. 그때 저는 경성의전에 입학할 수만 있다면, 의사를 한 번도 만나지 못하고 죽어가는 사람들을 위해 평생을 바치겠노라고 약속했습니다."

"그 서원이라면 이미 이루어진 것이나 진배없네. 자네처럼 바보같이 환자들에게 정성을 다하는 의사가 조선 천지에 단 한 명이라도 더 있다면 나도 말하지 않겠네."

"하지만 저는 제 눈에 보이는 사람들에게만 최선을 다했습니다. 그건 위선이고 기만이었습니다. 착한 척, 남을 위하는 척하며 살아왔던 거지요. 이제 학교라는 울타리를 벗어나 더 많은 사람들을 만나고 싶습니다. 지금까지 애써 모른 척해왔던 가난한 사람들을 위해 제가 가진 모든 것을 쏟아 붓고 싶습니다."

스승은 한숨을 쉬었다. 고지식한 제자인 줄은 알았지만 이토록 꽉 막혀 있을 줄은 몰랐던 탓이다. 하지만 스승은 역시 스승이었다. 제자의 뜻이 갸륵한데 그 뜻을 펼칠 수 있도록 도와주지는 못할망정 가로막을 수야 없는 노릇이 아닌가.

"자네 뜻이 정 그렇다면 나도 긴 말 하지 않겠네. 하지만 한

번 더 생각해볼 시간을 주겠네. 도립병원 외과과장으로 간다고 해서 자네의 서원이 무너지는 것은 아니니까. 그곳에서 자네의 뜻대로 살면 되지 않겠는가?"

"예, 알겠습니다. 그럼 조금만 더 시간을 주십시오. 심사숙고해보겠습니다."

"오래 기다리게 하지는 말게. 한없이 미룰 수는 없으니까."

그러마고 대답을 하고 물러나온 뒤로 그의 머릿속에는 온통 그 생각뿐이었다. 그의 이야기를 들은 아내도 역시나 고민이 되는 듯 평소와는 달리 안절부절못하는 것이었다.

"당신이 결정하실 문제예요. 도립병원으로 가는 것도 좋겠지만, 무엇보다 당신 마음속에 거리낌이 없어야 하니까요. 저는 이대로도 괜찮으니까 가족들 때문에 잘못된 판단을 하는 일은 생기지 않았으면 좋겠어요."

아내는 속 깊은 사람이었다. 만약 아내가 왜 그 좋은 외과과장직을 거절하느냐고 말했다면 그도 마음이 흔들렸을지 모른다. 그가 월급의 대부분을 바깥에서 써버려도 싫은 기색 한번 비치지 않은 아내였다. 부잣집 딸로 자라 그와 사는 게 고달플 게 뻔한데도 아내는 그와의 만남을 자신의 삶에서 가장 행복한 만남이라고 말했다. 그런 아내를 위해서라도 그는 현명한 판단을 내려야 했다.

그는 쌓아놓은 장작을 보며 감탄했다. 얼핏 보면 아무렇게

나 쌓은 듯하지만 손에 힘을 주고 툭툭 쳐도 장작더미는 꿈쩍도 하지 않았다. 장작을 쌓는 일에도 법도가 있는데 하물며 사람의 일이야 말해서 무슨 소용이랴. 중요한 건 그 법도가 무엇인지를 아는 것이다.

장작을 손으로 어루만져보던 그는 이 장작은 자신이 직접 패야겠다고 생각했다. 어쩐지 그렇게 하는 게 장작들에 대한 예의인 것 같았다. 제 몸을 불살라 겨울 내내 사람들이 따뜻하게 지낼 수 있도록 해줄 고마운 것들이 아닌가. 하지만 그는 서너 번 한 뒤 그만두었다. 생각처럼 쉽지가 않았다. 아내는 손으로 입을 가리고 슬며시 웃었다.

"그러다 병나겠어요. 돈 몇 푼 들더라도 장작 패는 사람을 부릅시다. 그래야 장작 패는 사람들도 먹고살 거 아녜요."

"듣고 보니 그렇군. 이건 결코 내가 하기 싫어서 그러는 게 아니란 것만 확실히 합시다."

멋쩍어진 그는 이렇게 변명을 하고 도끼를 내려놓았다. 곧이어 아내가 장작 패는 사람을 수소문해서 데려왔다. 방에 앉아 가만히 듣고 있자니 그 소리가 퍽 듣기 좋았다. 도끼를 내려치며 기합을 넣듯 외치는 소리하며, 도끼와 장작이 부딪치는 소리, 장작이 쪼개지는 소리, 그 소리들이 운율을 이루어 흥겨운 느낌을 주었다. 또한 한겨울인데도 웃통을 벗고 탄탄한 근육을 드러내며 장작을 패는 사람에게서 기이한 아름다움까지 느껴졌다. 저게 바로 노동이 지닌 아름다움이란 것인가. 그는 가만히 자신의 손을 내려다보았다. 자신의 손 역시 노동하는 손이었다. 청진기를 쥐고 수술칼을 잡고 붕대를 매고 소독을 하는 손이었다. 하지만 역시나 머쓱했다. 무엇이 다른 걸까. 그러다 그는 무언가 생각난 사람처럼 벌떡 일어나 외투를 챙겨 입었다. 방을 나서는 그를 보며 아내가 동그랗게 뜬 눈으로 어딜 가느냐고 물었다.

"내 오늘 김교신 선생댁에 다녀올 생각이오."

"그곳에서 모임이 있나요?"

"〈성서조선〉 독자들의 겨울모임이 있다는구려. 요한계시록 강해가 있다는데, 예전부터 한번 직접 듣고 싶다는 생각을 했어요."

그는 김교신이 발행하는 〈성서조선〉을 오랫동안 구독해왔다. 김교신이 마라톤 영웅 손기정을 길러낸 양정고보 교사라는 사실도 흥미로웠다. 그는 잊을 수가 없다. 지난 1936년의 여름을. 그해 여름 그는 잠들 수가 없었다. 마라톤 중계방송이 도중에 멈췄기 때문이다. 결과는 새벽에 호외가 나와봐야 알 수 있게 되었다. 경성 시민들은 그처럼 모두 잠들지 못하고 있었다. 많은 이들이 종로와 광화문에서 아예 술자리를 벌이며 밤을 샜다. 새벽 무렵, 호외를 알리는 요령소리가 빗속을 뚫고 들려왔다. 그 역시 벌떡 일어나 집 밖으로 달려 나갔다. 꿈결에서인 듯 환호성이 들려왔다. 내리던 비가 다시 하늘로 올라가는 게 아닐까 싶은 함성이었다. 호외를 받지 않아도 결과를 알 수 있었다. 그 뜨거운 환호성, 비 내리는 경성의 새벽을 찢으며 여명처럼 울려 퍼지던 소리, 손기정 마라톤 제패. 그날의 감동을 조선인이라면 그 누구도 잊지 못할 것이다. 그런 손기정을 길러낸 사람이 바로 김교신이었다. 그가 본 김교신의 첫 인상은 날카로웠다. 사람을 압도하는 김교신의 눈빛은 커다란 키와 근육질의 탄탄한 몸과 어울려 영혼까지 스며드는 무언의 힘을 지니고 있었다. 하지만 무엇보다 그를 매료시킨 것은 김교신의 사상이었다. 김교신은 동경 유학 시절 당시의 대표적인 무교회주의자인 우치무라 간조內村鑑三의 가르침을 받았는데 조선에 돌아온 뒤 그 사상이 더욱 무르익어 있었다. 양정고보 학생들은 김교신을 '양칼'이라고 불렀다. 양정고보의 칼 같은 선생이라는 뜻이었다. 그 별명에서도 드러나듯 김교신은 바위처럼 단단한 사람이었다.

그는 김교신의 집이 있는 정릉으로 갔다. 김교신의 집을 찾는 건 어렵지 않았다. 기역자로 된 세 칸짜리 기와집 끝에 창문 두 개가 나 있는 아담한 양옥집이 붙어 있었다. 소나무 몇 그루가 서 있는 마당은 넓고 깨끗해 이 집에 사는 사람의 성품을 보여주는 듯했다. 지붕 너머로 북한산이 손에 잡힐 듯 보이는 곳이었다. 김교신의 집에는 이미 많은 사람이 모여 있었다. 모임 장소는 한옥에 붙어 있는 양옥집이었다. 문을 열고 들어가니 우선 한쪽 벽을 전부 차지하고 있는 대형지도가 그의 눈에 들어왔다. 그의 콧속으로 은은한 종이냄새가 파고들었다. 아, 이곳이 바로 김교신 선생이 집필을 하는 서재로구나. 그는 이렇게 속으로 중얼거리며 서재로 들어갔다. 사람들이 일제히 고개를 돌려 그를 바라봤다. 〈성서조선〉 관련자들과 구독자 모임의 구성원들인 듯했다. 그로서는 낯선 사람들을 만나는 게 유쾌한 일은 아니었지만, 모두 한 가지 뜻을 가지고 온 만큼 잘 어울려보아야겠다는 생각이 들었다. 서로 통성명을 하고 수인사를 나누었다. 누구보다 김교신이 그를 반겨 맞아주었다.

"잘 오셨습니다. 그리고 장 선생님께 특별히 소개해드릴 사람이 있습니다. 이 사람은 내가 동경에서 유학하던 시절에 함께 공부했던 동무입니다."

김교신의 소개를 받은 사내가 한쪽 구석에 앉아 있다가 벌떡 일어나 그를 향해 고개를 숙였다. 그 역시 엉겁결에 일어나 마주 고개를 숙였다.

"함석헌이라고 합니다."

그는 아, 하고 자신도 모르게 탄성을 질렀다. 〈성서조선〉에 실린 함석헌의 '성서적 입장에서 본 조선역사'에 감탄했던지라 대체 어떤 사람일까 무척 궁금했기 때문이다. 그런 사람을 직접 만나게 되었다는 기쁨과 놀라움을 자신도 모르게 탄성으로 표현해버렸던 것이다. 그가 느낀 함석헌에 대한 첫인상은 놀라울 만큼 부드럽다는 점이었다. 두 번씩이나 감옥에 끌려가는 고초를 당한, 이제 마흔에 접어든 사내라고는 믿어지지 않았다. 그만큼 여성적인 면모가 엿보였다. 내유외강이라고나 할까. 분명 이 사내의 내면에는 불로도 녹일 수 없을 만큼 단단한 쇳덩이가 들어 있을 테지만, 다른 사람들을 대하는 태도나 바라보는 눈길에는 어떤 죄를 지었더라도 포용해줄 것 같은 깊은 이해심이 깃들어 있었다. 이 사내의 얼굴은 강퍅하다고 여겨질 만큼 날카로운 구석이 있었다. 그러나 사내를 둘러싸고 있는 온화한 기운이 얼굴에서 풍기는 날카로움마저 둥글게 만들어주고 있었다. 독특한 인물이었다.

"반갑습니다. 지면으로는 익히 알고 있었는데 이제야 뵙게 되는군요. 저는 장기려라고 합니다."

"아, 그러시군요. 말씀은 많이 들었습니다. 이렇게 뵙게 되어 저도 반갑습니다."

김교신은 사람들에게 함석헌을 초대한 정황을 설명했다.

"오산학교에서 교편을 놓은 뒤로는 그 학교 근처의 과수원에서 지내고 계십니다. 아마도 조만간 평양 근교에 있는 농사학원으로 옮겨가실 듯한데, 제가 특별히 요한계시록 강해를 부탁드리기 위해 모셨습니다. 어려운 발걸음을 하셨으니 뜻

깊은 시간이 될 수 있으면 좋겠습니다."

그를 이 자리에 이끈 것은 호기심이었다. 비록 많은 고민들이 그를 사로잡고는 있었지만, 그건 어쩌면 그가 평생 끌어안고 살아야 하는 것들인지도 모른다. 그는 자신의 고민이 한순간에 해결되리라는 희망을 품지는 않았다.

그날 함석헌의 요한계시록 강해는 그에게 많은 충격을 주었다. 성경에 대한 해박한 지식에 놀란 것도 아니고 그것을 해석하는 독특한 시각에 감탄한 것도 아니었다. 그를 사로잡은 건 함석헌의 탁월함이 아니라 아늑함과 평온함이었다. 함석헌은 미술에 조예가 깊은 사람이라고 했다. 그래서인지 함석헌이 무언가를 설명할 때면 마치 눈앞에 그것을 두고 보는 것처럼 이미지들이 선명하게 떠올랐다. 함석헌의 강해는 어떤 목사나 감독의 그것보다 부드럽고 열정적이었다. 그는 지금까지 숱한 설교를 들어보았지만 이처럼 듣는 이를 영적인 세계로 몰입시키는 경험은 처음이었다. 그가 아늑함과 평온함을 느낀 것도 그런 이유였다. 새로운 깨달음의 세계, 지식이 아닌 직관과 영으로 통하는 세계, 그런 세계를 처음으로 만난 듯한 기분이었다. 함석헌이 마지막으로 덧붙인 말 역시 인상적이었다.

"이단이니 정통이니 하는 생각은 케케묵은 생각입니다. 여러분, 고개를 돌려 저 창밖을 보십시오. 하늘을 가르며 날아가는 새들이 보이십니까? 저는 저 새들을 볼 때마다 생각을 합니다. 저 새들은 대체 무슨 길을 따라 날고 있는가. 하지만 허공에 길이 어디 따로 있겠습니까? 끝없이 나아가면 그렇게 걸어온 곳이 곧 길 아니겠습니까? 새들은 길을 따라 가는 게 아니라 길을 만들고 가는 것이지요. 마찬가지로 우리는 우리가 갈 길을 갈 뿐이지 구태여 저 허공에 길을 그리려고 할 필요는 없습니다. 이단이란 없습니다. 아니, 누구를 이단이라고 하는 마음, 바로 이런 마음이 유일한 이단이라고 할 수 있을 것입니다."

경험 삼아 하루 출석하려 했던 모임이었건만, 그는 사흘 동안 정릉으로 출퇴근했다. 함석헌이라는 사람을 알면 알수록 그의 가슴에는 사랑을 하는 사람이 연인을 향해 품었음직한 감정들로 가득 채워졌다. 강해가 끝나고 함석헌은 오산으로 돌아간다고 했다. 기려는 이렇게 보내기가 아쉬웠다. 함석헌과 많은 이야기를 나누고 싶었다.

"오늘 이대로 헤어지면 언제 다시 뵐 수 있을까요?"

그가 서운함이 듬뿍 묻어나는 목소리로 함석헌에게 물었다.

"글쎄요. 조만간 또 뵐 수 있는 날이 오겠지요. 고통받는 땅에서 고통받는 사람들이라면 더욱더 자주 만나야 하니까요."

"한 가지 묻고 싶은 게 있습니다. 선생께서는 조선의 역사를 고난의 여왕이며 세계의 하수도라고 하셨지요. 그런 처지에 처한 사람들이 할 수 있는 일이 대체 무엇일까요?"

함석헌은 잠시 생각에 잠겼다가 무겁게 입을 열었다.

"저는 그 절망에 희망이 이미 내포되어 있다고 생각합니다."

"관념적인 희망이라면 차라리 없는 것만 못하지 않겠습니까? 그건 바로 노신이 그려낸 아큐와 다를 게 없는 것이니까요. 현실적으로 신사참배를 거부한 선교사들이 이 땅에서 줄줄이 쫓겨나고 있고 교인들은 믿음을 잃어가고 있습니다. 그걸 모두 그들의 탓으로 돌릴 수는 없다고 생각합니다."

"하지만 그 어떤 시대라 하더라도 지금처럼 고통스럽지 않은 적은 없었습니다. 문제는 우리를 둘러싼 환경이 얼마나 좋으냐가 아니라, 그런 제약을 이겨내고 무엇을 할 것인가일 테니까요."

"제가 여쭙고 싶은 것도 바로 그것입니다. 무엇을 먼저 해야 합니까?"

함석헌과 그의 눈이 마주쳤다. 함석헌도 기려의 질문이 범상치 않은 것임을 깨달았다. 그의 말투에서 진한 고통을 느낄 수 있었던 것이다.

"함께 죽어야지요. 이 나라가 죽어간다면 그 옆에서 함께 죽을 수 있는 용기가 필요합니다. 신사참배를 받아들이고 살아남은 교회들이 과연 우리에게 무엇을 줄 수 있겠습니까? 살아남는다 해도 결국에는 다시 우리들 가슴에 지옥을 지어줄 것입니다."

함석헌의 말은 냉정하다 못해 폐부를 찌르는 날카로운 칼날처럼 섬뜩하기까지 했다. 어떤 변명도 소용없다는 뜻이었다. 타협하고 안주하지 말라는 말이었다. 그도 동감했다. 하지만 중요한 건 아는 게 아니라 실천하는 것이다.

"함께 죽는 길 외에는 진정 없는 겁니까? 함께 사는 길도 있지 않겠습니까?"

비로소 함석헌의 입가에 옅은 미소가 서렸다. 함석헌은 부드럽고도 단호한 어투로 말했다.

"가슴속에 교회를 지어야지요. 그 어떤 시련에도 무너지지 않는 단단한 교회를 지어야지요. 우리가 가는 곳 어느 곳이나 우리의 신전이 되어야지요. 그리고 견뎌야 합니다. 시작이 있으면 끝이 있는 법입니다. 우리에게 닥쳐온 시련도 머지않아 끝이 보일 것입니다."

그는 함석헌의 이런 믿음이 부러웠다. 일본은 중일전쟁 이후 더욱 기고만장해졌다. 끝은 아득하기만 하다. 헌데 함석헌은 대체 무얼 근거로 그런 믿음을 갖게 된 것일까.

"장기려 선생님, 선생님은 의사이시죠. 그러니 때로는 죽어가는 환자들을 지켜보시기도 하셨을 줄 압니다. 그때 어떤 심정이셨습니까? 동정과 연민뿐이었습니까?"

그는 고개를 저었다.

"맞습니다. 우리는 죽음에서도 우리 존재의 위대함을 발견할 수 있습니다. 살고 싶다고 절규하며 죽어가는 사람에게서도 우리는 삶을 위해 바치는 열정을 볼 수 있습니다. 그는 최선을 다해 살다 가는 것입니다. 최선을 다해 죽는 것과 최선을 다해 사는 것은 결코 다르지 않습니다. 선생님도 그 절망에서 숭고함을 느끼실 수 있었겠지요? 많은 사람들이 죽음이 목전에 닥치면 자신의 처지를 비관하다가도 정작 숨이 멎는 순간에 이르면 하나같이 숭고해집니다. 우리 조선이 비록 숨통이 끊어지기 직전의 상황이지만, 그렇기에 더욱더 숭고해질 수 있는 것입니다. 제국주의 국가들로서는 꿈도 꿀 수 없는 희생정신을 발휘할 수 있는 기회가 우리에게 주어진 것입니다."

이 역설이 그로서는 받아들이기 쉽지 않았지만 최소한 지금 자신이 처한 상황을 다른 시각으로 볼 수 있는 눈을 뜨게 해준 것만은 틀림없었다. 함석헌과의 대화는 무거웠지만 돌이켜보면 즐거웠다. 함석헌이 오산으로 돌아간 뒤 며칠 안 되어 스승에게서 전갈이 왔다. 스승을 만나러 가는 그의 발걸음은 가볍고 경쾌했다.

"생각해보았나?"

"네, 선생님. 아무래도 저는 선생님께 죄를 지어야 할 것 같습니다."

스승은 한숨을 내쉬었다.

"자네 얼굴 보고 내 그렇게 말할 줄 이미 짐작하고 있었네. 그래서 내 미리 이용설 박사에게 자네 이야기를 해뒀네. 평양의 연합기독병원이라면 괜찮겠나?"

이용설 박사라면 그도 잘 알고 있었다. 기독교 병원들이 선교본부에서 들어오는 재정수입 감소를 구실로 무료 진료를 줄여나가는 현실을 개탄하던 이용설 박사의 모습이 떠올랐다. 그런 분이 소개해준다면 더할 나위 없이 좋을 것이다. 하지만 그의 귓속에 화살처럼 날아와 박힌 말은 다른 것보다 '평양'이라는 한마디였다. 함석헌은 조만간 평양 근교의 농사학원으로 옮겨간다고 했지 않았던가. 그는 이 우연의 일치도 이미 예정되어 있었던 것만 같았다.

"기홀병원紀忽病院 말씀이십니까?"

평양 연합기독병원은 의료선교사였던 감리교의 윌리엄 홀의 미망인에 의해 구한말에 설립된 기홀병원의 다른 이름이었다. 평양의 장로교병원, 그리고 광혜여원과 합병되어 평양 연합기독병원으로 불리게 된 것이었다. 병원을 운영하는 사람들은 감리교 선교부와 장로교 선교부의 연합위원회였다.

"그래. 대전 도립병원보다야 기홀병원이 자네의 뜻에도 더 잘 맞는 병원일 걸세. 의사도 많고 자네가 그토록 좋아하는 환자들도 많다네."

스승은 히죽 웃으며 다시 덧붙였다.

"연합기독병원은 관공립병원 못지않게 재정도 탄탄하니까 마음만 먹으면 뜻을 펼치기 쉬울 거야."

"고맙습니다, 선생님. 미천한 제자의 뜻을 그렇게까지 헤아려주시니."

"아니야. 오히려 내가 고맙네. 만약 자네마저 다른 녀석들처럼 그 자리를 탐내었더라면 어쩌면 뒤돌아서서 후회했을지도 모르네. 내 비록 내 후배이고 제자들이라서 신경을 쓰고는 있지만, 마음에 거리낌이 없는 건 아니었네. 실력이 뛰어난 의사가 참된 의사가 아니라는 걸 잘 알고 있으면서도 아비가 자식의 허물을 덮듯 모른 척해왔던 내 잘못도 있다네. 도립병원에 들어가서 경험 좀 쌓은 뒤 개업해서 돈이나 긁으려는 녀석들조차 제자라고 감싸줬으니 말일세. 열 명의 제자를 키웠으면 가난한 사람들 속으로 들어가 평생을 바치겠다는 녀석도 한 놈쯤은 있어야 정상이야. 아무렴, 그게 정상이지. 그 녀석이 바로 자네라서 더욱 좋아."

스승은 겉으로 보는 것과 달리 섬세하고 사려 깊은 사람이었다. 이미 그의 고민을 알고 있었고, 그의 고민을 자신의 고민으로 받아들여 심사숙고했던 것이다. 만약 대전 도립병원으로 간다면 장기려는 신사참배를 수용하거나 병원을 때려치위야 할 것이다. 그런 상황을 장기려가 잘 극복할 수 있을지 스승도 확신할 수 없었다. 제자의 성격을 볼 때 자신에 대한 의리 때문에라도 쉽게 병원을 그만둘 수는 없을 테고, 또한 제자의 깊은 신앙심을 볼 때 신사참배를 수용한다는 건 죽음을 받아들이는 것이나 마찬가지일 것이다. 또한 도립병원에 가게 된다면 창씨개명도 피해갈 수 없을 것이다. 제자인 그로서는 차마 스승에게 말할 수 없는 문제들을 스승은 스스로 생각해내서 판단을 내렸을 것이다. 그는 스승의 배려가 눈시울이 뜨거워질 만큼 고마웠다.

"그 좋은 자리 내팽개치고 좋아하는 녀석도 아마 자네가 유일할 걸세. 결정하면 알려주게나."

"네, 알겠습니다. 선생님."

"그리고 노파심에 하나 덧붙이자면, 그곳은 세브란스 출신들이 많아. 텃세가 있을 수 있지만 자네라면 잘 견디고 조화를 이루며 지낼 수 있을 거라고 믿네."

스승은 장난스럽게 말을 맺었다.

"경성의전 출신의 기개를 보여주는 것도 괜찮겠지."

그 말에서는 자신의 제자를 대견해하는 사심 없는 스승의 마음이 드러났다. 집으로 돌아온 그는 아내에게 스승과 나누었던 대화를 들려주었다. 아내는 찌푸렸던 미간을 폈다. 그러면서 그동안 쌓였던 근심과 걱정도 날려 보낸 듯했다.

"어떻게 하실 생각이세요?"

"기홀병원이라면 내가 새로운 시작을 위해 도전해볼 만한 곳이라고 생각하오. 당신은 어떻소?"

"평양에서 학교를 다녔는데, 무어 두려울 게 있겠어요. 친정도 지금은 그곳에 있으니 고향에 돌아가는 것 같아 오히려 잘됐지요."

그가 외투를 길거리의 거지에게 줘버려도, 거지를 데려와 밥상을 차려달라 부탁해도, 월급의 대부분을 환자들을 위해 써버려도, 그를 믿어주고 격려해준 아내가 아니라면 그 역시 다른 사람들처럼 적당히 진료하고 어떻게 하면 돈을 벌 수 있을까 궁리하는 사람이 되었을지도 모른다. 그러나 기려는 감정표현에 서툴렀다. 그가 내뱉은 말은 고작 이것뿐이었다.

"그렇게 말해주니 고맙구려."

그는 아내의 손을 슬며시 쥐었다. 결혼하여 함께 산 지 10년 째. 아내의 손은 두 배의 세월을 살아온 듯 거칠기만 했다. 하지만 그는 아내의 손에서 전해지는 온기가 그 무엇보다 따스하다고 생각했다. 차갑지도 뜨겁지도 않게 아내의 손은 딱 그만큼만 따뜻했다. 오래된 뚝배기처럼 변하지 않은 온기를 지니고 그가 힘들 때마다 위안이 되어주었다. 아내라고 해서 어찌 욕심이 없을까. 다른 외과의사의 아내들처럼 사모님 소리 들어가며 잘 차려입고 화신으로 미스코시로 쇼핑을 다니고 다방에서 차를 마시고 음악을 들으며 유유자적하며 살고 싶다는 생각이 왜 없을까. 하지만 아내의 손은 탐욕을 모른다. 순리에만 순종하는 손이다. 그 손은 무언가를 집어오는 손이 아니라 지닌 것을 내다주는 손이다. 그는 아내의 손을 잡은 자신의 손에 힘을 주었다. 그리고 천천히 끌어올려 자신의 뺨에 대보았다. 향기가 퍼지듯 온기가 볼을 타고 그의 내부로 들어왔다. 아내는 부끄러운 듯 그에게 잡힌 손을 빼내려 했다.

"잠깐만 이렇게 있어봅시다."

그의 앞날에 또 어떤 난관이 기다리고 있을지 아무도 모른다. 하지만 그는 피할 수 없는 운명이라면 부딪혀가리라 마음먹었다. 그리고 그곳에 가면 함석헌을 만날 수 있다. 박 의원이 말한 나라 살리는 의사가 될 수 있을지도 모른다. 그는 가슴이 벅차올랐다. 가자, 평양으로.

강물을 거슬러 떠먹는 사람들

평양은 숨죽이고 있었다. 배급제가 시행되었고 물가가 하루가 다르게 뛰었다. 사람들의 얼굴에는 궁핍이 더께처럼 내려앉아 있었고 팔다리가 가느다란 아이들이 헐벗은 채 거리를 뛰어다녔다. 개 짖는 소리조차 뚝 끊긴 거리를 걷다 보면 어느 곳에서든 신음이 흘러나왔다. 마치 집집마다 병자를 한 사람씩은 껴안고 살고 있는 듯한 기분이 들 정도였다. 그래도 단 한군데, 대동강에 둥실 떠 있는 두루섬이 건너다 보이는 송산리의 과수원만은 여전히 푸르렀다. 기려는 그곳에 가면 까닭 없이 즐거워지곤 했다. 평양 중심부에서 보통강을 건너 40리 쯤 동쪽으로 가다 보면 함석헌이 똬리를 틀고 있는 송산 농사학원이 나온다. 만경대를 지척에 두고 용악산이 손에 잡힐 듯 보이는 구릉지대에 자리 잡은 농사학원은 덴마크풍의 농장이었다. 함석헌은 그곳에서 열댓 명의 학생들과 함께 농사와 학업이 하나가 되는 삶을 실험하고 있는 중이었다. 루소의 말 그대로 철인처럼 사색하고 농민처럼 일하며 살고 있었다. 기려는 그곳에서 함석헌이 어떤 식으로 학생들을 가르치는지 눈으로 직접 확인할 수 있었다. 그가 평양에 도착했을 무렵 함석헌도 농사학원에 자리를 잡았다. 처음 방문하던 날 그는 학생들이 숙소로 사용하는 방문 앞에 무릎을 꿇고 있는 광경을 목격했다. 학생들 사이에 다툼이 있었던 것이다. 그러나 선생은 야단을 치기는커녕 몇 시간째 방에 틀어박혀 나오지 않았다. 선생이 걱정된 학생들은 방문을 열어보고는 기겁을 했다. 선생은 석고상처럼 미동도 없이 무릎을 꿇은 채 기도를 하고 있었던 것이다. 학생들은 울며불며 자신들이 잘못했다고 빌었고 마침 그때 장기려가 그곳을 방문했다.

"학생들이 기겁을 할 법도 합니다."

"그게 어디 아이들 잘못뿐이겠습니까. 제가 잘못 가르친 탓이지요. 그러니 우선 제가 용서를 빌어야 하지 않겠습니까."

그들은 재회의 기쁨을 나누며 오랫동안 이야기를 나누었다. 그날 주로 나눈 이야기는 시국에 관한 것이었다. 그로서는 놀라운 변화였다. 그는 여태 누군가와 시국에 대해 많은 이야기를 나눠본 적도 없고, 그런 이야기를 중요하다고 생각해본 적도 없었다. 그러나 함석헌을 만나면 자신도 모르게 그런 이야기에 빨려 들어갔다. 함석헌은 예민한 촉수를 지닌 사람이었다.

"지금 저들은 자신만만하게 선전하고 있지만 환난의 징조가 보입니다. 집집마다 돌아다니며 개들을 때려잡는 것만 보아도 알 수 있지요. 개가죽으로 군인들의 방한모와 장갑이며 외투를 만들겠다니, 끝내는 사람마저 잡으려 들 것이고 그건 곧 저들의 패망을 뜻한다고 할 수 있습니다."

"이런 한적한 교외에 앉아서도 앞날을 내다보시는군요. 저도 평양에 와서 많은 걸 느꼈습니다. 경성에 있을 때에는 잘 몰랐는데, 이곳은 그보다 덜 번잡하다 보니 많은 게 눈에 보이게 되더군요. 길거리 곳곳에 방공호를 만들고 학교에서까지 어린 학생들을 시켜 방공호를 파게 하는 걸 보면 저들도 무언가를 작심하고 있다고 봐야겠지요."

"그게 문제입니다. 아무도 작심하지 않았는데 억지로 그런 시대를 따라갈 수밖에 없다는 것 말입니다."

그 뒤로 그는 틈이 날 때마다 송산리를 찾아가고 싶었으나 생각만큼 자주 갈 수는 없었다. 기홀병원의 외과과장 업무를 익히는 것만으로도 벅찰 지경이었다. 병원사무는 물론이요 환자들의 진찰과 치료, 수술까지 그의 손이 미치지 않는 곳이 없었다.

기홀병원은 평양 중심에 자리 잡은 남산의 북쪽 기슭에 완

만하게 펼쳐진 지역인 대찰리에 있었다. 전차가 다니는 길에 면한 이 병원은 기독교단이 운영하는 병원 가운데 경성의 세브란스병원 다음으로 큰 곳이었다. 대찰리와 서북쪽으로 인접해 있는 신양리와 경창리는 오래전부터 '양촌洋村'이라고 불렸다. 외국인들이 모여 사는 곳이라서 평양 사람들은 그렇게 불렀다. 신양리와 경창리에는 외국인 선교사를 비롯해 기독교인들이 많이 살았고 평양의 어떤 거리보다 서양풍의 집과 건물이 많았다. 교회와 기독교 단체들이 운영하는 학교들도 이 지역에 몰려 있었다. 그래서 이 지역에 들어서면 마치 서양의 어떤 도시에 들어선 듯한 기분이 들 만큼 이국적인 풍광을 지니고 있었다. 하얼빈이나 상하이의 어떤 골목을 연상시키는 곳이었다. 평양을 조선의 예루살렘이라 부른 것도 이렇게 형성된 양촌의 이미지가 적잖이 작용했기 때문이다. 하지만 기려는 이 지역에 들어설 때마다 외딴 섬을 떠올렸다. 평양을 처음 찾은 선교사들은 조선인들에게 반감을 살 수 있다는 조심스러운 생각으로 서양식 건물을 짓지 않았다. 평양 사람들의 집에 조용히 깃들어 평양 사람들과 어우러져 살았다. 수십 년의 세월 동안 평양은 근대적인 도시로 거듭났다. 그동안 교회는 초라한 여염집을 나와 신식 벽돌건물로 재탄생했고 웅장하다고 표현할 수밖에 없을 만큼 거대한 학교와 병원들이 들어서게 되었다. 재정이 좋아지면 우선 목사 사택부터 거대하게 지었고 교회업무 재직자들의 월급을 높여주었다. 교회 건물을 얼마나 아름답게 지었느냐가 최대의 관심사가 되고 은퇴한 목회자에게는 퇴직금 명목으로 거금을 줄 수도 있게 되었다. 교회는 평양을 잠식해 들어갔고 그만큼 몸집을 불려갔다. 그러나 그 놀랄 만한 교회의 성장도 조선이 지금과 같은 나락으로 떨어지는 걸 막지는 못했다. 기려는 그 점이 안타깝고 쓸쓸했다.

하지만 그 정도는 참아줄 만했다. 평양 중심부의 양촌을 지우고 나면, 평양은 조선의 도시가 아니라 일본 어떤 도시의 일부분을 옮겨놓은 듯한 몰골이었다.

경의선은 평양 남쪽에서 양각도를 징검다리 삼아 대동강을 건너 평양 중심부로 들어왔다. 계속해서 북쪽으로 달려 서천면을 끼고 평양을 우회한 뒤 신의주까지 닿았다. 평양을 남북으로 관통하는 철도는 평양을 양분하는 경계선이었다. 그 한가운데 평양역이 있었다. 평양역을 중심으로 동쪽은 사람들이 밀집해 있는 평양 시가지였고 반대쪽인 서쪽은 병기제조소를 비롯해 일본군의 드넓은 연병장이 자리 잡고 있는 군사 지역이었다. 이러한 풍경은 일본군이 주둔하고 있는 나남, 용산과 다를 게 없었다. 평양은 차라리 조선의 예루살렘이 아니라 조선의 뤼순이요 히로시마라고 하는 편이 더 진실에 가까울 듯했다.

이 암울한 상황이 누군가에게는 득이 되었다. 유곽을 차리고 일본군을 상대로 장사를 해서 거금을 모은 사람들, 일본군이 필요로 하는 물자들을 공급하는 대가로 평양부에서 이권을 챙기는 사람들, 이처럼 관과 군의 요처에 줄을 대고 제 이득을 챙기며 호의호식하는 사람들이 많은 곳이 또한 평양이었다. 그들은 교회에 나와 거금을 헌금하는 것으로 영혼의 안식까지 구하려 한다. 그런 사람들은 일제가 신사참배를 명령하자 솔선수범하여 나섰다. 자신의 이익에 위배되면 기꺼이 신조차 부정할 사람들. 기려는 어쩌면 평양이라는 예루살렘은 모래로 쌓은 성인지도 모른다는 생각이 들었다.

보통강 너머 서쪽에 있는 용산면에는 빈민촌이 많았다. 기려는 보통강변을 산책할 때마다 묘한 기분이 들었다. 서양인들은 강 건너편에 즐비하게 늘어선 초막들에 별 관심이 없었다. 그러나 기려는 그럴 수 없었다. 평양에 온 뒤로 호기심에 이곳저곳을 돌아다닌 그는 도처에서 빈민굴을 발견했다. 예로부터 평양 북쪽인 칠성문 밖에서 기자묘에 이르는 지역도 빈민굴이었다. 또한 선교리의 대동강변에도 빈민촌이 많았다. 선교리의 빈민촌이 다른 지역과 구별되는 점은 그곳에 대형공장이 많아 가난한 젊은 노동자들이 몰려 있다는 점이었다. 허물어져가는 초가집에 사는 사람은 나은 편에 속했다. 사람이 거처하는 곳이라고는 믿을 수 없을 만큼 초라한 토막

집에 사는 사람들도 무척 많았다. 이런 토막집은 마을에 지을 수 없었기 때문에 대부분 길가의 비탈이나 야산의 등성이에 자리 잡고 있었다. 그렇게 빈민들은 자신들만의 마을을 만들어 살고 있었다. 헐벗은 산야에 쥐구멍이나 다름없는 토막집을 짓고 사는 사람들은 늘 모든 게 부족했다. 이런 사정을 그에게 알려준 사람들은 빈민구제 사업을 하고 있는 성도들이었다. 모든 게 모래 위에 세워진 누각은 아니었던 셈이다. 기려가 무의촌 진료의 의지를 밝혔을 때 가장 먼저 두 팔을 들고 반긴 사람들도 그들이었다. 그는 병원을 쉬는 날이면 자원봉사자들과 함께 칠성문 밖 빈민촌과 용산면의 빈민촌을 찾아갔다. 어떤 목회자들은 그가 주일성수를 지키지 않는다고 힐난했다. 그러면 그는 이렇게 되물었다.

"저는 의사입니다. 만약 당신이 위급한 병으로 목숨이 경각에 달려 있는데 저와 같은 의사가 주일성수를 이유로 당신에게 오지 않는다면, 그래도 당신은 기꺼이 받아들일 자신이 있으십니까?"

어쨌든 그는 평양에 적응해가고 있었다. 경성과는 다른 평양 사람들의 말투도 정겨웠다. 그의 고향인 용천 말투와 비슷하기 때문이었다. 좁은 길로 전차가 딸랑딸랑 소리를 내고 지나가면 평양 사람들처럼 날쌔게 피할 줄도 알게 되었고 얼기설기 늘어진 전선줄에 앉은 새들이 내지르는 오물도 피할 줄 알게 되었다. 평양 근교로 나갈 때면 목탄차의 짐칸에 옹색하게 쭈그리고 앉아서도 주변 풍경을 감상할 줄 알게 되었고 대동강 건너 선교리나 대동군으로 갈 때면 도선장에서 거룻배를 타고도 멀미를 앓지 않게 되었다. 무의촌 진료를 다니면서 그는 새로운 세계를 만났다. 아니 좀더 정확히 말하자면 오래 전에 잃어버렸던 세계를 만났다. 그곳에는 굴뚝 대신 측백나무가 한가로이 서 있었고, 양복을 입은 사람 대신 조선옷을 입은 사람들이 걸어 다니고 있었다. 딸깍거리는 게다 소리 대신 청명한 소울음이 울려 퍼졌고 견고하다 못해 완강해 보이는 벽돌건물 대신 손으로 쓰다듬어보고 싶은 초가지붕을 인 흙집이 서 있었다. 기려는 이 고요하고 평화로운 풍경 속에서 살아가는 사람들이 그토록 각박한 시절을 살아가야 한다는 게 비현실적으로 여겨졌다. 그러나 그는 알고 있었다. 현실과 비현실은 영영 구별할 수 없는 것이라는 사실을. 무엇이 현실이고 무엇이 비현실인가를 구분하는 것은 마땅히 그러해야 할 것과 마땅히 그러하지 않아야 할 것들을 구분하는 일만큼 주관적일 수밖에 없음을.

그는 무의촌 진료를 다니면서 뜻밖에도 여전히 많은 사람들이 근대의 문명과 동떨어진 채 살아가고 있다는 걸 알게 되었다. 물론 그건 도시와 농촌의 차이처럼 문명이 스며드는 속도의 차이 때문에 생겨나는 필연적인 결과일 수도 있었다. 하지만 그는 좀더 미묘한 차이를 느낄 수 있었다. 그러니까 그건 무의식적인 거부일 수도 있었지만 의식적인 거부가 전혀 없다고는 말할 수 없는 성질의 것이었다. 이를테면, 그들이 여전히 고집스럽게 양력설을 거부하고 음력설을 쇠는 것은 관습이기 때문만은 아니었다. 그들은 음력설을 지킴으로써 무언의 항의를 하고 있었다. 비약일 수도 있지만, 그들의 이런 태도에서는 일종의 자부심까지 느껴졌다. 평양성 내에서 살고 있는 사람들과는 확연히 다른 점이었다. 줏대와 자존심을 나타내는 평양박치기가 정작 평양에서는 사라졌는데 평양의 변두리에 살아남아 있는 형국이라고나 할까. 대동문을 나서면 바로 대동강이 있었고 평양 사람들은 그곳에서 오른손을 뻗어 대동강물을 거슬러 떠먹었다. 스스로를 강물을 거슬러 떠먹는 사람들이라고 일컬었던 평양 사람들에게서 이씨조선 내내 버린 자식 취급을 받아야 했던 스스로에 대한 연민과 자부심을 느낄 수 있었다. 하지만 이제 그 연민과 자부심마저 대동강 건너편, 평양의 변두리 사람들에게만 남아 있었다. 그들은 예전의 평양성 내 사람들과 달리 강물을 거슬러 떠먹기 위해서 왼손을 내밀어야 했다. 강의 왼쪽에 사느냐와 오른쪽에 사느냐의 차이가 그런 변화를 가져온 것이다. 그들은 순정이 있었다. 사생결단이라도 내듯 박치기를 하며 싸우던 사람들이 정작 싸움이 끝난 뒤에는 더 진한 우정을 나누는 것처럼, 기려에게 퉁명스럽던 무의촌 사람들은 시간이 흐르자 마치 자식처럼 형제처럼 더 살갑게 그를 맞아주었다. 경성에서는 느낄 수 없었던 즐거움이었다. 그는 평양에 오길 잘했다고 생각했다.

어느 날 아내가 그에게 조용히 물었다.
"요즘에는 어떤 연구를 하시나요?"
"폐렴에 걸린 아이들의 고름 속에 무슨 세균이 있나 들여다보고 있다오."
"당연히 폐렴균이 들어 있겠지요."
"그게 그렇지가 않다오. 지금까지 내가 관찰한 것에 따르면 대개의 경우 흉막강 안에 고여 있던 고름 속에는 포도상구균이 압도적으로 많이 들어 있었소."
"그게 사실이라면 치료법도 좀 달라져야겠군요."
"당신이 의사인 나보다 더 잘 아는구려."
"의사를 지아비로 두었으니 그 정도는 알아야지요. 아이들 기르는 어미로서도 당연한 거구요. 어미 된 사람치고 아이들의 백일해나 폐렴으로 심장이 덜컹거려보지 않은 사람이 어디 있겠어요. 아무리 당신이 의사라고 해도 나는 우리 아이들이 기침만 할라치면 가슴이 뛰어요."

아내는 그의 무의촌 진료활동을 남모르게 격려해주는 가

장 든든한 후원자였다. 그가 진료를 가는 날이면 새벽부터 도시락을 쌌다. 그의 도시락뿐만 아니라 그와 동행하는 사람들 것과 무의촌의 아이들에게 줄 것들까지 싸는 통에 그는 늘 한아름이나 되는 보퉁이를 안고 집을 나서야 했다. 무의촌 진료를 나가던 첫날 그가 왜 이렇게 보퉁이가 크냐고 묻자 아내가 쑥스러운 듯 두 볼을 붉히며 말했다.

"당신이 외과과장이 되면서 경성에서 받던 것보다 훨씬 많은 월급을 받게 되었잖아요. 그렇다고 갑자기 살림규모를 늘리는 것도 이상하고, 당신처럼 아무한테나 돈을 쥐어줄 수도 없고. 그러니 이런 때라도 좀 나눠야지요."

아내는 그렇게 말했지만 그가 아내에게 가져다주는 돈은 사실 경성에 있을 때와 비교해봐도 그렇게 많은 액수는 아니었다. 조금 나아졌을 뿐인데 아내는 그 작은 변화를 크게 느끼고 있었던 것이다. 얼마나 살림이 힘들었으면 그랬을까 싶어 아내에게 미안할 뿐이었다. 그런 아내는 그의 진료를 돕겠다며 기어이 따라나서기까지 했다. 기려는 괜찮다고 말했지만 아내는 자신도 좋은 일 좀 하겠다는데 왜 말리냐며 외려 역정을 냈다. 그는 껄껄 웃으며 승낙할 수밖에 없었고 따라나선 아내는 눈물 콧물을 흘리며 집으로 돌아와야 했다. 살림에는 강단이 있는 아내였지만 그렇다고 해서 여린 마음까지 죄다 굳어버린 건 아니었다. 아내는 눈을 감아도 빈민촌의 뼈만 앙상한 아이들이 떠오른다면서 사나흘을 맥없이 지냈다. 그 꼴이 우습기도 하고 안쓰럽기도 해서 그는 아내가 따라나서려 하면 줄행랑을 쳐버렸다. 그런 식으로 떼어놓자 아내도 포기하고 대신 도시락 싸는 일에 더 정성을 기울였다.

"포도상구균이 더 많은 게 일반적인 현상인지 특수한 현상인지는 시간이 지나야 알 수 있을 것 같소. 어쨌든 안타까운 일이오. 병원에 오는 아이들이나 내가 돌아다니면서 만난 아이들이나 문제의 근원은 감기에 있소. 단순한 기관지염이 발전해서 폐렴이 되는 경우가 대부분이란 말이오. 감기에 걸리지 않도록 하는 게 가장 중요하고 감기에 걸렸으면 초기에 치료하는 게 중요한데, 그저 시간이 지나면 나으려니 내버려두고 병을 키우고 있으니 말이오."

아내의 이마에 주름살이 생겼다. 무언가를 생각할 때 나타나는 아내의 버릇이다. 그제야 기려는 아내가 자신에게 할 말이 있다는 걸 눈치 챘다. 그런 줄도 모르고 일장 강의를 하고 있었으니 입맛이 쓸 수밖에. 그는 헛기침을 한 번 했다. 아내는 퍼뜩 정신을 차리고 그를 보았다.

"당신 내게 할 말이 있는 거구려."

"…… 당신도 얼마 전에 아버님께서 문중회의에 다녀오신 것 알지요?"

"그렇소. 선산의 묘지 문제로 모였다고들 하지 않았소."

"다른 문제도 있었나 봐요."

"무슨 문제?"

아내는 쉽게 입을 열지 않았다. 하지만 아내의 표정으로 보아 선산의 묘지 문제보다 중요한 게 틀림없었다. 그러지 않고서야 아내가 이처럼 머뭇거리지는 않을 테니.

"창씨개명을…… 하기로 결정하셨나 봐요."

"뭐요?"

기려는 자신도 모르게 목소리를 높였다.

"이미 새로운 성을 받아오신 것 같아요. 하리타張田라고. 문중회의에 다녀오신 뒤로 안색이 좋지 않으셔서 제가 여쭤봤어요. 아버님도 많이 고민하시는 것 같아요."

당장이라도 아버지에게 달려갈 기색으로 기려가 벌떡 일어나자 아내가 그를 붙잡았다.

"이 문제는 어떤 식으로든 매듭을 지어야 하는 거예요. 언제까지고 모른 척 지나갈 수 있는 문제는 아니라는 거죠. 벌써 많은 사람들이 창씨개명을 했어요. 이제 더는 미룰 수가 없어요. 선택을 해야 하는 거죠. 그런 압박감 때문에 아버님도 많이 힘드실 거예요. 그런데 당신마저 그렇게 화를 내면 어쩌겠어요?"

그는 다시 자리에 주저앉았다. 아내의 말은 백 번 옳았다. 언젠가는 닥치게 될 일이었다. 그때 어떤 선택을 해야 할 것인가를 진작부터 깊이 생각하지 않은 자신이 문제일 뿐이다. 그날 이후 그는 신경이 곤두선 채로 지내야 했다. 아침에 집을 나와 병원으로 갈 때면 혹시 오늘이라도 아버지가 부청에 가서 창씨개명 신청서를 내지는 않을까 하는 생각 때문에 속이 타 들어갔다. 경성을 벗어나면 그런 문제로부터 자유로워질 수 있으리라 생각한 것부터가 잘못이었다.

그는 왜 아버지가 자신에게 의견을 구하지 않았을까를 생각해보았다. 아버지는 자식에게 감당키 힘든 문제를 넘겨주기 싫었을지도 모른다. 과오를 저질렀다는 비난도, 그런 선택을 했다는 후회도 온전히 당신의 몫으로 남겨두고 싶었으리라. 거기에 생각이 미치자 기려는 차마 아버지의 얼굴을 똑바로 볼 수 없었다. 이제 그가 답답한 심정을 토로하고 의견을 구할 수 있는 사람은 딱 한 명뿐이었다.

그는 송산리의 농사학원으로 향했다. 함석헌은 학생들과 함께 과수원을 돌보는 중이었다. 그는 함석헌의 삶이 못내 부러웠다. 저렇게 의연하게 살 수 있다면 얼마나 좋을까. 자연을 벗 삼아 많은 것을 바라지 않고 스스로 땀 흘려 가꾼 곡식을 먹으며 살 수 있다면. 그 순간만은 기려도 모든 걸 털어버리고 함석헌처럼 자연에 귀의하고 싶은 욕망이 생겼다. 하지만 그는 함석헌처럼 살아갈 자신이 없었다. 오랜 세월 도시에 익숙해진 그에게 농촌과 들판은 풍경화일 때에만 의미가 있었다. 직접 그 속으로 들어가 농민들처럼 뙤약볕 아래 살갗을 그을리며 구슬땀을 흘리고 살기에는 너무 오랫동안 다른 길을 걸어와버렸다.

기려는 함석헌에게 자신의 고민을 털어놓았다. 함석헌이 준엄하게 그를 나무란다 해도 할 말이 없다고 생각했다. 신사참배는커녕 창씨개명조차 단호하게 거부하고 있는 이 강건한 사내 앞에서 기려는 한없이 나약하고 초라한 존재일 수밖에 없었다. 그는 문중의 결정과, 그 결정을 자신에게 알려주지 않고 혼자 감내하려는 아버지에 대해 이야기했다. 그걸 알면서도 아버지에게 창씨개명 거부를 권유하지 못하는 자신의 나약함과 이기심을 고백했다. 함석헌은 해가 넘어가는 용악산을 바라보고 있었다. 기려도 함석헌 옆에 선 채 노을이 물든 서쪽 하늘을 바라보았다. 함석헌이 물었다.

"신문에서는 조선 사람의 80퍼센트가 창씨개명을 했다고 요란을 떨고 있지요. 장 선생은 그 80퍼센트 가운데 진심이 얼마나 있다고 생각하십니까?"

"기꺼이 하는 사람, 마지못해 하는 사람, 무언지도 잘 알지 못하면서 시키는 대로 하는 사람, 여러 사정이 있겠지요."

"하나는 잊으셨군요."

"또 다른 경우가 있다는 말씀입니까?"

"있지요…… 위장하는 사람. 내 아는 이 가운데 독립운동을 하는 이들이 꽤 있지요. 그런 사람들 중에는 일제 경찰의 주목을 피하기 위해 일부러 서둘러 창씨개명을 하는 사람도 있습니다."

"하지만 저는 독립운동을 한다는 명분도 없지 않습니까?"

"왜 명분이 없습니까. 장 선생은 의사잖아요. 장 선생이 평양에 오고 난 뒤 얼마나 많은 사람들이 삶에 대한 희망을 다시 품게 되었습니까? 그 사람들을 살리는 것보다 더 중요한 명분은 없습니다."

"그런 명분을 제 입으로 이야기하는 순간 구차한 변명이 되겠지요."

"권위란 스스로 세운다고 해서 세워지는 게 아닙니다. 다른 사람들이 인정해줄 때 만들어지는 것이지요. 제 아무리 스스로 권위를 내세운다 해도 다른 사람들이 인정하지 않으면 그것은 헛된 욕망에 지나지 않습니다. 하지만 장 선생은 스스로 내세워서가 아니라 다른 사람들의 인정과 사랑으로 권위를 지닌 존재가 되었습니다. 남들이 준 권위인데, 그걸 어찌 스스로 버릴 수 있겠습니까? 버린다고 해서 버려지는 것도 아니지요."

"선생님 말씀대로라면 그 권위를 지키기 위해서라도……."

"아닙니다. 장 선생에게 주어진 권위는 창씨개명을 거부하라는 권위가 아닙니다. 사람을 살리라는 권위입니다."

"무슨 말씀이신지 알겠습니다. 하지만 선생님은 끝까지 창씨개명을 거부하실 게 아닙니까?"

"제 말뜻을 다 이해하지 못하셨군요. 창씨개명을 한 장 선생이 여전히 사람을 살리는 의사인 한 장기려는 나의 친구입니다. 하지만 창씨개명을 하지 않았더라도 사람을 살리지 못하는 의사라면 장기려는 나의 친구가 아닙니다. 마찬가지로 창씨개명을 거부하더라도 하나님의 뜻에 충실하지 못한 함석헌은 장기려의 친구가 될 수 없습니다. 내게 가장 중요한 것은 창씨개명을 거부하는 게 아닙니다. 학생들과 함께 이 농토에서 땅의 소중함을 알고 실천하는 것입니다. 장 선생, 냉혹한 현실에서 살아남기 위해서는 뱀같이 지혜로울 필요도 있습니다. 잠깐 욕됨을 참고 더 많은 사람들을 구하는 길을 택하세요."

기려는 귓속이 먹먹해졌다. 뱀같이 지혜로울 필요가 있다. 그는 인정하지 않을 수 없었다. 창씨개명을 한 뒤 자신을 바라보는 사람들의 눈초리에서 비난을 발견하게 될 때, 그 수치감을 감당하기 어려워 피하려 했다는 것을. 함석헌은 그런 모욕조차 받아들이라고 말하고 있는 것이다. 창씨개명을 거부하여 더 이상 기홀병원에서 근무할 수 없게 된다면, 그의 무의촌 진료도 어려워질 게 분명했다. 독지가들을 모아 독자적으로 활동할 수도 있겠지만, 이런 상황에서 그와 뜻을 함께 할 독지가가 얼마나 나서줄 것이며 설령 있다 하더라도 일제 당국은 그런 활동을 가만히 두고 보지는 않을 것이었다. 기려는 자신이 기홀병원의 외과과장이라는 직위를 이용해왔음을 인정하지 않을 수 없었다. 이 울타리를 벗어나는 건 두렵지 않았으나, 그것이 곧 사람을 살리는 의사의 길에서도 벗어나는 일이 된다면 두렵지 않을 수 없었다. 기려의 이런 사념 속으로 다시 함석헌의 목소리가 파고들어왔다.

"지난번에 장 선생이 이 아랫마을에 진료를 왔다 갔을 때, 마을 사람들의 눈물을 보았습니다. 평생 한 번도 그런 일을 경험하지 못했던 그들이기에 더욱 기뻤던 것이겠지요. 그때 나는 장 선생이 정말 소중한 사람이라는 걸 새삼 깨달았습니다. 무엇보다 내가 감동을 느꼈던 건 장 선생이 선교의료의 명목으로 그들을 진료하지 않은 것이었습니다. 장 선생의 의료활동은 그런 차원을 넘어선 것이었습니다. 사람과 사람이 만난다는 것, 핏줄과 핏줄이 만난다는 게 무언지를 장 선생은 보여주었습니다. 마치 우리의 땀이 농토 속에 스며들어 다시 열매 속에서 달콤한 과즙으로 흘러나오듯, 장 선생의 따뜻한 마음이 그들 가슴속에 스며들어 그들의 눈물로 흘러나오는 것을 보았습니다. 장 선생, 자신을 믿으세요. 창씨개명을 한다고 해서 장 선생을 바라보는 그들의 눈빛이 변하지는 않을 것입니다. 아니, 오히려 장 선생은 그것을 통해 더욱 큰일을 하실 수 있으실 겁니다."

 함석헌은 몸을 돌려 기려를 보았다. 그리고 그의 손을 잡아주었다. 지금까지 함석헌이 했던 그 어떤 말보다 이렇게 손을 잡아준 것이 더욱 큰 위안이 되었다. 그것은 신뢰였다. 당신이 어디에 있든, 당신이 무엇을 하든, 당신이 옳게 살고 있다는 것을 확신한다는 무언의 속삭임이었다. 어느새 해는 용악산 너머로 떨어졌고 산그리메가 두 사람을 뒤덮었다. 예언처럼 불길한 어둠이었지만, 그들은 떨고 있지 않았다. 어둠이 깊을수록 두 눈이 빛나는 야행성 동물처럼 살아가야 할 때다. 이 어둠이 끝나는 날 눈부신 햇살에 두 눈이 멀고 말지라도 어둠 속에서 헤매는 사람들을 인도해야 한다면 기꺼이 그래야 한다고 기려는 생각했다.

 그로부터 얼마 뒤, 기려가 병원에서 근무를 하고 있을 때 누군가 그를 찾아왔다. 수척한 얼굴의 청년이었는데 그는 한눈에 함석헌의 제자라는 걸 알아보았다. 학생의 눈동자에는 힘이 없었다. 그는 학생의 손목에 새겨진 수갑자국을 보았다.
"함 선생님이 보내셨는가?"
기려가 묻자 학생은 고개를 저었다.
"선생님, 우리 선생님께서 경찰에 끌려가셨습니다."
"경찰? 어디로?"

"대동경찰서입니다. 저는 며칠 전에 끌려가 그곳에서 조사를 받았는데 방금 풀려나오는 길입니다. 동경에서 일본인 형사가 직접 왔었지요. 나오는 길에 끌려오시는 우리 선생님을 보았습니다. 그래서 송산학원으로 돌아가기 전에 이렇게 선생님께 알려드리려고 찾아왔습니다."

기려는 학생을 송산학원으로 돌려보내고 서둘러 병원을 나섰다. 서문통으로 내려가 전차를 탔다. 평양전차는 평양역을 기점으로 일본인들의 거리인 신시가지의 법원과 황금정을 지나 평양우편국 앞에서 노선이 갈라졌다. 계속해서 북쪽으로 향하는 노선은 구시가지를 관통해 기림리에 이른 뒤 서쪽으로 방향을 틀어 서평양역까지 이어졌고 다른 노선은 우편국 앞에서 동쪽으로 꺾어 대동강을 건넌 뒤 선교리로 향하는 지선을 하나 뻗은 뒤 내처 승호리까지 닿았다. 그가 탄 전차는 기림리를 거쳐 서평양역으로 가는 것이었다. 장마가 끝나고 연일 푹푹 찌는 무더위였다. 전차 창문을 통해 들어오는 바람조차 후텁지근했다. 마음은 급한데 전차는 느리기만 했다.

학생은 아무래도 함석헌과 함께 농사학원을 운영하던 김두혁 선생에게 무슨 일이 생긴 것만 같다고 했다. 동경에서 이곳까지 직접 형사가 왔을 정도라면 보통 일은 아니겠지. 그는 자신도 모르게 입술을 깨물었다. 김두혁은 함석헌의 후배다. 몇 달 전 농사학원의 운영을 함석헌에게 맡기고 동경으로 갔다. 학생의 말에 따르면 조선인들의 모임인 계우회가 동경에서 박살이 났다고 한다. 그 사건의 여파가 함석헌에게까지 미친 것이리라. 그는 전찻길 옆으로 상점들이 내놓은 과일들을 보았다. 함석헌이 한 계절 내내 구슬땀을 흘렸던 송산학원에도 누렇게 익은 참외들이 널려 있으련만, 그 참외들은 이제 누가 거두어야 한단 말인가. 전차는 신창리와 대동문 그리고 평양경찰서를 지났다. 대동강에서 불어오는 습한 바람들이 전차 안을 후비고 다녔다. 그는 가슴이 뛰었다. 함석헌은 이미 두 번이나 감옥에 갔다 온 전력이 있었다. 쉽게 끝날 일은 아니겠지.

  그는 기림리 정류장에 내려 공설운동장 쪽을 향해 뛰다시피 걸어갔다. 그 길은 익숙했다. 평양에서 대중 집회를 할 수 있는 곳은 그리 많지 않았다. 공설운동장은 부흥회가 많이 열리던 곳이다. 땀이 비 오듯 흘렀다. 차라리 땀이 흐르는 게 나았다. 그래야 눈물이 흘러도 감출 수 있을 테니. 대동경찰서는 기림리 정류장에서 그리 멀지 않은 세거리에 있었다. 면회는 거절되었다. 하지만 뜻이 있는 곳에 길이 있다고 하던가. 그 경찰서에 얼마 전 그에게 진료를 받은 사람이 있었다. 그 경찰은 기려에게 무슨 일이냐고 물었고 그가 함석헌을 면회하고 싶다고 말하자 난감한 표정을 짓더니 5분만이라는 단서를 달고 그를 안내해줬다. 함석헌은 덤덤한 표정이었다.

"이 자들은 우리 송산학원이 공산주의식 농장이 아니냐고 하는 군요. 그리고 나 함석헌을 공산주의자라고 합니다."

함석헌은 허탈하게 웃었다.

"무슨 주의자라는 말은 내가 가장 싫어하는 말이지만, 듣고 보니 이 자들 눈에는 그렇게 비칠 수도 있겠다는 생각이 듭니다."

학생들과 함께 먹고 자고 일하고 공부하고 기도하는 함석헌이다. 농장에서 나오는 수입은 공평하게 나누어 학생들 이름으로 저금을 한다. 함석헌이 단 한 푼이라도 더 가져가는 법이 없었다. 아홉 식솔을 거느리고 있는 함석헌에게는 힘든 결단이었으리라. 그러나 함석헌의 이런 용기는 세상이 용납해줄 수 있는 용기가 아니다. 다른 사람들처럼 적당하게 교육자 행세를 하며 자신의 이익을 취할 수도 있으련만. 처음부터 함석헌은 세상이 용납해줄 수 없는 사람이었는지도 모른다.

"선생님의 석방을 위해 저도 노력해보겠습니다."

기려의 말에 함석헌은 고개를 저었다.

"필시 쉽게 내보내주지는 않을 겁니다. 저들이 나를 교화하기 위해 감옥에 가두는 게 아니니까요. 한 1년쯤 붙잡아놓고 있으면 피붙이들이 경제적 곤란에 처하게 될 테고, 적당한 때 내보내주면 사상이고 운동이고 뭐고 간에 먹고살기 힘들어져 고분고분하며 살게 될 테니까요. 무슨 구실을 붙여서라도 한

동안은 억류해놓을 겁니다."

감옥이란 그런 곳이었다. 감옥에서 견뎌야 하는 외로움보다 더 큰 고통은 감옥 밖에서 헐벗고 굶주리는 식솔들이었다. 많은 독립투사들이 그런 이유로 전향하고 돌아섰다. 하긴 감히 누가 함석헌을 교화할 수 있을까.

"다만 장 선생, 제가 없는 동안 우리 송산학원을 좀 돌보아주시오. 다들 어렵고 힘든 가정에서 자란 학생들이오. 희망을 안고 송산학원을 찾은 아이들이 절망하지 않도록 도와주세요."

"알겠습니다. 선생님. 힘 닿는 대로 노력해보겠습니다."

기려가 송산학원의 정상적인 운영을 위해 교인들을 상대로 모금운동을 하는 도중 학생들은 뿔뿔이 흩어져 각자의 고향으로 돌아갔고 학원은 폐쇄되고 말았다. 경찰이 학생들까지 수감시키려 하자 함석헌이 모든 책임을 자신이 혼자 진다는 조건으로 학원의 폐쇄를 받아들인 것이다. 함석헌의 남은 가족들은 생계조차 막막해졌다. 기려 혼자의 힘으로는 어려운 일이었다. 게다가 많은 교회들이 신사참배를 거부하며 문을 닫았고 남아 있는 교회들은 함석헌을 경찰의 선전대로 공산주의자라 믿고 있었기 때문에 반응이 냉랭했다. 설령 그가 공산주의자가 아님을 믿는다 해도 이런 시기에 공산주의자로 낙인찍힌 사람을 돕는다는 건 각별한 애정과 용기 없이는 불가능했다. 기려는 허무했다. 하지만 누구를 탓할 수 있을까. 단돈 10원 때문에 사람을 죽이는 시절이었다. 서로가 제 한목숨 살아남기 위해 발버둥을 치고 있었다. 그가 고보를 다니던 시절 유행했던 자살이 식민지라는 현실에서 자신의 뜻과 능력을 펼칠 수 없는 무력감에서 비롯된 것이었다면 지금은 살아남기 위해 발버둥 치다 자포자기한 사람들이 선택하는 마지막 수단이 되었다. 평양에서는 하루에도 몇 명씩이나 그렇게 죽어나갔다. 그는 현실 앞에 나약할 수밖에 없는 자신이 서글펐다. 이 거대한 궁핍과 절망은 넘어설 수 없는 벽이었다. 그의 인내심은 임계치에 다다르고 있었다. 이러다 조만간 그마저 폭발해버릴 것만 같았다. 함석헌은 기어이 1년여 동안 대동경찰서 유치장에 감금되어 있었다. 그 사이 함석헌의 가족들은 생계를 위해 부랑자나 다름없이 살아야 했다. 하지만 그 무엇도 함석헌을 꺾지는 못했다. 기려는 한없이 부끄러웠다. 김교신과 함석헌을 그가 존경했던 이유는 그들의 사상에 공감했기 때문이기도 하지만, 그보다 더 그들의 원칙을 저버리지 않는 삶의 태도를 우러러보았기 때문이었다. 기려는 여전히 삶에 안주하고 있는 자신을 보면서 열패감을 곱씹어야 했다.

전멸은 면했구나

 1942년 여름은 그에게 혹독한 계절이었다. 대동강 너머 선교리 경찰서에 끌려갔다 나온 뒤로 그는 자신의 몸에 이상이 있음을 느꼈다. 비가 내렸다. 장마가 시작된 것이다. 평양에서 지낸 지 3년째. 그는 아직도 평양이 자신을 온전히 받아들이고 있지 않다는 생각을 했다. 함석헌이 없는 평양은 쓸쓸했다. 경찰서에 갔다 온 뒤로 그는 비 내리는 평양을 물끄러미 바라보는 습관이 생겼다. 저 빗속에서 얼마나 많은 사람들이 떨고 있을까. 이런 생각을 하면 착잡해졌다. 유치장에서 지내는 동안 신경을 많이 썼던 탓인지, 불면증까지 찾아왔다. 한밤중에 벌떡 일어나면 빗소리가 그를 맞았다.
 2주 전 그는 선교리 공장지역에서 노동자들을 위한 무료진료를 하고 있었다. 다 쓰러져가는 초가집을 병원 삼아 찾아오는 이들을 진찰했다. 환기가 잘 되지 않는 공장에서 일하느라 폐가 좋지 않은 사람들이 많았다. 그곳의 노동자들은 여태도 강주룡을 기억하고 있었다. 기려가 그들에게 강주룡이 누구냐고 묻자 그들은 신이 나서 말했다.

"여기 선교리의 평원고무공장에서 일하던 여성 노동자였지요."

강주룡은 어두컴컴한 공장에서 감독의 감시 아래 살갗이 익어가는 뜨거운 열기를 견디며 하루 열여덟 시간씩 노동에 시달려야 했던 사람들 가운데 한 명이었다. 노동자들은 파업을 했고 경찰들은 무자비하게 그들을 진압했다. 방망이와 군도에 얻어맞고 찔린 노동자들은 피투성이가 되어 실려 나갔고 그 아비규환을 빠져나온 강주룡은 을밀대 지붕으로 올라가 마지막까지 저항했다.

"저도 그때 을밀대 지붕에 올라가 있던 강주룡을 보았습니다. 그 높은 곳에서 하염없이 대동강을 바라보며 앉아 있는 모습이 꼭 한 마리 학이 그렇게 앉아 있는 것만 같습디다."

강주룡은 감옥에 끌려간 뒤 고문을 당했다. 그러면서도 단식을 했던 그는 풀려난 지 두 달 만에 이곳 빈민굴에서 죽었다.

"내 그런 장례식은 난생 처음 보았습니다. 아무도 울지를 않습디다. 그때 알았습니다. 눈물마저 앗아갈 만큼 커다란 슬픔도 있다는 걸. 그때 이 지역 사람들은, 여자고 남자고 애고 어른이고 다들 강주룡의 마지막 가는 길을 지켜보았지요. 참으로 장엄합디다."

기려는 가슴이 먹먹해졌다. 그도 어렴풋이 기억이 날 듯했다. 언젠가 신문에서 보았으리라. 하지만 신문을 통해 알게 되는 것과 이처럼 무의촌 진료를 하며 환자들의 입을 통해 듣는 것은 커다란 차이가 있었다. 사람들의 육성을 통해 듣는 이야기 속에는 어떤 열망이 감춰져 있었다. 그 열망이 무엇인지 기려 또한 잘 알고 있었다. 해방이나 독립이라는 거창한 용어를 사용하지 않아도 상관없었다. 그것은 인간답게 살아보자는, 인간이라면 누구나 지니고 있는 보편적인 열망이기 때문이었다. 약 한 봉지 마음대로 사먹을 수 있는 처지도 못 되는 사람들이었다. 지금 그들이 열망하는 것도 약 한 봉지일 뿐이다. 그것조차 해결해줄 수 없는 세상이라면 무언가 잘못된 것이다. 그가 병원에서 가져온 약들은 이미 오전에 동이 났다.

그는 기홀병원의 외과의사일 뿐이다. 앤더슨의 호소 때문에 지난해 초 잠시 원장직을 맡았지만, 겨우 두 달 만에 외과 과장으로 물러났다. 그때 장기려는 인간의 탐욕을 보았다. 기홀병원의 다른 의사들은 그가 원장이 된 걸 용납할 수 없었다. 세브란스 출신이 대부분인 그곳에서 경성의전 출신이 원장이 되었다는 이유만은 아니었다. 그들에게 중요한 것은 새

원장이 자신들의 이익을 보장해줄 수 있느냐였다. 하지만 기려는 원장이 된 뒤 무의촌 진료를 위해 더 많은 예산과 약품 지원을 청구했다. 다른 의사들은 병원수익이 엉뚱한 곳으로 흘러들어간다며 불만을 드러내기 시작했다. 그는 조용히 물러났다. 차라리 잘된 일이라고 생각했다. 외과과장으로 돌아온 그는 아무런 거리낌 없이 다시 무의촌 진료를 시작할 수 있었다. 그는 오히려 이처럼 외과과장으로 돌아온 것이 더 많은 시간을 무의촌 진료에 할애하라는 계시라고 여겼다.

그가 함께 온 간호원, 자원봉사자들과 함께 점심 도시락을 풀어 먹고 있을 때 기마경찰들이 들이닥쳤다. 그곳은 공장이 밀집한 곳이었고 따라서 노동자들이 많았으며, 그 속에는 일본을 위협하는 사회주의, 공산주의, 민족주의 등 여러 운동가들이 자라나고 있었다. 그래서 경찰들이 감시의 눈초리를 늦춘 적이 없는 곳이었다. 기려도 몇 번 순사들에게 취조를 당했고 주재소까지 끌려가기도 했다. 이번에도 위협 차원에서 그러는 줄만 알았다. 잠시 다녀오겠다며 경찰들을 따라나설 때까지도 그렇게 믿었다. 하지만 그가 끌려간 곳은 주재소가 아니라 선교리 경찰서였다. 형사와 취조실에 마주 앉은 그는 심상찮은 일이라는 걸 깨달았다. 형사는 그의 앞에 〈성서조선〉을 펼쳐놓았다. 형사는 권두언卷頭言을 가리켰다.

"당신, 이게 뭔지 알지?"

잘 알고 있었다. 김교신이 쓴 권두언의 제목은 '조와^{弔蛙}'였다.

　작년 늦은 가을 이래로 새로운 기도터가 생겼다. 층을 이룬 바위가 병풍처럼 둘러싸고 가느다란 폭포 밑에 작은 담을 이룬 곳에 평탄한 반석 하나 담 속에 솟아나서 한 사람이 꿇어앉아서 기도하기에는 천성의 성전이다.
　이 바위 위에서 혹은 크게 기구하여 또는 찬송하고 보면 전후좌우로 엉금엉금 기어오는 것은 담 속에서 담색에 적응하여 보호색을 이룬 개구리들이다. 산중에 큰일이나 생겼다는 표정으로 이 낯설은 손님에게 접근하는 개구리 무리들, 때로는 5, 6마리, 때로는 7, 8마리다.
　늦은 가을도 지나서 담상에 엷은 얼음이 붙기 시작함에 따라서 개구리들의 기동이 하루가 다르게 느려지다가 나중에 두꺼운 얼음이 투명을 가리운 후로는 기도와 찬송의 음파가 저들의 귀고막에 닿는지 안 닿는지 알 길이 없다. 이렇게 격조하기 무릇 수개월 남짓! 봄비 쏟아지는 날 새벽, 이 바위틈의 얼음덩어리도 드디어 풀리는 날이 왔다. 오랜만에 친구 개구리들의 안부를 살펴보자. 담 속을 구부러 찾았더니 오호라, 개구리의 시체 두세 마리 담 꼬리에 둥둥 떠 있지 않은가!

짐작컨대 지난겨울의 비상한 혹한에 작은 담수의 밑바닥까지 얼어서 이 참사가 생긴 모양이다. 예년에는 얼지 않았던 데까지 얼어붙은 까닭인 듯, 동사한 개구리 시체를 모아 매장하여주고 보니 담 속에 아직 두어 마리 기어 다닌다. 아, 전멸은 면했나 보다!

전멸은 면했나 보다! 이 마지막 문장이 그의 가슴속에 깊은 여운을 남긴 터라 생생하게 기억하고 있었다. 김교신은 송도고보 교사로 재직 중이었다. 이따금 평양에 오면, 반드시 그의 집에 들렀다 갔다. 기려는 이 글을 읽으면서 자신도 모르게 미소를 짓기도 했다. 기려가 다녔던 송도고보는 송악산에 있고 그곳에는 깊고 청량한 골짜기들이 많았다. 조선에서 이름난 박연폭포를 품고 있는 곳이기도 했다. 김교신은 여느 날처럼 그 골짜기에서 냉수마찰을 했을 테고, 그곳에서 개구리들을 보았을 것이다. 일상에서 길어 올린 이 단순하고도 명쾌한 감상. 어찌 보면 우습기도 하고 어찌 보면 결연하기도 한 이 글에서 기려는 슬픔을 기쁨으로 바꾸는 유머와 재치를 느꼈다. 하지만 그에게 유머와 재치였던 이 글이 일본에게는 조롱과 비난일 따름이었다.

"당신도 이 〈성서조선〉의 정기구독자지?"

기려는 〈성서조선〉과 관련하여 무슨 문제가 생겼다는 걸 알 수 있었다. 그는 유치장에 처넣어졌다. 좁고 더러운 방에 열 명 가까이의 사람들이 옹색하게 앉아 있었다. 잡범들 틈새로 비집고 들어간 그는 멀미가 날 것만 같았다. 칸막이도 없는 화장실에서 풍기는 고약한 냄새와 사람들의 몸에서 나는 악취가 섞여 있는 지독하다고밖에 표현할 수 없는 공기였다. 그는 난생 처음 들어와본 유치장을 주의 깊게 살펴보았다. 자신이 이런 곳에 오리라고는 생각도 해본 적이 없는 그였다. 사람들은 살아가는 동안 세 군데만은 결코 가지 않아야 한다고 말한다. 병원과 경찰서 그리고 감옥이다. 병원은 그의 일터고 경찰서는 몇 번 드나든 적이 있고 기어이 감옥까지 들어왔다. 가지 말아야 할 곳을 다 가본 셈이다. 이것도 인생을 알아가는 과정이라고 생각해야 할까. 그렇게 치부하기에는 닥쳐온 현실이 너무 암담했다. 우선 식구들이 걱정되었다. 아내와 부모님은 이 상황을 순순히 받아들이지 못할 것이다. 그리고 방금 빠져나온 무의촌 진료소가 걱정되었다. 그들은 그가 돌아오기를 기다리고 있을 것이다. 아직도 진찰해야 할 환자들이 많다. 그는 〈성서조선〉을 정기구독했다는 이유만으로 자신이 이런 상황에 처해 있다면 〈성서조선〉의 주필인 김교신과 함석헌은 더 험한 꼴을 당했을 것이라고 생각했다. 다행히 유치장에는 그를 알아보는 사람이 있었다. 낯이 익은 청년이다 싶었는데 그 청년이 먼저 말을 붙였다. 그리고 다른 사람들에게 이분이 바로 기홀병원의 장기려 선생님이라고 말해주었다. 그들은 모두 장기려를 진작부터 알고 있었다는 듯 그에게 위로의 말을 건넸다. 선교리 경찰서인지라 선교리 사람들이 많았다. 그들은 무의촌 진료를 다니는 기려의 이름을 한 번씩은 들어본 터라 그에게 살갑게 대했다. 그렇게 유치장에 있는 동안 그는 이 낯선 세계가 조금은 친숙하게 느껴졌다. 범죄자라면 죄다 험상궂고 비열한 사람인 줄만 알았는데, 그들 모두 각자의 사연이 있었다. 누구나 자신의 죄를 변명하는 건 마찬가지지만, 그들과 이야기를 나누면서 그들을 좁은 유치장으로 내몬 것이 순전히 그들의 죄과 때문만은 아니라는 걸 알 수 있었다. 어린 소년이 탐욕스러워봐야 과연 얼마나 악할 수 있으랴. 저마다 식구들의 밥벌이를 돕겠다며 나섰다가 도둑이 되고 싸움패가 되었던 것이다. 누군가 그에게 자신들을 위해서도 기도해달라 했다. 그는 진심으로 그들을 위해 기도했다. 그들이 가족들의 품으로 돌아갈 수 있기를, 다시 어떤 시련과 고난이 닥쳐오더라도 올바른 길이 아니면 가지 않을 용기를 지니게 되기를.

그들은 생애 처음 의사를 만난 듯이 자신들의 통증을 호소했다. 대개는 감기, 몸살이었고, 오래된 지병을 지닌 사람도 있지만 기려 역시 달리 손쓸 방법이 없었다. 그 가운데 그들을 공통적으로 괴롭히는 건 바로 옴이었다. 옴은 옆 사람에게 옮기도 쉬웠고 쉽게 낫지도 않았다. 그 탓에 그들은 하루 종일 자신의 사타구니와 겨드랑이를 긁어댔다. 그런 모습을 보고 있노라면 기려 자신도 온몸에 벌레가 기어 다니고 있는 듯해 소름이 돋았다.

식사는 형편없었다. 쉰내 나는 꽁보리밥에 단무지 몇 조각뿐이었다. 소금국과 된장국은 어찌나 짠지 얼마 안 되는 식수를 두고 서로 다투었다. 기려는 아내가 자신을 위해 넣어준 사식을 유치장 사람들과 함께 나눠 먹었다. 처음에는 그 역시 자신의 음식을 다른 사람들에게 나눠주는 게 쉽지만은 않았다. 아내가 이 사식을 집어넣기 위해 굶고 있을지도 모르는 일이었다. 그러나 그는 성경의 한 구절을 떠올렸다. '입으로 들어가는 것이 사람을 더럽히는 것이 아니라, 입에서 나오는 것, 그것이 사람을 더럽힌다.' 이 구절은 마치 지금의 자신을 위해 준비되어 있었던 것만 같았다.

그렇게 열흘 정도 유치장에 억류되어 있는 동안 그는 낮은 곳으로 임한다는 말이 무엇인지도 알게 되었다. 지금까지 그는 자신이 낮은 곳에서 낮은 사람들을 위해 살 수 있다는 사실에 보람을 느꼈다. 하지만 이제야 그는 정말로 낮은 곳에 있는 사람들과 교감을 할 수 있었다. 그가 아무리 의사로서 봉사를 위해 무의촌을 돌아다녀도 그건 가진 자의 적선에 불과했다. 그들의 눈에 장기려는 하나의 시혜자일 뿐이었다. 하지만 이처럼 그들과 같은 처지가 되어보니 진한 동료의식을 느낄 수 있었다. 물론 그들의 마음속에는 여전히 그와 자신들은 다른 부류의 사람이라는 인식이 남아 있었다. 하지만 적어도 그가 은혜를 베풀고 거드름을 피우는 사람이 아니라는 사실만은 인정하게 되었다. 나아가 그들은 스스럼없이 그에게 고민을 털어놓고 조언을 구하기도 했으며, 그가 풀려나게 되자 제 피붙이와 생이별을 하게 된 듯 슬퍼하기까지 했다. 무언가를 바라지 않으면서도 감정을 나눌 수 있다는 것이 바로 유치장에서 그가 만나게 된 새로운 기쁨이었다. 그들은 기려가 의사가 아니었더라도 그와 같은 애정과 동감을 보여주었을 것이다. 그 역시 자신이 의사라는 사실을 잊고 그들과 똑같은 하나의 인간이라는 걸 알 수 있었다.

그러나 이런 기쁨은 오래가지 못했다. 선교리 경찰서에서 풀려난 그는 자신의 몸이 쇠약해졌다는 걸 느꼈다. 오래지 않아 건강을 되찾을 것이라 믿었으나 믿음과 현실은 별개였다. 몸은 쉽사리 나아지지 않았고, 때마침 시작된 장마 때문인지 우울증마저 생겼다. 그는 김교신과 함석헌이 어떻게 되었는지를 맨 먼저 수소문했다. 누군가 그에게 알려줬다.

"김교신, 함석헌 두 분께서는 경성으로 압송되어 서대문 형무소에 갇혀 있습니다."

기려는 자신도 모르게 탄식했다.

"어쩌자고, 왜, 그분들만 이런 운명을 감당해야 하는가."

그는 자신이 운명의 시험에서 풀려 나왔다는 사실이 전혀 기쁘지 않았다. 오히려 그들과 함께 고난의 길을 가지 못함이 원망스러웠다. 무사히 풀려난 것을 기뻐하기에는 그의 정신이 너무나 예민했던 탓이다.

무기력한 나날들이 이어졌다. 억지로 병원에 나가기는 했지만, 청진기를 잡은 손이 떨렸다. 이런 상태로는 오진의 가능성도 높았다. 아, 쉬고 싶다. 그는 자신도 모르게 이렇게 중얼거리다 흠칫 놀랐다. 몇 해 동안 감옥에 수감되어 있는 사람들도 부지기수다. 겨우 열흘 남짓 잡혀 갔다 온 게 무어 대수라고 이토록 나약해질 수 있단 말인가. 그는 이렇게 자책도 해보았지만, 한번 놀란 가슴이 진정되기까지는 오랜 시일이 걸릴 듯했다. 유치장에서 맛보았던 감동도 엷어졌다. 마치 유치장에서 지냈던 나날들이 꿈속에서 그러했던 것마냥 아련하고 멀게만 느껴졌다. 다시는 그런 곳에 가고 싶지 않다는 생각도 들었다. 하지만 그는 알고 있었다. 이런 부정 속에서도 유치장에서 만났던 사람들과 그들과 함께 지냈던 시간들이 영원히 지워지지 않을 추억이 되리라는 것을. 그것이 언젠가는 자신을 일으켜 세우는 힘이 되리라는 것을.

하루 종일 비가 내리던 날, 그는 창밖을 보다 벌떡 일어났다. 그를 일으켜 세운 건 그 자신이 아니었다. 보이지 않는 힘이었다. 우산도 없이 물에 잠긴 도로를 첨벙첨벙 뛰어가는 사람들, 비에 흠뻑 젖어 어느 집 처마 아래 웅크리고 앉아 하늘을 올려다보는 아이들, 그들과 시선이 마주쳤다고 느낀 순간 그는 자신이 무엇을 해야 하는지 알았다.

그해 여름 평양을 휩쓸고 간 물난리는 역사에 기록될 정도였다. 을축년 대홍수보다 심각한 재난이었다. 이처럼 큰 물난리는 그로서도 처음 겪는 일이었다. 구시가와 신시가는 그나마 나은 편이었다. 저지대인 대동강 연안과 보통강 연안, 특히 그곳에 산재해 있는 빈민촌들이 커다란 타격을 받았다. 6백만 평의 논과 밭 그리고 천여 채의 집들이 물에 잠겼다. 그는 왕진가방을 들고 그의 손길이 필요한 곳이라면 어디든 달려갔다. 진료는 둘째 치고 수인성 전염병이 퍼지지 않도록 예방하는 데 우선 힘을 써야 했다. 뿐만 아니라 물에 휩쓸려 죽은 사람, 무너진 집에 깔려 죽은 사람들의 시신을 수습하고 장례를 치르는 것만으로도 눈코 뜰 새 없이 바빴다. 그러나 그는 외로웠다. 그와 함께 홍수지역을 찾아 의료활동을 하는 의사는 손가락으로 꼽을 정도였다. 그 많은 의사들은 다 어디에 있단 말인가. 그는 멀리 보이는 높고 웅장한 병원 건물들을 노려보았다. 그가 직접 목격한 수해지역의 참상은 말로 표현하기 힘들 정도였다. 보통강은 봉화산 동쪽 기슭을 감돌아서 보통평야로 흘러내렸다. 강변에 제방이 없는 탓에 해마다 큰 비만 내리면 막대한 피해를 입었다. 그가 평양에 온 뒤로는 그렇게 큰 물난리가 없었다. 그래서 기려는 홍수피해가 이처럼 상상도 할 수 없을 만큼 클 수 있다는 걸 처음 알게 되었다. 여전히 비는 내리고 있었다. 그러다 보니 응급환자들도 많이 발생했다. 그는 물에 잠기지 않은 마을의 한 농가에서 진료를 하고 있었다. 팔다리가 찢겨나간 중환자들은 응급처치만 한 뒤 병원으로 실어 보냈다. 그의 뜻을 따르는 간호원들이 그를 도와주고 있었다. 비번인데도 이렇게 나와 자신을 도와주는 간호원들이 고마울 따름이었다. 환자는 늘어나는데 피는 모자랐다. 그는 간호원을 통해 더 많은 혈액을 달라는 전갈을 병원에 보냈다. 비에 흠뻑 젖은 간호원은 울상이 된 얼굴로 돌아왔다.

"선생님, 혈액을 더 줄 수 없답니다."

"왜요?"

"그게…… 병원에도 응급환자가 많아서 더 내줄 수가 없답니다."

그는 병원에서 돈을 요구한다는 걸 알아차렸다. 그는 집으로 전갈을 보냈다. 아내는 그가 보낸 사람에게 집에 있는 돈을 모두 줬다. 그 자리에서 모금한 돈과 합치니 제법 액수가 많았다. 그 돈으로 피를 사서 급한 대로 수혈을 할 수 있었다.

그러나 이제 그마저도 모두 투여하고 나니 더는 방법이 없었다. 어른들이야 그런 대로 견딜 수 있다지만, 아이들은 점점 핏기를 잃어갔다. 한 소년이 무너진 집에 깔렸다가 구조되어 실려 왔다. 외상과 골절상이 있는 게 분명했지만, 무엇보다 수혈이 급박했다. 그는 자신도 모르게 고함을 질렀다.

"남은 혈액 없소? 피를 달란 말이오!"

그러나 그의 물음에 대답하는 사람은 없었다. 사람들이 입을 다물자 빗소리가 더욱 크게 진료소를 울렸다. 소년은 이미 너무 많은 피를 흘렸다. 지혈을 했지만 쇼크 상태에 빠져들고 있었다. 지금 당장 수혈하지 않으면 치료도 해보기 전에 숨을 거둘 게 분명했다. 그는 간호원을 향해 자신의 팔을 내밀었다.

"뽑으세요."

간호원이 눈을 동그랗게 떴다.

"무얼 말입니까 선생님?"

"시간이 없소. 빨리 내 피를 뽑으세요."

"안 됩니다. 선생님. 선생님은 기력이 없어서 피를 뽑으시면 쇼크를 받게 될지도 몰라요."

"괜찮소. 우선 아이들을 살리고 봐야 할 게 아니겠소."

그러자 주변 사람들이 너도 나도 팔을 내밀었다.

"제 것도 뽑아주세요."

"저도 뽑아주세요."

간호원들도 서로 나섰다. 기려는 그들을 돌아보며 말했다.

"고맙습니다, 여러분. 하지만 간호원들은 헌혈을 하지 말도록 합시다. 여러분들은 환자들을 보살펴야 하는 사람들이니, 그래서는 안 됩니다. 대신, 마을을 돌아다니며 헌혈할 사람들을 더 모아오도록 하세요."

그 광경을 보며 많은 사람들이 고개를 주억거렸다. 사람들은 첫 번째로 저 작은 체구의 젊은 의사에게서 뿜어져 나오는 열정에 놀라고 두 번째로 그의 무한한 희생정신에 놀랐다. 그건 놀라움으로 끝나지 않았다. 그가 가는 길을 함께 가고 싶다는 욕망을 그들 가슴속에 불러일으켰다. 이런 사람이라면 믿고 따라도 좋겠다는 믿음이 생겼다. 하지만 그런 노력에도 불구하고 소년을 살릴 수는 없었다. 최소한 열다섯 명의 헌혈자가 있어야 하는데 그곳에서 소년에게 맞는 혈액형을 지닌 사람은 겨우 다섯 명뿐이었다. 소년의 몸이 차갑게 식어갔다. 그때까지 추위도 더위도 몰랐던 기려는 갑자기 자신의 몸을 엄습하는 한기를 느끼며 부르르 떨었다. 핏기 없는 소년의 하얀 얼굴 위로 기려의 눈물이 투둑 떨어졌다. 기려는 온몸에 힘이 빠져나가 서 있을 수도 없었다. 주위 사람들이 비척거리는 그를 부축했다. 그 순간 기려는 사람들을 뿌리치고 밖으로 달려 나갔다. 이럴 수는 없는 법이다. 수술을 잘못해서 소년이 죽었다면 차라리 나았을지도 모른다. 책임을 지고 가운을 벗고 죗값을 치르면 될 것이다. 하지만, 혈액이 없어서 한 사람의 목숨이 꺼져가는 걸 무기력하게 지켜봐야 한다는 건 그의 자존심이 허락하지 않았다. 그는 줄기차게 비를 퍼붓고 있는 어둡고 축축한 하늘을 노려보았다. 빗방울이 매정하게 그의 얼굴을 두드렸다.

"하나님, 당신은 대체 어디에 계신 겁니까? 저 소년의 목숨을 이처럼 앗아가도 된단 말입니까? 대체 이게 누구의 잘못이란 말입니까? 돈에 눈이 멀어 피를 주지 않는 저들의 죄입니까 아니면 저의 죄입니까, 아니면 진정 이 모든 게 당신의 잘못인 겁니까?"

그는 난생 처음 하늘을 향해 절규를 토해냈다. 그의 비명 같은 고함이 빗소리에 파묻혀 잦아들었다. 사람들은 흙탕물 속에 쓰러져 있는 그를 진료소로 옮겼다. 그는 여전히 헛소리를 하듯 고함을 질러대고 있었다.

그가 정신을 차렸을 때는 꼬박 하루가 지나 있었다. 그는 놀라 벌떡 일어나 옷을 챙겨 입고 왕진가방을 손에 들었다. 아내가 그를 말렸지만 그는 뿌리치고 임시진료소로 달려갔다. 자신이 쓰러져 누워 있는 동안 또 얼마나 많은 사람들이 목숨을 잃었을지 모른다. 만약 그렇다면 이건 순전히 자신의 잘못이 되는 셈이다.

그가 돌아왔다는 소식이 발 빠르게 퍼졌다. 그러자 헌혈이라고는 평생 한 번도 해보지 않았던 사람들이 그의 임시진료소로 모여들었다. 그는 임시진료소를 찾아 팔뚝을 내미는 수백여 명의 사람들을 보며 눈물을 흘렸다. 그 정도라면 이제 혈액이 부족해 아까운 목숨을 잃는 일은 없을 것 같았다. 그는 하늘을 보며 중얼거렸다.

"이제야 제 기도를 들어주신 겁니까?"

그는 헛간을 임시헌혈소로 만들었다. 밤이 이슥하도록 그는 수많은 환자들을 돌보았다. 그의 진료소에는 피 묻은 솜뭉치들이 어지럽게 널려 있었다. 빗물이 휩쓸고 간 대지에서 피어오른 물비린내와 솜뭉치들에서 나오는 피비린내가 섞여 있는 그곳은 그가 얼마 전 들어갔던 유치장을 떠올리게 했다. 그는 세상 어디나 감옥이라는 생각을 했다. 무엇 때문에 태어났는지 알 수 없는 세상을, 무엇 때문인지도 모르고 떠나야 하는 사람들, 그들에게 이 세상은 잠시 머무르는 감옥인지도 모른다. 그렇다면 나는? 나는 그저 감옥에 있는 사람들을 관찰하는 간수에 지나지 않는 게 아닐까. 할 수 있다면 그는 간수가 아니라, 탈옥을 돕는 사람이고 싶었다. 세상에 대한 원망과 저주만이 전부인 그들에게, 그래도 이 세상이 살 만한 곳이라는 믿음을 줄 수만 있다면……. 깊은 밤 겨우 진찰을 마치고 집으로 돌아간 그는 낭떠러지 끝에서 그 아래 깊이를 알 수 없는 심연을 들여다보듯 까무룩 잠에 떨어졌다. 그는 꿈속에서 사람들의 시체가 쌓인 낯선 계곡을 걷고 있었다. 그는 소리 높여 외쳤다. 거기 누구 없소? 살아남은 사람 없소? 저쪽에서 신음이 들렸다. 가까이 가보니 어린 아이다. 아이는 이제 큰 소리로 울었다. 그는 아이를 품에 안았다. 전멸은 면했구나. 그는 안타깝게 중얼거렸다.

잠에서 깨어난 그는 자신의 몸이 불덩이라는 걸 알았다. 이마에 젖은 수건이 얹혀 있었다. 아내가 근심스런 얼굴로 그를 내려다보고 있었다. 윗몸을 일으키자 현기증이 났다.

"그러길래 왜 무리를 하세요? 당신은 쉬어야 해요. 열이 많아요."

그는 아내를 보며 희미하게 웃었다.

"이 정도는 참을 만하오. 그런데, 지금도 비가 내리오?"

아내가 고개를 끄덕였다.

"그 몸으로 나가시려구요?"

"지금도 비가 내린다고 하지 않았소. 비가 그칠 때까지는 나도 멈출 수가 없소."

임시진료소 마당에는 벌써 많은 사람들이 모여 그를 기다리고 있었다. 그들은 기려를 보자 모두 일어섰다.

"모두 환자들입니까?"

사람들은 고개를 저었다.

"아닙니다, 선생님, 저희들도 헌혈을 하러 온 사람입니다."

"저는 무엇이든 도와드릴 게 없을까 해서 왔습니다. 힘은 좀 쓰니까 뭐라도 시키실 일이 있으면 말씀하세요."

기려의 창백한 얼굴에도 화색이 돌았다. 사람의 힘은 무한하다. 그는 이렇게 속으로 중얼거렸다. 저 많은 사람들이 모두 진료소를 위해 온 것이다. 아니 바로 자신들과 같은 처지의 불행한 사람들을 위해 온 것이다. 그 뒤로도 사람들은 더욱 늘어났다. 이제는 환자들이 아니라 허드렛일을 하겠다며 찾아온 사람들이 더 많을 지경이었다.

사람들이 이렇게 모여들자 경찰들이 바짝 긴장했다. 예로부터 자연재해는 지상의 사람들을 대신해 위정자들을 징벌하는 하늘의 심판이라고 여겨졌다. 행여나 지금까지 평양부와 평양경찰에 쌓여왔던 불만이 이를 계기로 폭발하지 않을까 두려웠으리라. 멀리서 순사가 자전거를 타고 오는 모습만 보여도 숨어버리던 사람들이 이때만큼은 조금도 두려워하지 않았다. 기려의 진료소를 염탐하러 왔던 경찰들은 사람들의 기세에 눌려 어물쩍거리다 돌아가버렸다.

지루한 장마도 끝이 있었다. 어두웠던 하늘이 말갛고 부신 맨얼굴을 드러냈다. 온통 흙탕물이던 보통강과 대동강도 예전의 모습을 되찾아 맑고 푸르렀다. 나무들도 후드득 몸을 털고 오랜만에 나온 햇살에 잎사귀를 뒤척이며 생기를 되찾았고 깊고 어두운 곳으로 숨어들었던 사람들도 햇볕을 쬐기 위해 밖으로 나왔다. 그 사이 기려는 몰라보게 수척해졌지만 눈빛만은 싱싱하게 살아 있었다. 아내는 그런 기려가 신기하다는 듯 물었다.

"당신은 일을 해야 아프지 않은 사람인가 봐요. 처음에는 힘들어하더니 지금은 오히려 더 건강해진 것 같으니 말예요."

기려는 자신이 수해민들을 위해 의료활동을 하면서 느낀 점들을 아내에게 이야기해주었다. 그의 이야기를 다 듣고 난 뒤 아내는 한숨을 내쉬었다.

"당신이 그렇게 기뻐하니 저도 좋지만, 만약 이게 당신의 운명이라면 어떡하죠? 평생 이렇게 살아야 한다면?"

"나는 괜찮소. 몸이 고달파도 마음이 즐거울 수 있다면 나는 언제까지라도 이렇게 살 테요."

장마가 지나가자 그동안 어디에 있었는지 알 수 없을 만큼 꼭꼭 숨어 있던 공무원들이 거리로 쏟아져 나왔다. 평양 시내 곳곳은 수해복구로 분주했다. 하지만 여전히 보통강변과 대동강변의 빈민촌에는 구호의 손길이 미치지 못했다. 그러나 사람들은 저마다 문을 활짝 열고 초라하지만 그들에겐 소중한 세간들을 꺼내놓았다. 서로가 도와가며 토막을 짓고 쓰러진 농작물을 일으켜 세우고 웅덩이의 흙을 퍼냈다. 평양은 빠르게 회생하고 있었다. 그는 평양에 다시 슬픈 기억이 한 꺼풀 흙으로 퇴적되었음을 알았다. 모두 이번 수해를 극복하고 살아남기 위해 노력을 할 테고 조만간 그 상처도 아물 것이다. 하지만 그들은 결코 잊지는 않을 것이다. 같은 종류의 고난을 겪은 이들은 눈빛만 보아도 서로의 상처를 알아볼 수 있다. 그래서 한 걸음 더 가까워질 테고, 이 경험을 통해 더 나은 삶의 방식을 터득하게 될 것이다. 그들이 진료소에서 보여주었던 것과 같은 방식들을 말이다. 그는 아직은 흠집과 상처로 얼룩진 평양이지만, 이미 그 자리가 아물며 새살이 돋는 소리를 들을 수 있었다. 전쟁에도 삶은 이어진다. 끈질기게 이어져 전멸만 면한다면야 희망은 있는 법이다. 김교신과 함석헌, 그 외에도 〈성서조선〉 사건으로 여전히 감옥에 갇혀 있는 다른 많은 사람들 앞에 서더라도 조금은 덜 부끄러울 듯했다.

무식한 외과의사

"선생님, 선생님이 아니면 진찰을 받지 않겠다는 내원환자가 있습니다."

평양에서 기려의 이름을 아는 사람들이 점점 많아졌다. 좋은 점도 있고 나쁜 점도 있었다. 그가 무의촌 진료를 할 때마다 많은 사람들이 그를 돕겠다며 나서게 된 점은 좋았다. 하지만 그를 찾아 병원으로 오는 사람들이 많아진 건 좋기도 하고 나쁘기도 했다. 다른 의사가 충분히 치료할 수 있는 병인데도 한사코 장기려가 아니면 치료를 받지 않겠다는 사람들도 더러 있어 그의 입장이 난처했기 때문이다. 더구나 진찰해야 할 환자들이 많아지면서 점점 병원 밖 일에 주의를 기울이기가 힘들어졌다. 어쨌거나 그에게는 병원을 찾아 입원까지 할 수 있는 환자들은 경제적으로 그리 어려운 사람은 아니라는 생각이 있었다. 그렇지만 의사로서 환자를 가려 받을 수는 없는 노릇이었다. 더구나 병원에 매인 몸인 그로서는 더더욱 그러했다.

평양을 휩쓸고 간 물난리의 악몽도 이제는 엷어졌다. 해가 바뀌었고 평양은 이전의 모습을 되찾았다. 하지만 그건 외형의 복원일 뿐 상처받은 그들의 삶마저 복원된 건 아니었다. 그렇지 않아도 일본의 전선이 확대되면서 생필품이 부족해지고 식량마저 부족해졌는데, 물난리까지 나는 통에 수확량이 줄어들어 식량난이 일어났다. 하루 한 끼를 먹고살 수 있는 것만으로도 감사해야 할 지경이었다. 일정한 수입이 있고 배급을 받을 수 있는 사람이라면 굶어 죽지는 않겠지만 대부분의 빈민들은 수입도 없고 배급도 없어 하루하루 연명하는 것마저 힘든 상황이었다.

죽음은 일상이 되었다. 그의 기억 속에서 죽음이란 원래 숭고한 그 무엇이었다. 육신이 땅에 묻히거나 불태워지는 것, 영혼이 안식처를 찾아 떠나는 것, 이런 의미였다. 해서 그는 장례식장의 흥성거리는 분위기를 좋아했다. 의식이란, 원래 죽은 사람을 위한 것이 아니라 살아남은 사람을 위한 것이었다. 부모형제를 잃어 시름에 잠긴 유족들을 위로하는 것, 그리하여 살아남은 사람들이 다시 삶의 의지를 지닐 수 있도록 도와주는 것이었다. 그런 점에서 볼 때, 장례식장의 이중적인 분위기, 한편으로는 죽은 자를 추도하는 엄숙함과 한편으로는 유쾌하다고 표현할 수 있을 만큼 살아남은 사람들끼리 나누는 즐거움을 그는 사람이 지닌 보편적인 삶의 의지라고 생각했다. 이 이중적인 태도에서 그는 숭고함을 보았다. 억지로 엄숙한 척하는 게 위선이라면, 한마디로 '비장하게 웃고 있다'라고 표현할 수 있는 조선인들의 장례문화는 생명 그 자체의 소중함과 순수함을 보여주는 것이라고 생각했다. 숭고함이란, 이처럼 희로애락을 아무런 자기검열 없이 드러내는 용기에서 찾아야 한다고 그는 생각했다.

하지만 이제 그는 생각이 바뀌었다. 일상에 틈입해 들어오는 사건이었던 죽음이 일상 그 자체가 되면서, 죽음을 자연스럽게 받아들이는 차원을 넘어 생명을 가볍게 여기는 세상이 되어버렸다. 대동강과 보통강, 혹은 마을을 관통하는 개천에서마저 가난을 이유로 버려진 젖먹이들이 발견되었고, 늙은 부모의 봉양을 포기하고 자식들이 도망간 초라한 초가집은 곧바로 무덤이 되었다. 평양은 점점 묘지가 되어가고 있었다. 기려를 안타깝게 하는 건 평양의 현실만이 아니었다. 평양이 이 지경이라면 조선 전체가 이와 비슷하다고 생각해야 했다. 조선 전체가 무덤으로 변해가고 있었다.

그래도 한줌의 무리들은 여전히 기름기가 흘러넘치는 얼굴로 평양의 거리를 돌아다녔다. 평양 인근의 토지를 소유한 지주들은 지세를 감면하거나 탕감하기는커녕 오히려 더 악착같이 소작농들을 들쑤셔 자신의 배를 채웠다. 그들에게는 조선이 식민지냐 아니냐가 중요하지 않았다. 지주로서 지대를 받을 권리만 보장된다면 그들에겐 그곳이 곧 낙원이요 천국이었다.

지상은 천국과 지옥이 공존하는 곳이다. 하나의 세계처럼 보이지만 사실은 이원화된 곳이다. 기려는 자신이 서 있는 곳이 어디일까 생각했다. 그는 천국과 지옥의 경계쯤에 서 있는 게 아닐까 생각했다. 의사라는 명함은 그걸 가능하게 해주었다. 천국이든 지옥이든 의사가 필요한 건 마찬가지였으니까. 그는 이때만큼 자신이 의사라는 사실이 치욕스러운 적이 없었다. 이 회색지대에 안주하는 자신이 비겁하게 여겨졌다. 하지만, 그는 이런 생각이 들 때마다 함석헌의 말을 떠올리며 위안을 삼곤 했다. 뱀같이 지혜로워져라. 하지만 그의 상처받은 영혼은 쉬이 아물지 못했다. 죽음이 일상이 되면서 그는 구석진 곳을 바라보는 걸 꺼리게 되었다. 그곳에는 어김없이 추악한 삶이 있었다. 이제 그런 곳을 들여다보는 게 지겨웠다. 차라리, 눈을 감고 싶었다.

이런 생각들이 그를 갉아먹고 있었다. 무의촌 진료를 다니는 것도 의지만으로는 쉽지 않았다. 월급을 받으면 가난한 환자들을 위해 피를 사고 약을 사는 데 사용했지만 끝이 보이지 않았다. 몸이 부서질 만큼 일을 해도 아이들이 버려지는 것조차 막지 못했다. 자책감이 몰려왔다. 그러나 정말 그를 두렵게 한 건 바로 죽음 그 자체였다. 한꺼번에 너무 많은 죽음을 목격한 그는 삶이 대체 무엇인지, 이렇게 사는 게 정말 죽는 것보다 의미 있는 것인지, 자문하게 되었다. 죽는 게 두려운 게 아니라 자신의 죽음을 심각하게 생각하게 된 것, 그게 바로 두려움의 정체였다.

  그가 죽음을 전혀 접하지 않은 것은 아니었다. 의사이기에 오히려 의사가 아닌 사람보다 더 자주 접할 수밖에 없었다. 지금까지 목격한 죽음을 통해 나름대로 죽음에 임하는 사람들의 반응을 깊이 고민하고 정리해본 적도 있다. 그가 보기에 교육수준이 낮고 사회적 유대감이 약하며 궤변을 모르는 사람일수록 자신에게 다가온 죽음을 쉽게 받아들였다. 반대로 교육수준이 높고 물질적 안락을 누리며 사회적 야망을 품고 있는 사람일수록 자신에게 다가온 죽음에 크게 분노하며 인정하지 못하는 태도를 보였다. 또한 노인들이 젊은 사람보다 더 쉽게 죽음을 받아들였다. 하지만 기독교인과 그렇지 않은 사람을 비교할 때에는 별다른 차이가 없었다. 그 이유가 궁금했다. 오랜 관찰을 통해 그가 내린 결론은 이렇다. 그건 순수한 신앙을 가진 참된 기독교인이라고 할 사람이 별로 없기 때문이었다. 그는 육체의 소멸이 두렵지는 않았다. 그가 스스로를 참된 기독교인이라고 자처했기 때문이 아니라, 죽음은 새로운 인격체로 거듭나는 하나의 과정이라고 생각했기 때문이다. 그런데, 지금은 이제까지와는 전혀 다른 느낌이다. 죽음이 흔한 시대, 그래서 죽음을 사유할 수 없는 시대, 그게 바로 그가 피부로 느끼는 고통의 근원이었다.

"선생님, 어떻게 할까요? 그냥 돌려보낼까요?"

그는 간호사의 얼굴을 멍하니 올려다보았다.

"선생님 괜찮으세요? 안색이 좋지 않으세요."

"아, 아니오. 괜찮아요. 그 내원객 돌려보내지 말고 들어오라고 해요."

그는 요즘 들어 뻑뻑해진 두 눈을 감았다 떴다 하며 피로를 몰아내려 애썼다. 그를 찾아온 내원객은 낯이 익은 40대 중반의 사내였다.

"선생님, 저 혹시 기억하십니까?"

"알다마다요. 오랫동안 무의촌 진료활동을 도와주시지 않으셨습니까?"

"별말씀을요. 그저 선생님이 좋아서 몇 번 따라다녔던 것뿐이지요."

사내는 한눈으로 보아도 건강상태가 좋지 않았다. 얼굴이 누렇고 부기가 있었다. 간에 이상이 있는 게 분명했다. 사내는 자신의 증상을 설명했다.

"요즘 들어 자주 어지럽고 속이 안 좋습니다. 메스꺼워서 헛구역질을 자주 하고, 여기가……."

사내는 자신의 오른쪽 가슴을 손바닥으로 두드렸다.

"여기가 좀 아픕니다.

"평소에 술을 즐기십니까?"

"조금 마시기는 하지만 즐기는 편은 아닙니다. 그럴 형편도 못 되지요."

"숨을 크게 들이켠 뒤 멈춰보세요."

사내가 숨을 들이켜자 횡격막이 올라가면서 갈비뼈의 윤곽이 선명해졌다. 기려는 손가락 끝으로 오른쪽 갈비뼈 아래를 지그시 눌러보았다. 사내가 얼굴을 찡그렸다. 기려는 모든 감각을 손끝에 집중시켰다. 간은 워낙 부드러워 숙련된 의사라 하더라도 주의를 집중하지 않으면 느낄 수가 없었다. 점자를 읽는 맹인의 손끝처럼 그의 손끝이 사내의 몸 위를 부드럽고도 침착하게 옮겨 다녔다. 그는 사내의 간을 느낄 수 있었다. 조금 딱딱한 느낌이 손끝을 타고 올라왔다. 확연히 만져지는 걸 보면 간이 조금 팽창한 건지도 모른다. 횡격막 때문에 간이 조금 밑으로 내려왔다 치더라도 문제가 있는 건 분명했다.

"일단 간에 문제가 있어 보이기는 하지만 정밀검사를 한 뒤에야 자세한 병명을 알 수 있을 겁니다. 정밀검사 받으신 뒤에 다시 뵙도록 하지요."

사내는 그에게 진찰을 받았다는 사실만으로도 안도하는 듯했다. 사내가 돌아간 뒤 기려는 자신이 정말 이렇게 살아도 괜찮은가라는 생각에 다시 빠져들었다. 환자에게 희망을 주는 건 중요했다. 자신을 믿고 따라주는 환자들이 있다는 건 의사로서 고마워해야 할 일임이 분명하니까. 하지만 진찰을 하고 병의 원인을 찾아낸다 해도 치료가 가능한 경우는 적었다. 또한 치료가 가능하다 해도 완치가 되는 경우는 더 드물었다. 누구나 한 가지 이상의 병을 안고 살아가는 시대다. 그 병은 육체의 병이라기보다는 마음의 병이라고 하는 편이 옳았다. 그 마음을 고쳐줄 수 없다면 육체에 깃든 병을 몰아낸다 해도 의사로서 만족해서는 안 된다. 그는 자신이 환자에게 희망을 주고 기운을 북돋아주는 말을 하는 게 사실은 스스로의 위안을 위한 것은 아니었는지 자문해보았다. 의사로서 책임을 다하고 있다는 자기만족을 위해, 실제로는 그리 많은 사람을 살려내지도 못하면서 '나는 사람을 살리는 의사다'라고 자위하고 있지는 않은지.

평양생활 4년째, 그는 자신이 지금껏 아무것도 이루지 못했다고 생각했다. 그는 가슴이 허전해졌다. 눈코 뜰 새 없이 바쁜 나날을 보냈지만 경성을 떠나 평양으로 왔던 날과 지금의 차이점을 발견할 수가 없었다.

며칠 뒤 그는 다른 외과의사들과 사내의 검사결과를 두고 토론을 했다. 사내는 간암이었다. 그 사실을 처음 알았을 때 그는 고민에 휩싸였다. 지금 상황으로는 약물치료만이 가능했다. 하지만 정말 효과를 볼 수 있을까를 생각하면 가슴이 답답했다. 필시 사내가 병을 키운 이유 가운데 하나도 영양부족일 텐데 병원이라고 해서 충분한 영양을 공급해줄 수도 없다. 오히려 입원환자들이 그런 점에서 더 곤란을 겪기도 한다. 사내를 입원시켜야 하는 건 당연하지만, 그는 다시 환자에게 헛된 희망만을 주어야 하는지도 모른다. 다른 외과의사들의 의견도 크게 다르지 않았다. 그들도 한숨만 내쉴 뿐이었다. 회의실 분위기는 무거웠다. 그들도 의사로서 자신들의 한계를 인식하고 있었다. 또한 그들은 암에 대한 전문적인 지식과 수련이 부족한 상태였다. 치사율이 가장 높으며 사람들이 가장 많이 앓는 병은 결핵이었다. 그래서 모든 의료행위가 그쪽에 집중되어 있다고 해도 과언이 아니었다. 그래도 외과의사다. 암이라고 해서 대수로울 건 없다. 이렇게 그들의 머릿속에서는 두 가지 생각이 교차하며 떠올랐다.

"이 환자의 암세포는 주위로 넓게 퍼져 있지 않으므로 치료만 잘하면 확산과 전이를 막을 수 있을 것입니다. 하지만 영양부족 상태라 약물치료를 견뎌낼 수 있을지 의문입니다."

"약물치료를 견뎌낼 수 없을 정도라면 근치는 아예 힘들다고 봐야 하지 않겠습니까?"

다른 의사들은 저마다 조심스럽게 의견을 밝혔다. 하지만 그 조심스러움은 자기변호의 성격이 짙었다. 누구도 선뜻 수술을 한번 해보자고 나서지 못했다. 그때 기려가 나직한 목소리로 말했다.

"설상절제수술이 가능할 수도 있겠습니다."

수박장수가 손님에게 맛보기로 주기 위해 수박에 칼을 찔러 넣어 쐐기 모양으로 속살을 도려내듯이, 암세포가 있는 간 부위를 쐐기 모양으로 도려내는 것이 설상절제수술이다. 암세포가 아직 간에 넓게 퍼지지 않았으니 수술만 잘 된다면, 간은 놀라울 만큼 빠른 재생력을 가지고 있으므로 환자는 완쾌할 수도 있다.

"설상절세수술이요? 하지만 과장님, 간종양에 대한 설상절제수술은 작년에 성균관대 오가와小川 교수팀마저 실패한 수술입니다."

기려는 고개를 끄덕였다. 하지만 그는 처음 입을 뗐을 때보다 조금 더 분명한 어투로 말했다.

"잘 알고 있습니다. 조선뿐만 아니라 일본에까지 그 명성이 자자한 오가와 교수가 실패한 수술을 누구라고 다시 도전해볼 마음이 생기겠습니까? 하지만…… 저는 여러분을 믿습니다. 여러분은 조선 어디에 내놔도 부끄럽지 않을 뛰어난 실력을 지닌 외과의사입니다."

기러의 말을 수석 외과의사가 받았다.

"과찬의 말씀입니다. 하지만 과장님, 간농염은 수술할 수 있어도 간종양은 수술할 수 없다는 건 의대 1학년 학생도 알고 있는 사실입니다. 간농염은 절개해도 큰 문제가 없지만 암세포는 문맥순환을 하는 간의 정맥에서 직접 혈액을 공급받으며 기생하고 있기 때문에 절제할 때 문제가 생길 게 뻔하지 않습니까."

"저도 잘 알고 있습니다. 하지만 검사결과를 보면 희망적이라는 걸 알 수 있습니다. 직장이나 췌장에서 전이된 게 아니라 간 자체에서 발생한 원발성 간암이니까요. 만약 간의 대부분이 경화되어 있다면 아주 조금일지라도 절제가 불가능하겠지만, 암이 발생한 부위를 제외한 다른 부분은 건강한 것으로 보입니다. 어느 정도는 떼어내도 상관없다는 뜻이겠지요. 또한 암세포가 자리 잡은 곳은 우엽이 아니라 좌엽입니다. 직접 개복을 한 뒤 확인해야 정확히 알 수 있겠지만, 암세포가 간 상변부 즉 외측분절에만 있고 내측분절까지 침투해 들어가지 않았다면 충분히 설상절세수술이 가능합니다……. 현실적으로 볼 때 약물치료로 치유되기를 바라는 건 곧 이 암세포가 다른 장기로 전이되기를 기다리겠다는 것과 크게 다르지 않을 겁니다."

다른 외과의사들도 그 부분에서는 고개를 끄덕였다.

"그렇다면 수술을 할 수 있는 기회는 지금뿐입니다. 이 순간을 놓치면, 우리는 단지 수술의 기회를 놓치는 게 아니라 한 사람의 생명을 놓치는 것입니다. 오가와 교수가 비록 실패는 했지만, 수술을 시도한 이유는 수술이 가능하다는 전제가 있었기 때문입니다. 그 가능성에 우리의 운명을 걸어봅시다."

부임한 지 얼마 안 된 젊은 외과의사가 자못 비장한 얼굴로 기려를 바라보았다. 그리고 결심이라도 한 듯 말했다.

"과장님, 저는 만약 과장님께서 수술을 하기로 결정하신다면 저의 모든 것을 걸고 보조해드리겠습니다."

이 젊은 외과의사의 발언이 다른 선배들에게 자극이 되었다. 결국 그들은 환자의 간암세포를 떼어내기로 결정했다. 외과의사들이 설상절제수술을 하기로 결정했다는 소문은 삽시간에 병원 내에 퍼졌다. 그리고 곧바로 원장의 호출이 있었다. 그가 이 병원에 부임한 지 몇 달 안 되어 잠시 원장직을 맡았다가 물러난 뒤 후임으로 온 원장이었다. 원장은 드러내놓고 기려를 후원해주지는 못했지만, 여러 모로 그를 뒤에서 받쳐주고 있었다.

"장 과장님, 저는 누구보다 더 장 과장님의 실력을 믿고 있는 사람입니다. 남들이 뭐라 해도, 어떤 뒷소문을 퍼뜨려도 저는 의사로서 장 과장님을 존경합니다. 하지만, 이건 재고해봐야 할 문제입니다. 그렇지 않아도 병원 운영이 어렵습니다.

만약 수술이 잘못되기라도 한다면……."

병원에 대한 이미지가 나빠져 환자가 줄게 될 것이고, 그러면 수익에 차질이 생겨 그나마 현상유지만으로도 힘든 병원이 위태로울 수 있다는 말을 삼킨 것이리라. 기려는 고개를 끄덕였다.

"원장님, 저도 잘 알고 있습니다. 하지만 이건 저 혼자만의 판단이 아닙니다. 우리 병원 외과의사들이 뜻을 모아 결정한 것입니다. 그러니 저희에게 맡겨주십시오."

"답답하군요. 다른 외과의사들이 무모한 결정을 내리면 의견을 조율하여 올바른 결정으로 이끌어야 하는 게 바로 과장님의 역할 아닙니까? 그런데 저로서는 이번 결정을 올바른 결정이라고 볼 수가 없군요. 솔직히 말씀드리자면 이건 정말 무식한 만용입니다. 제 얘기를 너무 고깝게 듣지는 마십시오. 저는 장 과장님을 걱정해서 이런 말씀을 드리는 겁니다. 수술이 실패하면 지금까지 장 과장님이 쌓아오신 명성도 하루아침에 무너질 것입니다. 비록 외과의사들에게는 신망을 얻고 계시지만 다른 많은 의사들은 여전히 장 과장님을 시기하고 질투하며 언제라도 음해할 준비가 되어 있다는 것도 기억하셔야지요. 선행은 쉽게 잊히지만 의도했든 의도하지 않았든 악행은 끈질기게 살아남는 법입니다."

기려가 원장에 취임했다가 두 달 만에 물러난 일을 두고 하는 말이었다. 기려는 그때를 떠올리는 것조차 싫었다. 3년 전의 일이다. 당시 기홀병원 원장인 앤더슨이 강제 출국을 당하게 되면서 그를 후임원장으로 지목했다. 그는 극구 사양했지만 앤더슨은 그가 원장직을 맡지 않으면 출국하지 않겠다고 버텼다. 출국하지 않겠다는 말이 빈말인 것을 그는 알고 있었다. 어차피 앤더슨은 강제출국 직전이었으니까. 오랫동안 병원에 봉직했던 사람들을 제치고 이 병원에서 근무한 지 채 1년도 안 된 새파랗게 젊은 기려를 후임원장으로 지목한 앤더슨 원장이 떠나버리자 남은 사람들은 노골적으로 기려를 음해하기 시작했다. 그는 자신에 대한 비난을 흘려들었다. 직무에 충실하면 그만이라고 생각했다. 하지만 세상은 그처럼 호락호락하지 않았다. 그들은 병원의 소유자인 이사회에 신임 원장인 기려의 퇴출을 요구했다. 그들은 다수였다. 이사회로서도 어쩔 수 없는 일이었다. 원장직에 연연한 건 아니지만, 동료의사들의 그런 따돌림이 못내 서운했다. 하지만 물러나기로 마음먹자 오히려 편안해졌다. 여전히 의사일 수 있다는 것만으로도 행복했기 때문이다.

  기려는 그때를 떠올리며 착잡한 심정이 되었다. 기려도 원장의 우려를 인정했다. 그가 원장직에 있는 걸 아니꼽게 생각하던 의사들이 여전히 병원에 남아 있었다. 또한 그들은 기려의 무의촌 진료도 눈엣가시처럼 여기고 있었다. 만약 지금의

원장이 그런 기려를 감싸주고 배려해주지 않았다면 사정은 어떻게 달라졌을지 모르는 일이다.

"원장님, 그 말씀은 이제 저에 대한 믿음을 철회하신다는 걸 뜻하는 거겠지요. 하지만, 부탁이 있습니다. 저에 대한 불신…… 을 조금만 유예해주시면 안 되겠습니까? 저는 모험을 하려는 게 아니라 환자를 살리려는 것입니다. 만약 수술이 잘못된다면, 당연히 그 모든 책임을 제가 질 것입니다. 병원에는 어떠한 피해도 가지 않도록 최선을 다하겠습니다. 저는 지금 원장님의 믿음이 무엇보다 절실합니다. 이번 한번만, 마지막이라 생각하시고 허락해주십시오. 그리고 이 수술에는 제 개인적인 바람도 있습니다. 과연 제가 의사로서 가치가 있는 한 사람인지 알아보고 싶습니다. 그렇지 않으면…… 더는 의사로서도 인간으로서도 살아갈 자신이 없기 때문입니다."

원장은 기려의 간절한 부탁을 더 이상 거절할 수가 없었다. 더는 명분도 없었다. 원장은 마지못해 승낙을 했다. 물론 모든 책임은 기려에게 있다는 조건으로. 소문은 달리는 말과 같았다. 맑은 물에는 고기가 살지 못한다는 금언이 기려에게는 해당되지 않았다. 그는 맑은 물이었고, 다른 의사들은 마치 자신들의 속내를 훤히 꿰뚫어 보고 있는 듯한 그를 불편해하는 물고기였다. 하지만 이 금언은 수정되어야 한다. 모든 물고기들이 맑은 물에서 살 수 없는 건 아니다. 청정수를 좋아

하는 물고기도 얼마든지 있으니까. 기려를 시기하고 질투하는 사람들은 그의 맑음과 깨끗함을 견딜 수 없는 이들이었다. 그와 대비되어 자신의 더러움이 더욱 두드러지기 때문이었다. 하지만 기려는 믿고 있었다. 탁한 물에서 살면 탁한 물에 익숙해지듯, 맑은 물에서 살면 맑은 물에 익숙해진다고. 그래서 기려는 꿋꿋할 수 있었다. 오늘까지 견뎌왔는데 내일이라고 견디지 못할 이유가 없지 않은가.

이제 남은 건 환자와 환자의 보호자들에게 수술동의를 얻어내는 것이었다. 여기에 생각이 미치자 기려도 머뭇거릴 수밖에 없었다. 분명 그는 자신이 환자에게 희망적인 말을 하리라는 걸 알고 있었다. 그러나 아무도 성공하지 못한 수술이었다. 결과를 장담할 수가 없었다. 심지어 그의 스승인 백인제조차 시도하지 않은 수술이다. 대담하고 섬세하며 놀라울 정도로 정확하고 빠른 수술실력을 지닌 스승조차 가지 않은 길을 이제 그가 가려고 한다. 미답의 길을 가는데 거짓이 통할 리가 없다고 그는 생각했다. 솔직해지자. 그게 오히려 환자의 신뢰를 얻는 지름길이다. 이렇게 마음먹은 그는 환자의 병실을 찾아갔다. 그를 보자 사내는 환하게 웃었다. 사내는 자신의 병이 무엇인지 알고 있었다. 의사의 표정에서 가족들의 몸짓에서 이미 환자는 직감하고 있었다. 사람들이 흔히 오해하듯, 환자 자신만은 모를 거라는 믿음은 일종의 자기기만이다.

그건 몰랐으면 좋겠다는 하나의 바람일 뿐이다. 기려는 사내와 이런저런 이야기를 나누었다. 무의촌 진료를 하면서 겪었던 일들도 화제가 되었고 요즘의 시국도 화제가 되었다. 다짐을 했건만 막상 환자 앞에 서자 쉽게 입이 떨어지지 않았다. 그의 표정이 점점 무거워지는데 비해 환자는 점점 쾌활해졌다. 이런 환자에게 수술 이야기를 꺼낸다는 게 쉽지 않았다. 그러나 반드시 넘어야 할 난관이었다. 기려는 기어이 환자에게 수술에 대해 일러주었다. 환자는 묵묵히 그의 말을 들었다. 기려는 말을 마치고 사내의 대답을 기다렸다. 환자는 침대에 눕더니 이불을 머리끝까지 끌어당겼다. 그리고 조용한 목소리로 그에게 말했다.

"부탁입니다. 선생님. 혼자 있게 해주세요."
"결심을 하셔야 합니다."
그러자 환자가 이불을 젖히고 성난 목소리로 외쳤다.
"나가주세요!"

기려는 돌아 나올 수밖에 없었다. 솔직함도 이번에는 도움이 되지 못했다. 다음날 외과의사들은 어떤 방식으로 수술을 해야 할 것인지 토론했다. 기려는 환자가 수술에 동의하지 않을 것 같노라고 말했다. 외과의사들의 표정이 어두워졌다. 처음으로 의사로서 용기를 발휘하겠다고 다짐했던 그들이기에 환자의 그런 반응이 더욱 아쉬웠다. 회의는 간단하게 끝나고 말았다. 기려는 이렇게 된 이상 환자가 안정을 취할 수 있도록 하는 게 낫겠다고 판단했다. 다시 병실을 찾은 기려는 환자에게 다정하게 물었다.

"원하지 않으시면 수술을 하지 않으셔도 됩니다. 대신 저희가 다른 방법을 찾아보겠습니다. 최선을 다해 치료해드릴 테니 걱정하지 마세요."

사내는 고개를 저었다.

"그렇게 위로하실 필요 없습니다. 저는 괜찮으니까요. 그런데, 선생님. 정말 수술을 하면 완치될 수 있는 겁니까?"

"어제도 말씀드렸듯이 장담을 할 수는 없습니다. 하나마나 한 이야기지만 그래도 수술만 잘 이뤄진다면 완치를 확신할 수 있습니다."

"수술이 잘못될 가능성이 더 높다고 하셨지요? …… 저 사실 밤새 한숨도 못 잤습니다. 깜빡 잠이 들었다 싶으면 악몽을 꾸었지요. 그렇게 놀라 깨어나면 또다시 숨이 막힐 듯한 공포가 찾아왔습니다. 깨어 있어도, 잠이 들어도 공포는 저를 떠나지 않았습니다. 그런데요, 선생님 방금 깨달은 게 하나 있습니다. 방금까지도 두려웠는데 선생님이 들어오시자마자 그 두려움이 씻은 듯이 사라졌습니다. 제가 굳이 이 병원을 온 것도, 선생님이 아니면 진찰을 받지 않겠다고 억지를 부린 것도, 선생님이 뛰어난 의사라는 걸 믿고 있어서이기도 했지만, 더 근본적인 이유를 내자면 바로 선생님을 존경하기 때문입니다."

기려는 사내의 말을 가슴에 새기며 듣고 있었다. 그 어조가 절실했던 것도 하나의 이유였지만, 그 말 속에 진정이 담겨 있기 때문이었다. 사내는 손을 뻗었다. 기려 역시 자신도 모르게 손을 뻗어 사내의 손을 맞잡았다. 미세한 떨림이 오갔다. 공포와 희망 사이에서 왔다 갔다 하는 사람만이 보여줄 수 있는 떨림을 두 사람 모두 느끼고 있었다.

"선생님, 수술…… 해주세요. 설령 수술이 잘못된다 해도…… 눈곱만큼도 선생님을 원망하지 않겠습니다. 오히려 선생님께 수술을 받다가 죽는다면…… 편안하겠지요?"

사내는 목이 메여 말을 잇지 못했다. 기려는 그저 고개를 연신 끄덕일 뿐이었다. 영원 같은 몇 초의 침묵이 흘렀다. 사내는 눈물을 훔치고 물기 어린 눈으로 그를 보았다.

"그리고 선생님, 부탁이 있습니다."

"무슨 부탁입니까?"

"저를, 꼭…… 살려주세요."

사내의 손이 기려의 손을 부드럽게 옥죄어왔다. 기려도 사내와 맞잡은 손에 힘을 주었다.

"그 부탁…… 부탁이 아니라, 우리가 약속하는 걸로 하겠습니다. 저는 약속을 함부로 어기는 사람이 아닙니다. 우리

다음에도 함께 무의촌 진료를 나가는 겁니다. 아시겠지요?"

 사내가 고개를 끄덕였다. 외과의사들은 분주해졌다. 기려를 포함해 그들 모두 생애 처음으로 겪게 될 대수술이었다. 기려는 조용히 자신의 진찰실에서 수술에 관한 책을 들여다보았다. 익히 알고 있는 것들이지만, 무엇 하나 건성으로 넘기지 않고 꼼꼼히 되짚어보았다. 이론과 임상은 다르다. 이론으로 알고 있던 것들이 임상에서도 모두 맞아떨어진다고 장담할 수가 없다. 하지만 기본적인 이론을 하나하나 곱씹으며 철저하게 확인하고 수술에 임하는 게 그의 습관이었다. 하물며 이런 대수술에 임하는 자세는 남다를 수밖에 없었다. 운명의 시간은 한 번도 지연된 적이 없다. 이번에도 그는 다가오는 운명의 발소리를 똑똑히 들을 수 있었다. 그는 이번 수술에서 실패하면 자신도 더는 살 수 없을지도 모른다고 생각했다. 만약 이번에도 자신의 눈으로 그처럼 가까이에서 죽음을 목격하게 된다면, 앞으로는 사람을 살릴 수 있다는 자신감마저 잃게 될 것이다. 그래서는 안 된다. 자신 때문이 아니어도 많은 사람이 죽고 있다. 평양에서, 조선 곳곳에서. 그리하여 그마저 죽음을 일상으로 받아들이게 되는 순간, 그는 자신을 용서하지도 용납하지도 못하게 될 것이다. 환자와의 약속은 자신과의 약속이기도 하다. 꼭 살려달라던 환자의 말, 그것은 꼭 살아주세요, 라는 그의 목소리이기도 하다.

사흘 뒤 기홀병원 외과수술실에는 그 어느 때보다 무거운 정적이 맴돌았다. 그 정적을 깨고 기려가 자신을 보조하게 될 외과의사들에게 물었다.

"다들, 잠은 잘 잤겠지요? 토끼눈을 하신 분도 있는 것 같은데, 너무 흥분하시면 안 됩니다. 지금 밖에는 호기심 많은 평양의 모든 일본인 외과의사들이 와 있다고 해도 과언이 아닙니다. 문제는 그들이 우리의 성공이 아니라 실패를 기원한다는 것이겠지요. 어쨌든 유명인이 된 기분들이 어떠십니까?"

그들의 마스크에서 둔탁한 웃음이 흘러나왔다. 적당한 긴장과 적당한 이완은 사람의 몸에만 필요한 게 아니었다. 무엇보다 정신이 그러해야 했다. 수술칼을 잡은 외과의사는 대담하고 섬세해야 하듯, 긴장과 이완도 균형을 이뤄야 한다. 젊은 외과의사가 기려에게 수술시간을 확인해주었다.

"마취시간은 최대 네 시간입니다. 하지만 성공적인 수술을 위해 세 시간 반 안에 끝내셔야 합니다."

그들이 반드시 지켜야 할 사항이었다. 환자가 마취상태에 들어가 있는 시간은 최대 네 시간. 익숙한 외과의사라면 한 시간 반 안에 맹장수술을 마칠 수가 있다. 하지만 간수술은 다르다. 오가와 교수가 간 설상절제수술에 실패한 이유 가운데 하나도 마취시간 안에 수술을 끝내야 한다는 강박관념 때문이었다. 강박관념은 의사의 손놀림을 둔하게도 하고 조급하게도 한다. 그 어느 쪽이나 수술에는 치명적이었다. 복도에서 소리가 들려왔다. 환자가 마취실에서 이곳 수술실로 오고 있었다. 아무도 성공하지 못한 수술을 앞두고 있는 그들은 자신들에게 어떤 미래가 다가올지 모르고 있었다. 그들뿐만이 아니다. 그들의 수술을 예의주시하는 이 병원의 사람들, 평양 사람들, 그리고 조선의 의학계 모두가 그들처럼 미래를 모른다. 하지만 미래는 오고야 만다.

수술대 위에 눕힌 환자는 몸이 조금 부은 상태였다. 간의 당질은 스물네 시간이면 모두 고갈된다. 수술을 위해 금식을 했기 때문에 더욱 그럴 것이다. 정해진 시간 안에 무사히 수술을 마치고 회복시키지 못하면 환자는 복수가 차올라 결국 죽음에 이르게 될 것이다.

기려는 메스를 쥐었다. 이제 시작이다. 수술등이 흩뿌려놓은 빛을 헤치며 의사들의 손이 침착하고 정확하게 움직였다. 집도의 기려의 손놀림은 누구보다 침착했다. 침착함을 넘어 단아하기까지 했다. 개복을 한 뒤 복벽과 맞닿은 간을 분리하는 작업을 했다. 인대를 얇게 저미듯 떼어냈지만 출혈은 그다지 심하지 않았다. 그를 도와 수술을 진행하는 의사들이 침착하게 겸자로 혈관을 누르고 그가 가위로 잘라내면 재빨리 결찰을 했기 때문이다. 그들은 되도록 말을 아꼈다. 말을 많이 할수록 의사들의 입에서 세균이 많이 나오게 될 테고, 그러면 결국 환자의 몸속으로 들어가 수술 뒤 부작용을 일으킬 가능성이 많았다. 하지만 지금 이 순간 그들이 말을 아끼는 이유는 자신들의 손끝에 모든 신경을 집중하고 있기 때문이다. 복벽에서 떼어낸 적갈색의 간이 보였다. 심장에서 1분 동안 흘러나오는 피의 양은 5리터다. 그중 1리터가 문맥을 통해 간으로 흘러들어간다. 엄청난 양의 피가 몰려 있기 때문에 간은 늘 짙은 적갈색을 띤다. 간은 3천억 개 이상의 세포가 가지런히 배열되어 이루어져 있는데, 그 세포 사이사이로 피가 흘러들어가는 것이다. 만약 실수로 수술칼을 쥔 손이 간에서 미끄러지기라도 한다면, 간은 초신성이 빛을 뿜어내는 것처럼 엄청난 양의 피를 분수처럼 뿜어내고야 말 것이다. 그는 간의 좌엽 윗부분에 자리 잡은 암덩어리를 눈으로 직접 관찰할 수 있었다. 손가락 한 마디 크기였다. 그것만 아니라면 나머지 간은 건강한 상태라고 할 수 있었다. 만약 나머지 간마저 경변을 일으킨 상태였다면 이대로 수술을 중단해야 했을 것이다. 수술이 가능한 상태라는 걸 모든 의사들이 확인했다.

기려는 암세포에서 1센티쯤의 외곽을 따라 절제하기로 결정했다. 재발의 위험을 피하기 위해서다. 생각보다 큰 양을 떼어내야겠지만 수술 후 간기능 부전을 우려해야 할 만큼의 대량절제는 아니었다. 다른 의사들도 재빨리 동의의 표시로 고개를 끄덕였다. 그들은 그 어느 수술보다 정교하게 간에 혈액을 공급하는 정맥을 결찰했다. 이제 남은 문제는 얼마나 정확하게 암덩어리를 떼어낼 수 있느냐였다. 진짜 인내심을 발휘해야 할 순간이었다. 서두르지 않으면서 느리지 않게 쐐기 모양으로 절제를 하기 시작했다. 그의 메스가 파고들면 하나 둘 혈관들의 절리면이 드러났다. 그러면 다른 의사들은 재빨리 혈관들을 봉합했다. 이중으로 봉합해야 했기 때문에 많은 시간과 섬세한 손놀림이 필요했다. 기려도 절제면의 대량출혈을 막기 위해 거꾸로 쥔 메스의 손잡이로 간의 절단면을 뭉개면서 잘라갔다. 수술실의 온도는 적당히 따뜻했다. 수술환자의 원활한 혈액순환을 위해서다. 하지만 그들 모두 그늘 한 조각 없는 사막에 서 있는 듯 땀을 흘렸다. 기려는 아무 생각도 없었다. 아니, 모든 걸 생각하고 있었다. 혈관 봉합은 잘 이루어져 생각처럼 출혈이 심하지는 않았다. 수혈도 정상적으로 이뤄지고 있었다. 수술실에는 비릿한 피내음이 감돌았다. 그들은 간단한 말로 의사소통을 하며 모든 신경을 수술에 집중했다. 시간이 멈춘 듯했다. 하지만 그 시간은 어떤 때보다 길고도 숨 막히는 시간이었다. 정해진 시간이 모두 흘렀다.

  수술실 밖에서 기다리고 있던 사람들은 운명의 문이 열리는 걸 보았다. 온몸이 땀으로 흠뻑 젖은 의사들이 걸어 나오고 있었다. 수석 외과의사가 마스크를 벗고 사람들을 향해 말했다.

"장기려 과장님께서 수술을 성공적으로 끝마치셨습니다."

그 순간 나직한 환호성이 터져 나왔다. 기려와 그들은 과다 출혈 없이 암세포 제거에 성공했던 것이다. 그들은 모두 사람들과 함께 기쁨을 나누고 싶은 심정이었지만, 끝까지 침착해야 한다는 걸 알고 있었다. 포도당을 공급하여 일정한 혈당을 유지할 수 있게 해주는 것이 바로 간이다. 간 기능이 정상적이지 않다면 혈당수치가 낮아지고, 환자는 혼수상태에 빠지게 된다. 환자가 마취에서 깨어날 때까지, 그리하여 혼수상태에 빠지지 않았음을 확인할 때에야 일차적으로 성공을 확신할 수 있다. 기려는 자신과 함께 수술에 참여한 외과의사들과 일일이 악수를 나누었다.

"모두 여러분 덕분입니다."

"아닙니다, 과장님. 집도의로서 저희를 잘 인도해주셨기 때문에 가능했습니다."

그들은 성공적인 수술의 공로를 서로에게 돌렸다.

"여러분도 아시다시피 아직 속단하기는 이릅니다. 끝까지 최선을 다합시다. 또한 원발성 간암이기 때문에 재발의 위험이 전혀 없다고 할 수 없습니다. 오히려 암발생의 뚜렷한 이유를 우리가 모르고 있기 때문에 더 위험하다고 할 수도 있겠지요. 환자의 생명은 아직도 여러분 손에 달려 있습니다."

이렇게 말하긴 했지만, 기려도 이제 거의 성공을 확신하고 있었다. 원장도 그에게 달려와 손을 잡아주었다. 원장은 멋쩍은 웃음을 흘렸다.

"장 과장, 정말 대단합니다. 일본과 조선을 통틀어 이 수술을 처음으로 성공한 의사가 되신 기분이 어떠십니까? 저도 이번 일을 통해 한 가지를 깨달았습니다. 외과의사란 무식해야 한다는 걸. 아니, 무식하다는 소리를 들을 만큼 용감해야 한다는 걸."

긴장이 풀리자 그의 두 팔뚝에서 힘이 빠져나갔다. 다른 수술을 끝마쳤을 때와는 비교도 할 수 없을 만큼 심한 근육통을 느꼈다. 그는 손을 쥐었다 폈다 해보았다. 믿어지지가 않았다. 자신이 그토록 침착하게 어려운 수술을 끝마쳤다는 사실이. 오랜 세월 조선인 의사들은 일본인 의사들의 무시를 받으며 지내야 했다. 그들은 자신의 성공을 장기려라는 개인이 아니라 조선인 의사라는 집단의 성공으로 받아들일 준비가 되어 있지 않을 것이다. 하지만 적어도 그들이 내놓고 조선인 의사를 무시하지는 못하게 될 것이다. 이제 시작일 뿐이었다. 그리고 그 출발선에 자신이 서 있다는 사실이 기려는 뿌듯했다.

그는 스승을 떠올리지 않고도 무사히 대수술을 끝마쳤다는 사실을 깨달았다. 스승 아래서 의술을 연마하기 시작한 지 10여 년 만에 비로소 홀로서기를 이루었다. 스승도 그의 성공을 기뻐해마지않을 것이다. 스승은 그가 경성을 떠나 평양에 온 뒤 교수직을 사임하고 을지로에서 외과병원을 운영하고 있었다. 백외과라는 이름으로. 그는 스승에게 진 빚의 아주 조금이라도 갚은 듯한 심정이었다. 개업하여 돈을 많이 버는 의사는 아닐지라도 스승에게 배운 대로 침착하게 집도하여 설상절제수술을 성공적으로 시술한 의사가 되었으니 말이다. 그의 나이 서른셋이었다.

해방조선, 그 깊은 사강

 김교신은 벌써 엿새째 병상에 누워 있었다. 지난밤에도 체온이 40도까지 올라갔다. 머리가 지끈거리고 어지러웠다. 슬며시 눈을 뜨면 천장이 빙글빙글 돌았다. 그가 한숨을 내쉬면 마치 펄펄 끓는 주전자에서 새어나온 뜨거운 김과 같은 숨이 뿜어져 나왔다. 의사가 그의 체온을 내리기 위해 냉찜질을 해주어도 그는 감각이 없었다. 자신의 몸에 닿는 것이 뜨거운지 차가운지 구별할 수도 없었다. 그를 편안케 하는 건 오직 성경뿐이었다. 그는 내키는 대로 아무 데나 골라 의사에게 성경 구절을 읽어달라고 했다. 그는 간신히 고개를 돌려 창밖을 보았다. 이곳에 온 지 불과 10개월밖에 되지 않았건만 고향마을처럼 정이 들어버린 흥남비료공장과 노동자들의 기숙사가 한눈에 들어왔다. 10개월 전 그가 이곳에 정착하기로 마음먹은 이유는 징용을 피하기 위해서만은 아니었다. 일제는 태평양 전쟁이 막바지에 이르자 기술자들까지 전선으로 동원하기 시작했다. 김교신도 징용을 피할 도리가 없었다. 하지만 머나먼 이국땅에 끌려가 일본군의 비행장을 닦거나 막사를 짓는 일로 세월을 보내버리고 싶지는 않았다.

김교신은 '성서조선 사건'으로 서대문 형무소에 수감된 지 1년 만인 1943년 3월 말에 석방되었다. 1년 동안의 감옥생활이 헛되이 지나간 건 아니었다. 그는 날마다 백 번 이상 주기도문을 외웠고 새벽 냉수마찰 역시 한 번도 빠뜨리지 않았다. 이런저런 책을 읽고 조용히 사색에 잠기기도 했으며, 감옥에 갇힌 다른 민족적 인사들과 의견을 나누며 자신의 생각을 정리할 수도 있게 되었다. 출소한 뒤 그는 고향인 홍남으로 돌아갔다. 그는 조용히 조선 민족의 머리 위에 드리워진 어둠의 그림자를 관망하며 자신이 할 일이 무엇인가를 암중모색하였다. 우선은 징용을 피해야 했다. 그는 저 멀리 우뚝 솟아 있는 홍남비료공장의 굴뚝에서 피어오르는 연기를 바라보다 자신의 이마를 쳤다. 그래, 바로 저곳이다. 저곳에는 조선인 노동자만 무려 5천여 명이나 있지 않은가. 열악한 환경에서 일본의 군수품을 생산하는 조선인 노동자가 50도 아니고 5백도 아니고 5천 명이나 있는 곳이 바로 그가 있어야 할 곳이었다. 마침 그 회사의 사장은 김교신이 일본유학을 하던 시절 알고 지내던 이였다. 다음해인 1944년 7월 그는 자신이 바라던 대로 흥남비료공장 조선인 노동자들의 주택을 관리하는 일을 맡게 되었다. 그는 도로를 보수하고 하수도를 정비하고 화장실을 청소하는 등 조선인 노동자들이 쾌적한 상태에서 생활할 수 있도록 위생관리에 심혈을 기울였다. 정기적으로 이불을 다 끄집어내 일광소독을 시키도록 했고 유치원을 세워 아이들을 돌보고 교육시켰으며 회당을 지어 야학을 열었다. 특히 야학을 열어 한글을 가르치는 일은 헌병들까지 훼방을 놓았다. 하지만 그는 굽히지 않고 조선인 노동자들에게 희망을 잃지 말라고 가르쳤다.

해가 바뀌어 1945년이 되었다. 김교신은 지칠 줄 모르는 사람처럼 자신에게 주어진 일을 했다. 흥남 앞바다에 봄바람이 불 때, 조선인 노무자들을 먼저 찾아온 건 꽃소식이 아니라 발진티푸스였다. 처음에는 김교신도 이런 사실을 몰랐다. 발진티푸스는 법정 전염병이었으므로 이 병에 걸린 환자들은 당국에 신고를 하고 격리수용되어 치료를 받아야 했다. 하지만 격리수용이란 곧 죽음이나 마찬가지였다. 그래서 환자의 가족들은 이 사실을 숨겼다. 어떻게든 자신들의 힘으로 치료해보려고 안간힘을 썼다. 그 탓에 환자는 더욱 늘어났고 김교신도 여러 명이 이미 죽고 난 뒤에야 이 사실을 알게 되었다. 그는 환자들이 있는 집을 찾아다니며 병세를 확인하고 응급

조치 방법 등을 일러주었다. 발진티푸스의 매개체는 이였다. 집집마다 이를 잡고 청결을 유지하도록 했으나, 전염을 막을 수는 없었다. 도저히 가망이 없는 환자에게는 성경을 읽어주고 기도를 해주었다. 그가 할 수 있는 일은 많지 않았다.

  부산하게 뛰어다니던 김교신은 열흘 뒤 몸살이 났다. 처음에는 가벼운 감기몸살인 줄 알았다. 그러나 사흘 뒤 머릿속이 쑤실 만큼 고열에 시달리며 복통을 느낀 김교신은 자신도 발진티푸스에 전염되었다는 사실을 알게 되었다. 그와 오랜 친분을 지닌 안상철 의사가 찾아와 그의 체온과 맥박을 쟀다. 그는 조용히 고개를 저었다.

  "안 의사님, 조심하세요. 제 병은 제가 더 잘 압니다. 발진티푸스가 분명합니다. 그러니 제 병이 옮아가지 않도록 주의하세요."

  그렇게 누워 있게 된 지 엿새째 되던 그날, 김교신은 자신의 몸에 울긋불긋 피어난 열꽃들을 보았다. 온몸을 사정없이 몽둥이로 두드려 맞은 것처럼 욱신거렸다. 입 안 가득 이글이글 타오르는 숯덩이를 물고 있는 듯 입속이 뜨거웠다. 지난날들이 주마등처럼 떠올랐다 사라져갔다. 그는 엿새째 자신의 꺼져가는 목숨의 불씨를 되살리기 위해 안간힘을 쓰고 있는 안상철 의사를 바라보았다. 안상철 의사도 환자처럼 핼쑥한 낯으로 그와 눈을 마주쳤다. 김교신이 의사에게 물었다.

"안 의사님, 지금 보리밭은 누렇게 물들어 있겠지요?"

안상철 의사가 고개를 끄덕였다.

"물론입니다. 이제 곧 보리를 걷어야 할 겁니다."

"헌데 어떡합니까? 많은 조선인 노동자들이 목숨을 잃고 있는 이 판국에 나마저 이렇게 몸져누웠으니…… 일손이 부족할 텐데 어떡합니까?"

안상철 의사는 기가 막혔다. 목숨이 위태로운 상황인데도 보리걷이를 걱정하고 있는 그의 마음 씀씀이가 애달팠다. 김교신은 다시 물었다. 그러나 이번에는 딱히 안상철 의사에게 묻고 있다고 할 수 없는, 혼잣말인 듯, 그러나 만인을 앞에 두고 있는 듯, 그렇게 말했다.

"나, 언제 벌떡 일어나 다시 공장으로 돌아갈 수 있을까요?…… 지금까지 살아오면서 한 번도 만나지 못한 내 민족, 조선 민족을 이 공장에서 처음으로, 내 체온 속에서 처음으로 만나보았어요. 이 백성은 무지하지만 착하기 이를 데 없는 백성입니다. 그래서 불쌍한 백성들이기도 하지요. 그들에게는 한 끼의 식사보다도 사랑이 필요합니다. 오랜 세월 사랑을 받지 못해서 사랑하는 방법을 잊어버린 민족이니까요. 누가 그들을 그렇게 불쌍한 무리로 만들었느냐고 묻기 전에 누가 그들을 도와줄 수 있느냐고 물어야 합니다. 나와 함께 가서 일합시다. 보리가 익고 있으나 일꾼이 없습니다. 꼭 갑시다……. 저 소리 들립니까? 벌써 사람들이 왔군요."

김교신은 팔을 들어 창밖을 가리켰다. 그의 손가락이 부들부들 떨리고 있었다. 안상철 의사는 김교신이 가리키는 쪽을 바라보았다. 그러나 그곳에는 공허하고 푸른 하늘밖에 없었다. 김교신은 환청을 듣고 있는 것이다.

"풍구를 꺼내고 멍석을 깔고 보리타작을 시작하려나 봅니다. 이런, 그런데 왜 내가 이렇게 누워 있는 거지? 안 의사, 나 좀 일으켜 세워주시렵니까? 나가서 저들과 함께 일을 해야겠어요."

김교신은 몸을 일으키려 애썼다. 하지만 그는 일어나지 못했다. 정신을 잃고 죽음처럼 깊은 혼수상태에 빠진 그는 밤이 이슥해져 새벽으로 접어들 무렵 악몽을 꾼 사람처럼 눈을 번쩍 떴다. 김교신은 알 수 있었다. 자신을 둘러싸고 있는 사람들의 기척을. 아마도 자신의 마지막 가는 길을 지키기 위해 모인 사람들이리라. 그는 자신이 〈성서조선〉에 썼던 조와의 마지막 구절처럼 자신의 주검을 둘러싸고 슬피 우는 사람들 역시 '전멸은 면했구나!'라고 탄식하면서 살아남으리라 여겼다. 자신이 죽는다고 해서 조선과 조선인이 사라지지는 않으리라는 희망, 그것이 그가 끝까지 버릴 수 없는 최후의 희망이었다. 그의 입가에 희미한 미소가 맴돌았다. 고요하게 감긴 그의 눈에서 뜨거운 눈물이 후두둑 떨어졌고, 그걸로 마흔 다섯 살의 이 작은 거인은 영원히 눈을 감고 말았다. 조선 기독교의 이단자이자 무교회주의자, 그러나 훗날 누구보다 더 많은 이들의 가슴속에 진정한 교회를 세워주게 될 김교신은 그토록 바라마지 않던 해방을 채 석 달여 남겨둔 채 눈을 감았다. 김교신이 발진티푸스에 걸려 흥남비료공장의 차디찬 방에서 기어이 죽고 말았다는 소식은 그로부터 며칠 뒤에야 평양에 이르렀다.

설상절제수술 이후 기려는 비로소 죽음이라는 사건을 직시하고 다시 깊이 사유할 수 있게 될 것이라 여겼다. 수술에 성공해서가 아니라, 한 사람의 생명을 구하기 위해 최선을 다할 수 있는 용기가 자신 속에 아직도 남아 있음을 확인했기 때문이었다. 하지만 그의 바람은 그가 견디고 있는 시대를 감안했을 때 결코 소박한 바람이 아니었다. 일본은 전쟁에 모든 인력과 물자를 투입하고 있었으며, 그럴수록 조선의 삶은 각박해졌다. 전쟁의 승리를 장담하고 있는 그들이 조선에서 보여주는 행동들은 모두 패배를 암시하는 것뿐이었다. 최후의 발악이라고 부를 수 있을 법한 이 몸짓들은 그에게도 엄청난 압박으로 다가왔다. 주변에서 사람들이 하나 둘 사라졌다. 사라진 그들은 돌아오지 않았다. 여자들은 군위안부로, 사내들은 징병과 징용으로 내몰렸다. 목사들은 공공연하게 '눈에 보이는 천황에게 충성을 바치지 못하는 신자가 어떻게 눈에 보이지 않는 하나님께 충성할 수 있겠는가?'라고 설교했다. 뜻있는 기독교인들은 교회를 등지고 가정예배를 했다. 광장은 폐쇄되었고 이제 사람들은 자기만의 밀실을 만들어 은둔했다. 원해서가 아니다. 달리 방법이 없기 때문이었다.

　전선이 조선까지 밀려올 가능성은 적었지만, 사람들은 모두 곧 자신들의 터전마저 전쟁터가 되지 않을까 전전긍긍했다. 지금까지 전쟁은 포성이나 공습으로 찾아오지 않았다. 대신 사람들의 일상에 침투했다. 숨 쉬는 행동 하나에까지도 전쟁의 편린이 깃들어 있었다. 아침에 눈을 뜨면 사람들은 어제는 누가 끌려갔다는 둥, 누가 탈영을 했다는 둥, 일본군이 어떤 전투를 치렀다는 둥 전쟁과 관련된 소식들에 가장 먼저 귀를 기울었다. 이미 독일이 연합군에 항복했지만 묘향산 부근의 사람들은 아무도 그런 사실을 알지 못했다. 그들의 화제는 여전히 공습이었다. 어쩌면 그것이 최선일지도 모른다. 군사기지나 군수공장이 있는 것도 아니고 대도시도 아닌 이런 산악지역에 공습이 있을 리 없다는 생각으로 위로를 받고 싶었으리라. 비켜갈 수만 있다면 비켜가고 싶은 게 사람의 마음이다. 어떤 죄악에 대한 심판은 사후의 일이다. 사람들은 경험으로 그 사실을 알고 있었다. 지금은 살아남는 게 무엇보다 중요했다.

기려도 살아남고 싶었다. 직격탄에 맞아 폭사를 당하는 허망한 인생이고 싶지는 않았다. 공습 대피훈련이 빈번히 벌어지고, 교련복을 입은 학생들이 낮이고 밤이고 행군훈련을 하는 평양은 전쟁의 소용돌이 속에 있는 도시라고 해도 될 만큼 무거운 분위기였다. 여학생들마저 군수품 공장으로 노력동원을 나가게 되니 학교는 개점휴업 상태나 마찬가지였다. 거리에는 결전, 미영격멸, 1억총무장 등의 구호가 어지럽게 흩날렸고, 전장에서 죽은 일본군의 영웅적인 행위를 선전하는 벽보들이 팔랑거렸다. 구호나 벽보가 평양 시내를 도배하다시피 점령했다 해서 평양 사람들이 결사항전의 의지를 갖게 된 건 아니다. 물론 그 사실을 일본이라고 모를 리 없다. 기려는 이런 게 바로 정치라는 생각을 했다. 굳이 클라우제비츠의 말을 떠올리지 않더라도, 전쟁은 정치적 수단과는 다른 수단으로 계속되는 정치에 불과하다는 사실을 알 수 있었다. 일본인들도 조선이 전쟁터가 될 거라고는 믿지 않았다. 다만 전쟁의 공포를 불러일으켜 전쟁에 필요한 물자들을 좀더 수월하게 수탈해가려는 정치적 술수일 뿐이었다. 그러나 이런 사실을 알고 있다 해서 공포가 사라지는 건 아니었다.

  기려 역시 어디든 도망가고 싶었다. 하지만 사방을 둘러보아도 그가 갈 수 있는 곳은 없었다. 이대로 쓰러져 죽는 수밖에 없을 듯했다. 어느 날 그는 거리를 걷다가 쓰레기를 뒤지는 사람들을 보았다. 사내와 여자, 노인과 아이들이 골고루 있는 한 무리의 사람들은 오랫동안 씻지 못한 듯 더러운 몰골이었다. 그들은 지나가는 사람들의 눈초리는 아랑곳 않고 쓰레기를 뒤져 먹을 수 있는 것이라면 무엇이든 입으로 가져갔다. 순사들이 달려와 그들을 구타하는 광경을 보면서 기려는 온몸의 힘이 빠져나가는 듯한 기분이었다. 병원과 집을 오가느라 바깥 풍경에 무심했던 것일까. 알고는 있었지만, 그런 광경을 직접 눈으로 보게 된 그는 치솟는 구역질을 멈출 수 없었다. 누군가 억지로 그의 입을 벌려 손가락을 집어넣은 것처럼 불쾌했다. 아니, 불쾌감으로는 표현할 수 없는 굴욕을 느꼈다. 평양, 아니 조선의 궁핍이 하루 이틀 일은 아니다. 하지만 언젠가 이런 세상도 끝이 있을 것이라고 믿었다. 그 희망이 그를 살게 했고, 삶의 의미를 되찾게 해주었다. 다른 사람들도 마찬가지였다. 나아지겠지, 좋은 시절이 오겠지, 전쟁도 끝나겠지, 막연하나마 이런 희망을 품고 있지 않다면 하루하루 견디는 것조차 힘겨웠으니 말이다. 하지만 쓰레기를 뒤지고, 가축조차 고개를 저을 더러운 음식을 먹는 사람들에게 그런 희망이 다 무슨 소용이란 말인가. 이미 인간 이하의 삶을 살고 있는 그들에게 어떻게 인간다움을 돌려줄 수 있을까.

그는 고개를 들고 하늘을 보았다. 과연 끝이 있을까. 그는 그 자리에서 정신을 잃고 쓰러졌다. 눈을 떠보니 병원이었다.

동료 의사들 몇 명이 그를 돌보고 있었다. 황달이라고 했다. 그는 쓴웃음을 지었다. 간치료에는 일가견이 있다는 자신이 황달로 쓰러진 사실이 어이없기도 하고 참혹하기도 했다. 의사인 자신마저 쓰러지는데, 다른 사람들은 어떻게 견디고 있을까? 왜 그들은 병원에 오지 않는가. 그는 고개를 저었다. 오지 않는 게 아니라 오지 못하는 것이다. 병원에도 약품이 별로 없다. 의사들마저 허기진 표정으로 멍하니 의자에 앉아 있었다. 그는 병원을 나와 집에서 요양을 했다. 요양이라고 해봐야 특별한 처치를 받을 수 있는 건 아니었다. 무념무상의 상태, 그런 정신적 평안을 얻을 수만 있어도 성공적일 것이다. 그러나 그의 상태는 썩 나아지지 않았다. 황달은 치료되었지만, 그는 제대로 걸을 수도 없었다. 그 무렵 김교신의 부음이 들려왔다. '전멸은 면했구나!'라는 김교신의 탄식이 생생하게 들려오는 듯한데, 이제 조선 땅에는 김교신이라는 사람이 없다. 죽는 순간까지도 노동자들의 처우와 조선의 앞날을 걱정했다는 소식을 전해들었을 때, 기려는 죽음의 공포가 자신을 엄습하고 있음을 깨달았다. 그렇게 죽어야 하는 게 식민지 백성의 운명이라는 생각 때문이었다. 하지만 죽을지도 모른다는 생각만으로 죽을 수는 없는 게 사람이기도 했다.

   그는 주변의 권유를 받아들여 묘향산으로 요양을 가기로 마음먹었다. 가족들 누구에게도 피해를 주고 싶지 않아 홀로 조용히 떠났다. 그즈음에는 누구나 혈액형, 이름, 나이, 주소 따위를 적어놓은 쪽지를 반드시 외투 윗주머니에 넣고 다녀야 했다. 말하자면 군인의 인식표와 같은 것이었다. 연합군의 공습이 언제 있을지 모른다는 것인데, 간간이 평양 시내 하늘 위로 폭격기가 날아가는 모습이 보였다는 소문은 있었지만, 이곳 묘향산에서는 전쟁의 기미조차 느낄 수 없었다. 기려가 머물고 있는 묘향산 약수터는 경의선이 지나가는 향산역에서 동쪽으로 8킬로쯤 떨어진 곳이었다. 고개를 들면 멀리 묘향산 최고봉 비로봉이 보이는, 비선폭포에서 낙수소리가 쉬지 않고 들려오는 묘향천 부근에 자리 잡고 있었다.

그는 이곳에서 많은 사람들을 만났다. 저 멀리 전라도와 경상도, 깊숙한 중부내륙에서 온 사람들도 있었다. 아예 가산을 정리하고 이곳에서 뼈를 묻겠다며 자리를 잡은 사람도 있었다. 그들은 모두 공허한 눈빛이었다. 자신의 육신에 깃든 병을 치료하겠다며 머나먼 타향을 찾아온 운명을 곱씹어보는 눈빛만은 아니었다. 그들은 모두 남겨진 가족들을 그리워하고 있었다. 밥은 먹고 사는지, 누군가 죽지는 않았는지, 위안부로 노역자로 끌려가지나 않았는지, 숱한 근심들을 품에 안고 있는 그들은 쉬이 병이 낫지 않았다.

그는 오랫동안 바깥나들이를 할 수 없는 몸이었다. 조금만 걸어도 숨이 차고 심장이 뛰었다. 조금 힘을 썼다 하면 앓는 동안 살이 내려 홀쭉해진 그의 얼굴에 경련이 일었다. 그의 병이 마음의 병이라는 건 동료의사들도 알고 있었고, 자신도 알고 있었다. 하지만 마음의 병은 육신을 갉아먹는다. 쇠약해진 탓에 산책조차 힘겨운 나날들을 보내며 그는 그 어느 때보다 더 자신이 죽을 것이라는 강박관념에 강렬하게 사로잡혔다.

그는 약수를 찾아오는 사람들을 여관 2층의 창문에서 바라보며 소일하고 지냈다. 사내들은 죄다 국민복 차림이었고 여자들은 몸뻬 바지 차림이었다. 현란한 패션이 넘치는 경성 거리도 못마땅했던 그였지만, 획일화된 저 복장들이 불러일으키는 혐오감에는 비할 수가 없었다. 그 옷에는 전통도 미래도 없었다. 모든 국민을 군인으로 만든 것에 불과했다. 그러나 그의 관심은 획일화된 복장 너머 살아 있는 개개인으로 향하고 있었다. 의복이 사람들에게 익명성을 부여하고 그들을 모두 '국민'의 한 사람으로 환원시켜버린 듯 보이지만, 저 옷 속에는 서로 다른 열정을 지닌 뜨거운 사람이 있다는 걸 오래전 할머니에게 배워서 알고 있는 그였다. 그는 생각했다. 과연 저 약수로 병을 고친 사람은 몇이나 될까. 끊임없는 사람의 행렬, 영원히 이어질 것만 같은 저 순례의 행렬. 그들은 순례의 목적지에 왔건만, 정말 병을 치유해서 돌아갈 수 있을 것인가. 또 머나먼 길을 돌아가다 다른 병에 걸리는 건 아닐까. 이런 사념들이 그의 머릿속에 맴돌았다.

주재소에서 나온 순사가 그를 방문하기도 했다. 처음 이곳에 올 때는 코빼기도 비치지 않던 순사인데, 갑자기 찾아왔으니 긴장하지 않을 수 없었다. 하지만 순사는 여행의 목적, 출발지는 어디며 언제까지 머무를 것인지 등 사소한 것들을 대충 묻고 돌아갔다. 객보(客報)를 위해 일부러 찾아왔던 셈이다. 오히려 그가 의사라는 걸 알고 나자 자신의 병증을 설명하며 어떻게 하면 나을 수 있을지를 호소하기까지 했다.

겉으로 보기에는 아무런 변화가 없는 듯했지만 소련이 움직이고 있다는 소문이 있었다. 만주의 일본군과 소련의 극동군이 교전을 벌였다고도 하고 소련군이 벌써 나남을 접수했다는 소식도 들려왔다. 그런 어수선한 분위기를 반영하듯 조선인들의 발걸음은 한결 조심스러워졌다. 생존본능이었다. 쥐도 막다른 길에 몰리면 고양이를 무는 법이다. 일본이 막다른 길에 몰리면 고양이를 무는 대신 조선인을 짓밟을 것이라는 두려움이 사람들 내부에 자리 잡고 있었다. 그러니 이 고비만 무사히 넘기고 보자는 생각들을 하게 될 것이다.

그의 눈에 여관 뜰에서 사진을 들여다보고 있는 대길이 들어왔다. 기려는 여관에 짐을 풀고 난 다음날 아침 대길을 처음 보았다. 핼쑥한 얼굴 가득 버짐이 피어난 소년이었다. 다른 아이들과 마찬가지로 빡빡 깎은 머리에는 부스럼 자국이 있었고 게다도 나막신도 아닌 일본인들의 지까다비를 꿰고 있는 발가락들은 상처투성이었다. 녀석도 그가 의사라는 걸 주위들은 모양이었다. 며칠 전부터 열이 올랐다 내렸다 하고 설사를 한다기에 기려는 말라리아임을 금방 알아보았다. 이른 아침 녀석은 등짝을 훤히 내보인 채 비명을 지르고 있었다. 시골사람들이 흔히 그렇듯 그곳 사람들 역시 말라리아에는 벼락 맞은 복숭아 가지로 후려치는 게 가장 나은 방법이라고 믿고 있었다. 인정사정없이 복숭아 가지로 얻어맞고 있는 녀석의 등짝에는 시뻘건 피멍이 생겼다. 기려는 주인의 손에서 복숭아 가지를 빼앗았다. 그리고 약상자를 뒤져 말라리아 약을 찾아 녀석에게 주었다. 녀석은 그걸 퍽 고마워하는 눈치였다. 그 뒤로 소년은 기려의 그림자라도 된 듯 따라다녔다. 그가 머무는 곳은 다다미가 깔린 일본식 여관이었는데, 녀석은 손님들 뒤치다꺼리를 하며 밥술이나 얻어먹고 사는 모양이었다. 병에 걸리면 무엇보다 사람이 그리운 법이다. 나중에 그가 소년에게 사정을 들어보니 고아는 아니었다. 먼 친척뻘 되는 아저씨가 근처의 다른 여관에서 일을 하고 있는데, 녀석의 부모들이 밥 먹는 입을 하나라도 줄여보자며 이곳으로 보낸 것이라고 했다. 가족과 떨어져 홀로 사는 소년에게는 그리움이 병이라고도 할 수 있다. 기려도 평양에 남겨두고 온 아이들 생각에 소년이 애틋했다. 이름이 뭐냐고 물었을 때 소년은 센진이라고 말했다. 아마도 일본인 여관 주인이 조센진,

조센진 부르다가 그냥 센진이라고 부르게 된 것 같았다. 너석의 앞에서 일하던 아이도, 그 앞에도, 그 앞에도, 모두 센진이라 불리었을 게 틀림없었다. 그가 다시 원래 이름이 뭐냐고 물었다. 소년은 큰 대, 길할 길, 대길이라고 대답했다. 박대길. 여관을 오랫동안 관리하는 사람 가운데 조선인이 있는데, 그 조선인이 소년을 직접 부리고 있는 듯했다. 어차피 소년은 일본말을 잘 할 줄 몰라 여관 주인이 무엇을 시켜도 눈동자만 이리저리 굴리고 있을 테니까.

대길은 여학생 사진 한 장을 신주단지 모시듯 지니고 다녔는데, 사진의 주인공은 여관에서 장기투숙 중인 어느 일본인의 딸이었다. 평양에서 학교를 다니는 여학생은 지난겨울 방학을 맞아 아버지가 요양 중인 이곳을 찾아왔는데 한 달쯤 머무는 동안 대길과 친해진 모양이었다. 그가 말도 통하지 않는데 어떻게 친해졌냐고 묻자 대길은 애나 어른이나 사내라면 무언가 자랑하고 싶을 때 흔히 그러듯이 어깨를 쫙 펴며 눈빛으로 통했다고 말했다.

"그래, 이 고운 여학생의 이름은 무엇이냐?"

대길은 하나꼬라고 대답했다. 기려는 그 이름을 듣는 순간, 오래전 일이 떠올랐다. 그저 자존심이 상했던 것인데, 민족적 울분 어쩌고 포장하며 일본인 간호사의 뺨을 때렸던 십수 년 전의 과거가 선명하게 떠올랐다.

"용케도 내지인 여학생의 마음을 사로잡았구나. 대길이는 나중에 자라면 뭇여자들의 눈물을 쏙 빼는 모던보이가 될 것이니 이 아저씨가 미리 혼을 좀 내주어야겠다."

기려가 농담을 하며 손을 치켜들자 대길은 쪼르르 도망가 문설주 뒤에 숨어버렸다. 그리고 고개만 내밀며 억울하다는 듯 말했다.

"그런 게 아니란 말예요. 우리 죽은 누이하고 똑같이 생겼단 말예요. 팔뚝에 종기 자국이 있는 것까지두……."

대길은 금세 눈물을 떨구기라도 할 듯 울가망한 눈으로 기려를 쏘아보았다. 그는 손을 내저으며 잘못했다고 빌었다. 그러자 녀석은 언제 그랬냐는 듯 활짝 웃으며 혀를 내밀었다.

"이번 여름에 올 줄 알았는데 안 와서 많이 서운했거든요. 외가가 있는 본토에 가느라 못 왔대요. 그런데 하나꼬 누나의 아빠가 올 겨울에는 꼭 올 거라고 했어요. 그래서 일부러 저는 그 아저씨한테는 막 대해요. 병이 나아서 평양이나 일본으로 돌아가버리면 안 되잖아요."

기려는 어쩌면 하나꼬라는 여학생이 조선을 아주 떠났을지도 모른다고 생각했다. 그들에게 본토인 일본열도는 전쟁의 참화에 휩싸여 있기는 하지만, 조선에서도 정상적인 수업이 이루어지지 않는 건 마찬가지였으니 차라리 보호자들이 있는 그곳이 나을지도 모른다. 하지만 기려는 이런 생각을 대길에게 내비치지 않았다. 훗날 알게 되더라도 지금은 모르는 편이 나으니까.

며칠 뒤 그는 하나꼬의 아버지라는 사내와 몇 마디 이야기를 나누게 되었다. 자신보다 한참 연배가 위인 줄 알았던 사내는 놀랍게도 그와 같은 또래였다. 그가 그런 말을 하자 사내도 웃었다. 그 역시 기려가 자신보다 한참 연상인 줄 알았노라면서. 그 말이 둘 사이에 가느다란 교감의 통로가 되어주었다. 환자라는, 그래서 실제 나이보다 퍽 늙어 보일 만큼 고통스러운 처지라는 공통점 때문이었다. 동경의 한 신문사 조선 특파원인 그 사내는 본국으로 돌아가기 전에 명승고적을 탐방하겠다며 이곳 묘향산에 들렀다고 한다. 그러다 지병이 도져 며칠 쉰다는 게 이처럼 눌러앉아버리고 말았다며 허탈하게 웃었다. 특파원은 한눈에 보아도 조용하고 수더분한 인상의 소유자였다. 지금까지 그가 보아온 일본 지식인들은 야마토 정신을 부르짖으며 야만을 문명으로 위장하거나, 지식인 특유의 냉소적 시각으로 조선인을 보는 사람들이 대부분이었다. 그러나 이 특파원은 조금 다른 구석이 있었다. 어쩐지 기려는 그 사람이 유럽인이라고 해도 좋을 듯하다는 느낌이 들었다. 그가 일본인에게 호감을 느낀 건 드문 일이었다. 그렇다고 지금까지 다른 일본인을 경멸한 것도 아니었다. 그저 담담하려고 애썼다고나 할까. 물론 그는 함석헌과 김교신의 사상에 깊은 공감을 느끼고 있었으며, 그들에게 영향을 주었던 일본인 무교회주의자들에게도 선망을 지니고 있었다. 그러나 그런 예는 극히 드물었다.

그와 특파원은 마주치면 눈인사를 나누는 사이가 되었다. 그렇다고 거기에서 좀더 깊은 관계로 발전할 것 같지는 않았다. 이곳 사람들은 서로 상대방의 병을 위로하며 치유를 기원해주지만, 정작 자신의 병에 대해 자세히 말하기를 꺼렸다. 그래서 잠시 머물고 있습니다, 라는 말이 이곳 사람들의 인사법이었다. 유곽에서 화장실에 가려고 나섰다가 다른 방에서 나오는 먼 친척을 만나기라도 한 듯 데면데면한 게 그들의 만남이었다. 특파원은 1주일에 한번 꼴로 향산역에 나갔다. 전화나 전보를 사용하기 위해서였다. 모시로 지은 옷을 입고 자전거를 타고 비포장길을 느릿느릿 가는 특파원은 영락없는 조선사람이었다. 면사무소의 젊은 직원이 마을을 방문했다가 있는 게 아닐까 싶을 정도였다. 하지만 그것도 일본인이기에 가능한 일이었다. 한 마리 학을 연상시키는 저 흰 옷을 입고도 거리를 활보할 수 있는 사람은 많지 않았다. 대개의 경우 순사에게 머리채를 잡히고 정강이를 차일 것이다. 특파원은 이곳에 오래 머물렀고, 인근의 일본인 관료들과도 교류가 많았다.

그는 자전거를 타고 나가는 특파원을 보았다. 벌써 1주일이 흘렸구나 싶었다. 오후가 되어 그는 돌아오는 특파원을 보았다. 특파원은 서둘러 자신의 방으로 들어가더니 이내 기척조차 내지 않았다. 잠시 뒤 그의 방으로 대길이 들어왔다. 녀석은 아주 입이 근질근질한 듯 혓바닥을 내밀어 입 주위를 핥아대고 있었다.

"아저씨, 하나 물어볼게요."

"이번에는 뭐가 궁금한 거냐?"

녀석은 기려에게 말을 붙일 때면 퍽 만만한 삼촌이라도 대하듯 거침이 없었다.

"어른도 울어요?"

"울다마다. 아저씨도 아프면 울고 슬프면 울지."

"그렇구나. 그래도 나는 어른이 우는 건 처음 봤어요. 저쪽 방에 하나꼬 누나의 아빠 말예요. 냉수나 한잔 갖다드릴려구 문을 열고 물어보려는데, 글쎄 눈알이 토끼눈 같아가지구 막 울고 있는 게 아녜요."

"나는 우는 소리를 못 들었는걸."

"에이 참, 어른이니까 그렇죠. 소리는 안 내고 울던 걸요."

향산역에서 무슨 소식을 듣고 온 것이리라. 기려는 고개를 끄덕이고 대길을 밖으로 내보냈다. 특파원 아저씨는 지금 아무도 만나고 싶어하지 않을 테니 방해하지 않는 게 좋을 것 같다고 일러주면서.

묘향산의 여름은 선선했다. 경성과 평양이 동적인 공간이라면 묘향산 자락 아래 그가 머물고 있는 곳은 시간조차 고여 있는 곳이었다. 세상의 번사들이 찾아들지 못할 만큼 깊숙한 벽지는 아니지만, 우선 이곳에는 가끔 그를 신물 나게 했던 전차소리, 높은 빌딩, 일본군이 없었다. 산은 강렬한 태양을 온몸으로 받아들이는 대신 그 내부에 짙은 그늘을 드리워 더위에 시달린 사람들의 휴식처가 되어주었다. 계곡을 흐르는 물은 산자락 아래 들판을 흐르면서 개울이 되고 그 개울들이 모여 청천강이 되어 안주벌판을 가로질러 서해까지 이르렀다. 서산대사는 금강산은 수려하나 장엄하지 못하고 지리산은 장엄하나 수려하지 못하지만, 묘향산은 수려하고도 장엄하다고 했다. 그 모든 산을 본 적 없는 사람이라 해도 묘향산에 이르면 절로 고개를 끄덕이지 않을 수 없었다. 묘향산은 태고의 산처럼 신비롭지만, 자신을 찾는 사람에게 위압감을 주지는 않았다. 선계와 속계 사이랄까.

산을 보면 뻐근하던 눈이 부드러워졌고, 공기를 들이켜면 몸이 한결 가벼워졌다. 산책조차 힘들어하던 그가 하루하루 지날수록 조금씩 나아져 이제 다른 사람의 부축 없이도 30분쯤은 홀로 거닐 수 있게 되었다. 담과 벽을 타고 올라가는 능소화는 그대로 내버려만 둔다면 저 하늘 위에 둥실 떠 있는 구름까지도 닿을 수 있을 것만 같았다. 인근의 마을 사이로

난 골목길을 걷나 보면 무너진 남상에 궁둥이를 닮은 호박이 위태롭게 걸려 있는 걸 볼 수 있었고, 배춧속 같은 노란 꽃이 피어 있는 덩굴 사이를 헤집으면 물이 올라 한입 베어 물면 서걱 소리가 날 듯한 물외가 숨어 있었다. 궁핍해 보이는 이 산촌에도 삶은 이어지고 있었다. 그는 염치없음을 알면서도 물외 하나를 따서 한입 베어 물었다. 싱싱한 오이냄새가 코끝을 찔러왔다. 그는 비로소 묘향이라는 원시를 돌아다니는 원시인으로 돌아간 듯한 기분이 들었다. 이 순간만큼은 문명이라는 게 여름날 먹는 물외만큼도 못하다는 생각이 들었다. 결국 문명은 인간의 탐욕이 가리킨 길을 걸어가고 있지 않은가. 저쪽에서 그를 부르는 소리가 들려왔다. 그는 고개를 돌렸다. 눈부신 햇살이 그의 눈으로 곧장 쏟아져 들어왔다. 그는 이마를 찡그리고 저 멀리서 자신을 부르는 사람이 누구인지 알아보려 애썼다. 대길이다. 대길은 소리치고 있었다.

"아저씨, 천황이 항복했대요. 천황이요."

바람도 없는데 오이꽃 하나가 그의 발치에 떨어졌다. 그는 꽃을 주위들고 지그시 바라보았다. 꽃은 피면 떨어진다. 일본도 때가 되었던 것이다. 기려는 얼마 전 특파원 사내에게 들어서 이런 날이 올 줄 알고 있었다. 그 사내는 짐을 꾸려 이곳을 떠나던 날 한동안 제자리에 선 채 묘향산을 올려다보고 있었다. 정든 고향을 떠나는 사람처럼 못내 아쉬워하는 사내의 얼굴에서 기려는 인간이 보편적으로 지닐 수밖에 없는 어떤 감정을 사무치게 느꼈다. 미국이 일본 본토에 원자폭탄을 투하했다고 한다. 지도 위에서 히로시마는 사라졌다고 했다. 사실 이미 그때 소문처럼 소련군은 만주에서 관동군을 파죽지세로 격파하고 조선과 중국의 접경지대를 넘어 들어왔으며, 또 다른 한편으로는 함경도 방면으로 진군해 웅기와 청진을 점령했다. 그러나 소식은 더디게 전해졌다. 불과 며칠 전에 그 사실이 알려졌으니, 그 사이 이미 평양입성을 했을지도 모른다. 그는 자신을 싸고도는 후텁지근한 공기 속에서 오한을 느꼈다. 아직 적당한 죗값을 치르지 않았는데 사면을 받아 풀려나온 죄수처럼 얼떨떨했다. 누군가 그의 목덜미를 잡고 다시 감옥에 처넣을 것 같았다. 행정착오였다며, 아직 당신은 죗값을 더 치러야 한다며 눈을 부라리고 있는 것 같았다. 그에게 쏟아지는 햇살들이.

살아남기 위해 견디고 있는 중이라는 그의 생각은 옳았다. 어제까지도 일본인이라면 고개를 조아리고 허리를 굽히던 사람들이 언제 어디서 준비했는지 조악하게 그려진 태극기를 손에 쥐고 거리로 밀려나왔다. 조국이니 해방이니 하는 것들과는 전혀 무관하게 여겨지던, 오로지 먹고사는 것밖에 모를 줄 알았던 사람들이 해방의 감격을 만끽하고 있었다. 간절히 바라던 일을 이룬 사람들처럼 즐거워하고 있었다. 감격은 기쁨을 넘어 과거에 대한 회한으로 바뀌어 결국에는 눈물바다가 되었다. 아니, 기쁨과 회한이 섞여 울고 웃는 사람들이 한데 어우러진 연극무대와 같았다. 공존할 수 없는 것들이 공존하는 공간, 그것이 그의 눈에 비친 해방공간이었다. 그는 묘향산 약수터를 떠나기 전에 알고 지내던 사람들과 일일이 작별인사를 나누었다. 그들 중에는 이미 고향으로 떠난 사람도 있고 곧 떠날 채비를 하는 사람도 있었다. 누구 하나 이곳에 계속 머물겠다는 말은 하지 않았다. 아직 병이 낫지 않은 사람조차 해방을 만병통치약으로 받아들이고 있었다. 기려는 그들의 병 역시 자신처럼 단순한 육신의 병만은 아니었음을 깨달았다. 그래서 서로의 병에 대해 자세히 말하기를 꺼렸던 것이다. 그걸 설명하기 위해서는 자신이 지닌 시대유감까지 설명해야 온전한 설명이 되었을 테니. 이제 누구도 시대유감을 말한다고 해서 감옥에 끌려가거나 고문을 당하지 않는 세상이 되었다. 그것만으로도 그들의 병은 반쯤 치유되었다.

 그의 평양행을 가장 서운해한 사람은 바로 대길이었다. 며칠 전 특파원이 조용히 사라진 뒤에도 아무런 내색을 하지 않던 녀석이 기려가 떠나려하자 서운함을 드러냈다.

 "대길아, 이제 너도 무엇이든 네가 하고 싶은 일을 하렴. 학교에도 다시 다닐 수 있을 테니, 그렇게 되면 공부 열심히 해야 한다. 그리고 나중에 꼭 한번 평양에 찾아오렴."

대길은 고개를 끄덕였다. 녀석의 눈에서 굵은 눈물이 뚝뚝 떨어졌다. 기려도 가슴 깊은 곳에 뭉쳐 있던 슬픔이 목구멍을 통해 솟아나오려 했다. 만나면 헤어지고, 헤어지면 다시 만날 것을 믿어야 하는 게 삶이라지만, 과연 자신을 기다리는 미래가 무엇인지 기려는 확신할 수 없었다. 대길은 끝내 향산역까지 기려를 따라왔다. 만포에서 내려와 평양까지 가는 여객열차는 이미 도착해 있었다. 좁은 역 앞 광장은 사람들로 발디딜 틈도 없을 만큼 북적거렸다. 간신히 표를 구하고 그는 대길과 작별인사를 나눈 뒤 기차에 올랐다. 그러나 대길은 기차 속까지 따라왔다. 기쁨에 겨워서 그랬는지 아니면 일부러 그랬는지 알 수는 없으나 창문은 대개 깨져 있거나 아예 유리창이 없는 경우도 많았다. 그 덕분에 객차 안은 빈자리가 없을 만큼 꽉꽉 들어차 있어도 생각처럼 후텁지근하지는 않았다. 좌석들은 인조솜과 천이 죄다 뜯겨져 나무의자라고 불러야 했다. 대길은 젊은 사내들이 앉아 있는 자리 앞에 서서 검표원처럼 고압적인 자세로 말했다.

"형님들 어디까지 가는지 모르겠지만, 해방도 되었는데 환자에게 자리를 좀 양보해주시죠?"

"누가 환자라는 거냐?"

"여기 이 아저씨요. 묘향산 약수터에서 요양을 하다가 평양으로 돌아가는 길인데, 아직도 몸이 안 좋거든요. 그러니 기운 세고 팔팔한 형님들께서 좀 일어나주시죠."

청년들은 기려를 힐끔 보았다. 기려의 창백한 낯빛을 확인한 그들은 껄껄껄 웃으며 일어나 자리를 양보했다. 기려는 괜찮다고 했지만 청년들은 극구 사양했다.

"이 꼬마녀석 때문이 아니더라도 양보해드릴 생각이었습니다. 그러니 맘 편히 생각하시고 앉으세요."

그제야 대길은 인사를 꾸벅하고는 기차에서 내렸다. 기려가 앉아 있는 창가 쪽으로 다가온 녀석은 잊은 게 있다며 작은 꾸러미를 기려에게 건네주었다. 펴보니 굳어버린 인절미 몇 개가 들어 있었다.

"가다가 배고프면 드세요."
"그래 고맙다, 대길아. 너도 꼭 다시 부모님이 계신 고향으로 돌아가거라."

기차가 움직이기 시작했다. 불과 한 달 남짓 머물렀던 곳이지만, 평양으로 돌아간다는 기쁨보다 대길과 헤어진다는 슬픔이 더욱 크게 그를 짓눌렀다. 기차는 천천히 역사를 빠져나갔다. 창밖으로 고개를 내밀고 대길에게 손을 흔들어주었다. 녀석은 쭈그리고 앉은 채 팔을 치켜들었다. 까까머리 소년은 그렇게 멀어져갔다.

평양으로 돌아가는 내내 기려는 대길 때문에 울적한 심정이었다. 녀석은 향산역으로 따라올 때 그에게 이렇게 물었다.

"아저씨, 미국이 히로시마에만 원자폭탄을 떨어뜨린 게 아니라죠?"

"그렇다는 구나. 나가사키에도 떨어뜨렸다지."

"그럼, 나가사키도 히로시마처럼 지도에서 지워졌나요?"

"글쎄, 잘 모르겠구나. 근데 그건 왜 묻니?"

대길의 표정이 어두웠다. 기려는 그 순간 아차 했다. 하나꼬의 외가는 나가사키에 있다고 했다. 녀석은 하나꼬의 안부를 걱정하고 있는 것이었다.

"너무 걱정하지 말아라."

기려는 하나꼬를 들먹이지 않으면서 이렇게 에둘러 위로했다. 하지만 대길은 그 뒤로 객차 안에서 대신 자리를 잡아줄 때까지 한마디도 하지 않았던 것이다. 왜 하필이면 조선인도 아닌 일본인 여학생을 사랑하게 되었느냐고 힐난할 마음은 전혀 없었다. 사내가 계집을 좋아하고 계집이 사내를 좋아하는 데 무슨 이유가 필요할까. 조선인이든 일본인이든 혹은 어느 원시의 땅에 사는 부족민이든 유럽의 개명되고 세련된 사람들이든, 사랑의 이유를 설명할 수 있는 사람은 아무도 없을 테니.

기차는 구장과 개천에서도 한참을 머물렀다. 탄광에서 일하던 광부들이 우르르 기차에 올랐다. 그렇지 않아도 비좁은 객차 안은 장날의 시장바닥보다 더 혼잡했다. 하지만 누구도 큰 목소리로 불평을 하거나 시비를 걸거나 욕설을 지껄이지 않았다. 아직은 해방의 감격에 취해 있을 때다. 그리고 조선인들은 그걸 누릴 권리가 있었다. 일본의 군수품 생산을 위해 억지로 탄광에 끌려왔던 사람들이니, 이 해방의 의미가 더욱 각별할 것이다.

딱딱한 나무 위에서 덜컹거리며 오랜 시간을 달린 뒤라 기려는 엉덩이가 아파 죽을 지경이었다. 그의 이마 위에 식은땀이 맺혔다. 누군가 보따리에서 주먹밥을 꺼내자 객차 안 사람들이 저마다 먹을 것들을 풀어놓았다. 서로의 먹을거리를 기꺼이 권하며 함께 먹고 마셨다. 기려도 여관에서 준비한 것들과 대길이 준 인절미를 함께 내놓았다. 철로 연변의 마을에서는 태극기가 휘날리고 있었다. 집집마다 대문에 내건 태극기들이 소리 없는 아우성처럼 펄럭이며 스쳐 지나갔다.

그에게 자리를 양보해준 청년들은 웃고 떠들며 한시도 가만히 있지 못했다. 청년들은 경성에 가는 길이라고 했다. 미처 끝내지 못한 학업을 마칠 것이며 오랜만에 친구들을 만나 회포를 풀 것이라고 했다.

"하지만 무엇보다 먼저 우리 같은 젊은이들이 건국에 앞장서야지요."

이렇게 말할 때의 청년들의 얼굴에는 수줍음 대신 자신감이 넘쳐흘렀다. 기려는 자신의 나이를 꼽아보았다. 그의 나이 서른다섯. 결코 적은 나이도 아니지만, 많은 나이도 아니었다. 기려는 부끄러웠다. 자신보다 겨우 10년 아래쯤으로 보이는 청년들의 열정이 부럽기도 했다.

"이제 다시 건국을 한다면, 이씨 조선왕조와는 전혀 다른 새로운 국가가 되어야겠지요."

모든 이들이 그랬다. 근왕주의자들이 전혀 없는 건 아니었지만, 해방된 조선 사람들은 모두 이전과는 전혀 다른 자신들만의 새로운 국가를 세울 수 있으리라는 희망에 부풀어 있었다. 그 점에서는 기려도 마찬가지였다. 기차는 어느덧 평양 북쪽에 이르렀다. 기차가 멈춰서는 곳마다 사람들이 가득 차 있었다. 징용이나 징병으로 끌려갔던 가족을 기다리는 사람들이었다. 기려는 그들의 얼굴에서 희망을 읽었다. 서평양역이나 서포역에서 내릴 수도 있었지만, 그는 평양역에서 내리기로 마음먹었다. 그리하여 일본인들의 거리를 따라 천천히 걸으며 일제의 패망을 음미해보고 싶었다. 평양에 돌아가면 만나볼 사람도 많고 나누고 싶은 이야기도 많았다. 평양을 떠나올 때는 죽음의 공포에 사로잡혀 있던 자신이었다. 그때의 자신과 지금의 자신 사이에서 커다란 차이를 깨달으며 기려는 쓴웃음을 지었다. 하지만 대체 내가 해방을 위해 무엇을 했단 말인가. 이런 물음이 찾아왔던 탓이다.

기차가 보통강변을 따라 평양역에 가까워질수록 그의 가슴은 요동쳤다. 이유를 알 수 없는 두려움이 찾아왔다. 그는 자신도 모르게 사강死腔이라 중얼거렸다. 그가 의전에 다니던 시절, 임상실습 시간에 창상환자를 처음 치료하던 게 떠올랐다. 상처 깊숙이 소독을 하고 봉합했을 했으나 어찌된 일인지 그 환자는 상처부위의 극심한 고통을 호소했다. 결국 부분마취를 하고 스승의 집도로 봉합부위를 다시 쨌다. 그 안에서 사강이 발견되었다. 그는 제대로 봉합했다고 여겼는데, 더 깊숙한 곳의 벌어진 틈을 봉합하지 않았던 것이다. 손가락 두 마디의 깊은 상처였는데, 겨우 한 마디 깊이쯤부터 봉합을 하는 바람에 그 아래 봉합되지 않고 벌어진 틈이 남아 있었던 것이다. 그게 바로 사강이었다. 기려는 비로소 왜 스승이 봉합부위를 드레싱할 때 그처럼 지독하게 꾹꾹 눌러가며 했는지를 알 수 있었다. 혹시라도 있을지 모르는 사강을 그렇게 물리적 압박을 통해서라도 치료하기 위해서였음을. 봉합한 상처 깊숙이 소독약이 스며들어가 상처의 말단까지 침투할 수 있도록 하기 위해서였음을. 그가 사강을 떠올린 건, 바로 지금 해방조선이 어쩌면 사강과 같은 게 아닐까 하는 생각을 했기 때문이다. 일제 35년 동안 조선은 상처투성이였다. 하지만 해방은 마치 속 깊은 상처는 내버려둔 채 그 표면만을 봉합하는 일시적인 치료인지도 모른다. 사강 속에 고인 고름들은 기어이 그 주변의 살을 갉아먹으며 밖으로 터져 나올 것이다. 그때가 되면 일반적인 처치로는 치료가 불가능하다. 그런 실수를 미연에 방지하려면 봉합이 더디더라도 가장 밑바닥부터 꿰매야 한다. 하지만, 해방된 조선은 과연 밑바닥부터 꿰맬 수 있는 여유를 가질 수 있을까. 기뻐하고 들떠 있는 건 하루로 족하다. 만약 해방공간이 사강이라면, 환자가 아무리 아프다고 소리를 치며 거부를 해도 의사는 가장 강한 압박으로 드레싱을 해야 한다. 조선은 당분간 아파해야 하는지도 모른다. 그리고 누군가는 총대를 메고 그 상처를 치유해야 할 것이다. 기려는 자신에게 그런 용기가 있을지 자문해보았다. 환자의 비명을 묵묵히 참고 견디는 외과의사로는 자신이 있지만, 조선의 신음 앞에서도 그처럼 의연할 수 있을지는 장담하기 어려웠다. 기차는 평양역으로 들어서고 있었다. 수신호를 보내는 역무원의 모자챙에서 햇살이 눈부시게 튀어 오르고 있었다.

조선의 얼굴

기려는 평양에 도착하자마자 아직 완쾌되지 못한 몸을 이끌고 이곳저곳을 둘러보았다. 묘향산보다 일찍 해방의 소식이 전해진 탓인지, 생각보다는 차분한 분위기였다. 하지만 그는 거리의 사람들 표정에서 35년 동안 억눌렸던 감정을 어떤 식으로 표현해야 할지 몰라 허둥대는 듯한 조급함을 읽었다. 35년 동안 땅굴 속에 살다가 지상으로 나온 사람에게는 명암 적응의 시간이 필요하다. 자칫하면 오히려 시력을 잃을 수도 있으니 말이다. 그래서 늘 터널 밖에는 명암적응식재가 필요하다. 역사의 터널이라고 해서 예외일 수는 없었다. 이 들뜬 분위기를 좀 가라앉히고 자신들이 처한 상황의 진정한 의미를 되새겨볼 필요가 있었고, 그런 역할을 해줄 사람이 필요했다. 하지만 주도적으로 새조국 건설에 나서는 사람들이나, 그들을 믿고 따르겠다고 지지해주는 보통 사람들이나, 해방의 의미가 무엇인지를 진지하게 묻고 있을 겨를이 없는 듯했다. 어느 날 갑자기 나라를 빼앗긴 게 아니고, 어느 날 갑자기 나라를 되찾은 게 아니련만, 평양 사람들에게는 나라를 빼앗겼던 과거도, 되찾은 현재도 느닷없이 다가온 하나의 사건에 불과한 것처럼 보였다.

평양에 돌아왔음을 실감할 수 있는 건 아무래도 그를 알아보는 사람들의 반가운 인사 때문이었다. 그들은 묘향산으로 요양을 떠났다는 사실을 알고 있었노라며 그의 건강과 안부를 물었다. 많은 사람들과 인사를 나누었다. 병원의 입원환자였거나 보호자였던 사람들, 그가 무의촌 진료를 하며 만났던 사람들, 구호단체의 관계자들 등등. 집으로 돌아가는 길에 그는 한 가지 사실을 깨달았다. 해방 전이라면, 이 많은 사람들을 평양 거리에서 한꺼번에 만난다는 건 상상할 수도 없는 일이었다. 그러나 해방은 평양 시내로 사람들을 불러모으고 있었다. 예전이라면 오로지 먹을 것과 일자리를 구해 쭈뼛거리며 돌아다녔을 평양 주변의 빈민들까지 익숙한 길을 걷듯 평양 거리를 거닐고 있었다. 기려는 새삼 해방의 의미를 되새기게 되었다. 가난한 자든 부유한 자든, 기독교인이든 천도교인이든 혹은 아무런 종교를 지니지 않은 사람이든, 여자든 남자든, 어린아이든 노인이든, 서로가 서로에게 물처럼 흘러들어

섞일 수 있는 것. 그런 게 바로 진정한 해방이 아닐까 싶었다.

집에 돌아가니 뜻밖에도 조만식 선생이 그를 기다리고 있었다. 그는 자신도 모르게 뜨거운 감정이 북받쳐 올랐다. 그는 조만식이 내미는 손을 뜨겁게 부여잡았다.

"선생님, 이렇게 건강하게……."

"나야 뭐, 아직 죽을 때가 안 되었던 게지. 그나저나 묘향산에서 요양은 잘 하셨는가? 썩 몸이 좋아 보이지는 않네 그려."

조선의 간디라 불리는 조만식도 어느덧 환갑을 넘기고 있었다. 강건한 정신을 지녔으되 어떤 사람이라도 품에 안을 수 있을 만큼 넉넉한 미소를 지니고 있는 사람이었다. 해방 전 총독부가 패망을 예견하고 떠나기 전에 암살하려 했던 조선인 지도자들의 명단에 조만식이 들어 있었다. 그걸 알게 된 조만식은 잠시 몸을 피했다가 해방이 되자 평양으로 돌아왔다. 기려는 예전에도 교회에서 조만식과 자주 마주쳤고, 많은 이야기를 나누곤 했다. 특히 조만식은 구호활동에 적극적이어서 무의촌 진료를 하고 다니는 기려를 퍽 아꼈다. 그때와 지금 달라진 게 있다면 조만식이 머리에 붕대를 감고 있다는 점이었다. 머리에 난 종기가 치유되지 않아서였다.

"아직 몸도 좋지 않은 데 이렇게 평양으로 돌아온 것은 조국 건설에 이바지하기 위해서가 아닐까 생각하오. 그 생각을 이제 실천으로 옮길 때가 된 것 같소이다."

조만식은 그에게 이런저런 이야기를 들려주었다. 특히 조만식이 우려하는 것은 소련군이 평양에 진주하게 될 경우 상황이 어떻게 변할지 모른다는 점이었다. 소련군은 아직 평양에 들어오지 않았다. 하지만 조만간 들어오게 될 것이다. 여운형이 서둘러 건국준비위원회를 조직한 이유도 강대국의 간섭이 현실화되기 이전에 자주적인 정부를 수립하기 위해서였다.

"함경도는 험준한 산악지형인 데다 국경 너머 항일유격대의 영향을 크게 받고 있어 원래 공산주의 세력이 강한 곳이었다오. 신의주에는 애국적인 기독교인들이 많지만, 그만큼의 애국적인 천도교인들도 많은 곳이라오. 국경 너머 중국지역에는 오히려 천도교인들이 많다고도 할 수 있어요."

조만식은 잠시 말을 멈춘 뒤 한숨을 내쉬었다. 기려는 조만식의 이마에 새겨진 주름에서 시선을 뗄 수 없었다.

"문제는 어떤 사상, 어떤 종교를 지녔느냐가 아니라, 각자의 세력들이 서로 주도권을 잡기 위해 다른 세력을 배제할 기미가 보인다는 것이오. 평양은 평남, 아니 북선 최대의 도시이며 중심이라고 할 수 있소. 이곳에서만이라도 사상과 종교, 신분의 차이를 넘어 모든 인민이 주인이 되는 정치체제를 건설해야 하오. 그런 점에서 나는 일단 여운형 선생의 노선에 찬성이라오."

그는 조만식을 따라 연광정 부근의 백선행기념관으로 갔

다. 조만식이 주도하여 결성한 평안남도 건준위 사무실이 바로 그곳에 있었다. 기려는 백선행기념관에 몇 번 와 본 적이 있었다.

　백선행기념관은 독특한 사연이 서린 곳이었다. 이름도 없는 백씨라는 한 과부의 삶이 오롯이 담겨 있었다. 백씨는 평생에 걸쳐 많은 재산을 모았고 그 재산을 아낌없이 사회에 환원했다. 그래서 사람들은 이름 없는 백씨에게 선행善行이라는 이름을 붙여주었다. 조만식이 살아생전의 백선행을 찾아가 조선인들만의 공회당이 필요함을 주장하며 도움을 요청하자 흔쾌히 이 건물을 지을 수 있도록 재산을 내놓았던 것이다. 그저 선행만을 했다면 백선행이라는 인물이 밋밋했을 수도 있지만, 백선행은 총독부의 공로패를 거절한 인물이기도 했다.

　해방 전 조선인들을 용감무쌍한 황군에 받아들이겠다며, 사실은 모자라는 병력을 충당하기 위해 조선지원병제도라는 걸 일제가 만들었을 때, 조선주둔군 사령관이 조만식을 찾아와 협조를 요구한 적이 있었다. 그때 조만식은 단호히 거절했다. 이광수와 윤치호 같은 이들은 오래전부터 일제에 적극적으로 협력하고 있었기 때문에 조만식의 이러한 거절은 의미심장한 것이었다. 그 때문에 조만식은 잠시 옥고를 치르기도 했다. 서로 방식은 달랐지만 백선행과 조만식은 이런 공통점이 있었다. 기려는 잠시 이광수와 윤치호를 떠올려보았다. 따지고 보면 기려가 그들을 만났을 무렵이 바로 그들이 친일의 길로 들어선 때였다. 묘한 인연이 아닐 수 없었다.

그로부터 며칠 뒤 소련군이 평양에 입성한다며 대대적인 환영식을 준비했다. 토요일 오전, 평양역 앞 가도는 해방군을 보기 위해 몰려든 평양 시민들로 북적거렸다. 태양은 평양 위에서 이글이글 타오르고 있었다. 찌는 듯한 무더위에도 아랑곳하지 않고 시민들은 나들이를 나온 사람들처럼 즐거워하고 있었다. 그들은 모두 독일군을 격퇴시키고 관동군을 파죽지세로 쓸어버린 붉은 군대란 과연 어떤 군대일까 상상하며 뙤약볕 아래에서도 기차가 도착하기만을 기다리고 있었다. 기려도 그 인파 속에서 조금은 들뜬 기분으로 소련군을 기다리고 있었다. 파시스트와의 기나긴 싸움을 승리로 이끈 소련은 이미 오랜 세월 조선인들의 동경의 대상이었다. 오래전 흘러들어온 러시아혁명 소식은 새로운 시대를 갈망하는 사람들에게 얼마나 큰 희망을 주었던가. 그가 고보에 다니던 시절에는 학생들 대부분이 사회주의자라고 해도 과언이 아닐 지경이었다. 심지어 결혼식의 주례를 맡은 사람은 아들을 낳으면 맑스나 레닌 같은 녀석을, 딸을 낳으면 로자 룩셈부르크 같은 녀석을 낳으라는 덕담을 할 정도였으니 말이다.

임시군용열차가 평양역에 들어서자 환호성이 터졌다. 환

호성은 올랭사인의 곡조를 빌어 쉼 없이 울려 퍼지던 애국가마저 삼켜버렸다. 인파 위로 우뚝 솟아 있는 깃발과 환영문구를 적은 현수막이 우우우 흔들리며 태풍이 지나가는 바다처럼 거센 물결을 만들어냈다. 조만식은 역 구내에서 평양 시민을 대표하여 소련군을 맞이하고 있었다. 군인들이 평양 시민들 앞에 모습을 드러낸 건 조금 뒤였다. 그들은 조금 지친 기색이었으나 시민들의 열렬한 환호에 응답이라도 하듯 입가에 미소를 띠었다. 정규군이라기보다는 유격대라 해도 좋을 만큼 남루한 복장을 한 소련군들은 대열을 이루어 평양 가도를 행진했다. 철모를 쓴 병사도 있고 군모를 쓴 병사도 있었다. 일반 병사들은 어깨에서 가슴을 사선으로 가로지르게 담요 따위를 걸치고 다니기도 했다. 아낙들은 물대접을 권했고 노인들은 아들을 대하듯 품에 얼싸안아보기도 했다. 그 탓에 행진은 더디게 진행되었다. 여학생들은 인파 뒤쪽에 모여 동양인과는 다른 서구적인 외모의 소련군에 감탄하며 저희들끼리 깔깔거렸고, 남학생들은 사내다운 경쟁심이 생겨서인지 애써 무표정한 얼굴로 바라보고 있었다. 기자인 듯 보이는 일본인 몇 명은 입을 굳게 다물고 있었다. 그들의 표정에서는 과거 자신들의 것이었던 소유물을 누군가에게 강탈당했다는 억울함마저 묻어나왔다. 기대한 만큼 늠름한 군대는 아니었지만, 평양 사람들은 험난한 전투를 치르고 오는 사람들이기에 그릴 수밖에 없을 거라고 생각했다.

하지만 기려는 의아했다. 평양은 전투지역이 아니었다. 따라서 군대가 진주하기 전에 반드시 헌병들이 먼저 진주해야 했다. 해방 전에도 평양에는 일본군과 함께 헌병이 주둔하고 있었다. 그러므로 상식적으로 생각한다면, 주력군이 평양에 입성하기 전에 헌병들이 먼저 주둔해야 한다. 하지만 헌병들은 보이지 않았다. 소련군이 아무리 선한 목적으로 왔다 하더라도, 조선의 해방에 도움을 준 군대라 해도, 군인들은 헌병의 통제를 받지 않으면 안 된다. 특히 해방 뒤의 치안이 확립되지 않은 이 어수선한 분위기 속에서라면 군인들이 무소불위의 권력을 지니게 될 게 뻔한 이치가 아닌가. 그러나 기려는 고개를 저었다. 필시 러시아의 가난한 농부들의 아들일 게 분명한 저들이 이 가엾은 조선인들에게 해를 끼칠 것이라고는 생각할 수 없었다. 순박하게 생긴 저 젊은이들이 조선인의 친구가 되어줄 것이라는 믿음이 있었기 때문이다.

그는 인파 뒤로 물러나와 군대가 뿌리고 간 포고문을 읽었다. '조선인민들에게!'라는 제목의 포고문을 눈으로 더듬었다. 기려는 선언과도 같은 마지막 문구 '해방된 조선인민 만세!'에 이르러 자신도 모르게 울컥 눈물이 치솟고야 말았다. 과연 이제 정말 해방이 되었다는 실감이 났다. 그는 남모르게 눈물을 흘렸지만, 이날 평양 사람들은 해방이 되던 그날처럼 뜨겁게 울었다. 이제 일본이라는 먹구름은 걷혔다. 다시 태양이 뜨고 대지를 환히 비춰줄 것이다.

　며칠 뒤 조만식은 그에게 현준혁을 소개해주었다. 소련군은 평양에 진주한 뒤 평남건준위원장인 조만식과 조선공산당 평남지구위원장인 현준혁 등을 불러, 정권이양에 대해 논의했다. 그 논의에서 3·8선 이북 조선인들의 대표적인 정치조직의 통합이 이루어졌다. 그리하여 조만식을 위원장으로 하고 해외가 아닌 국내에서 활동한 공산주의자 현준혁을 부위원장으로 하는 평남 인민정치위원회가 결성되었다. 때문에 조만식이 건준에 참여했던 사람들과 공산당 소속의 사람들을 대면시켰던 것이다. 공산주의자라면 으레 투사적 면모가 두드러질 것이라 생각했지만, 현준혁은 조금 다른 분위기를 지닌 사내였다. 조만식은 현준혁을 가리켜 가장 유연한 사고를 지닌 공산주의자라고 했다. 조만식의 말대로 기려도 현준혁이 퍽 부드럽고 속 깊은 인물이라는 인상을 받았다. 그러자 기려는 자연스레 함석헌을 떠올리게 되었다. 고향인 용천에 내려가 농사를 짓고 있다는 함석헌은 지금 무엇을 하고 있을까. 김교신의 죽음을 누구보다 뼈아프게 받아들였을 사람이 함석헌이었다. 해방을 불과 석 달 앞두고 죽어버린 김교신을 누구보다 애석해할 사람도 바로 함석헌이었다. 기려는 살아남은 자신이 무언가를 하지 않으면 죽어간 사람에 대한 예의가 아니라고 생각했다. 조만식 선생의 제안을 기꺼이 받아들였던 것도 그런 다짐 때문이었다.

"장 박사님이 어떤 분인지는 주위 분들에게 귀에 못이 박히도록 들어서 잘 알고 있습니다. 이렇게 직접 만나 뵙게 되어 영광입니다."

현준혁의 차분한 목소리는 듣는 사람으로 하여금 신뢰를 갖도록 했다. 현준혁은 개천 태생이었다. 넉넉한 집안에서 자라 수재로 이름을 날렸고 연희전문을 거쳐 경성제국대학 법학부를 졸업한 인재였다. 졸업한 뒤에는 대구사범대학에서 교편을 잡았는데 사회주의 학습을 목적으로 한 독서회 활동이 발각되어 해방 전 여섯 해나 감옥에서 고생을 했다. 부유하게 자란 탓인지 무턱대고 아무나 증오하는 결기가 없었고, 인텔리로 추앙받았으나 권위를 내세우는 자만심이 없는 사람이었다. 공산주의자들 내에서도 탁월한 이론가로 알려진 인물답게 태도와 행동이 진중했다. 조만식이 공산주의자인 현준혁과 함께 일을 하는 이유도 바로 그런 성품 때문이리라. 기려도 현준혁이 내민 손을 잡았다.

"별말씀을요. 과연 제가 무슨 일을 할 수 있을지 잘 모르겠습니다."

"아닙니다. 모두들 장 박사님께서 우리 평안남도 인민정치위원회의 위생과장직을 맡아주시길 바라고 있습니다. 저도 장 박사께서 일본인조차 하지 못한 대수술을 해낸 의사라는 사실을 잘 알고 있습니다. 무엇보다 제가 장 박사님을 믿고 있는 건 열정적이고 헌신적인 무의촌 진료 때문입니다. 새로운 나라는 바로 장 박사님 같은 일꾼을 원하고 있습니다."

현준혁은 그에게 특히 전염병 방지와 평양의 수도상태 개선을 당부했다.

"일본인 기술자들이 빠져나가는 바람에 수돗물의 정화작업이 이뤄지지 않고 있습니다. 그래서 많은 사람들이 대동강 물을 직접 떠다 식수로 사용하고 있는데, 한여름이라 수질이 좋지 않아 퍽 걱정이 됩니다. 이 문제를 빨리 해결할 수 있으면 좋겠습니다."

그가 받은 인상대로 현준혁은 혁명가나 지사의 풍모보다는 이론가나 행정가의 면모가 두드러졌다. 기려가 미처 생각지도 못한 부분을 지적해주는 꼼꼼함을 지니고 있었다. 형식적으로야 인민정치위원회의 위생과는 총독부 경무국 위생과, 평양부 위생과의 역할을 대신하는 기구였다. 아직은 인력도 부족하고 다른 기구 사이의 소통도 부족할 뿐만 아니라, 실제 행정력을 발휘할 수 있을 만큼 정비가 되어 있지 않은 상황이라 그가 할 수 있는 일은 많지 않았다. 기려는 과거 평양부에서 발간된 자료들을 이용하여 위생과의 업무를 정리하는 것으로 일을 시작했다. 위생과가 담당해야 할 범위는 생활 전반에 걸쳐 있다고 해도 과언이 아니었다. 식수위생관리, 분뇨 등 오물관리, 급만성전염병 관리, 가축 전염병 방역, 의료인과 의약품 관리, 게다가 각종 방역 등도 위생과에 부과된 업무였다. 이 많은 업무 가운데 선후를 구분하고 다시 가능한 일과 가능하지 않은 일을 구분하는 것만으로도 그는 눈코 뜰 새 없이 바빴다. 그는 위생국 사람들과 함께 거리로 나가 우선 우물물을 소독하고 거리에 방치된 병자를 수습했다. 그렇게 현지지도를 다니다 그는 몇몇의 소련군과 조선의 청년들이 한 무리가 되어 돌아다니는 광경을 볼 수 있었다. 기려가 왜 저렇게 몰려 다니냐고 묻자 누군가 이렇게 말했다.

"친일파들을 색출한다고 저렇게 다니는 거랍니다."

"공식적인 활동입니까?"

"지금 같은 상황에서 공식, 비공식이 무슨 소용이겠습니까? 사람들이 저자가 바로 친일파라고 손가락질하면 소련군이 총으로 탕, 그러면 끝인 걸요. 혹시 여자 생각이 나면 평양 중학교로 가시면 됩니다."

"그게 무슨 말이오?"

"만주에서 쫓겨 온 일본인 여자들이 그곳에서 천오백 명가량이나 노숙하고 있다지요. 먹을 게 없어 한 끼 밥에도 몸을 내준답니다. 평양의 사내들치고 그곳을 기웃거리지 않는 녀석은 한 놈도 없을뿐더러 일본 여자와 하룻밤을 보내지 못하면 불알도 없다는 소리를 들을 판이니까요."

기려는 절로 눈살이 찌푸려졌다. 일제시대 경찰이나 관리를 지낸 조선인에 대해 동족으로서의 배신감이 크다는 건 그도 잘 알고 있었다. 하지만 친일파 처단도 법에 따라야 한다. 그렇지 않다면 개인적인 감정이 개입될 테고, 그 과정에서 억울하게 피해를 입는 사람이 나올 게 분명하기 때문이다. 특히 소련군은 일본군과 직접 전쟁을 치른 사람들이다. 일본에 협력한 조선인에 대한 적개심이 클 수밖에 없었다. 누군가 개인적으로 앙심을 품고 있는 사람을 친일파라고 손가락질한다면 앞뒤 가리지 않고 죽일 게 아닌가.

그의 우려는 점점 현실이 되어갔다. 위생과 업무는 시체처리가 전부라고 해도 과언이 아닐 정도로 곳곳에서 친일파로 몰려 죽은 사람들이 발견되었다. 그리고 그들 대부분이 기독교인이었다. 평양에 워낙 기독교인이 많다 보니, 대부분의 지주, 친일파들도 기독교인이었다. 하지만 기독교인들은 그렇게 받아들이지 않았다. 일종의 종교적 탄압으로 여겼다. 감투 아닌 감투를 쓰고 있다 보니 그를 찾아와 도움을 청하는 사람들도 생겨났다. 대부분 같은 기독교인이라는 걸 내세우며 자신의 구명을 요청했다. 하지만 기려는 그런 부탁을 들어줄 수가 없었다. 마음이 내키지 않는 건 둘째 치고, 우선 그가 누군가를 도와줄 수 있을 만큼 정치적으로 영향력을 가지고 있지도 않았다. 그런 권력을 바라지도 않을뿐더러, 가지고 있지도 않은데 어떻게 도와줄 수 있겠는가. 그가 정중히 거절의 뜻을 내비치면 더러는 낙담하여 돌아갔지만, 더러는 왜 같은 기독교인인데 도와주지 않느냐며 화를 내기도 했다. 그들과 기려의 공통점은 기독교인이라는 것 하나뿐이었다. 그들은 평양 부근에 대토지를 소유한 지주들이거나, 공장을 소유한 공장주들이었다. 해방 전에는 일본에 빌붙어 부유하게 살았던 이들이다. 그들에 의해 수많은 소작인들과 노동자들이 고통을 받았다는 걸 잘 알고 있는 기려였다. 조선인을 억압하고 수탈한 조선인들인데 기독교인이라는 이유만으로 구원받을 수는 없었다.

그때 한 사람이 그를 찾아왔다. 기려는 자신을 찾아온 사내를 알아보지 못했다. 그 사내는 기분 나쁘게 히죽 웃으며 박 의원을 잊었냐고 물었다. 그제야 기려는 박 의원의 아들, 어린시절 약종상을 홀로 지키고 있던 소년을 떠올릴 수 있었다.

"박종훈이라고 하오."

"그렇군요, 정말 반갑습니다. 그런데 박 의원님은 잘 지내고 계십니까?"

박종훈은 불량스러운 어투로 말했다.

"그 늙은이 몇 해 전에 세상을 떠났소."

놀란 기려는 입을 다물지 못했다.

"어, 어떻게, 어디서 돌아가셨습니까?"

박 의원은 기려의 짐작대로 해외의 독립운동가들과 국내의 독립운동가들을 연결해주는 밀사 노릇을 했었다. 해방 이태 전, 만주에서 일본군의 독립군 소탕작전이 대대적으로 펼쳐졌을 때, 누군가의 밀고로 끌려가 모진 고문 끝에 죽었다. 기려는 슬픔에 잠겨 한동안 말을 하지 못했다. 그로서는 박종훈의 불량스러운 태도가 의아할 뿐이었다. 자기 아비의 죽음을 전하면서 어찌 저토록 담담할 수 있단 말인가. 아니 오히려 불경스럽게 여겨지기까지 하는 게 아닌가.

"나는 아버지 때문에 죽을 고생을 했지. 내 꿈은 산산조각이 났고 결국 내가 선택할 수 있는 일은 방첩대의 끄나풀이 되는 것뿐이었소."

박종훈은 박 의원에 대해 증오심을 품고 있는 것 같았다. 독립운동을 하던 아버지를 증오하는 아들의 심정을 짐작하지 못할 것도 없었으나, 아무리 그렇다 해도 기려는 지나치다는 생각이 들었다.

"그렇게 죽을 고생을 하며 돈을 모았는데, 이번에는 다시 친일파라며 내 재산을 모두 몰수해갔소. 장 선생, 이걸 어떻게 생각하시오. 저 공산당 놈들이 이 평양 땅에서 설치게 내버려두는 게 옳다고 생각하시오? 왜 당신은 현준혁 같은 공산주의자들과 함께 일을 하는 거요?"

아버지인 박 의원과는 너무나 다른 사람이었다. 그래도 존경하던 박 의원의 아들이 아닌가. 그는 묵묵히 박종훈의 말을 듣고 있었다.

"내가 이렇게 직접 찾아온 이유는 단지 장 선생에게 경고를 하기 위해서요. 같은 기독교인끼리 한번 잘 해봅시다."

박종훈이 돌아가고 난 뒤 그는 온몸으로 벌레가 스멀스멀 기어 다니고 있는 듯한 기분이었다. 친일파도 사람이니 이 상황에서 어떻게든 살아남고 싶을 것이다. 그 욕망까지 부정하고 싶지는 않았지만, 반성의 기미도 없이 오히려 좌우로 편을 갈라 대결하려는 모습이 역겹기까지 했다.

기려도 평양의 기독교인들의 불만이 점점 높아져가는 것을 느끼고 있었다. 그건 일종의 두려움이었다. 자신들을 모두 죽이고 말리라는. 하지만 기려는 조만식을 믿고 있었다. 기독교이든 아니든, 좌이든 우이든, 조만식이라면 충분히 모든 계파와 정파를 통합하여 질서를 바로잡을 수 있다고 믿었다. 또한 조만식은 일부 소련군들의 불법적인 행위들, 이를테면 지나가는 행인의 손목시계를 빼앗는다든가, 평양을 빠져나가지 못한 일본인 여성들을 강간한다든가, 일부 사람들의 말만 믿고 그 자리에서 친일파를 처단하는 행위들에 대해서도 강력히 항의를 하고 있었다. 하지만 기독교인들의 불안은 커져만

갔다. 특히 현준혁이 인민정치위원회에 합류하기 이전에 조선인 청년들로 구성한 농촌자위대의 활동에 큰 두려움을 느끼고 있었다. 농촌자위대는 대부분 해방 전 소작농이었거나, 공장의 노동자이거나, 빈민이었던 청년들이다. 이들은 일본에 대한 분노만큼 같은 조선인을 핍박한 지주와 공장주, 고등계 조선인 형사들에 대해서도 커다란 분노를 가지고 있었다. 그런 사람들은 또한 대부분 기독교인이었고, 이들이 바로 공산주의자들의 적대감을 기독교 전체에 대한 적대감으로 확대 선전하고 있었다.

기려는 불안했다. 갈등의 본질은 점점 흐려지고 대결만이 치열해지고 있었다. 기독교인들은 그를 찾아와 공공연하게 공산주의자들을 비난했고, 공산주의자들 또한 점차 기독교인 전체를 불신하게 되었다. 상황이 이렇게 진행된다면, 조만식과 현준혁의 통합은 아무런 의의가 없게 될 것이며, 결국 광범위한 민족주의 세력의 연합도 불가능하게 될 것이다.

해방된 지 겨우 열여드레 째 되던 날, 기려는 인민정치위원회 사람들의 다급한 연락을 받고 옛 평양부청 앞으로 달려갔다. 이미 그곳에는 많은 사람들이 운집해 있었다. 멀리서도 조만식 선생을 알아볼 수 있었다. 그는 조만식에게 다가갔다. 조만식은 얼굴이 피투성이가 된 채 넋을 놓고 길바닥에 앉아 있었다. 총알은 현준혁의 가슴을 관통했고, 옆자리에 앉아 있던 조만식의 얼굴에 피가 튀었던 것이다. 누군가 그 자리에서 즉사한 현준혁을 트럭에서 끌어내려 길바닥에 뉘어놓았다. 기려는 의사로서 다시 한 번 확인하지 않을 수 없었다. 현준혁의 얼굴을 덮고 있는 천을 들춰보았다. 현준혁의 얼굴은 총격 당시의 상황을 알려주기라도 하듯 고통스럽게 일그러져 있었다. 심판의 날을 예고하는 듯한 불길한 표정이었다. 온건한 민족주의자이자 공산주의자인 현준혁은 그렇게 싸늘한 시체가 되어 있었다. 마찬가지로 온건한 민족주의자이자 기독교인인 조만식은 죽은 사람처럼 넋을 놓고 있었다. 기려는 이게 바로 조선의 얼굴이라고 생각했다. 중간지대는 이제 사라졌다. 그는 북받쳐 오르는 슬픔을 주체할 수 없었다. 이건 끝이 아니라 시작일 뿐이라는 걸 그는 잘 알고 있었다. 조선은 어디로 갈 것인가? 조만식의 얼굴에서 핏자국을 닦아내는 그의 손이 떨리고 있었다.

혼돈의 시대

 현준혁은 평양 시민 수만 명이 운집한 가운데 종로에서 노제를 치른 뒤 모란봉 기슭에 묻혔다. 현준혁이 길바닥에 흘렸던 핏자국은 지워졌지만, 그 위로 새로운 핏자국이 덧칠되어 갔다. 보천보 전투의 영웅인 김일성도 평양에 들어왔다. 10월 14일 7만여 명이 운집한 조선해방축하집회에서 조만식은 항일의 영웅 김일성을 소개했다. 평양 시민들은 김일성을 진심으로 환영했고, 이로써 국내와 해외에서 독립운동을 하던 사람들이 모두 한자리에 모이게 되었다. 기려도 김일성의 귀환을 반겼다. 특히 그가 집회에서 했던 연설은 귀에 담아 들을 만했다. 돈 있는 자는 돈으로 지식 있는 자는 지식으로 노력을 가진 자는 노력으로 참으로 나라를 사랑하고 민주를 사랑하는 전민족이 완전히 대동단결하여 민주주의 자주독립국가를 건설하자는 내용의 연설이었는데, 공산주의자의 면모보다는 민족주의자의 면모가 더 두드러졌다. 기려는 안도했다. 김일성이 소련을 등에 업고, 자신의 명성을 후광으로 삼아, 주도권을 잡으려고 설불리 덤비지 않는다는 점에서 볼 때 정치적 유연성을 지닌 사람이라는 생각이 들었다.

하지만 김일성도 조만식도 수습할 수 없을 만큼 저 아래부터 분열은 시작되고 있었다. 특히 김일성이 귀환할 무렵은 추수 시기였다. 농민들은 해방 전과 다른 세상이 열리기를 고대하고 있었고 그 열망은 추수한 곡식의 분배문제로 쏠리게 되었다. 그런 열망을 반영하여 인민정치위원회는 수확량의 30퍼센트를 지주에게 지급하는 3·7제를 채택하였다. 해방 전 적게는 50퍼센트, 많게는 90퍼센트까지 소작인에게 받아 챙겼던 지주들에게는 청천벽력과도 같은 소식이었다. 게다가 지주들은 소작인들에게 아무런 보수도 주지 않으면서 자신들의 하인처럼 부려먹고 강제로 노역을 시키기도 했으니, 이런 변화가 달가울 리가 없었다. 자연스레 대부분이 기독교인인 지주들이 조만식에게 불만을 털어놓게 되었다. 조만식은 사람들의 간청 때문에라도 모른 척할 수 없었다. 3·7제는 지주에게 너무 불리한 조건이니 그 비율을 조정해달라는 청원을 넣었지만 비웃음만 살 뿐이었다. 이미 절대 다수의 농민들이 이 정책을 환영하고 있었기 때문이었다.

"지주란 자들이 어떤 자들이오. 해방 전 지주들은 소작인들을 마소처럼 부려먹고, 소작인의 자녀 가운데 예쁜 딸이 있으면 노리개로 삼기를 서슴지 않았고, 고리대금으로 마지막 남은 돈까지 긁어모아 살았소. 3·7제가 정말 가혹하다고 생각하시오? 가만히 앉아서 기다려도 전체 수확량의 30퍼센트를 손에 쥘 수 있는데도 정녕 그게 가혹한 일이란 말이오?"

조만식도 강하게 반발할 수 없었다. 그런 과거를 모르고 있지 않기 때문이었다. 하지만 조만식으로서는 괴로운 일이었다. 자신의 지지기반은 바로 기독교인이었고, 그 기독교인들의 대다수가 지주출신이기 때문이었다. 그들의 청원을 모른 척할 수도 없지만, 그렇다고 새로운 소작료 분할을 적극적으로 반대할 수도 없었다.

기려는 그 즈음에 평남 제1인민병원장 겸 외과과장으로 임명되었다. 조선공산당 북조선분국의 간청 때문이었다. 그는 분배의 정의가 실현되지 않는다면 이 갈등은 극한 대결로 이어질 것이라 생각했다. 하지만 본래 그는 정치적인 것과 거리가 멀었다. 그의 관심은 병원의 정상운영이었다. 그게 체질에도 맞았고, 또한 그가 가장 잘할 수 있는 일이기도 했다. 그가 원장으로 부임한 제1인민병원은 오랜 역사를 지닌 곳이었다. 고종이 황제로 즉위한 뒤 황제국에는 수도가 두 군데여야 한다는 진언을 받아들여 평양을 서경으로 지정하고 그곳에 풍경궁豊慶宮이라는 궁을 만들었다. 황제가 행차할 때 머무르는 행궁이었다. 풍경궁은 이후 자혜의원으로 사용되다가 부속건물들을 증축하면서 평양의학강습소, 평양의학전문학교로 변모해갔다. 원래의 풍경궁 앞쪽에 들어선 평양의학전문학교 부속병원인 도립병원이 곧 제1인민병원이었다.

기려는 출근 첫날 병원 직원들을 모아놓고 병원의 상황을 물었다.

"당면한 최우선 과제는 무엇입니까?"

직원들은 이구동성으로 말했다.

"무엇보다 시급한 문제는 인력과 약품의 확보입니다."

기려는 잠시 생각에 잠겼다. 그리고 평양의전 교수직을 겸하고 있는 내과과장에게 물었다.

"혹시 평양의전 학생들을 병원에 투입하는 게 가능하겠습니까?"

"실력이 좋은 상급학년 학생들도 있으니 크게 문제되지 않을 겁니다. 그렇게 하는 게 좋을 듯하군요."

"그럼 인력은 우선 부족한 대로 학생들로 대체하기로 하지요. 문제는 약품이군요."

직원들은 한숨을 쉬었다. 약품은 전적으로 소련군에 의지해야 했기 때문에 물량 확보가 쉽지 않았다. 특히 혈액부족으로 긴급환자가 이송되어 오더라도 발만 동동 굴러야 하는 경우가 많았다. 누군가 기려에게 조심스럽게 건의했다.

"이 문제는 아무래도 원장 선생님께서 직접 나서서 소련군 대표와 담판을 하셔야겠습니다. 그 외에는 실무자들이 이 핑계 저 핑계를 대면서 약품 공급을 미루고 있는 현 상황을 헤쳐 나갈 뾰족한 방법이 없습니다."

기려는 고개를 끄덕였다. 그러니까 그가 원장으로서 가장 먼저 해야 할 일은 약품공급처인 소련군과 담판을 짓는 것이었다. 한심한 현실이었지만 어쩔 수 없었다. 해방이 되었다고 해서 모든 일이 순조롭게 진행되리라고 기대했던 날이 언제였던가 싶을 만큼 모든 게 뜻대로 이뤄지지 않았다. 소련군 대표는 그를 만나주지 않았다. 실무자들은 자기들 소관이 아니라며 고개를 저었다. 결국 병원 운영은 전적으로 소련군의 손에 좌지우지되고 있는 것이나 마찬가지였다.

그 사이 조만식은 김일성과 결별하여 조선민주당을 창당하였다. 기독교인과 지주, 자본가들이 지지세력이었다. 그들은 공산주의자들이 자신들의 재산을 모두 빼앗고야 말 것이라는 공포심에 사로잡혀 있었다. 기려가 이런 일들에 무심할 수 있었던 것도 빼앗길 재산이 없기 때문인지도 모른다. 하지만 그는 모든 게 원칙에 따라 이뤄져야 한다고 생각했다. 지주들도 새로운 시대를 받아들여야 하고 공산주의자들도 민심을 잃지 않으면서 개혁을 추진해야 한다고 생각했다.

어느 날 그는 병원 업무를 마치고 퇴근을 하려다 병원 현관에서 한 무리의 사람들과 마주쳤다. 그들은 야수처럼 발광하는 눈으로 그를 훑어보았다. 공산당의 하부조직인 민청 소속의 청년들인 듯했다. 피투성이가 된 청년 한 명을 여럿이서 안고 있었다. 백색테러에 당한 청년인 듯싶었다. 그들은 기려에게 다가와 물었다.

"혹시 의사선생님입니까?"

"그렇소만."

"이 사람을 좀 봐주시겠습니까?"

그렇지 않아도 이미 기려는 청년의 상태가 좋지 않음을 알고 있었다.

"어서 응급실로 옮깁시다."

당직 의사와 간호원들이 달려왔다. 청년은 출혈이 심해 쇼크 직전의 상태인 듯했고 여러 군데 골절상과 창상을 입은 듯했다. 맥박이 약한 데다 그동안 기도가 확보되지 못해 빨리 손을 쓰지 않으면 생명이 위태로웠다. 의식이 없는 상태에서 들것으로 이송하지 않고 여러 사람이 아무렇게나 안고 왔으므로 경추 손상까지 의심되었다. 기려는 재빨리 호흡을 확인한 뒤 인공호흡을 실시했다. 그러나 청년은 아무런 반응이 없었다. 그래서 이번에는 흉부압박을 실시했다. 기려는 환자의 피부가 온기를 잃었음을 알았다. 가망이 없는 것이다. 기려는 외부출혈이 발생한 곳을 입박하는 다른 의사와 간호사들을 돌아보고 고개를 저었다.

그러자 한 청년이 나서더니 눈알을 부라리며 호통을 쳤다.

"대체 무슨 짓을 하는 거요? 이 친구가 죽기라도 했다는 거요?"

"그렇소, 이미 운명하였소."

"뭐라고? 방금 전까지도 살아 있는 걸 확인했는데 죽었다니, 그게 말이 돼?"

청년은 숫제 반말로 으르딱딱거리더니 제 분을 못 이겨 기려의 멱살을 잡았다.

"이 자식, 의사면 다야? 죽고 싶어 환장했어? 빨리 이 친구 살려내지 못해? 너 이 자식, 너도 일본놈들에게 붙어먹으며 살던 녀석이지. 그래, 의사니까 돈도 많이 벌었을 테고, 일본놈들도 많이 살려줬겠지?"

지금까지 누군가와 몸싸움 한번 해본 적 없는 그였다. 친구를 잃은 이 청년의 분노는 엉뚱하게도 의사인 기려에게 향하고 있었다. 다른 의사와 간호원들이 그런 청년을 만류했다.

"참으세요. 원장님 잘못이 아니란 걸 당신들도 잘 알잖아요. 장기려 선생님은 우리나라 최고의 외과의사란 말예요. 선생님의 말씀을 믿으셔야죠."

그때 청년들 가운데 한 사람이 기려의 멱살을 잡고 있는 청년을 뒤에서 붙잡았다.

"이봐. 여기서 이러지 말라구. 죽은 친구는 어쩔 수 없잖아. 자네가 이러는 거 이해 못할 것도 아니지만, 의사 선생님이 무슨 죄가 있어서 이런 곤욕을 치러야 한단 말인가? 내가 이 선생님을 잘 알고 있네. 자네는 기억하지 못하는가? 몇 해 전 자네 집이 보통강에 휩쓸려 갔을 때 진료를 오셨던 그 선생님을 말야."

그 말에 청년은 불에 덴 듯 놀라며 기려의 멱살을 잡았던 손을 풀었다. 그리고 서너 발짝 뒤로 물러났다. 청년은 자신의 손과 기려의 얼굴을 번갈아가며 보았다. 청년의 눈이 점점 커졌다.

"아, 정말 장기려 선생님이십니까? 맞군요, 선생님이. 죄, 죄송합니다. 친구가 이렇게 되다 보니 제가 선생님도 알아보지 못하고 잠시 이성을 잃었습니다. 정말, 죄송합니다."

청년은 넙죽 엎드려 기려에게 고개를 조아렸다. 기려는 그런 청년을 일으켜 세웠다.

"나라도 친구가 죽었다면 자네처럼 이성을 잃었을 거네. 나는 괜찮으니 이 친구나 편히 보낼 수 있도록 하게나."

그날 퇴근길은 여느 때보다 쓸쓸했다. 민청의 청년들이야 테러를 당해도 병원에 올 수 있지만, 민청에게 당한 사람들은 병원 입원은커녕 제대로 치료도 받지 못할 게 아닌가. 그들은 또 어느 구석에서 돌보는 이 없이 피를 흘리며 죽어가고 있을까. 이념을 떠나, 정치를 떠나, 아파하는 사람이 있다면 달려가야 하는 게 의사다. 대체 이념이 무엇이기에, 정치가 무엇이기에, 이토록 많은 사람들이 서로를 죽이기 위해 안달해야 한단 말인가.

이듬해인 1946년 평양의 봄은 그 어느 때보다 격렬한 계절이었다. 남북의 신탁통치를 안건으로 하는 모스크바 삼상회의 결과가 알려져 찬탁과 반탁으로 분열과 갈등은 더욱 깊어졌고 결국 조만식이 고려호텔에 연금되었다. 3·1운동 27주년 기념식장에서는 김일성을 노린 수류탄 투척사건이 일어났다. 같은 시각, 인민위원회 보안국장인 최용건과 정치군사학원 원장인 김책, 그리고 북조선임시인민위원회 서기장인 강양욱 목사의 집에도 폭탄이 투척되었다. 그들은 무사했지만 강양욱의 아들과 딸이 폭사했다.

기려는 병원으로 실려 온 젊은이들의 참혹한 주검을 보며 넋을 잃었다. 저 젊은이들이 대체 무슨 죄가 있단 말인가. 신의주에서 발생한 기독교학생과 군경의 충돌도 알려졌다. 기려는 누구보다 먼저 함석헌이 걱정스러웠다. 해방 뒤 함석헌이 평안북도 인민위원회의 문교부장으로 활동하고 있다는 소식을 들었기 때문이다. 기어이 기독교 세력과 공산주의 세력이 정면충돌을 한 것이다. 하지만 이 사건은 오히려 김일성의 입지를 강화해주었다. 김일성은 직접 신의주로 달려가 사건의 책임자들을 문책하고 공석이 된 직위들에 자신의 측근들을 임명하였다. 이로써 평안북도 역시 김일성의 영향권에 들게 된 것이다.

이 대결은 점점 이성을 잃어가고 있었다. 처음에야 저마다 명분이 있었지만, 지금은 일종의 복수전의 성격을 띠었다. 내 동료가 죽었기 때문에, 내 부모가 죽었기 때문에……. 이념도 실종되었고 새조국 건설의 열망도 실종되었다. 오로지 내가 살기 위해서는 남을 죽여야 한다는, 나와 다른 생각을 지닌 사람은 죽어 사라져야 한다는 강박관념만이 판을 치고 있었다. 해방이 이런 것이었다면 차라리 오지 않는 게 좋았을지도 모른다는 생각마저 들었다. 그는 조만식을 만나 이야기를 듣고 싶었다. 그러나 고려호텔에 연금되어 있는 조만식을 방문하려는 사람들이 많아 차례를 기다려야 했다. 하루에 한 번, 그것도 세 명 이상은 한꺼번에 면회할 수도 없었다. 조만식이 연금된 뒤, 평양은 급격한 개혁의 길을 걷기 시작했다. 3월 4일 드디어 토지개혁령이 공포되었다. 친일파와 민족반역자의 토지와 5정보 이상을 소유한 지주의 토지가 몰수 대상이었다. 그 외에도 5정보 이상을 소유한 성당, 교회, 종교단체의 토지도 몰수 대상이 되었다. 무상으로 몰수한 이 토지들은 무상으로 72만여 농민들에게 분배되었다. 많은 지주들이 3·8선을 넘어 남으로 내려갔다. 사람들은 떠나기 전에 기려에게 작별인사를 하러 왔다.

"신앙의 자유를 찾아 남으로 갑니다. 부디 몸조심하시길."

신앙의 자유를 찾아 피난을 떠난다고 하지만 정작 일본이 신앙의 자유를 빼앗았을 때는 숨죽여 지냈던 자들이 바로 그들이었다. 그들이 말하는 신앙의 자유란 곧 치부의 자유였다. 그들이 일본이라는 재난을 피하지 않은 이유는 신앙의 자유는 없더라도 축재와 치부의 자유는 보장이 되었기 때문이다. 그러나 해방된 평양에는 축재의 자유가 없었다. 그들을 평양에서 등 돌리게 만든 건 바로 그것이었다. 여전히 자신의 재산을 지킬 수 있었다면 저 많은 재산들을 포기하고 떠날 필요가 없었으니 말이다. 기려는 그들에게서 예수를 비웃던 바리새인들을 보았다. 돈과 탐욕에 사로잡혀 자비를 베풀 줄 모르는 자들을. 하지만 어떤 이유로든 정든 고향에서 쫓기듯 떠나야 하는 사람들이란 얼마나 쓸쓸한가. 기려는 이런 내색을 하지 않으며 무사히 넘어가기를 진심으로 빌어주었다.

토지개혁은 조선 역사에서 유례를 찾을 수 없는 사건이었다. 북에서 남으로 넘어온 자들은 북쪽에 대한 온갖 악선전을 했다. 하지만 남쪽 사람들은 북의 토지개혁 소식을 듣자 들썩거리기 시작했다. 남쪽에서도 하루 빨리 토지개혁을 해야 한다는 여론이 높아졌다. 북에서 실시된 토지개혁은 대다수 조선인들의 지지를 받았다. 그건 곧 북에서 김일성이 확고한 정치세력으로 자리를 잡았다는 뜻이기도 했다.

　북조선 임시인민위원회의 토지개혁을 지켜보는 기려의 심정은 사실 복잡했다. '토지는 경작하는 농민들에게'라는 구호에는 십분 공감했다. 세상은 빠르게 변하고 있었다. 하지만 그는 이 속도가 부담스러웠다. 아무리 대다수 조선인이 바라는 일이라고는 하지만, 지주들이 모두 평양에서 등을 돌리고 떠난다면, 결국 그들을 추방한 것이나 마찬가지였다. 누군가를 추방하려고 해방을 기뻐한 건 아니었다. 어떻게 하면 그들과도 함께 어우러져 대동단결할 수 있을지를 고민할 수도 있지 않았을까. 이게 그의 고민이었다.

　새조국 건설이고 뭐고 그냥 쉬고 싶었다. 묘향산에서 돌아온 뒤 하루도 제대로 쉬어본 적이 없었다. 이제 그는 스스로를 연금시키고 싶었다. 그리고 깊은 잠에 들고 싶었다. 깨어났을 때, 지난 일들이 모두 한바탕 꿈이었다며 안도할 수 있다면 얼마나 좋을까 생각했다. 여름이 되자 남과 북을 가리지 않고 콜레라가 휩쓸고 지나갔다. 남과 북을 합쳐 7천여 명이 콜레라로 목숨을 잃었다. 평양은 큰 피해가 없었지만, 북에서는 함경도 지역이 콜레라로 된서리를 맞았다. 남에서는 대구가 큰 피해를 입었다. 해방정국의 혼란 탓으로 돌리기에는 너무나 안타까운 죽음들이다. 의사로서 기려는 전염병을 미연에 방지하지 못했다는 자책감을 지니고 있었다. 마침 풍경궁에서 절도사건이 일어났다. 한밤중에 사람들이 몰려와 유리창문들을 모두 떼어간 것이다. 풍경궁은 그가 원장으로 있는 병원에 속해 있었으니 절도 책임도 고스란히 그의 몫이었다. 그는 임시인민위원회에 불려나가 심문을 받았다.

"당신이 김일성대학 부속병원 원장 장기려가 맞소?"

"맞습니다."

김일성대학이 개교를 하면서 그가 근무하던 제1인민병원이 대학 부속병원으로 바뀌어 있었다. 심문관은 계속해서 물었다.

"풍경궁 관리에 소홀했다는 점을 인정하시오?"

기려는 고개를 끄덕였다.

"당신은 인민들의 재산에 막대한 손해를 입혔으니 그에 응당한 책임을 져야 하오."

기려는 어떤 식으로 책임을 져야 하느냐고 물었다.

"절도물품을 금액으로 환산하여 위원회에 납부해야 하오."

"저는 그만한 돈이 없습니다."

"책임을 인정한다면서 보상은 안 하겠다는 말이오?"

"안 하겠다는 뜻이 아니라 할 수 없다는 뜻입니다."

"그렇게 무책임한 발언이 어디 있소?"

"네, 맞습니다. 무책임한 말입니다. 하지만 굳이 변명을 하자면 저는 처음부터 저의 능력부족을 이유로 병원장직을 사양했습니다. 제가 몇 번이나 사양했지만, 결국 위원회의 명령으로 병원장직을 수용해야 했습니다. 책임의 근원을 따지자면, 무능한 저를 원장으로 앉힌 위원회에 있지 않겠습니까?"

심문관들은 서로 이야기를 나누었다. 처음부터 그들도 기려에게 배상을 요구할 생각은 없었다. 다만, 기려처럼 명망 높은 기독교계 의사가 원장으로 남아 있다는 사실이 불안했다. 순순히 원장직에서 물러나준다면, 심문관들도 원하는 것을 얻게 된 셈이라고 할 수 있었다.

"그럼 좋소. 따지고 보면 그 말도 틀린 건 아니오. 대신 원장직을 더는 수행할 수 없다는 점을 받아들일 수 있겠소?"

"네, 저도 원하던 것입니다."

이렇게 그는 물러나왔다. 그리고 겨울이 끝나갈 무렵 김일성대학 사람들이 그를 찾아왔다. 그들은 기려에게 의과대학 외과학 강좌장을 맡아달라고 부탁했다. 강좌장이란 말 그대로 그 강좌의 수장을 일컬었다. 강사나 부교수가 아닌 정교수다. 김일성대학의 정교수는 엄격한 사상검증과 실력검증을 통해서만 뽑았다. 이처럼 대학 관계자들이 직접 찾아와 강좌장을 맡아달라고 부탁하는 건 전례가 없는 일이었다. 하지만 그는 세 가지 이유를 들어 거절했다.

"저는 강좌장이 될 만한 실력이 없고 변증법적 유물론이 무엇인지도 잘 모르며 하나님을 좇는 사람이므로 일요일에는 반드시 교회에 나가야 합니다. 그러니 제가 대학에서 근무한다는 건 불가능한 일이라고 해야겠지요."

그들 가운데 김일성대학 부총장이 고개를 끄덕이더니 이렇게 말했다.

"첫째, 일본 제국주의 밑에서 신음하던 우리가 어떻게 교수가 될 수 있을 만큼 완벽한 실력을 쌓을 수 있었겠습니까? 하지만, 장 선생님은 그런 상황에서도 모두가 인정하는 실력을 갖춘 외과의사가 되었습니다. 선생님은 자신의 실력부족을 이유로 들어 거절하시지만, 설령 그게 사실이라 해도 우리 인민들이, 우리 학생들이 선생님을 원하고 있습니다. 그런데도 거절하실 겁니까?"

그가 대답을 못하고 머뭇거리자 부총장은 다시 말을 이었다.

"둘째로 변증법적 유물론을 모른다는 것도 큰 이유가 될 수 없습니다. 그거야 공부만 하면 되니까요. 마지막으로 일요일에는 반드시 교회에 나가야 한다고 하셨는데, 그건 제가 보장하겠습니다. 일요일에는 업무를 맡지 않으셔도 됩니다."

기려를 외과학 강좌장으로 모시고 가겠다는 그들의 의지는 확고했다. 김일성이 기려의 능력을 높이 평가한 것도 하나의 이유였다. 김일성도 기독교집안 출신이었다. 김일성 자신이 열렬한 신자로 행세한 적은 없지만, 유소년 시절 김일성에게 가장 큰 영향을 끼친 사람들은 모두 목사들이었다. 그런 이유로 김일성은 기독교인이라는 이유만으로 기려에게 거부감을 가지고 있지는 않았다. 기려도 더는 거절할 명분도 이유도 없었다.

외과학 서적이야 늘 손에서 떼지 않았으니 당장 강의를 한다 해도 자신은 있었지만, 아무래도 러시아어는 조금씩이라도 공부를 해두어야 할 듯했다. 어차피 이제 새로운 의학서적은 러시아어판이 많이 들어올 테고, 학생들 입장을 생각하더라도 그게 나을 듯했다. 기려가 강의 준비를 시작한 지 며칠 안 되어 뜻밖의 손님이 찾아왔다. 깊은 밤, 그를 찾아온 사람은 다름 아닌 함석헌이었다.

"함 선생님, 이게 대체 어찌된 일입니까?"

함석헌은 예전에는 없던 턱수염을 기르고 있어 세상사에 달관한 도인의 분위기를 풍기고 있었다. 그러나 마치 방금 지옥에서 빠져나온 사람처럼 초췌했다. 얼굴 곳곳에 멍자국이 남아 있는 걸 보면 온몸에도 그런 멍자국이 남아 있을 듯했다. 아니나 다를까, 함석헌은 감옥에 갇혀 있는 한 달 동안 개처럼 얻어맞았노라고 말했다.

"신의주에서 학생들이 여럿 상했던 사건은 알고 계시지요? 그때 처음 끌려갔다가 두 달 뒤에 풀려나왔는데, 지난겨울에 다시 잡혀갔습니다. 그리고 지난달에 풀러나왔지요."

"이유가 뭡니까?"

"이유라고 별 게 있겠소? 학생들을 선동했다는 것, 그리고 우리 집안이 지주라는 것, 그게 이유라면 이유겠지요."

기려는 자신이 우려했던 일들이 다른 누구도 아닌 함석헌에게 벌어졌다는 사실에 망연자실했다. 비록 지주라 해도 악질 지주와 친일 지주 그리고 선량한 지주가 따로 있는 법이다. 함석헌 같은 이는 그렇게 다루어서는 안 되는 사람이다. 이것은 또 다른 획일주의고 전체주의다. 기려는 참담한 심정이 되어 함석헌을 똑바로 볼 수가 없었다. 마치 자신이 김일성대학 강좌장으로 가게 된 것이 함석헌에 대한 배신인 것만 같아서였다. 사실 그는 죄책감을 지니고 있었다. 대학이라는 안전지대에 머물면서 이 혼돈의 시대를 자신만이라도 무사히 건너보겠다는 생각을 하고 있음을 부정할 수 없기 때문이었다. 그는 함석헌에게 자신의 이런 복잡한 심정을 고백했다. 그러나 함석헌은 고개를 저었다.

"장 선생, 제가 예전에도 말했지요. 뱀같이 지혜로워야 한다고. 저는 여전히 유효하다고 생각합니다. 어떤 사상이나 주의에 너무 신경을 쓰지 마세요. 인민들이 장 선생을 원하고 있는데, 꺼릴 이유가 무엇입니까? 장 선생은 미국에 있든 소련에 있든 북에 있든 남에 있든 아픈 사람들이 있는 곳이라면 어디라도 고향이 될 수 있는 분입니다. 사람들의 가슴속이 바로 장 선생의 고향이요 머물 곳입니다."

그는 어렵게 고개를 끄덕였다. 함석헌은 이처럼 늘 그의 선택을 믿어주었고, 그에게 용기를 불어넣어주었다.

"저도 마음 같아서는 계속 이곳에 머물고 싶지만, 제가 저를 믿을 수 없어 남으로 내려가려는 겁니다. 저는 이미 노출이 되어 저들의 감시를 받고 있어요. 두 번째로 감옥에 가게 된 이유도 저들의 협조요청을 거부했기 때문입니다. 이러다 주변 사람들에게 해를 끼칠 날이 분명 올 것입니다. 그래서 피하는 것이지 도망가는 건 아닙니다."

창씨개명과 신사참배를 끝까지 거부한 함석헌이 두려워하는 것은 오직 거짓밖에 없다는 걸 기려는 알고 있었다.

"남은 식구들이 고초를 겪지 않을까요?"

"우선은 저만 몸을 피하기로 했습니다. 남은 식구들도 조만간 남쪽으로 넘어갈 수 있을 겁니다."

"그럼 조금 안심이 되는 군요. 예전에 선생님께서 성서조선 사건으로 끌려가셨을 때, 선생님의 가족들에게 아무런 보탬이 되어드리지 못해 늘 마음속에 앙금으로 남아 있었습니다."

함석헌은 예전처럼 그의 손을 잡아주었다. 그리고 두 사람은 기도했다. 기려도 진심으로 빌었다. 함석헌이 무사히 3·8선을 넘을 수 있기를. 그제야 기려는 3·8선이 무엇인지 알 듯했다. 함석헌이 늘 강조했듯 고난이 바로 기회였다. 지금 우리가 겪고 있는 이 고난, 국토에 새겨진 3·8선이라는 저 보이지 않는 분단의 선에는 '너의 민족이 하나님의 사랑을 터득하여 그 희생적 사랑으로 연합, 통일하여 세계 평화에 공헌하라'는 뜻이 있을 것이라고 생각했다.

그의 집에 이틀 동안 머문 함석헌은 성경 하나만을 든 채 평양을 떠났다. 해주를 거쳐 무사히 서울에 도착한 건 그로부터 보름 뒤였다.

오로지 하나의 생명으로

 강의실에 들어선 기려는 익숙한 냄새를 맡았다. 책장에서 풍겨 나오는 종이 냄새와 마루와 책상 걸상 교탁 등에서 나오는 은은한 나무 냄새, 그리고 먼지로 떠다니는 분필가루의 매캐하면서도 알싸하기까지 한 냄새들이 섞여 있는, 강의실에서만 맡을 수 있는 독특한 냄새가 그에게 아련한 향수를 불러일으켰다. 의성소학교 시절부터 개성 송도고보 시절을 거쳐 경성의학전문학교까지, 그 역시 지금 자신 앞에 앉아 있는 학생들처럼 이 냄새를 맡으며 살아왔다. 또한 모교인 경성의전에서 교편을 잡았던 시절까지 덧붙이면 15년여 세월을 친숙하게 맡으며 살았던 셈이다.
 그는 교단 위에 선 뒤 강의실의 학생들을 천천히 둘러보았다. 학생들은 대부분 해방 전과 비슷한 옷차림이었다. 목까지 단추를 채운 교복을 입고 오른쪽 혹은 왼쪽 가르마를 타 단정하게 빗어 넘긴 머리처럼 학생들은 정갈한 자세로 앉아 있었다.

김일성대학 학생은 여학생 160여 명을 포함해 모두 2천여 명이었다. 그 가운데 460명은 노동당 당원이었고, 열여섯 명은 천도교청우당 당원이었으며, 열아홉 명은 민주당 당원이었다. 당의 추천을 받아 입학한 학생들이다. 그 다음으로 730여 명은 민주청년동맹의 회원이었고 나머지 770여 명은 단체 소속이 없는 학생들이었다. 이 가운데 150여 명의 학생들만이 자본가, 지주 가정 출신이었고 나머지 1천 8백여 학생들은 모두 노동자, 농민, 사무원과 소상인 가정 출신이었다. 기려는 강의실 뒤쪽 벽에 걸린 구호를 보았다. '경성제국대학은 조선의 과거를 대표하지만 김일성대학은 조선의 미래를 대표한다.' 저 당당한 구호처럼 학생들의 얼굴도 자신감이 넘쳐흘렀다. 해방 전이라면 꿈조차 꿀 수 없었던 최고 학부를 다닐 수 있다는 것만으로도 가난한 집안의 학생들은 충분히 자신감을 가질 만했다.

그의 입에 씁쓸한 미소가 떠올랐다. 김일성대학 학부 가운데 특이한 곳은 바로 법학부였다. 법학부의 학생들은 이곳에서 지원한 학생들이 아니라 모두 서울에서 온 사람들이었다. 이른바 국립대학안 파동 때문이었다. 전문대학들을 통폐합해

국립서울대학을 만드는 과정에서 미군정이 친일교수들을 중용하자 그에 반발한 교수와 학생들이 대거 월북하고 말았다. 법학부도 그런 경우였다. 기려가 씁쓸한 느낌을 갖게 된 건, 바로 자신의 모교인 경성의학전문학교가 서울대학교 의대로 편제되어 역사 속으로 사라졌기 때문이었다. '경성'이라는 이름도 사라지고 이제 그곳은 '서울'이 되었다. 그러나 그런 감상에 잠길 시간이 없었다. 명색이 첫 강의 아니던가.

기려는 간단히 자기소개를 한 뒤 외과학을 강의하기 시작했다. 교재는 영어원서였다. 처음에는 어리둥절해하던 학생들도 이내 교수의 목소리에 귀를 집중하기 시작했다. 학생들은 자신들의 교수가 이처럼 영어원서로 강의를 한다는 사실에 놀라워하면서도 감탄하는 표정을 지었다.

강의는 기려에게도 만족스러웠다. 강의 내용을 떠나, 학업에 대한 열의가 어느 때보다 높은 학생들과 함께 지낼 수 있다는 것만으로도 생기가 솟는 듯했다. 수업이 끝난 뒤 호기심 많은 학생들은 기려를 그냥 보내지 않았다. 누군가 손을 번쩍 들었다.

"선생님, 선생님은 왜 외과의사가 되셨습니까?"

학생다운 질문이었다. 대답할 말을 머릿속으로 찾던 기려는 정말 왜 자신이 외과의사가 되었는지를 이즈음에는 잊고 있었다는 생각이 들었다.

"나를 받아준 곳이 외과뿐이었다네."

학생들 사이에서 꽃봉오리 터지듯 웃음이 터져 나왔다. 누군가 다시 물었다.

"선생님께서는 학창시절에 어떤 식으로 공부하셨습니까? 공부의 비결이 있다면 저희에게도 전수해주십시오."

"비결이라……. 공부에 왕도가 있을 리야 없겠지만 굳이 비결이라고 한다면 아마도 일본인 학생들이 아니었을까 싶네."

"일본인 학생이라니요?"

"내가 경성의전을 다닐 때는 일본인 학생과 조선인 학생 사이에 차별이 심했다네. 조선인 학생은 백 명 남짓이었고 일본인 학생은 2백 명이 넘었다네. 일본인 학생들은 우리보다 해부학과 조직학 수업 시간이 더 많았고 우리는 그들보다 체조 시간이 더 많았다네. 아마도 우리를 튼튼하게 만들어서 전쟁터에 내보낼 생각들을 하고 있었던 모양이지."

학생들은 웃으면서도 고개를 끄덕였다.

"수업에서도 차별을 당하다 보니, 일본인 학생들에게 뒤떨어지지 않으려면 더 열심히 공부해야 했다네. 그게 비결이라면 비결일 것이네. 그래서 나는 일본인이 없는 이곳에서 아무런 차별 없이 공부를 할 수 있는 자네들이 부럽다네."

기려는 경성의전 시절을 떠올려보았다. 지금 자신 앞에 앉아 있는 학생들처럼 그 역시 젊었고, 배움에 대한 의지가 넘쳐났다. 하지만 일제는 조선인 학생들을 고급인력으로 키울 생각이 없었다. 해부학과 조직학 수업에만 차별이 있었던 게 아니었다. 조선인 학생들은 겨우 의학서적을 읽을 수 있을 만큼만 독일어 공부를 할 수 있었다. 일본인 학생들은 독일어 수업도 그 두 배였다. 따라서 독일의 의학체계를 받아들인 일본의 의학체계 내에서 조선인 학생들이 일본인 학생들과 경쟁하기란 쉽지 않았다. 게다가 한편으로는 일본어까지 공부해야 했으니, 여러 모로 조선인 학생들에게는 불리한 조건이었다.

"선생님은 어떤 분을 스승으로 모셨습니까?"

그 질문에 기려의 얼굴이 굳어졌다. 학생들은 자신들이 무슨 잘못을 했나 싶어 입을 다물었다. 기려는 스승인 백인제를 떠올릴 때마다 착잡했다. 해방이 되면 만날 수 있으리라 믿었건만, 3·8선은 그걸 용납하지 않았다. 기려는 애써 태연한 척 말을 이었다.

"여러분도 다 그 이름을 알고 있는 백인제 박사라네."

그는 스승을 처음 만났던 날을 떠올려보았다. 백인제는 기려가 입학했던 해 6월에 교수로 부임했지만, 당시 1학년은 외과 수업이 없었다. 백인제는 외과학만을 강의했기 때문에 2학년에 올라가서야 처음으로 가까이에서 대할 수 있었다. 조선인 최초의 교수여서 흠모했던 건 아니었다. 그의 눈에 비친 백인제는 완벽에 가까운 외과의사였다.

그가 이처럼 학생들 앞에서 영어원서로 수업을 할 수 있게 된 것도 스승 덕분이었다. 학생 시절 백인제는 기려에게 이렇게 물어본 적이 있다. '기려, 영어는 좀 하나? …… 표정을 보아하니 고보 이후로는 영어 단어 하나 안 외운 게 틀림없군. 의학의 기초는 독일에 있지만 지금 가장 활발하게 의학적 발달이 이루어지고 있는 곳은 바로 미국과 영국이라네. 시골의사로 머물고 싶지 않다면 이걸 보도록 하게.' 스승은 그에게 영어원서로 된 의학서적을 한 권 던져줬다. 그 뒤 그는 홀로 그 책을 독파했고, 그 다음부터는 스스로 찾아 읽었다. 그 덕분에 영어로 된 의학서적도 쉽게 읽을 수 있었다. 스승은 그에게 많은 영향을 끼쳤다. 그는 자신도 스승처럼 이 학생들에게 좋은 영향을 줄 수 있는 사람이 되고 싶었다. 하지만 과연 그럴 수 있을지는 장담할 수가 없었다.

"조선 최고의 외과의사인 백인제 박사 밑에서 공부를 했던 시절이 가장 행복했던 시절이라네. 자네들도 공부를 할 수 있는 시절이 가장 행복한 시절이라는 사실을 명심하게나. 힘들고 고되어도 하나하나 배워가는 기쁨만큼 커다란 기쁨이 없다네. 자네들은 조선의 미래라네. 도서관은 불이 꺼져서는 안 되고 자네들 손에는 늘 책이 쥐어져 있어야 하네. 자네들처럼 공부하고 싶어도 그러지 못하는 다른 수많은 사람들을 생각하면서, 조국을 위해 배우게나."

이번에는 다른 학생이 물었다.

"선생님, 외과의사가 되려면 비위가 좋아야 한다죠. 대체 그걸 어떻게 견디셨습니까?"

기려도 그 질문에는 웃지 않을 수 없었다. 생각해보면, 비위가 좋아야 하는 게 사실이었다. 그는 만약 스승인 백인제가 이런 질문을 받았다면 어떻게 대답했을지를 생각해보았다. 그러자 해야 할 말이 거짓말처럼 환하게 떠올랐다.

"나도 그게 의문이기는 하네. 내가 어떻게 외과의사가 되었는지. 사실 나는 비위가 무척 약한 편이거든. 그럼, 우리 모두 한번 생각해보도록 하세. 서양에서도 외과의사가 의사대접을 받게 된 건 그리 오래된 일이 아닐세. 예전에야 내과의사만을 의사대접 해줬으니까. 칼로 째고 실로 묶고 가운에 피 묻혀가며 수술해야 하는 외과의사를 천하게 여긴 건 동양이나 서양이나 마찬가지지. 내과의사는 닥터라 부르고 외과의사는 미스터라 불렀으니 말이야. 하지만 만약 그 옛날의 외과의사들이 자신의 직업을 천박하다고 여겨 수술을 꺼려했다면, 오늘날의 외과학이라는 게 과연 존재할 수 있었겠는가? 문명이란 피를 먹고 자라는 나무일세. 앞 세대의 희생을 발판 삼아 새로운 단계로 올라가는 건 외과라고 해서 예외일 수가 없지."

학생들의 질문공세는 계속 이어졌다. 그는 다음 시간에 더 이야기를 나누자고 손사래를 친 뒤 강의실을 빠져나왔다. 묘한 기분이었다. 학생들과 하나가 된 듯한 일체감을 느꼈다.

하지만 시절은 그가 강의에만 몰두하도록 내버려두지 않았다. 부속병원에도 신경을 써야 했고, 그의 실력을 믿는 사람들이 여전히 도움의 손길을 내밀고 있었다.

어느 날 북로당 고위 간부가 그를 찾아왔다.

"이틀 전부터 김일성 동지가 고통을 호소하고 있습니다. 아무래도 선생께서 한번 봐주셔야겠습니다."

그는 간부를 따라 김일성이 입원해 있는 부속병원으로 향했다. 그가 도착했을 때는 이미 검사가 끝난 뒤였다. 기려는 김일성의 주치의에게 검사 결과를 물었다. 주치의는 자신 없는 목소리로 말했다.

"처음에는 급성충수염인 줄만 알았습니다. 하지만 환자가 워낙 고통스러워하니 담석이나 요로결석이 아닌가 싶어 방금 소련군 군의관들이 결석진단에 들어갔습니다."

기려는 검사실로 들어갔다. 소련군 군의관들이 그를 돌아보았다. 북로당 간부가 유창한 러시아어로 기려를 그들에게 소개했다. 잠시 서로 인사를 나눈 뒤 기려는 환자인 김일성에게 물었다.

"통증이 어디서부터 시작되었습니까?"

김일성은 고통을 참기 위해 애를 쓴 듯 이마에 식은땀이 맺혀 있었다. 그는 기려를 알아보고 손을 내밀었다. 기려는 그 손을 잡고 다시 물었다.

"정확히 설명해주셔야 합니다. 아니면 요로 내시경 검사를 해야 하니까요."

요로에 직접 내시경을 집어넣는 일이니만큼 끔찍한 고통이 따랐다. 그 사실을 김일성도 잘 알고 있었다. 김일성은 고개를 끄덕이며 자신의 증세를 설명했다.

"처음에는 배 전체에 미약한 통증이 있다가 그 통증이 더 심해졌지요. 그러다가 오른쪽 아랫배만 심하게 아팠습니다."

그 말이 사실이라면 급성충수염이 분명했다. 하지만 주치의는 요로결석이 의심된다고 하지 않았던가. 기려는 다시 물었다.

"정확히 아픈 곳이 오른쪽 아랫배뿐입니까?"

"잘 모르겠어요. 거기서부터 허벅지 부근까지 전부 아픈 것 같으니까요."

이 몇 마디를 주고받는 것도 힘겨운 듯 김일성은 윗니로 아랫입술을 깨물고 있었다. 흔히 맹장염이라 불리는 충수염은 이미 오래전부터 숱하게 접해온 기려였다. 수술경험도 많은 그였지만 정확한 문진을 위해 몇 가지 더 물어보았다. 중요한 건 환자가 정확히 어느 곳에 통증을 느끼고 있느냐를 아는 것이 있다. 그는 김일성을 왼쪽으로 비스듬히 돌아눕게 했다. 그리고 오른쪽 무릎을 굽히라고 말했다.

"무릎을 배에 댄다는 생각으로 굽혀보세요."

기려는 김일성의 엉덩이에 손을 얹어 힘을 주고 문질러보았다. 김일성이 신음을 내뱉었다. 그는 다시 똑바로 눕게 한 뒤 왼쪽 아랫배를 지그시 눌러보았다. 이번에도 신음이 났다.

"어느 쪽이 아픕니까?"

"누른 쪽이 아니라 오른쪽이 아픕니다."

기려는 청진기를 대고 귀를 기울였다. 소리가 미약하다. 체온은 39도이고 맥박도 정상수치보다 조금 높았다. 기려는 확신을 갖고 그를 지켜보는 주치의에게 말했다.

"하복부의 통증은 반사통인 게 분명합니다. 이런 경우를 자주 보았습니다. 지금 반사통을 느끼는 이유는 충수가 터지기 직전이라 할 만큼 부풀어 올랐기 때문일 겁니다."

주치의는 고개를 끄덕였다.

"선생님 말씀을 듣고 보니 이해가 됩니다. 하마터면 쓸데없이 요로검사를 할 뻔했습니다."

반사통이란 실제 통증이 없는데도 뇌가 통증이 있는 걸로 느끼는 현상이다. 그 이유는 여러 가지가 있지만, 이 경우에는 아마도 충수 부위의 통증이 극심해서일 것이다.

"해부학적으로는 맹장 기저부를 둘러싸는 어떤 곳에도 충수가 자리 잡고 있을 수 있습니다. 지금 상황으로는 압통이 최고인 곳을 알 수 없으므로 정확한 위치는 일단 개복을 해야 알 수 있을 것입니다."

기려는 이렇게 말한 뒤 수술을 서두르는 게 좋다고 충고했다. 기려가 검사실을 나가려 하자 김일성이 다급한 목소리로 그를 불렀다. 그가 되돌아가자 김일성이 말했다.

"장 선생께서 수술을 집도해주시오."

기려는 고개를 저었다.

"아시다시피 저는 기독교인입니다. 그래서 수술을 하기 전에는 반드시 내가 믿는 하나님께 기도를 드립니다. 장군님께서 그걸 받아들일 수 있겠습니까?"

고통 때문인지 김일성의 입술이 묘하게 일그러졌다.

"장 선생, 나는 항일무장투쟁을 하면서 숱한 동지들의 죽음을 보아왔어요. …… 그러다 해방 몇 해 전, 백두산 밀영에 은거하고 있을 때 맹장염으로 동지를 한 명 잃었소이다. 적들의 총탄이 아닌 병 때문에 동지를 잃었을 때, 우리는 모두 망연자실했다오. 그 뒤 장 선생이 일본인 의사조차 하지 못한 대수술을 했다는 소식을 전해 들었소. 그때 얼마나 애석했는지 모르오. 우리 동지들 중에도 장 선생 같은 의사가 있었으면 하고 말이오."

김일성은 잠시 말을 멈추었다. 주치의가 김일성의 이마에 맺힌 땀을 거즈로 닦아주었다.

"나는 죽는 게 두렵지는 않소. 하지만 앞서 죽어간 동지들에게 약속했소이다. 살아남아서 일제가 패망하는 걸 지하의 동지들에게 보여주겠노라고. 그 소원은 이뤄졌소. 하지만 한 가지 약속이 더 남아 있소. 인민이 주인 되는 새조국을 건설하고 죽겠다는 약속 말이오. 그러니 장 선생께서 수술해주시오. 장 선생 같은 분에게 맹장수술은 식은 죽 먹기 아니겠소?"

김일성의 얼굴에서 공포를 읽을 수 있었다. 충수가 터져 복막염을 일으킨다면 생사를 다투는 상태가 될 수도 있었지만, 충수염 자체만으로 생명이 위태롭다고는 할 수 없었다. 그러나 아픈 이들은, 그게 설령 장군이라 할지라도 한 번쯤은 죽음에 대해 생각해보기 마련이었다. 어쩌면 한 번쯤은 죽음을 상상할 수 있을 만큼 아파보는 것도 나쁘지 않은 일일 수 있다. 사람들은 그때야 비로소 자신이 잊고 있었던 맹세를, 순수했던 시절의 다짐을 되새겨보게 되니 말이다.

"물론 제가 집도할 수는 있습니다. 다만 제 기도를 용납할 수 있느냐 없느냐가 문제겠지요."

"대답을 한 것이나 마찬가지요."

"알겠습니다. 그리고 이 점도 기억하셔야 합니다. 수술 중에 이물질이 복강 내로 들어가면 안 된다는 건 잘 알고 계시겠지요?"

김일성은 또 무슨 문제가 있느냐는 듯 의아한 눈으로 그를 보았다.

"그래서 수술 전에 체모를 제거해야 합니다."

그 말이 무슨 뜻인지 잠깐 알 수 없었던 김일성은 주변 사람들을 둘러보았다. 사람들은 모두 고개를 돌렸다. 그제야 김일성은 말뜻을 깨달은 듯 씁쓸하게 웃었다.

"그런 건 걱정하지 마시오. 장 박사에게 물어내라고 요구하지는 않을 테니깐."

김일성은 검사실 옆의 수술실로 옮겨졌다. 기려는 수술준비를 마치고 수술대 앞에 섰다. 그리고 기도했다. 자신 앞에 누워 있는 이 환자의 수술을 인도해주기를, 그리하여 환자가 완쾌할 수 있기를. 자신보다 한 살 어린 이 사내, 비록 자신과 뜻이 일치하지는 않지만 가난과 설움 속에서 살아온 사람들에게는 한줄기 희망일 수도 있는 이 사내를 도와주십사 기도했다. 김일성의 주치의가 그의 수술을 도왔다. 우선 그는 환자의 오른쪽 쇄골 중앙선을 기준으로 아래로 가상의 선을 아랫배까지 그었다. 그 마지막 점을 중심으로 좌우로 3센티씩 갈랐다. 섬유결에 따라 근육을 분리한 뒤 육안으로 확인할 수 있도록 충수를 지그시 잡아 올렸다. 주치의가 고개를 끄덕였다. 충수염이 분명했다. 괴사한 충수벽이 보였다. 수술을 서두르지 않았다면 충수가 터져 복막염으로 진행되었을 게 뻔했다. 충수간막을 겸자로 잡아 가운데를 잘라냈다. 충수를 살라내기 위해서였다. 충수를 잘라내고 맹장을 복강내로 다시 집어넣을 때까지는 오랜 시간이 걸리지 않았다. 이따금 주치의가 너무 힘을 줘 예상 밖으로 출혈이 심해지는 경우도 있었지만, 기려가 잘 마무리하여 큰 실수 없이 수술을 마칠 수 있었다. 거즈와 수술도구들의 숫자까지 다 확인한 뒤 복부를 봉합하자 집도의인 기려보다 김일성의 주치의가 더 큰 한숨을 내쉬었다.

"장 선생님, 정말 소문처럼 대담하고 섬세하십니다. 저는 손이 떨려 죽는 줄 알았습니다."

"그건 아마도 선생님께서 환자를 환자로 보지 않고 권력자로 보셨기 때문일 겁니다."

"아픈 데를 찌르시는 군요."

기려와 주치의는 악수를 나누었다. 조금 뒤 회복실에서 전갈이 왔다. 김일성이 기려를 보고 싶어한다는 것이었다. 기려는 다른 환자들을 대하는 것과 마찬가지로 수술경과를 설명해주고 완전히 회복할 때까지는 무리해서는 안 된다는 주의를 주었다. 김일성은 가만히 고개를 끄덕였다.

"장 선생, 고맙소이다. 솔직히 말하자면, 나는 조금 걱정이 되었소. 장 선생이 마음만 먹으면 수술사고로 위장할 수도 있을 테니 말이오."

"지금 이 순간 우리는 의사와 환자로 만난 것입니다. 의사가 일부러 수술사고를 낸다면 그 의사를 참의사라고 할 수 있겠습니까?"

"괜한 걱정이라는 걸 알고 있지만, 이제 나는 혁명가라기보다는 정치가라는 게 진실에 가까울 것이오. 정치가란 그처럼 매사를 의심해야 하는 족속들이외다. 어쨌든 특별히 신경 써주신 점 고맙소이다."

"아닙니다. 저는 특별히 신경 쓴 게 없습니다. 저는 그저 제 환자에게 최선을 다할 뿐입니다. 그 환자가 돈이 있나 없나, 지위가 높은가 낮은가 따위는 상관하지 않습니다."

"장 선생께서 해방 전에도 무의촌 진료에 열성적이었다는 이야기는 잘 알고 있소이다. 궁금한 게 하나 있소. 그럼, 만약 지금 여기 누워 있는 사람이 내가 아닌 이승만이라 해도 그랬을 거라는 말씀이오?"

"그렇습니다."

"장 선생…… 당신은 좀 독특한 사람이오. 그 특별함이 당신을 훌륭한 의사로 이끈 것인지도 모르겠소."

수술 뒤 경과는 좋았다. 김일성은 완쾌하여 퇴원했고 그로부터 얼마 뒤 기려에게 한 가지 소식이 날아왔다. 그에게 모범일꾼상을 수여한다는 것이었다. 그는 상과 함께 주어진 상금을 전부 교회에 헌납했다. 여전히 아내가 바느질을 하여 생계를 꾸리는 형편임에도 그는 돈에 내한 욕심이라고는 손톱만큼도 없었다. 그리고 이듬해 여름, 남쪽에서 대한민국 정부가 수립되었다. 북쪽에서도 인민공화국 수립을 서두르고 있는 가운데, 그에게 김일성대학 박사학위가 수여되었다. 이로써 기려는 언어학으로 일제시대부터 명성을 떨친 김두봉과 누에고치 연구로 유명했던 계응삼, 그리고 비타민E 연구로 업적을 쌓은 최삼열, 탁월한 해부학자 최명학, 이렇게 네 명과 더불어 김일성대학에서 최초로 박사학위를 수여받은 한 사람이 되었다. 하지만 박사학위가 마냥 기쁜 것만은 아니었다. 한번 받았던 박사학위를 다시 받는다는 건, 남과 북의 분단이 기정사실로 굳어지고 있다는 걸 의미했다. 이제 더는 서로를 인정하지 않게 된 것이다. 각자의 길을 가겠다는 뜻이기도 하다. 하지만 그걸 조선인 모두가 진심으로 바라고 있다고 말할 수는 없다. 아니, 어쩌면 그 누구 하나 바라지 않는 일인지도 모른다.

그는 러시아어로 된 의학서를 번역해보고 싶었다. 일어, 영어, 독일어에는 능통한 그였지만, 아무래도 새로운 의학지식을 재빨리 습득하려면 당장으로서는 러시아어를 알고 있는 게 유리했다. 평양에서 러시아어를 능통하게 할 수 있는 사람의 숫자는 퍽 적었다. 해방 전 소련에서 살았던 사람들만이

러시아어를 할 줄 알았다. 소련 군정 당국을 통해 의학서적들이 풀려나오기는 했지만, 그걸 번역해서 알려줄 수 있는 사람이 없었다. 그림의 떡인 셈이다. 기려는 러시아어 의학서적을 볼 때마다 새로운 앎에 대한 욕구가 솟아올랐다. 강박관념이라고 해도 좋을 정도였다. 만약 저 책에 씌어 있으나 읽지를 못해서 반드시 알아야 할 사실을 모르고 지나간다면, 수많은 시행착오에도 불구하고 해결하지 못한 문제의 해답이 거기에 실려 있다면 어쩌나 하는 생각에 조바심이 났다. 새로운 의학 지식이 이미 오래전 세상에 유통되고 있는데, 자신만 그 사실을 모르는 게 아닌가 싶었다. 이건 앎에 대한 욕구를 넘어선 무지에 대한 불안감이었다. 그는 그 불안감을 떨쳐버릴 수가 없었다. 수소문 끝에 그는 병원 의사 가운데 조선말을 잘하는 러시아인 의사가 있다는 사실을 알게 되었다. 그는 무작정 러시아인 의사를 찾아가 자신에게 러시아어를 가르쳐달라고 부탁했다. 처음에는 당황해하던 러시아인 의사도 그가 왜 러시아어를 배우겠다고 마음먹었는지 알게 되자 흔쾌히 선생이 되어주겠노라 허락했다.

 러시아어 공부를 하며 교재로 사용할 책을 찾기 위해 김일성대 도서관에 갔을 때였다. 그곳에서 기려는 뜻밖의 책을 만나게 되었다. 《러시안Russian》이라는 영문판 러시아어 문법책을 뒤적이던 그는 낯익은 필체로 씌어 있는 낯익은 이름을 보았다. 함석헌. 함석헌의 책이 왜 이곳에 있단 말인가. 기려는 몰랐지만, 함석헌이 소장하고 있던 대부분의 책들은 여전히 송산리에 남아 있었다. 함석헌은 고향인 용천으로 그 책들을 옮길 수가 없었다. 그래서 함석헌의 아들이 그 책들을 모두 김일성대 도서관에 기증해버린 것이다. 그 밖에도 기려는 함석헌의 책이었음이 분명한 《볼쉐비키당사》, 《노어사전》 등을 발견했다. 새삼 함석헌의 학구열에 고개를 숙이지 않을 수 없었다. 기려는 언젠가 함석헌이 했던 말을 떠올렸다. 사회주의와 공산주의에 관해 공부해보니 대체로 그 대의에는 동의할 수 있지만, 그래도 부족한 게 많다고 했던 말. 그러니까 함석헌은 이미 그때 사회주의와 공산주의가 무엇인지 잘 알고 있었던 것이다. 그게 무언지도 모르면서 무턱대고 반대하거나 찬성하는 사람들과 달리 자신의 눈으로 직접 보고 깨우친 뒤에야 그런 말을 했던 것이다.

그는 업무가 끝나면 러시아인 의사를 찾아가 러시아어 과외수업을 받았다. 출퇴근길에도 학생들처럼 러시아어 단어장을 들여다보며 다닌 덕분인지 날이 갈수록 실력이 쑥쑥 늘었다. 평양은 태평양 전쟁 이전으로 돌아간 것처럼 활기가 넘쳤다. 공장이 움직이기 시작했고 거리에 자동차가 늘어났으며 사람들의 발걸음도 빨라졌다. 정부가 세워지고 질서가 잡히면서 테러도 자취를 감추었다. 표면적으로는 태평양 전쟁

이전, 최고의 번영을 구가하던 평양으로 되돌아간 듯 보였다. 하지만 남과 북에 서로 다른 정권이 들어섰기에 진정한 대결은 이제부터 시작인 셈이었다.

이미 많은 기독교인들이 북을 떠나 남으로 내려갔다. 아직 떠나지 못한 사람들은 호시탐탐 기회만 노리고 있었다. 더러는 그에게도 함께 남으로 내려갈 것을 종용하기도 했다. 그럴 때마다 그는 이렇게 대답했다.

"이쪽이나 저쪽이나 우리 민족, 우리 조국인 건 마찬가지 아니겠습니까? 이왕에 이곳에서 시작한 일, 끝을 보고 싶습니다."

3·8선에 대한 경계는 더욱 삼엄해졌다. 이전에는 허술한 구멍이 많아 남으로도 북으로도 대체로 큰 어려움 없이 오갈 수 있었지만, 이제 3·8선을 넘으려면 목숨을 걸어야 했다. 설령 기려가 남으로 내려갈 생각이 있다 하더라도 불가능해진 것이다. 홀몸이라면 그런 생각을 가졌을지도 모른다. 하지만 한 가정의 가장인 그였기에 처음부터 그런 엄두도 내지 못했다. 남쪽에 내려간다고 해서 딱히 이곳보다 사정이 좋으리라는 보장도 없었다. 그에게 희망은 오직 하나, 그가 가르치는 학생들뿐이었다. 순수하고 열정적인 학생들이 조금 더 나은 미래를 만들 수 있으리라는 기대마저 없었다면, 그 역시 이토록 열심히 살 수는 없었을 것이다.

전선으로 떠나는 사람들

기려는 러시아 의학서적 번역을 위해 오래전부터 휴가를 신청해두었다. 제대로 된 번역서가 없는 현실이다 보니 그의 제안은 오래지 않아 받아들여졌다. 그는 어디로 가고 싶으냐는 학과장의 질문에 자신도 모르게 묘향산이라고 대답했다. 학과장은 묘향산 좋지요, 저도 예전에 묘향산 약수를 마셔본 적이 있는데 맛이 참 독특하더군요. 그럼 내 그쪽으로 신청해드리겠습니다, 라고 했다. 묘향산으로 향하는 날은 완연한 초여름 날씨였다. 철로 연변에는 모내기를 위해 갈아놓은 무논들이 보였다. 농민들은 한창 바쁜 시절이다. 고추와 깨를 갈고 나면, 바로 모내기에 들어가야 하니 말이다. 그는 왜 자신이 스스럼없이 묘향산에 가고 싶다고 대답했는지 생각해보았다. 그러자 순박한 한 소년의 얼굴이 떠올랐다. 그는 자신의 이마를 쳤다. 박대길, 하나꼬라는 일본인 여학생을 사모하던 그 아이가 기억의 심연에서 수면 위로 선명하게 떠올랐다. 그가 해방 전 머물렀던 일본인이 경영하던 여관은 도가 운영하는 휴양소로 바뀌어 있었다. 비록 이름은 바뀌었지만, 자신이 예전에 머물던 방은 그대로였다. 마치 또 다른 고향을 찾아온 듯 정겹기까지 했다. 그는 여행가방을 푼 뒤 대길을 수소문했다. 다행히 대길의 소식을 아는 사람을 만날 수 있었다. 그 사람에 따르면 대길은 인민군에 들어갔다고 한다. 아쉽기 짝이 없었다. 물론 여태 대길이 이곳에 머물고 있으리라 여겼던 건 아니다. 하지만 가까운 곳에 살고 있어 한 번쯤은 만날 수 있으리라 기대했는데 그것마저 불가능하게 된 셈이다. 많은 청년들이, 아니 이제 겨우 소년티를 벗은 사내들이 군대에 들어갔다. 더구나 대길처럼 가난한 집안 출신의 사내들에게 군대는 하나의 안식처였다. 가난한 집에서야 밥 먹는 순가락 하나만 줄어도 반길 텐데 월급까지 받으며 생활할 수 있으니 누구나 군입대를 바라마지 않았다. 대길 역시 그런 이유로 군대를 선택했으리라.

며칠 뒤 그는 휴양소 부근으로 산책을 나갔다. 해방 전에는 올라가볼 엄두도 내지 못하던 곳까지 가보았다. 산천은 의구하다고 하던가. 묘향산은 해방 전이나 해방 뒤나 달라진 게 없는 듯했다. 어쩌면 산천의 변함없음은 하루가 다르게 변해가는 인간사와 비교했을 때 더욱 두드러져 보이는 것인지도 모른다. 해방되고 불과 5년이 지났건만, 그 사이 많은 게 변했다. 그는 이제 조선민주주의 인민공화국의 국민이다. 청춘의 전반기를 보낸 경성은 그에게 아득한 곳이다. 청춘의 후반기를 보내고 있는 이곳 역시 그에게 아득한 곳이다. 경성은 멀리 떨어져 있는 데다 가볼 수 없는 곳이어서 아득하고, 이곳은 그의 마음이 뿌리를 내리지 못해 아득하다. 이런 그의 심사를 알아주는 듯 묘향산은 부드럽게 그를 품에 안았다. 그는 이마에 맺힌 땀을 닦아내고 나무 그늘 아래서 잠시 쉬었다가 올라온 길을 내려갔다. 의학서적 번역은 생각보다 순조로웠다. 이 속도로 번역해간다면 다음 학기에는 새로운 교재로 사용할 수도 있을 듯했다. 그러던 어느 날 산책을 나갔다 돌아오는데, 휴양소에 뜻밖의 손님이 그를 기다리고 있었다. 처음에 그는 자신을 기다리는 손님이 누구인지 몰라 고개를 갸웃 기울였다. 손님은 그를 보자 맨땅에 넙죽 엎드려 절을 했다.

"선생님이 계시다는 걸 알고 부리나케 달려왔습니다."

대길이었다. 그는 자신 앞에 서 있는, 까맣게 탄 얼굴의 건장한 청년이 대길이라는 사실을 믿을 수가 없었다. 그가 대길을 알아볼 수 있던 것도 명찰 때문이었다.

"네가 정녕 그 조그맣던 대길이란 말이냐?"

그는 대길의 손을 잡았다. 투박하고 거친 대길의 손에서 그동안 녀석이 얼마나 고생을 했을지 안 봐도 알 것만 같았다. 그는 군복을 입은 대길을 위아래로 훑어보며 연신 고개를 끄덕였다. 이제 겨우 사춘기를 지났을 법한 녀석의 얼굴은 제법 사내답게 틀이 잡혀 강인한 인상을 주었다. 대길은 부대 이동이 있기 전에 휴가를 받아 잠시 집에 들렀다가 기려가 이 휴양소에 머물고 있다는 사실을 알게 되었다고 말했다.

"저는 사실 선생님께서 저를 기억하지 못하실까봐 걱정했습니다."

대길의 얼굴에 수줍은 표정이 떠올랐다. 그 표정만은 예전의 소년과 다름없었다. 그렇지만 그들의 해후는 너무 짧았다. 대길은 곧장 부대로 복귀해야 한다.

"휴가를 받았으면 여유롭게 좀 지내다 갈 것이지 뭘 그리 서두는 거냐?"

"저도 그러고 싶지만, 저만 그런 게 아니라 모든 인민군이 똑같습니다. 제가 부대에서 모범병사로 뽑히지 않았다면 아마 휴가도 못 나왔을 겁니다."

대길은 말투도 제법 어른스러웠다. 5년이라는 세월은 한 소년이 청년으로 성장하기에 부족함이 없는 시간이었다. 그와 대길은 지난 5년을 어떻게 보냈는지 이야기를 나누었다. 녀석은 그가 김일성대학 교수라는 사실을 알자 자신감 넘치는 목소리로 다짐했다.

"선생님, 지도 나중에 제대하면 꼭 김일성대학에 갈 겁니다. 선생님 제자가 될 수도 있습니다. 그러니 그때까지 건강하게 지내세요."

"그래, 나도 그런 날이 어서 왔으면 좋겠구나."

휴양소를 나서는 대길은 쓸쓸한 표정이었다. 두어 시간 이야기를 나누면서 한 번도 그런 표정을 짓지 않은 대길이었다. 기려는 대길에게서 무언가 미처 말하지 못한 사람의 아쉬움을 느꼈다. 아니나 다를까. 대길은 휴양소에서 한참이나 먼 곳까지 배웅을 나선 기려에게 작별인사를 한 뒤에도 쉽사리 발걸음을 옮기지 못했다.

"저, 선생님. 어쩌면 한동안 시절이 어수선할 수도 있겠어요. 그러니 부디 몸조심하세요."

"시절이 어수선할 거라니? 그게 무슨 말이냐?"

"저도 잘 몰라요. 하지만 우리 부대가 남쪽으로 이동을 한답니다."

3·8선 부근에서는 하루가 멀다 하고 남과 북의 군인들이 충돌하고 있었다. 때로는 연대급 병력들이 3·8선을 넘어 서로의 영토를 일시적으로 점령하기도 했다. 기려는 대길의 부대가 전방 부대와 교체를 하기 위해 가는 게 아닌가 싶었다. 만약 그렇다면 대길도 전투를 치러야 할지 모른다. 대길 역시 퍽 심란하리라.

"3·8선에서 군사적 충돌이 자주 일어난다지? 몸조심해야 할 사람은 내가 아니라 너인 것 같구나."

"글쎄요, 평소처럼 일어나는 충돌이라면 이렇게까지……. 아닙니다, 제가 괜한 말씀을 드렸군요. 어쨌든 저는 가보겠습니다. 부디 건강하세요."

대길은 성큼성큼 걸어서 가버렸다. 산모롱이를 돌아 대길의 모습이 보이지 않을 때까지 기려는 그 자리에 서 있었다. 녀석은 모호한 말을 남기고 가버렸다. 그 말이 왠지 앞으로 다가올 어떤 사건을 예고하는 듯해 그는 마음이 불편했다. 겉모습이야 장성한 청년이라지만 아직 속은 여린 소년인 채로 여물지 못했을 게 분명했다. 그런 대길이 전투가 치열하게 벌어지고 있는 전방으로 배치를 받는다니 그 역시 걱정이 되었다. 해방된 지 얼마나 되었다고, 이제는 동족끼리 서로의 가슴에 총부리를 겨눠야 한단 말인가. 대길을 만나고 난 뒤부터 그는 산책에 흥미를 잃었다. 가슴이 울렁거리고 밤에도 잠이 오질 않았다.

그래도 아침에 일어나면 찬물에 세수를 하고 책상 앞에 앉아 번역을 시작했다. 점심은 거르기 일쑤였고 밤 늦게까지 일에 몰두했지만 피곤하지는 않았다. 그러다 이따금 머릿속이 새하얗게 변해버린 듯 자신이 지금 무얼 하고 있는지조차 알 수 없는 순간이 찾아왔다. 그럴 때면 창가로 다가가 심호흡을 했다. 묘향산에 의미 없는 눈길을 던지고 멍하니 있노라면, 불안감이 밀려왔다. 그러면 불안감을 떨치기 위해 억지로 다시 책상 앞에 앉았다. 그는 의식적으로 일에 몰두하고 싶었다. 그는 자신이 불혹이라 불리는 마흔 살이라는 사실을 떠올리며 소스라치게 놀랐다. 과연 지금도 스스로를 청년이라 부를 수 있을 것인가. 이런 의문이 떠올라서였다. 육체가 늙어도 정신만 젊다면 여전히 청년이라 할 수 있으리라. 하지만 그는 자신이 현실에 안주하고 싶어한다는 걸 부정할 수 없었다. 젊은 날에는 사람을 살리는 의사를 넘어 나라를 살리는 의사가 되고 싶었다. 겉으로야 그런 소원이 이뤄진 듯 보일 수도 있다. 최고 대학 최고 학부에서 학생들을 가르치는 강좌장이니 말이다. 후학들을 기르는 것도 나라를 살리는 길 가운데 하나임에는 틀림이 없지만, 어쩐지 그는 자신이 엉뚱한 길로 들어선 게 아닌가 하는 의심을 떨칠 수가 없었다. 그는 자신이 서 있는 곳이 오감을 집중하지 않으면 느낄 수 없을 만큼 미세하게 흔들리고 있다고 생각했다. 대지진의 여진처럼 사라져가는 흔들림이 아니라, 대지진을 예고하는 척후병과 같은 것. 땅 위에 살면서도 멀미를 느끼지 않을 수 없는 시대를 건너고 있다고 여겼다.

처음에는 아무도 그 사건의 의미를 몰랐다. 사람들은 3·8선

부근에서 일어나는 일상적인 충돌이겠거니, 이전보다 조금 규모가 큰 전투가 벌어지고 있는 것이겠거니 했다. 평양 사람들이 이 사건의 의미를 분명히 깨닫게 된 건 미군 전투기가 평양상공에 나타났을 때였다. 비로소 그들은 자신들이 전쟁의 소용돌이에 들어와 있음을 감지할 수 있었다. 창가에 있지 말라는 보안원들의 경고를 무시하고 기려는 창가에 붙어 하늘을 올려다보았다. 해방 전, 멀고 높은 하늘을 날던 미군 폭격기를 볼 때는 가슴이 두근거렸다. 그 당시 아련하게 들려오던 비행기 소리는 조선을 해방시켜줄 구원의 소리였다. 일본인들은 하늘을 향해 종주먹을 날렸고 조선인들은 마음속으로 박수를 쳤다. 그러나 지금 들려오는 소리는 그와는 전혀 달랐다. 이건 다만 전쟁이 만들어낸 소음일 뿐이었다.

가장 많은 피해를 입은 곳은 평양 중심부가 아니었다. 대동강 너머 동대원리, 신리, 선교리 지역에 가장 많은 폭탄이 투하되었다. 일제시대부터 그 지역은 공업지역이었고, 군수물자를 생산하는 공장이 밀집해 있는 곳이기도 했다. 동대원리에는 일본육군 제7비행연대가 있었고 해방 뒤에도 군사기지로 사용되었다. 대동강을 건너기 위해서는 예전처럼 다시 거룻배를 이용해야 했다. 다리가 모두 끊긴 탓이었다. 인민군은 서울을 점령한 뒤로도 파죽지세로 남쪽으로 진군하는 중이었다.

묘향산에서 복귀를 명령받고 평양으로 돌아온 그가 전쟁을 실감할 수 있었던 건, 폭격 때문도 아니었고 대동강을 건너가는 군용열차의 행렬을 지켜보았기 때문도 아니었다. 그의 큰아들이 인민군 소좌 복장으로 작별인사를 위해 찾아왔던 순간, 그는 전쟁을 절실히 피부로 느꼈다. 기려는 열여덟의 아들에게 달리 해줄 말이 없었다. 열여덟에 전쟁을 맞은 청년을 위로할 수 있는 건 세상에 존재하지 않았다. 그의 큰아들은 과묵한 청년이었다. 장남이기도 했지만, 기려에게 물려받은 기질 탓이기도 했다. 아들은 자신의 주장을 내세운 적이 없었다. 기려와 마찬가지로 고지식할 만큼 순종적이었다. 그런 아들이 딱 한 번 부모에게 자신의 주장을 내세운 적이 있다.

중학교 졸업을 앞두고 있던 어느 날, 아들은 그에게 더는 학교에 다니지 않겠노라 선언했다. 그는 아들에게 이유를 물었다. 아들은 일요일에 학교에 나오라는 지시를 받아들일 수 없다고 대답했다. 기려는 고개를 저을 수도 끄덕일 수도 없었다. 부모로서 그 누가 자신의 아들이 중학교조차 졸업하지 못한다는 사실을 담담하게 받아들일 수 있을까. 기려는 간신히 고개를 끄덕였다. 그건 아들의 선택을 존중한다는 의미였지, 자퇴를 지지한다는 뜻은 아니었다. 하지만 결과적으로 그는 아들의 자퇴를 지지해버린 쪽이 되고 말았다. 훗날 아들이 그런 자신을 원망하지 않으리라 장담할 수는 없었다. 학교를 그만둔 뒤 아들은 한동안 방황했다. 기려는 지켜볼 수밖에 없었다. 선택에는 책임이 따르게 마련이었다. 아들은 그걸 배우고 있는 중이다. 기려도 길거리에서 학생들을 만나면 자신도 모르게 고개를 돌리곤 했다. 그리고 그는 외아들 이삭마저 기꺼이 신에게 바치려 한 아브라함을 떠올렸다. 그렇게 묵묵히 지켜보기만 하던 어느 날 그는 아들에게 자극이 필요하다는 생각이 들어 가볍게 야단을 쳤다. 아들은 잠자코 그의 말을 들었다. 그는 아들에게 남들 보기 부끄럽다, 젊은 녀석이 뭐라도 해야 하지 않느냐고 말했다. 그 말에 아들이 움찔 몸을 떨었다. 내내 고개를 숙이고 있던 아들이 천천히 얼굴을 들었다. 아들의 눈에 눈물이 그득했다. 기려는 놀랐지만 내색하지는 않았다. 아들은 그에게 원망스럽다는 듯 말했다.

"아버지, 그토록 제가 부끄러우신가요? 인민들의 존경을 받는 아버지에게 저처럼 못난 자식이 있다는 사실이 참을 수 없으신 건가요?"

그는 할 말을 잃었다. 이런 반응을 기대한 게 아니었다.

"그래요. 저도 알고 있어요. 그래서 저는 낯선 사람들에게 아버지에 대해 한 마디도 안 해요. 김일성대학 강좌장의 아들이 학교도 때려치우고 집에서 빈둥거린다는 소리를 듣고 싶어하지 않으실 테니까요. 그러니 걱정하지 마세요. 제가 아버지 아들이라는 걸 아는 사람은 별로 없으니까요."

기려는 자신도 모르게 아들의 뺨을 힘껏 후려쳤다. 지금까지 그는 자식들을 훈계하면서 손찌검을 해본 적이 없었다. 그래서인지 아들도 퍽 놀라는 눈치였다. 하지만 아들도 감정을 제어하지 못했다. 오랫동안 쌓여온 불만이 터져 나온 때문이었다.

"못난 녀석, 네 입에서 겨우 그런 말이 나오다니."

아들의 눈이 반짝 빛났다. 기려는 그 눈빛이 자신의 몸을 난도질하고 있는 것처럼 아팠다.

"부정하지는 못하시잖아요. 제가 틀린 말을 한 건 아니잖아요."

아들은 이렇게 외치고 집을 나갔다. 나간다고 해서 딱히 갈 곳이 있는 건 아닐 테니 조만간 돌아오겠지만, 아들이 나가버린 뒤 기려는 마치 사방이 탁 트인 황무지에 서 있는 듯한 기분이었다. 그는 무릎을 꿇었다. 그가 원해서 꿇었는지, 어떤 알 수 없는 힘에 의해 억지로 꿇게 되었는지, 알 수 없었다. 무릎을 꿇고 웅크린 그의 몸이 떨렸다. 그의 눈에서도 아들이 흘렸던 것과 똑같이 뜨거운 눈물이 흘러내렸다. 기려는 아들의 말이 틀리지 않았음을 알았다. 김일성대학 강좌장의 아들이라면 당연히 그에 어울리는 사람이어야 한다는 생각을 지니고 있었음을 부정할 수가 없었다. 비록 강좌장이 될 수는 없더라도 최소한 의사는 되어야 한다는 생각을 하고 있었음을 부인할 수가 없었다. 자신의 피붙이에 대한 이런 기대가 아들에게는 부담이 될 수도 있다는 사실을 모르지는 않았다. 하지만 아버지로서 그 역시 남들처럼 당연한 바람을 지니고 있는 것이라고 생각했다. 그는 무서웠다. 자신도 남들과 다르지 않다는 사실이.

 아들은 그 뒤 야학강습소에 나가 공부를 했다. 그리고 조제사 시험에 응시해 자격증을 획득했다. 아들이 인민의원에 취직하여 첫 출근을 하던 날 그는 아들의 손을 꼭 잡고 기도를 해주었다. 그때까지도 기려와 아들 사이에는 서먹서먹함이 남아 있었다. 기려는 반드시 치러야 할 과정임을 알고 있었다. 그래도 차마 입이 떨어지지는 않았다. 아들은 그의 입에서 무슨 말이 나올지 기대하고 있는 듯했다. 하지만 기려는 아들이 사회에서도 사람들과 화합할 수 있기를 바란다는 짤막한 기도를 한 뒤 그냥 그렇게 보내고야 말았다.

 전쟁은 발발했지만 군의관이 턱없이 부족했다. 그의 병원에서도 많은 의사들이 군의관으로 징집되어 평양을 떠났다. 이제는 약제사인 아들마저 징집된 것이다. 그러니 아들은 전선으로 떠나야 한다. 군의관으로 임관을 했으니 치열한 전선에서 한걸음 떨어진 곳에 머무를 수는 있을 것이다. 하지만 그 누가 자신의 아들을 전쟁터로 떠나보내면서 마음이 편할 수 있을까. 전쟁은 이처럼 구체적으로 그에게 다가왔다. 아들은 식구들에게 큰절을 한 뒤 모자를 쓰고 마당으로 나섰다.

아들은 동생들에게 부모님 말씀을 잘 듣고 서로 믿고 의지할 것을 당부한 뒤 몸을 돌렸다. 이제 아들은 떠난다. 이제 가면 언제 올지 알 수 없는 이별이다. 기려는 자신도 모르게 아들의 이름을 불렀다. 이미 등을 돌린 아들이 우뚝 멈춰 섰다. 기려는 목이 메여 간신히 더듬거리며 이렇게 말했다.

"아들아…… 나는 너를…… 한 번도…… 부끄럽다고…… 생각한 적이…… 없단다."

아들은 고개를 돌려 소리 없이 함박 웃었다. 아들의 하얀 치아가 눈부시게 드러났다. 아들은 성큼성큼 떠나갔다. 그의 눈에 아들의 발걸음은 전장에 나가는 사람이라고 믿을 수 없을 만큼 가벼워 보였다. 그 뒤로 그는 인민군을 볼 때마다 아들 생각을 하지 않을 수 없었다. 아들 또래의 청년들이 부상병으로 후송되어 올 때마다 가슴이 덜컥 내려앉았다. 그는 아들을 치료하듯 부상병들을 돌보았다. 굳이 그런 생각을 하지 않더라도 부상당한 앳된 청년들은 모두 자식처럼 여겨졌다. 전선에서 날아오는 소식들은 승전에 관한 것들뿐이었다. 그 소식들이 사실이든 아니든, 사람들은 모두 전쟁이 빨리 끝나기만을 바라고 있었다. 어차피 일어난 전쟁이었다. 되돌릴 수 없다면 한시라도 빨리 끝나기를 바랄 수밖에 없었다.

폭격은 점점 평양 중심부로 옮아오고 있었다. 민가들까지 폭격을 당하면서 병원은 군인뿐만 아니라 부상당한 시민들로 넘쳐났다. 평양은 무덤이 되어가고 있었다. 공습을 알리는 경보가 울리면 기려도 다른 사람들과 함께 방공호로 뛰어들었다. 음습한 방공호 속에 있노라면 그는 마치 카타콤에 들어와 있는 듯한 기분이 들었다. 그곳에서는 사람들이 모두 똑같은 표정을 지었다. 애써 태연한 척, 대범한 척 으스대는 사람이 없는 것도 아니었지만, 사실은 공포를 감추기 위해 억지로 그러는 것임을 모르는 사람은 없었다.

공습이 끝난 뒤 지상으로 올라가면 상처 입은 짐승처럼 헐떡거리는 평양을 느낄 수 있었다. 폐허 위에 다시 폐허가 생겼다. 미군이 떨어뜨린 소이탄 때문에 시커멓게 타버린 시체들이 거리 곳곳에서 뒹굴고 있었고, 여전히 불붙은 채 고통을 호소하는 사람들도 있었다.

이미 많은 의사들이 징집되어 떠났기 때문에 병원에 남은 얼마 안 되는 의사들에게는 과중한 업무가 부여되었다. 내과, 안과, 피부과, 소아과, 산부인과, 이런 구분은 무의미했다. 모든 의사들이 외과의사가 되었다. 불에 타버린 팔다리를 잘라내는 절단수술이 그들이 해야 하는 수술이었고, 살을 찢고 폭탄 파편을 꺼내는 일이 그들이 해야 하는 일이었다. 페니실린과 같은 항생제는 물론이요 마취제마저 턱없이 부족했다. 그래서 대부분의 사람들이 제대로 된 마취도 없이 수술을 받았다. 수술을 성공적으로 마친다 해도 2차감염에 의해 죽어나가기 일쑤였다. 그 탓에 병원은 비명과 절규가 끊이지 않았다. 매일 새벽 시체들을 실은 트럭이 병원을 빠져나갔고, 살아남은 평양 사람들은 자신들 사이로 행진하는 죽음들을 지켜보며 공포에 떨어야 했다.

폭격이 시작된 뒤 미군 공수부대의 후방침투가 우려된다는 이유로 안전원들은 눈에 핏발을 세운 채 평양 시내를 돌아다녔다. 그들은 자신들의 동료가 다치면 무작정 병원으로 밀고 들어와 우선치료를 요구했다. 그럴 때마다 기려는 번번이 그들과 충돌했다. 안전원은 그의 관자놀이에 권총을 대며 윽박지르기도 했다. 그런 협박 따위가 무서울 리는 없었다. 두려움보다 당혹감이 컸다. 안전원이 관자놀이에 대고 있는 낡은 모젤 권총은 한때 독립투사들이 애용하던 권총이기도 했다. 이제 그 권총은 안전원들의 무소불위의 권력을 상징하는 더러운 물건이 되고 말았다. 낡은 상징은 파괴되고 새로운 우상이 만들어지고 있었다. 그건 타락의 징조에 불과했다. 저 차디찬 총구 어디에도 독립을 열망하던 투사들의 순결함의 흔적은 남아 있지 않았다. 거기에는 오로지 전쟁이라는 광포한 시대를 살아가기 위해 스스로 광포해진 인간들의 욕망만이 부르르 살아 떨고 있을 뿐이었다. 그들은 부상당한 평양 시민들을 수술대와 병상에서 끌어내린 뒤 자신들의 동료를 눕혔다.

"이봐 의사 동무, 평양을 지키는 우리 동지들을 먼저 치료하지 않는다는 게 말이나 돼?"

그들은 이렇게 자신들을 정당화했다. 하지만 기려는 그런 협박에 굴복하지 않았다.

"이보시오, 지금 치료를 하고 있는 사람을 끌어내리면 대체 어쩌자는 것이오. 죽어가는 이 사람들이 당신들 눈에는 보이지 않는단 말이오?"

그의 저항은 아무런 힘이 없었다. 가뜩이나 좁아진 병원에 일반병실은 점점 더 줄어들고 특수병실은 늘어만 갔다. 당과 군관의 요인들을 치료하기 위한 병실이 늘어나는 만큼 일반 평양 시민들은 치료의 기회조차 얻지 못하게 되었다. 평양 시민들이 폭격의 위험에 고스란히 노출되어 있는 반면에 어떤 이들은 안전한 피난처를 찾아 호의호식하기도 했다. 미군 전투기와 폭격기가 유일하게 피해가는 곳, 그곳은 바로 미군 포로 수용소였다. 포로 수용소임을 알리는 풍선이 떠 있는 지역은 평양 내부의 섬이었다. 당국은 이런 점을 이용해 아직 폭격의 피해를 입지 않은 산업시설이 있는 곳 주변에 포로수용소를 설치했다. 높은 직위에 있는 사람들은 하나 둘 그곳으로 몰려들어 자신들의 은신처를 만들어놓았다. 어쩌면 그들에게는 전쟁도 하나의 게임에 불과할지 모른다. 살아남을 수 있는 사람들만 살아남는 것. 운명공동체는 처음부터 존재하지 않았다. 일제시대에도 그랬고, 해방 뒤에도 그랬고, 전쟁의 한

복편인 지금도 그렇다. 늘 누군가는 그런 재앙 속에서도 이익을 얻었다. 그는 이 전쟁이 조국해방이라는 거창한 명분을 내걸고 있지만, 사실은 더러운 전쟁으로 역사에 기록될 가능성이 더 높다고 생각했다.

  인민군은 패색이 짙어졌다. 주요한 산업시설이 폭격을 당하면서 기동성을 잃었고, 물자보급도 되지 않아 병사들의 사기는 바닥까지 떨어졌다. 전선과 멀리 떨어진 이곳 평양에서도 그 사실은 알 수 있었다. 기려는 해방 전 물난리가 났던 때보다 더 힘들고 바쁜 나날들을 보냈다. 만약 행운이라는 게 있다면, 그가 기독교인이라는 점이었다. 당은 이제 마지막 남은 의학생까지 장교로 임관시켜 전선으로 내려 보냈다. 40대 50대의 교수들은 물론이요 백발이 성성한 노교수들까지 전선에 투입되었다. 하지만 그들은 기려가 기독교인이라는 이유로, 그래서 믿을 수 없다는 이유로 전선에 보내지 않았다. 기려에게 모범일꾼상을 수여하고 박사학위를 주었으며 김일성대학 강좌장 자리까지 떠맡긴 그들이었으나, 결국 전쟁이라는 극한 대립의 상황이 닥치자 아군, 적군을 나누게 된 것이다. 확실한 내 편이 아니라면, 언제든 적군이 될 가능성이 조금이라도 남아 있는 사람이라면 모두 감시의 대상이 되었다. 이제 평양에 남은 사람은 기려처럼 당의 불신을 받는 사람들이거나 마지막까지 줄을 대고 남은 사람들뿐이었다. 그럴수록 기려가 감당해야 할 수술은 많아졌다. 집에 있는 가족들이 걱정되었지만, 집에 들를 짬도 나지 않았다. 병원에서는 서로가 퀭한 눈으로 눈인사만을 나눌 뿐이었다.

그가 참담했던 건 끝없이 밀려드는 환자들 때문만은 아니었다. 진짜 이유는 자신이 의사가 아닌 전쟁의 한 부속품이 되었다는 자각이 생겨났기 때문이었다. 해방 전과는 느낌이 달랐다. 그때도 물론 전쟁의 시기였지만, 적어도 같은 민족끼리 총부리를 겨누지는 않았으며, 전선도 한반도가 아니었다. 해방 전에는 일제에게 수탈당한다는 억울함이 컸다면, 지금은 자신도 이 전쟁의 일부라는 두려움이 컸다. 다시 말해 해방 전에는 일본을 향해 손가락질을 할 수 있었다. 전쟁을 일으킨 전범들로 비난할 수 있었다. 그러나 이제 손가락은 스스로를 향해야 한다. 전쟁의 원인도, 과정도, 결과도, 책임도 모두 우리 민족의 것이니 말이다. 민족의 운명을 개척하겠다고 나선 그 수많은 정치가들 가운데 누구도 전쟁을 막지 못했다. 그들의 책임은 사실 모두의 책임이었다. 하지만 과연 이 전쟁이 끝난 뒤 누가 스스로 책임을 지겠다고 나설 것인가. 비겁해서가 아닐 것이다. 비겁함을 넘어, 아무도 책임질 수 없을 만큼 거대한 공포 속으로 모두 들어갔기 때문이다. 대체 누가 감히 이 전쟁에 대해 책임을 질 수 있단 말인가. 사람이 일으켰으되, 사람의 손을 떠나버린 일이다. 그래서 그는 어느 때보다 열렬히 기도했다. 스스로의 죄가 무엇인지를 뼈저리게 느끼고 있는 이 민족에게 내린 벌을 거두어주시기를, 다시 한 번 기회를 주시기를 간절히 바라고 또 바랐다.

폐허가 된 평양

안전원들은 더욱 날카로워졌다. 그들의 초조한 얼굴에서 조만간 뭔가 일이 벌어질 것이라는 걸 알 수 있었다. 병원은 이름만 병원일 뿐 그냥 하나의 거대한 무덤이라고 하는 편이 나았다. 환자가 와도 투여할 약과 수액이 하나도 없었다. 거즈와 붕대도 다 떨어져 침대보를 찢어 사용하는 형편이었다. 그래도 특별병동에는 필요한 물품들이 조금은 남아 있었다. 병원이 제 기능을 하지 못하자 사람들은 스스로 살 길을 찾아 나섰다. 환자들은 직접 아편을 구해 오기도 했다. 자신을 수술할 때 아편으로 마취를 해달라는 것이었다.

폐허에도 삶은 끈질기게 이어지고 있었다. 전쟁이 시작된 지 3개월이 다 되었다. 그 사이 장마가 있었고 무더위도 있었다. 배급이 전혀 없지는 않았지만 많은 사람들이 하루 한 끼를 죽으로 때웠다. 죽조차 끓여 먹을 수 없는 사람들은 먹을 수 있는 것이라면 무엇이든 먹었다. 전쟁 전 50만 명이었던 평양 사람들은 이제 겨우 5만 명이었다. 전선으로 떠난 사람들을 제외하더라도 반수 이상이 폭격으로 평양에서 사라졌다. 평양은 죽음의 도시가 되었다. 살아 있는 사람보다 몇 배나 더 많은 유령들이 살고 있는 도시. 눈을 감고 귀를 기울이면 음산한 통곡소리를 들을 수 있었다. 하지만 기려에게는 절망조차 허용되지 않았다. 그가 지날 때면 환자들이 팔을 붙들었다. 눈물을 흘리며 고통을 호소하는 그들에게 아무것도 해줄 수 없는 스스로를 견디기가 힘들었다. 그래도 견뎌야 했다. 그들은 자신들이 병원에 있다는 사실만으로도, 의사가 곁에 있다는 생각만으로도 한동안 목숨을 부지할 수 있었다.

9월 중순 경, 기려는 여느 날과 마찬가지로 병원 수술실에 있었다. 수술을 시작할 무렵 공습경보가 울렸다. 사람들은 모두 창가로 달려가 평양 하늘을 올려다보았다. 기려도 그들 틈새로 밖을 내다보았다. 아무도 입을 열지 못했다. 아니 벌어진 입을 다물지 못했다. 간호사들이 먼저 비명을 질렀다. 이어 의사들도 비명이나 다름없는 신음을 내뱉었다. 기려는 두 발이 바닥에 붙은 듯 움직일 수조차 없었다. 그들이 바라보고 있는 평양 하늘에는 셀 수도 없을 만큼 많은 폭격기들이 떠 있었다. 메뚜기 떼처럼 새까맣게 몰려오는 미군의 폭격기를 보며 기려는 저들이 공습을 하러 오는 것이 아니라 평양을 지구 위에서 없애버리기 위해 오는 것이 아닐까 생각했다. 대공포가 불을 뿜었고 요란한 기관총 소리가 들려왔다. 그러나 바다 위 해일처럼 거대한 폭격기 편대는 점점 더 가까이 다가왔다. 누군가 조용히 뇌까렸다. '대체 저게 몇 대나 될까? 백 대? 천 대? 만 대?' 실제로는 백 대쯤의 편대인 듯했다. 하지만 공포에 질린 사람들에게는 백 대나 만 대나 별로 다를 게 없었다. 사람들은 자신의 눈을 믿을 수 없다는 듯 두 눈을 팔뚝으로 문지르기도 했다. 그러다 저 멀리 포탄이 떨어지는 걸 보면서 비로소 이것이 현실임을 인정하게 되었다. 누군가 소리쳤다.

"지금 포탄을 투하하는 곳은 민가가 있는 곳이 아닙니까? 저기에는 폭격의 목표가 될 만한 게 하나도 없지 않아요?"

그제야 사람들은 자신들에게 닥쳐오는 위험이 얼마나 끔찍한 것인가를 깨달았다. 폭격기들은 평양을 없애기 위해 오는 것이다. 공포는 빠르게 전염되는 법이다. 누군가 우당탕 소리를 내며 수술실을 나서자 이내 모든 사람들이 서로 먼저 빠져나가기 위해 문 쪽으로 몰렸다. 기려는 환자를 우선 안전한 곳으로 옮기자고 소리를 질렀다. 하지만 공포에 질린 사람들은 아무 소리도 듣지 못했다. 젊은 의사 한 명이 머뭇거리더니 돌아와 그를 도와주었다. 그는 눈빛으로 고맙다는 표시를 했다. 포탄 터지는 소리가 점점 가까워졌다. 창밖으로 거대한 불기둥과 연기기둥이 솟아오르는 모습이 보였다. 지금까지는 폭격이 아무리 심해도 이처럼 그 소리가 가깝게 들리지는 않았다. 테이프로 붙여놓아 깨지지 않고 성한 유리창도 많았다. 하지만 이번엔 달랐다. 모든 창문들이 요동을 쳤다. 가까운 곳에서 포탄이 떨어진 듯 건물 자체가 흔들리는 느낌까지 들었다. 기려는 설마 했다. 이곳은 병원이다. 그들이 병원을 구분하지 못할 리가 없다. 천장에 매달린 전등이 흔들리다 바닥으로 떨어졌다. 그는 환자를 들것에 옮겼다. 그래야 계단을 빨리 내려갈 수 있을 것이라고 생각했다. 그와 젊은 의사가 환자를 1층으로 막 옮겼을 때 고막을 찢을 듯한 폭음이 들려왔다. 그리고 병원이 와르르 주저앉는 게 아닐까 싶을 정도로 흔들렸다. 침대와 사람이 넘어지고 벽에 부딪히며 아수라장이 되었다. 약병들이 굴러 떨어져 산산조각이 났고 수술도구들이 쨍그랑 소리를 내며 굴러다녔다. 벽과 천장이 무너지며 피어오른 먼지로 자욱했고 그 아래로 사람들이 엉금엉금 기어 다녔다. 기려는 아무것도 눈에 보이지 않았고 아무것도 생각할 수가 없었다. 두 손바닥으로 두 귀를 틀어막고 있을 수밖에 없었다. 그들은 병원을 노리고 정확하게 병원 옥상에 포탄을 투하했다. 건물이 완파되거나 반파될 만큼의 위력 있는 포탄은 아니었다. 하지만 병원을 노렸다는 점이 그의 가슴에 참을 수 없는 분노를 불러일으켰다. 조금 뒤 포탄 터지는 소리는 계속해서 들려왔지만 병원이 그들의 목표물에서 벗어난 건 확실해 보였다. 그는 환자를 다시 서둘러 수술실로 옮겼다. 다른 의사들이 그에게 다가와 물었다.

"선생님, 지금 수술을 하시려는 겁니까?"

그는 이를 앙다물고 고개를 끄덕였다. 그가 수술실로 들어서자 다른 의사들도 용기를 냈다. 평양은 불타고 있었다. 그런 와중에도 몇 명의 의사들이 수술을 멈추지 않았다. 이 장면은 마치 잔혹극의 한 장면처럼 사람들의 뇌리에 새겨졌다. 파괴를 위한 공습과 동시에 생명을 위한 수술이 행해지는 평양, 그것은 현실에서는 불가능해 보이는 어떤 모순된 원리들의 기이한 동거와도 같았다. 기려는 자꾸만 손이 떨려 수술에 집중할 수가 없었다. 하지만 자신이 수술칼을 놓는 순간, 다른 의사들도 마찬가지로 의욕을 잃을 거라는 사실을 알고 있었다. 그는 자신이 전쟁의 일부분, 아니 전쟁 그 자체일지도 모른다고 생각했다. 폭격기 조종사가 폭탄 투하를 위해 스위치를 누르는 것이나, 이처럼 폭격으로 부상당한 사람의 몸에 칼을 대는 것이나, 대체 무엇이 다르단 말인가. 전쟁 내부에서는 사람을 죽이는 것도 사람을 살리는 것도 모두 전쟁으로 환원될 수밖에 없는 것이 아닌가. 기려는 수술을 하면서 이처럼 고독한 적이 없었다. 사람을 살린다는 자부심조차 가질 수 없었다. 특히 자신이 진료했던 사람이 또 다른 폭격으로 병원에 실려와 끝내 죽고 말았을 때, 그는 의료행위조차도 전쟁에 이바지하는 시스템에 속해 있는 게 아닌가라는 생각을 떨쳐버릴 수가 없었다. 죽이기 위해 살리고 있다는 생각, 이 생각은 해방 전 그를 갉아먹었던 죽음의 공포처럼 그를 괴롭히기 시작했다.

기려는 특별병동 앞마당에 트럭들이 서 있는 걸 보았다. 그는 병원 모퉁이에 숨어 몇몇 병원 관계자들이 트럭에 의약품 상자를 싣는 걸 지켜보았다. 트럭은 전조등을 끈 채 숨죽여 기다리고 있었고 작업을 끝내자 시동을 거는 소리가 들려왔다. 그 순간 기려는 살금살금 트럭 뒤편으로 다가갔다. 어디서 그런 용기가 솟았는지 그로서도 알 수가 없었다. 하지만 남은 의약품 가운데 얼마만이라도 회수하고 싶은 마음뿐이었다. 그는 트럭 뒤편의 포장을 들추었다. 어둡기는 했지만 눈에 익은 것들이라 상자만 보아도 그 안에 무엇이 있을지는 짐작할 수 있었다. 그때 쇠된 목소리가 들려왔다.

"거기 누구야?"

그는 꼼짝없이 걸렸구나 싶어 심장이 오그라드는 것 같았다. 하지만 어차피 이렇게 된 이상 사실대로 말하는 게 낫지 않을까 싶었다. 그는 자신을 부른 사람에게 다가갔다.

"이 병원 의사 장기려라고 합니다."

"장기려? 그럼 혹시 송도고보를 나왔소?"

기려는 송도고보를 나왔냐는 물음에 자신의 귀를 의심했다. 가까이 가서 보니 낯이 익었다.

"혹시 주필이?"

"그래 나 김주필이야. 반갑다 기려야."

두 사람은 서로를 꼭 껴안았다. 지난 20여 년의 세월을 건너 뛰어 어느새 두 사람은 송도고보 시절의 소년으로 돌아가 있었다. 기려는 만주로 떠나던 주필의 뒷모습을 잊은 적이 없었다. 그가 김주필의 계급장을 쓰다듬으며 말했다.

"너 벌써 인민군 대좌구나."

김주필이 쑥스러운 듯 대답했다.

"만주에서 독립운동을 하던 경력을 인정받아 승진이 조금 빨랐어. 그런데 넌 정말 의사가 되었구나. 해방 뒤부터 줄곧 전방에 있는 바람에 너를 수소문하고 싶어도 그럴 수가 없었다."

주필은 송도고보 시절처럼 순박하고 선량한 미소를 지었다. 두 사람은 하고 싶은 이야기가 많았다. 그러나 그들은 재회의 기쁨을 나눌 수가 없었다.

"전쟁 중에 만난 게 너무 아쉽다. 그런데 여기서 뭘 하고 있었던 거야?"

기려는 솔직하게 말했다. 김주필은 곤혹스러운 표정을 지었다. 기려는 옛 친구의 손을 잡고 사정하다시피 했다. 만약 이대로 모든 의약품을 가져간다면 여기 남은 사람들은 하늘을 바라보며 살 수밖에 없다. 이곳에는 후송된 부상병도 있고 민간인도 있다. 모두 가족이 있고 생명이 소중하다. 기본적인 최소한의 의약품만이라도 남겨 달라. 이게 그가 부탁한 것들이었다.

"기려야, 사실 나는 내가 수송해야 하는 것들이 무엇인지도 잘 모르고 있었어. 내가 비록 대좌이기는 해도 김일성 계열이 아니라서 어려운 점이 많아."

낙담한 기려는 길게 한숨을 내쉬었다. 하지만 김주필은 씽긋 웃었다.

"하지만 지금은 전쟁 중이야. 서류의 숫자만 몇 개 고치면 아무 문제가 되지 않는다는 뜻이기도 하지. 다 줄 수는 없지만 몇 상자쯤이라면 융통해줄 수가 있어."

기려는 자신의 귀를 의심했다. 거절하는 말인 줄 알았는데, 오히려 자신이 생각했던 것보다 많은 의약품을 건네주겠노라 말하고 있는 게 아닌가.

"이 트럭들을 병원 담 밑에 잠깐 세울 테니까 몇 사람 더 데리고 와서 재빨리 넘겨받으렴."

김주필은 이렇게 당부한 뒤 트럭에 올랐다. 기려는 일반병동으로 들어가 믿을 만한 사람 몇 명을 데리고 골목과 면한 어둑한 병원 담 쪽으로 향했다. 담 너머에는 이미 트럭들이 와서 기다리고 있었다. 진통제를 비롯해 몇몇 약품들도 반가웠지만 무엇보다 페니실린을 구할 수 있었다는 데 기려는 만족했다. 상자를 다 건네받은 기려는 김주필에게 고맙다고 말했다.

"기려야, 나는 너를 잊어본 적이 없다. 어머니가 돌아가시는 바람에 넋을 잃고 있던 나를 도와줬던 너를 어떻게 잊을 수 있겠어. 게다가 이처럼 의사가 되어줬으니 친구로서 고마울 따름이다. 나와 했던 약속 기억하지?"

김주필은 이렇게 말한 뒤 웃으며 작별인사를 건넸다. 기려도 오랜 벗과 헤어지는 게 안타까웠다. 트럭들이 움직였다. 전조등 없이 조심조심 병원 담 밑을 떠나는 트럭들은 마치 그들에게 닥쳐온 운명을 암시하듯 쓸쓸해 보였다. 연전연승의 나날은 과거일 뿐이었다. 그들은 말은 안 하지만 패배하여 후퇴하고 있었다. 평양까지 버리고. 그는 어둠을 향해 손을 흔들었다. 가난한 사람들을 모른 척하지 않겠다던 약속을 그 역시 잊어본 적 없었다.

중상자들만 모여 있는 병실은 이제 곧 무덤으로 바뀔 것이다. 그래도 기려는 희망을 버리지 않았다. 중상자들 사이를 돌아다니던 기려는 어떤 병사 앞에 우뚝 멈춰섰다. 눈 코 입만 내놓은 채 머리와 얼굴 전체를 붕대로 감싸고 있는 걸로 보아 네이팜탄에 당한 병사인 듯했다. 그가 멈춰선 이유는 그의 이름표 때문이었다. 박대길. 그는 설마 하는 심정으로 다시 한 번 이름표를 확인했다. 소속부대도 확인했다. 분명 그가 묘향산에서 대길에게 들었던 그 부대였다. 그는 조심스럽게 자신 앞에 누워 있는 부상병의 앞단추를 풀어보았다. 가슴팍이 문드러져 있었다. 이 정도 화상이라면 쇼크를 받아 그 자리에서 죽지 않은 것만으로도 기적이라고 할 수 있었다. 진정제를 맞았는지 혹은 기진맥진해서인지 모르지만 대길은 잠이 든 채로 이따금 괴로운 신음을 흘렸다. 잠조차 편안하지 못한 화상 환자가 되어 돌아온 대길. 그는 자신도 모르게 그 옆에 무릎을 꿇었다. 손조차 잡아볼 수가 없었다. 붕대를 감고 있는 그 손을 쥐면 살점이 뭉텅 떨어져나갈 테고 대길은 다시 악몽을 꾸게 될 테니까. 기려는 아무 말도 할 수 없었다. 묘향산의 어수룩한 말썽쟁이 대길만이 떠올랐다. 그 소년을 이렇게 만든 건 과연 누구일까. 시대일까, 사람일까, 아니면 정말 하나님의 뜻이란 말인가. 만약 신이 대길에게 시련을 준 것이라면, 기려는 대길이 자신의 시련을 극복하는 디딤돌이 되어주리라 다짐했다. 마침 대좌에게 넘겨받은 약품 가운데 화상치료에 소용되는 것들이 조금 있었다. 사람들은 어차피 죽을 게 뻔한 환자에게 그 소중한 약을 쓸 이유가 없다고 만류했다. 기려는 치솟는 분노를 어쩌지 못하고 고함을 쳤다.

"만약 당신들 말대로 이 사람이 죽음을 목전에 두고 있다면, 그렇기에 더더욱 우리의 치료가 필요할 게 아니오. 아직 충분히 살 수 있는 환자를 치료하는 일만 중요하단 말이오?"

기려는 이렇게 화를 내고 곧 후회했다. 그들이라고 해서 이런 사실을 모르는 건 아니리라. 하지만 어차피 죽을 게 뻔한 환자에게 헛고생을 하고 싶지는 않았으리라. 그러나 그는 포기할 수가 없었다. 대길이 죽는다는 생각만으로도 괴로운데, 그런 대길을 내버려둔다는 건 생각조차 할 수 없을 만큼 고통스러웠다. 어디선가 그의 아들도 이처럼 모든 이들에게 버림받아 쓸쓸히 죽어가고 있는지도 모른다.

대길은 이따금 정신을 차렸다. 하지만 아무것도 알아보지 못했다. 비로소 기려는 대길이 시력을 잃었다는 걸 알았다. 죽어가는 자가 보여주는 놀라운 힘을 발휘해 대길은 눈으로 보지 않고도 자신 곁에 있는 사람이 기려라는 사실을 알아냈다. 대길은 영혼의 눈으로 그를 알아본 것이다.

"선생님, 선생님이시죠? 저 대길이에요. 묘향산의……."

"그럼, 그럼 알다마다."

대길은 그에게 여기가 어디냐고 물었다.

"우리 부대는 신의주까지 퇴각하기로 했어요. 그런데 선생님 여기가 어딘 거죠?"

기려는 거짓말을 했다.

"대길아, 여기가 바로 신의주란다. 너는 오랫동안 혼수상태에 빠져 있어서 몰랐던 거야."

"아, 그럼 선생님도 함께 후퇴하셨군요. 다행이에요. 우리 조국에 아직도 선생님 같은 분이 계시다는 게. 그럼 아직, 희망은 있는 거죠?"

대길의 상태는 점점 나빠졌다. 호흡조차 힘든 상황에서 이처럼 몇 마디 말을 한 것도 사력을 다한 것이라고 볼 수밖에 없었다. 빠져나갈 사람들은 모두 빠져나간 평양은 낮이나 밤이나 조용했다. 이 고요가 무엇을 의미하는지 정말 대길이 모르는 걸까. 아니면 알면서도 기려의 말을 믿는 척해주는 것일까. 의사인 그가 대길에게 최선을 다하고 있는 걸까, 아니면 환자인 대길이 의사인 그에게 최선을 다하고 있는 걸까. 주위에서 몇몇 사람들이 사라졌다. 그들은 사라지기 전에 기려를 찾아와 은밀하게 말했다.

"선생님, 지금 국군과 미군이 3·8선을 넘어 북진을 하고 있답니다. 인민군은 국경선 밖으로 쫓겨나는 게 시간문제고 그곳에서 망명정부를 세울 거랍니다. 다른 세상이 오는 것입니다. 지금 잠깐만 몸을 피하면 살아남을 수 있습니다. 저와 함께 가시죠."

기려는 마음이 움직였으나 선뜻 고개를 끄덕일 수 없었다.

병원에는 아직 환자들이 많았다. 그의 목숨이 위태로울 수도 있었지만 환자들을 버리고 간다는 건 상상조차 해본 적이 없었다.

"먼저들 몸을 피하세요. 저는 상황을 봐서 적절한 때 피하겠습니다."

그의 성격을 잘 알고 있는 사람들은 더 권유하지도 못하고 어딘가로 사라졌다. 그들에게 남은 선택은 인민군을 따라 함께 후퇴하거나, 혹은 인민군의 총에 죽는 것뿐이었다. 후퇴를 거부하면 반동분자로 몰릴 것이고 그럼 당연히 즉결처분을 당할 것이다. 그럴 바에는 몸을 숨겼다가 국군이 평양에 입성하기를 기다리는 편이 나았다.

그는 왜 그들이 몸을 숨기려는지 잘 알고 있었다. 그 많은 가족들을 두고 혼자 피난을 가게 되면 분명 국군에게 남은 가족들이 봉변을 당할 것이다. 피난을 간다고 해서 목숨이 보장되는 것도 아니었다. 이미 미군의 엄청난 폭격을 경험한 그들은, 이 전쟁이 반드시 미군의 승리로 돌아갈 것을 의심치 않았다. 패배가 역력한, 역사의 뒷길로 사라질 게 뻔한 정권을 따라갈 사람은 없었다. 기려는 그들을 기회주의자라고 비난하고 싶은 마음이 없었다. 그들을 기회주의자로 만든 건, 그들 스스로의 나약함이 아니었다. 아무리 강한 정신을 지닌 사람이라 해도 무릎을 꿇지 않을 수 없을 만큼 참혹한 현실에 모든 책임을 돌려야 한다고 생각했다.

"선생님께 배우고 싶었는데…… 정말 그러고 싶었는데……."

기어이 대길은 영혼의 눈마저 감고 말았다. 기려는 대길의 유품을 정리하다 한 장의 사진을 발견했다. 그 안에서 어린 여학생이 희미하게 웃고 있었다. 그는 대길이 여태 하나꼬의 사진을 간직하고 있으리라고는 짐작도 하지 못했다. 대길의 순정이 그의 가슴에 사무치게 파고 들어왔다. 이 사진은 아마도 대길과 운명을 같이 했으리라. 대길의 품속에서 전장을 누비기도 했을 것이며, 함께 밤을 지샌 날도 하늘의 별처럼 많았으리라. 전신화상을 입을 정도로 심각한 부상을 당한 대길이 이 사진을 어떻게 온전하게 지닐 수 있었느냐는 이성적인 질문은 성립할 수 있는 물음이 아니었다. 그는 사진을 태울까 하다가 그만두었다. 그건 대길의 몫이니까. 그는 대길의 품에 사진을 넣어줬다. 그는 대길을 태운, 아니 이제는 짐짝처럼 실렸다고 표현하는 게 옳은, 트럭이 병원을 빠져나간 뒤에도 한동안 움직일 줄을 몰랐다. 그는 누구에게랄 것도 없이 이렇게 중얼거렸다. '아버지, 저 사람들을 용서하여 주십시오. 저 사람들은 자기네가 무슨 일을 하는지 알지 못합니다.'

대길의 죽음은 한 소년병의 죽음 이상의 의미를 지녔다. 그에게서 모든 열망을 앗아가버린 것이다. 그래도 살아야 한다는, 혹은 그래도 살려야 한다는 의사로서의 실낱같은 믿음마저 흔적도 없이 사라져버렸다. 무기력한 그를 확인사살한 건 어떤 이가 가져온 소식이었다. 그 사람은 내무성에서 내무서원들이 철수하는 광경을 목격했다고 말했다. 그 말뜻이 무언지 몰라 기려는 고개를 갸웃 기울였다.

"내무성도 이제 텅텅 비어 있다는 거지요. 이게 무슨 뜻인지 아시겠소, 장 박사?"

그제야 기려는 깨달았다. 이태 전부터는 면회조차 금지되어 홀로 쓸쓸히 고려호텔의 작은 방에 갇혀 있던 조만식이 떠올랐다. 면회금지가 된 뒤 조만식의 부인은 월남했다. 조만식에게 평양은 낯선 타향이나 다르지 않은 셈이다. 아무 일도 하지 못한 채 감시병들이 넣어주는 밥을 먹고, 창가에 서서 평양거리를 지켜보기만 해야 했던 조만식. 조만식은 전쟁이 일어난 뒤 고려호텔에서 어디론가 이송되었는데, 내무성의 특별가옥에 연금되어 있다는 소문이 나돌았다.

"조만식 선생님은? 그들과 동행하셨습니까?"

"우리가 그렇게 월남을 종용해도 이곳의 동포도 우리 동포라며 거절하시던 분인데, 그까짓 놈들이 가자고 해서 따라나서기야 했겠소?"

"그럼 조만식 선생님은 여진히 내무성에 연금되어 계시다는 겁니까?"

"아니오. 내무성은 이제 빈집이외다."

"그럼…… 기어이 선생님께서……."

기려는 말을 이을 수 없었다. 조만식이 죽었으리라는 생각조차 하기 싫었다. 하지만 정황은 조만식의 죽음을 증거하고 있었다. 그들이 조만식을 데리고 가지도 않았는데 내무성이 텅텅 비어 있다면, 달리 생각할 도리가 없지 않은가.

기려의 짐작대로 조만식은 내무서원들의 총에 죽었다. 그들은 자신들과 함께 평양에서 후퇴할 것을 종용했지만, 조만식은 거부했다. 후퇴가 기정사실화되었을 때부터 소문은 무성했다. 조만식의 죽음으로 위기의식을 느낀 사람들은 모두 자취를 감추었고 기려에게도 때가 되었다며 피신할 것을 설득했다. 그게 현실이 된 것뿐이다.

기려는 한 걸음도 움직일 수가 없었다. 사느냐 죽느냐는 아무런 의미가 없었다. 살아 있어도 살아 있는 것 같지가 않은데, 대체 무엇 때문에 목숨에 연연해야 한단 말인가. 그는 오래전 현준혁이 죽었던 날을 떠올렸다. 그때 조만식은 넋을 잃고 현준혁의 주검 옆에 앉아 있었다. 조만식의 입가에는 핏자국이 뚜렷이 남아 있었는데, 그게 현준혁에게 인공호흡을 해본 흔적이라는 걸 그는 알고 있었다. 죽어가는 사람을 살려보고자 애쓰는 건 사람의 공통된 본성이었다. 집에서 키우는 개가 죽어도 눈물을 비치는 게 사람의 마음인데, 하물며 수천, 수만, 수십만이 죽어가는데 어찌 슬프지 않을 수 있을까. 하지만 기려는 슬프지 않았다. 슬픔이라는 감정은 이 순간 사치에 불과했다. 살려야 할 사람은 많았지만 엄두가 나지 않았다. 어디서부터 해야 할지 막막하기만 했다. 슬퍼할 겨를도 없었다. 슬픔도 정상인에게만 가능한 감정이라는 걸 기려는 그때 깨달았다.

  사람들이 썰물처럼 빠져나간 평양은 고즈넉했다. 평화로운 고요는 아니었지만, 잠시 포연이 걷힌 도시는 소돔과 고모라처럼 불길하기도 했고, 예루살렘처럼 성스럽기도 했다. 애초에 지구 위 모든 도시는 황야에서 시작되었다. 평양은 다만 황야로 돌아갔을 뿐인 듯했다. 그러나 누가 평양을 황야로 되돌려놓았을까. 태산을 움직이는 것은 이론이 아닌 신념이라 했지만, 지금 그가 보고 있는 현실은 이론도 신념도 아닌 현실 그 자체였다.

  그의 가족들은 평양 근교의 야산에 숨어 있었다. 불안해하는 가족들을 안심시키기 위해 우선 피난을 가게 한 것이다. 그는 병원장과 인사를 나눈 뒤 가족들이 있는 곳을 찾아갔다. 평양은 함락 직전의 고성을 연상시켰다. 거리에는 모래포대를 쌓아올려 만든 참호가 길목마다 있었고 여기저기 철조망이 길을 가로막고 있었다. 그러나 구식 총을 들고 서 있는 사람들은 정예 인민군이 아니라 피난을 가지 못하고 남아 있는 중장년층의 시민들이었다. 오랜 동안 굶주림에 시달려 윤기 없는 얼굴을 참호 밖으로 내민 채 무심히 거리를 바라보고 있었다. 이들은 이미 청천강 이북으로 후퇴한 인민군들을 위해 방패막이로 내세워진 사람들이다. 군부대의 보급을 담당하던 노무자였거나, 집에 있다가 끌려나온, 총이라고는 여태 한 번도 잡아보지 못한 사람들이 대부분이었다. 물론 그중에는 정말 자신의 고향인 평양을 지키기 위해 나선 사람도 있었다. 하지만 그들의 눈에는 두려움이 가득했다. 멸망 직전의 고구려인들이 그러했을까.

미군과 국군은 평양 남쪽과 동남쪽에서 진군해 오고 있었다. 그래서 기려처럼 잠시 몸을 피해 숨어 있으려는 사람들은 대부분 보통강을 넘어갔다. 그의 가족들도 며칠 전에 보통강을 넘어갔다. 그곳은 무의촌 진료를 다니면서 눈에 익은 곳이라 가족들이 숨어 있는 곳을 찾는 게 어렵지는 않았다. 가족들은 토굴에서 지내고 있었다. 전쟁 중에 이런 곳이나마 숨을 곳을 마련할 수 있다는 것으로 만족해야 했지만, 그는 가슴이 쓸쓸했다. 옷, 이불, 솥, 그리고 조금의 양식, 이게 그의 가족들이 지닌 전부였다. 원래 살림이 단출하기는 했지만, 막상 이렇게 토굴에 자리를 잡고 보니 빈손으로 왔다가 빈손으로 가는 인생이라는 말이 실감났다. 전쟁이 일어난 뒤 그의 가족들은 피골이 상접했다고 할 만큼 비쩍 말랐다. 누구나 마찬가지겠지만, 특히 배고픔을 사무치게 느끼면서도 한마디 투정도 못하는 아이들이 눈에 밟혔다. 그러나 그것뿐이었다. 오히려 그는 담담했다. 토굴에 숨어 있는 동안 그의 오감은 기능을 멈췄다. 그는 아무것도 보지 못했고, 아무것도 듣지 못했으며, 아무것도 느끼지 못했다. 배가 고픈 것도 아니었고 슬픈 것도 아니었고 두려운 것도 아니었다. 폭격이 시작되면 누가 시키지 않아도 '예수께서 가라사대 나는 부활이요 생명이니 나를 믿는 자는 죽어도 살겠고 무릇 살아서 믿는 자는 영원히 죽지 아니하리라'는 구절이 떠올랐다. 하지만 기려는 이 구절조차 기억이 나지 않았다. 가족들 가운데 누군가 이 구절을 나지막한 목소리로 읊조리면 성경에 정말 이런 구절이 있었나 싶을 정도로 낯설게 여겨지기까지 했다. 그는 자신이 죽어 영혼으로 빠져나와 스스로를 바라보고 있는 듯한 기분이었다. 이 세상과 자신은 아무런 상관이 없는 것만 같았다. 세상에 내팽개쳐졌다는 생각과는 달랐다. 세상과 스스로 담을 쌓은 것도 아니었다. 그저 어느 순간 세상과 그는 서로에게 타인이 되었다. 대길의 죽음과 조만식의 죽음은 이렇게 되고야 말 것을 조금 앞당긴 것뿐일지도 모른다. 손가락 하나 까딱하기도 싫었고, 그럴 수도 없었다. 숨죽여 엎드린 채 영원한 잠에 빠져들고만 싶었다. 해방 전에도 이처럼 무기력한 시절이 있었다. 해방 전의 무기력이 실제적인 죽음에 대한 공포 때문이었다면, 지금은 죽음에 대한 공포를 넘어 자신이 정말 이 세상에 존재한 적이 있기라도 했던가 하는 회의가 이유였다.

 평양이 점령되고도 사흘이 지나서야 토굴 속의 사람들은 그 소식을 알게 되었다. 기려는 가족들을 이끌고 터벅터벅 평양으로 돌아갔다. 평양시청 앞에 휘날리는 태극기를 보며 그는 자신이 더 이상 인민공화국의 인민이 아니라는 사실을 실감할 수 있었다. 그는 이제 대한민국의 국민이 된 것이다. 원해서 인민공화국의 인민이 된 게 아니듯이, 마찬가지로 그가 원하지 않아도 대한민국의 국민이 될 수밖에 없다. 인민이든 국민이든, 그곳에는 사람이 없었다. 그저 전리품에 지나지 않았다. 총을 들이대고 인민이 될 것이냐 국민이 될 것이냐 묻는 이들에게, 나는 인민도 국민도 되고 싶지 않다는 말을 할 수 있는 사람은 없을 것이다.
 한때는 기려 역시 열렬하게 국민이 되고 싶었다. 일제에게 주권을 빼앗긴 식민지에서 태어난 그였기에, 우리 민족이 세운 우리나라를 갖고 싶은 게 당연했다. 하지만 그 열망마저 가뭇없이 사라졌다. 그저 아무도 자신을 상관하지 않았으면 하는 마음뿐이었다. 인민이든 국민이든, 자신에게 그 무엇도 강요하지 않는 곳이었으면 싶었다.

  그의 집은 다행히 파손이 심하지 않았다. 쓸고 닦고 조금만 손을 보면 예전처럼 지낼 수 있을 것 같았다. 며칠이 지나자 사람들이 그를 찾아왔다. 지프차를 타고 온 그들은 국군 군의관들이었다. 얼굴이 익은 사람도 있었다. 경성에서 지내던 시절 알고 지낸 사람이었다. 그들은 기려에게 병원에 나와달라고 부탁했다. 그들은 지금 기홀병원을 국군야전병원으로 사용하고 있었다. 기려는 좋다 싫다 아무 말 없이 그들을 따랐다. 그를 태운 지프차는 인민공화국 인민에서 하루아침에 대한민국 국민이 되어버린 평양 사람들을 스쳐 지나갔다. 사람들은 드러내놓고 기뻐하지도, 그렇다고 불평을 터뜨리지도 않았다. 조심스러웠다. 또 세상이 어떻게 변할지 아무도 모르는 일이다. 한 무리의 포로들이 군인의 감시를 받으며 걷고 있었다. 미군의 포로가 된 사람들은 행복한 축에 속했다. 속으로야 어쨌든 미군들은 되도록 국제규정을 어기지 않으려 했다. 인민군에 잡혀 있는 미군 병사들의 처우를 걱정한 탓이기도 하다. 하지만 국군의 포로가 된 이들은 치욕을 겪어야 했다. 발가벗겨 놓고 성적 수치심을 일으키는 희롱은 약과에 속했다. 무수한 구타와 욕설을 견디다가 총 한 방에 쓰러지는 포로들이 많았다. 기려는 이해할 수 없었다. 왜 이들은 같은 민족인 국군을 외국 군대보다 더 두려워해야 하는가.

기홀병원도 폭격의 흔적이 있었지만, 내부는 그런 대로 깨끗했다. 국군 부상병들을 치료하는 곳이지만, 3·8선을 넘어 북으로 진격한 뒤로 이렇다 할 인민군의 저항을 겪지 않았기 때문에 부상병이 생각처럼 많지는 않았다. 그는 허깨비처럼 손을 내밀어 사람들과 악수를 했다.

"장 박사님, 공산군 치하에서 그동안 얼마나 고초가 많으셨습니까? 하지만 이제 걱정하지 않으셔도 됩니다. 우리 국군이 두만강과 압록강 물을 떠올 날도 그리 멀지 않았으니까요."

그는 고개를 끄덕이지도 젓지도 않았다. 사실 그는 아무 소리도 들리지 않았다. 평양 함락 직전부터 지금까지 그는 마치 자신이 그림자가 되어버린 것만 같았다. 그림자는 어디든 갈 수가 있다. 낭떠러지에도, 물 위에도, 건물의 벽에도, 웅덩이에도. 그러나 그림자는 영원히 그것들과 하나가 될 수 없다. 어느 곳이나 갈 수 있다는 건 아무 곳에도 가지 못한다는 말과 다르지 않았다. 야전병원에 출근은 했지만, 그가 할 일은 많지 않았다. 이전과는 상황이 달랐다. 미군이 공급해준 덕분에 의약품들은 넘쳐날 지경이었다. 하지만 환자는 적었다. 이따금 후송되어 오는 부상병들을 진료하는 데 아무런 부족함이 없었다. 수술도 많지 않았다. 수술칼을 들어도 그 손이 남의 손인 것만 같았다. 그는 자신을 점령하고 있는 무기력이 언제까지 이어질지 알 수 없었다. 죽을 때까지 이처럼 무기력하게 살게 될지도 모른다.

　국군이 평양에 들어온 뒤 달라진 게 있다면 이전처럼 배를 굶지는 않게 되었다는 점이다. 평양 사람들은 여전히 배가 고팠지만, 군의관들이 신경을 써준 덕분에 그의 가족들은 매 끼니를 끓여 먹을 수 있었다. 예전의 그였다면, 자신의 가족들만 누리는 이러한 호사에 마음이 불편했을 것이다. 그러나 지금의 그는 아무런 죄책감도 느끼지 못했다. 고막을 찢을 듯한 포성이 그치고도 한동안 귓속이 먹먹하듯이, 그는 가슴이 먹먹했다. 그것과 다른 점이 있다면 포성이 그친 지 이미 오래였건만, 여전히 먹먹하다는 점이다.

　군의관들은 일거리가 없으면 주로 잡담으로 소일했다. 때로는 서로의 권총을 자랑삼아 꺼내놓고 병원 뒤뜰에서 사격시합을 하기도 했다. 홀로 앉아 있던 기려는 총소리에 놀라 창가로 다가갔다. 그는 고개를 내밀어 아래를 보았다. 그곳에서 군의관들이 깡통을 세워놓고 사격시합을 하는 모습을 담담하게 지켜보았다. 평화로워 보였다. 어린아이들이 장난을 하듯 서로 깔깔대고 웃으며 자신의 솜씨를 뽐내는 그들이 순진해보이기도 했다. 어쩌면 저들도 미치지 않기 위해 억지로 웃고 있는 것인지도 모른다. 군의관들이 사격을 하면 얼마나 잘할 것인가. 하지만 무엇이라도 하지 않으면 미칠 것 같아, 그렇게 억지로 즐거워하고 있는 것인지도 모른다. 그런 생각이 들자 그들이 가여웠다. 아니, 가엾다는 생각도 잠깐 스치고 지나간 생각일 뿐이다. 군의관들 중에는 장교로 징집되기 전 이미 임상경험이 풍부한 현직의사도 있었지만, 의학대학에 재학 중이던 학생들도 많았다. 그래서 그들의 관심은 이 전쟁 기간 동안 얼마나 많은 수술을 하고, 그 경험을 바탕으로 어떤 논문을 쓸 것인가였다. 그들은 부상병들을 자신의 실험대상으로 간주했고, 부상병 한 명을 치료하면 논문에 쓸 실험례 하나가 늘어난 것과 같았다. 기려는 전쟁 중에도 누군가는 자신의 실속을 챙길 수 있다는 게 아이러니컬하다고 생각하지는 않았다. 그는 이미 해방 전에도 그런 사람들을 숱하게 보았다. 거리를 달리는 도요타의 군납 자동차들은 일본이 남과 북의 전쟁을 계기로 빠르게 재기에 성공하고 있다는 걸 증명하고 있었다. 국가가 사라지지 않는 한 전쟁도 사라지지 않을 것이다.

얼마 뒤 군의관들은 다시 그를 유엔 민사처 병원으로 보냈다. 민간인인 그를 야전병원에 계속 붙잡아둘 수 없다는 이유였다. 그는 어디든 상관없었다. 야전병원이든 민간병원이든 괘념치 않았다. 어차피 그는 허깨비니까. 어느 날 그는 거리를 걷다 인민군 포로들을 보았다. 원래 곡식창고였던 그곳에는 소대 규모의 군인이 경비를 서고 있었다. 그는 무심히 철조망 너머로 눈길을 주었다가 낯익은 사람을 보았다. 두 사람의 눈빛이 마주쳤을 때, 기려는 자신도 모르게 탄식을 했다. 자신에게 의약품을 빼돌려주었던 인민군 대좌, 바로 김주필이었다. 김주필은 얼마 전 보았을 때보다 수척한 얼굴이었다. 핏물이 말라붙은 얼굴에 깊은 절망이 그림자로 드리워져 있었다. 기려는 자신도 모르게 철조망으로 다가갔다. 김주필도 그를 알아보고 다가와 철조망 사이로 손가락을 내밀었다. 그는 옛 친구의 손가락을 손아귀에 쥐었다. 기려가 고통스런 목소리로 물었다.

"왜 후퇴하지 못하고 이렇게 잡혔어?"

김주필의 눈동자가 흔들렸다.

"평양사수의 임무를 받았어. 평양을 지키지도 못했고, 죽지도 못했으니 임무를 수행하지 못한 거지."

"남들처럼 인민군복을 벗어버리고 어디로든 도망가버리지 그랬어?"

김주필은 힘없이 웃었다. 그리고 고개를 저었다.

"피할 수도 도망갈 수도 없었어. 이미 많은 사람들의 죽음을 보았으니까. 나 혼자 살겠다고 도망가면 죽어서도 그 사람들을 볼 낯이 없을 테니까."

기려의 손바닥 안에서 김주필의 손가락이 파르르 떨렸다. 저쪽에서 감시병이 소리를 쳤다.

"거기 누구야?"

그들에게 다가온 감시병이 기려의 가슴팍에 총구를 겨눴다. 하지만 그는 전혀 무섭지 않았다. 감시병이 그에게 물었다.

"누군데 여기 와서 얼쩡거리는 거야?"

기려는 자신의 신분증을 꺼내 보여주었다. 감시병은 포로와 대화할 수 없다며 그에게 이곳을 즉시 떠나라고 윽박질렀다. 기려는 잠시만 이야기를 나누고 싶다고 부탁했다. 그러나 감시병은 거절했다. 그는 어쩔 수 없이 김주필과 작별을 해야 했다.

"아는 사람들에게 부탁해서 너를 구하도록 노력해볼게."

김주필은 고개를 저었다.

"다 소용없어. 어쨌든 누군가는 책임을 져야 할 일이잖아."

기려는 발걸음이 떨어지지 않았다. 감시병이 소총의 개머리판으로 그의 가슴팍을 떠밀 때까지도 스스로는 한 걸음도 움직일 수가 없었다. 감시병에게 떠밀려 그 자리를 떠난 기려의 귓가에 김주필의 마지막 말이 맴돌았다. 누군가는 책임을 져야 한다. 정작 책임을 져야 할 사람들은 지금 이곳에 없는데, 김주필은 자신이 짊어져야 할 책임을 피하려 하지 않았다. 가난했기에 가족을 잃었던 소년이, 만주에서 독립운동을 했던 소년이. 그가 창고가 보이지 않는 길목에 이르렀을 때 아련하게 총소리가 들려왔다. 그는 뒤돌아서지 않았다. 그 총에 죽은 사람이 누구인지 보고 싶지 않았다.

거리는 무법천지였다. 남쪽에서 올라온 청년단원들이 군인의 비호를 받으며 살기등등하게 활보했다. 그들은 전쟁 전에 남쪽으로 넘어간 사람들이었다. 친일파와 지주들의 살붙이들이었다. 그들은 자신의 부모가 친일파로 처단당하고 지주로 처단당하는 광경을 목격했기에 가슴속에 오로지 복수심만이 살아 숨 쉬고 있었다. 그들은 마치 평양을 자신들의 전리품처럼 취급했다. 인민군이나 보안원들의 가족을 찾아내 길거리로 끌어낸 뒤 욕을 보였다. 그 가운데 고운 여자가 있으면 윤간도 서슴지 않았다. 그들의 논리는 단 하나였다. 빨갱이의 여자는 사람이 아니다. 그러므로 강간을 하든 죽이든 상관없다는 것이었다. 치안이 부재해서가 아니라, 그것이 바로 평양의 치안이었다. 빨갱이들을 몰살하는 것이 안전을 확보하는 지름길이었다.

기려는 그들의 증오와 분노 뒤에 두려움이 있는 걸 알고 있었다. 복수를 한 뒤에는 복수당할 것을 염려해야 하니 말이다. 기려는 여전히 슬프지도 노엽지도 않았다. 그는 그림자고 허깨비다. 그림자와 허깨비가 슬퍼하거나 노여워한다는 게 말이나 되겠는가.

그는 눈을 감고 귀를 막고 입을 다물었다. 일상생활에 불편함이 없을 정도로만 말을 했다. 사람들은 그가 변했다고 했다. 확실히 그는 변했다. 하지만 변화는 전혀 다른 곳에서 온

세 아니라 그의 내부에서 시작되었다. 그가 낯선 사람으로 변한 게 아니라, 그의 내부에 잠들어 있던 또 다른 그가 깨어난 것뿐이다.

 중국은 공식적으로 참전하지 않았기 때문에 인민지원군이라는 이름을 내건 의용군을 보냈다. 미군과 국군은 인민지원군에 밀려 후퇴를 해야 했다. 미군과 국군의 후퇴 소식은 평양 사람들을 들쑤셔놓았다. 세상이 다시 바뀌는 것이다. 하지만 이번에는 조금 달랐다. 체념했다고 해야 할까. 이전처럼 피난 보따리를 서둘러 꾸리는 사람들은 없었다. 어차피 지금 평양에 남아 있는 사람들은 자신들의 머리 위에 인공기가 휘날리든 태극기가 휘날리든 별로 상관하지 않는 사람들이었다. 그저 이곳이 고향이기 때문에 남아 있을 뿐이다. 인민군이 다시 들어온다고 해서 달라질 것도 없었다. 그러나 미군과 국군은 평양 사람들을 내버려두지 않았다. 어느 틈엔가 미군이 철수하고 나면 평양에 원자폭탄이 투하될 것이라는 소문이 나돌기 시작했다.
 해방이 되던 해, 미군이 일본에 떨어트린 원자폭탄이 얼마나 끔찍한 것인지를 잘 알고 있는 사람들은 공포에 질렸다. 인민지원군은 평양 머리맡에 이르렀다. 낮과 밤을 가리지 않고 가까운 곳에서 포성이 들려왔다. 국군도 인민군과 다를 게 없었다. 인민군이 평양을 버리고 도망갈 때처럼 국군들도 시민은 아랑곳하지 않고 자신들의 후퇴준비에만 몰두하고 있었다. 기려도 병원에서 의학기구와 의약품 옮기는 일을 거들어주었다. 친분이 있는 군의관이 그에게도 피난을 떠날 것을 권했다. 그는 대답 대신 이렇게 물었다.

"군인이 다 철수하면 이곳은 무인공산이 될 게 아니오. 그렇다면 인민군이 들어와 다시 인공세상이 될 텐데 평양 시민들은 어떻게 하실 작정이오?"

"장 박사님, 이건 전략적인 철수일 뿐 영원한 패배를 의미하는 건 아닙니다. 다시 돌아와 공산당들 손에서 시민들을 구해내야지요."

"그 사이에 다 죽고 말 텐데?"

"저도 알고 있습니다. 하지만 어쩔 수 없는 일 아닙니까? 국가를 지키는 게 무엇보다 중요합니다. 국가만 있다면 언제든 국민이 될 수 있으니까요."

"백성보다 나라가 중요하다는 뜻이오?"

"당연하지요. 우리가 어떻게 세운 나라입니까? 이 나라가 공산당들의 나라가 되기를 원하는 건 아니시겠지요?"

기려는 아무 말도 하지 못했다. 선후가 잘못되었다고, 나라보다 소중한 건 사람이라고 말할 기운조차 없었다. 비로소 기려는 이들이 국가주의자들이라는 사실을 깨달았다. 그들에게는 대한민국이라는 정체성이 그 나라 안에서 살아갈 사람들의 목숨보다 소중했다. 그건 인민공화국도 마찬가지가 아니던가. 남이든 북이든 그들은 국가주의자들이라는 점에서 다를 게 없었다.

"어떤 의미에서는 우리가 조직적으로 피난을 유도하는 것보다는 이렇게 방치해두는 게 전술적으로 나은 방법이라고 할 수 있습니다."

기려가 무슨 뜻이냐고 묻듯 이마에 주름을 잡았다. 군의관은 목소리를 낮췄다.

"중국군이 평양에 들어오면 남녀노소 가리지 않고 죽일 거라고 소문을 내면 너도 나도 피난을 갈 게 아닙니까? 그렇게 되면 우선 인민군들이 들어와서도 노무자들이 부족해서 곤란에 처할 테고, 둘째로 피난민들이 길을 가로막아 인민군들의 추격도 늦춰질 게 아니겠습니까? …… 장 박사님, 전쟁이란 원래 냉정한 겁니다. 놀이가 아니라 서로 죽고 죽이는 살벌한 진짜 전쟁이란 말이죠. 여기에서 누군가를 배려한다는 건 불가능합니다. 살아남으려면 친구라도 가족이라도 버릴 수밖에 없으니까요."

기려는 웃음이 나왔다. 군의관의 말은 야박하기는 해도 현실 그대로를 반영하고 있었다. 결국 우리는 겨우 그런 존재였던 것이다.

부활하는 부산

　부산은 피난민들의 도시였다. 국군이 서울을 탈환했을 때 빠져나간 사람들도 있지만, 전선이 남쪽으로 내려오면서 대규모의 피난민들이 유입되어 임시수도답게 흥성거렸다. 이제는 누구도 부산을 떠나려 하지 않았다. 벌써 서울의 주인이 두 번씩이나 바뀌었다. 그러므로 사람들은 전쟁이 끝날 때까지 최후방인 이곳을 떠나려 하지 않을 것이다. 기려가 평양에서 이곳 최남단 부산까지 단숨에 달려온 이유도 두려움 때문이었다. 아니 더 솔직히 말하자면 몽유병 환자처럼 걷고 또 걸어 도착한 곳이 이곳이었다. 눈을 떠보니 바다가 있었고, 그래서 주저앉았을 뿐이다. 평양을 떠나 이곳 부산에 도착하기까지 보름이 걸렸다. 달이 한 번 차거나, 한 번 기우는 시간 동안, 그는 가족들과 수백 킬로미터나 떨어진 곳에 이르렀다.

잠이 들면 꿈속에서 가족들을 만났다. 특히 아내의 얼굴이 선명하게 떠올랐다. 그가 아내를 마지막으로 본 건 평양의 중심지인 종로 거리에서였다. 그는 원래 가족들을 모두 데리고 함께 대동강을 건너려 했다. 그때 군의관이 그를 야전병원의 앰뷸런스로 모시겠다고 제안해왔다. 장남이 인민군으로 나간 뒤 단 한 번도 웃어본 적이 없는 아내가 미소를 지었다.

"여보, 당신은 그분들의 차를 타고 강을 건너세요."

"우리 가족이 함께 가야지 어떻게 나만 혼자 갈 수 있겠소?"

"그 차에 모두 탈 수는 없잖아요. 장남이 없으니 이제 우리 둘째가 장남이나 마찬가지잖아요. 그러니 둘째를 데리고 가세요."

그는 고개를 저었다. 피난을 갈 때는 되도록 함께 움직여야 서로를 잃어버릴 위험이 적었다. 하물며 함께 움직여도 저 많은 피난민들 속에서 공습이라도 있는 경우에는 뿔뿔이 흩어지게 될지도 모르는데 따로 움직인다는 건 생각조차 해보지 못했다. 그의 이런 생각을 알고 있듯 아내는 그의 손을 잡았다.

"중공군이 들어오면 젊은 사내들만 죽인다잖아요. 우리 가족 중에 그런 위험에 처할 사람은 바로 당신과 둘째뿐이에요. 그러니 먼저 피할 수 있으면 피하는 게 상책이에요. 저희야 아녀자와 어린애, 그리고 늙은 부모님뿐이니까 설령 무슨 일을 당하더라도 최악의 상황은 피할 수 있을 거예요. 여보, 이번에는 제 말을 들어주세요."

 기려는 그 소문이 사실이 아니라고 말할 수 없었다. 삼인성호三人成虎라는 말이 떠올랐다. 이제는 기려 자신마저도 그게 사실이 아닐까 하는 생각이 들 정도였다. 한편으로는 시절이 아무리 수상하다 해도 전쟁도 끝이 있게 마련이니 언젠가는 다시 만날 수 있으리라 믿고 있었다. 그건 기려만의 생각은 아니었다. 피난을 떠나는 사람들 모두 잠시 평양을 뒤로 한 것일 뿐, 조만간 다시 돌아올 수 있으리라 믿었다. 그래서 대개 노인들은 젊은 자식들만 피난길을 떠나보내고 남아서 집을 지켰다. 떠나는 사람들도 간단한 작별의 인사를 나누었을 뿐이다. 며칠 되지 않아 다시 돌아올 수 있으리라 믿었기 때문이다. 당장의 위험을 피할 수 있는 것만으로 족하다고 여겼다. 만약 미군이 원자폭탄을 투하할지도 모른다는 소문만 아니었다면, 평양을 떠나는 대부분의 사람들이 차라리 자신의 집 뒤뜰에 구덩이를 파고 며칠 숨어 있는 길을 택했을 것이다. 하지만 혹시라도 그럴 수 있다는 생각에 노부모들은 자식의 등을 떠밀었고, 자식들은 애써 불안감을 감추며 며칠 있다 돌아올 테니 그동안 안녕하시라는 인사를 남기고 떠났다.

 아내의 이런 권유에도 기려는 선뜻 마음이 돌아서지 않았다. 자신은 국군 야전병원과 유엔 민사처 병원에서 근무한 적이 있으므로, 훗날 인민군에게 책임 추궁을 당할지도 모른다.

만약 그렇게 되면 가족들도 고초를 겪게 될 것이다. 인민군이 그렇게 무자비한 군대는 아니지만, 만약 그들이 국군의 비호를 받은 청년단원의 만행을 알게 되면, 그와 똑같은 방식으로 보복을 하려 할 수도 있었다. 국군, 미군과 조금이라도 연관이 있다면 반역자로 몰아 처형할 수도 있지 않겠는가. 그는 이런 갈등 때문에 이성적으로는 아내의 말이 옳다고 판단하면서도 선뜻 그렇게 하겠노라 대답하지 못했다.

"너무 걱정하지 마세요. 우리는 지금 먼저 떠날 테니, 당신은 그 차를 기다렸다가 타고 떠나세요. 어차피 한꺼번에 움직여도 끝까지 함께 갈 수 있다고는 장담할 수 없잖아요. 차라리 이렇게 나누어서 떠나는 게 나을지도 몰라요."

아내의 이런 간절하고도 올바른 판단을 더는 거부할 수가 없었다. 그는 무겁게 고개를 끄덕였다.

"부디 인민군이 노약자와 여자에게 관대하기를 바랄 뿐이오."

"관대하지 않아도 관대할 수밖에 없을 거예요. 그들도 인민 없이 나라가 있을 수 없다는 걸 잘 알고 있을 테니까요."

아내의 말이 기려의 가슴을 찔러왔다. 아내가 품고 있는 희망은 다른 모든 이들이 품고 있는 희망과 다르지 않았다. 하지만 그 희망이 현실이 된 적은 없지 않은가. 가슴이 아렸다. 그는 차남을 돌아보며 마음을 굳혔다. 장남의 생사여부조차 모르는 그의 가족들에게 차남은 마지막 희망이었다. 처형을 당하지는 않는다 해도 인민군의 소년병으로 끌려갈 가능성이 높았다.

"알겠소. 그럼 내가 둘째를 데리고 가겠소. 부디 당신도 몸 조심하시오."

"그래요, 당신만 믿어요."

아내는 둘째의 얼굴을 쓰다듬었다. 아버지 말씀 잘 들어야 한다는 당부도 잊지 않았다. 아내는 남은 식솔을 이끌고 집을 나섰다. 거리는 피난을 떠나는 사람들이 가득 메우고 있었다. 그들은 모두 대동강 쪽으로 향했다. 그리고 끊어진 대동강 철교를 곡예를 하듯 넘어갔다. 그 아래 군용 부교가 설치되어 있지만 민간인들은 이용할 수 없었다. 군인들의 철수에 방해가 되기 때문이었다. 그래서 또한 많은 사람들이 아예 대동강 하류까지 걸어가 그곳에서 얕은 곳을 찾아 강을 건너기도 했다. 12월이다. 대동강은 얼음물처럼 차가웠고, 강을 무사히 건넌다 해도 흠뻑 젖은 몸으로는 먼 길을 가지 못할 것이다. 그는 과연 자신이 올바른 판단을 내렸는지 자문해보았다. 평양의 시민들을 사로잡고 있는 그 두려움, 사내들은 무사할 수 없을 것이라는 두려움 때문에 자신도 이성을 잃은 건 아닌지 생각해보았다. 그제야 그는 자신의 결정이 후회되었다. 설령 죽는다 해도 가족과 헤어져서는 안 된다. 그는 집을 뛰쳐나갔다. 둘째 아들이 그를 뒤쫓아 나왔다. 그는 피난민들로 가득

한 거리를 보고 우두커니 제자리에 서버렸다. 이미 가족들은 그 행렬에 묻혀 어디로 갔는지 알 수가 없었다. 때마침 그를 태우고 가려는 앰뷸런스가 도착했다. 둘째 아들이 앰뷸런스 옆에서 그를 기다리고 있었다. 그는 가족들이 사라진 쪽과 앰뷸런스 쪽을 번갈아 보다가 자포자기한 사람처럼 어깨를 축 늘어뜨리고 둘째 아들 쪽으로 걸어갔다. 군의관은 이미 많이 지체되었다며 빨리 타라고 재촉했다.

앰뷸런스 뒷자리에 둘째 아들과 나란히 앉은 기려는 자신의 집을 물끄러미 바라보았다. 국군이 평양에 입성하기 전 잠시 떠날 때와는 다른 기분이었다. 어쩐지 그 집을 다시는 보지 못할 수도 있겠다는 생각이 들었다. 앰뷸런스는 사람들을 헤치며 달려갔다. 앰뷸런스가 지날 때마다 잠시 옆으로 비켜선 사람들은 부러운 눈빛으로 기려 일행을 바라보았다. 그는 부끄러움에 창문 밖을 내다볼 수조차 없었다. 보따리를 이고 지고 피난을 떠나는 사람들과 눈길을 마주칠 용기나 나지 않았다. 앰뷸런스는 대로를 따라 갔다. 종로를 지날 때 그의 아들이 외쳤다.

"아버지, 저기 보세요. 어머니에요, 어머니!"

그는 고개를 돌려 창밖을 보았다. 사람들에 치이면서도 이를 앙다물고 걷고 있는 아내를 볼 수 있었다. 아들은 제 여동생의 이름을 부르며 차를 세워달라고 했다. 앞좌석에 타고 있던 군의관이 고개를 돌려 그들 부자를 보았다. 기려 역시 당장이라도 차를 세워 아내와 가족들을 데려오고 싶었다. 아내의 두 볼은 붉게 달아올라 있었다. 찬바람이 할퀴어서다. 아내도 다른 사람들처럼 잠시 우뚝 서 그가 타고 있는 차를 바라보았다. 그러나 기려는 차를 세워달라는 말을 내뱉을 수 없었다. 함께 타고 있는 사람들이 두려운 눈빛으로 그를 지켜보고 있었기 때문이었다. 차를 세운다면 여기저기서 피난민들이 몰려들 테고, 그렇게 되면 군의관이 권총으로 위협을 할 수밖에 없다. 그러다 사고가 날 수도 있었고, 아예 차가 움직이지 못할 수도 있었다.

"아버지, 왜 차를 안 세우는 거예요. 어머니가 저기 계시잖아요."

기려는 대답 대신 아들의 머리를 두 팔로 꼭 감쌌다. 그렇게 아들을 껴안고 있는 동안 아내는 다시 인파 속으로 사라졌다. 그는 자신이 차를 세우더라도 아내가 이 차에 타려 하지 않을 것임을 잘 알고 있었다. 아내는 이미 결심을 했다. 남편과 둘째 아들만이라도 무사히 평양을 빠져나갈 수 있다면 어떤 희생이라도 감내하리라 마음먹었다. 그걸 기려도 잘 알고 있었다. 아내의 결심에 대한 최대한의 예의는 평양을 빠져나가 살아남는 것이다. 아직 아들은 그런 사실을 받아들일 수 없을 것이다. 기려는 아들의 눈에 맺힌 눈물을 닦아주었다.

그로부터 보름 동안 그는 사리원과 서울을 거쳐 이곳 부산까지 내려왔다. 그동안은 꿈조차 꾸지 못했다. 그러나 부산에 도착한 뒤, 이곳이 종점이라는 생각 탓인지 밤마다 가족들의 꿈을 꾸었다. 평양 종로에서 마지막으로 보았던 아내의 얼굴이 가장 선명했다. 그와 둘째 아들은 부산까지 내려오는 동안 몸이 많이 상했다. 제대로 된 식사는 서울의 친척집에 잠시 들렀을 때뿐이었다. 여관에서 머문 것도 하루 이틀뿐이었다. 찬바람이 사정없이 치고 들어오는 남의 집 헛간에서, 온기라고는 전혀 없는 문간방에서 새우잠을 잤다. 기차의 뚜껑 없는 화물칸에서 찬바람을 맞으며 졸았다. 전대에 금화도 은화도 동전도 넣어 가지고 다니지 말라는 가르침을 이렇게 지키는구나 싶어 씁쓸했다. 그렇게 힘들게 도착한 부산에서 그는 밀려드는 피난민들을 보며 그 속에 혹시라도 가족들이 있지 않을까 헛된 바람을 안고 하루하루를 견뎠다. 그러다 자신을 알고 있는 평양 사람도 만나게 되었다. 그들에게 자신의 가족들이 무사히 대동강을 건넜으나 인민지원군이 피난민들을 앞질러 가는 바람에 평양으로 되돌아가고 말았다는 소식을 듣게 되었다. 그를 지탱해준 마지막 희망마저 사라져버리고 말았다.

그가 이곳 제3육군병원에 온 건 부산에 도착한 지 며칠 안 되어서였다. 해군군의감이 평양 사람이라는 이야기만 듣고 무작정 해군본부를 찾아갔다가 김일성대학 부속병원 시절에 알던 사람을 만나게 되었고, 그 사람의 주선으로 제3육군병원 외과에서 일을 볼 수 있게 되었다. 이곳에서는 그를 군속으로 대접해주었다. 그들은 숙소도 정해주었고, 둘째 아들이 육군병원 약국에서 급사 노릇을 할 수 있도록 배려해주었다. 부산에 도착한 지 얼마 안 되어 뜻밖에도 일이 잘 풀려 생계를 유지할 수 있게 된 점은 그에게 퍽 다행이었다. 하지만 부산에 도착한 뒤로 한순간도 가족들 생각이 머리에서 떠나지 않았다. 전쟁 중이기는 해도 이곳은 후방이라 전방보다는 한결 부드러웠다. 부상병들도 자못 여유로운 표정이었고, 의사들도 그 점에서는 마찬가지였다.

 그러나 이 분위기에 그가 쉽게 적응하지는 못했다. 지금까지 인상을 찌푸리고 있던 사람이 갑자기 활짝 웃기 어려운 것처럼, 그는 대길과 조만식의 죽음 이후 단 한 번도 진심으로 자신이 살아 있는 사람이라는 생각을 해본 적이 없었다. 그는 허기가 느껴지면 비참한 기분이 들기까지 했다. 사람이 아닌 자신이 배고픔을 느낀다는 게 얼토당토않은 일처럼 생각되어서였다. 또한 가족들이 그리워지면 그는 누군가를 그리워할 자격도 없는 사람이라는 생각에 부끄럽기 그지없었다.

 그가 마지막으로 할 수 있는 일은 이대로 자신의 영혼이 지옥으로 떨어지지 않기를 빌기 위해 교회로 가는 것이었다. 그에게서 이전의 대담하고 섬세한 외과의사의 풍모는 더 찾아볼 수가 없었다. 비록 육군병원 외과의사로 일을 하고는 있지만, 그는 더 이상 의사가 아니었다. 전쟁으로 고통받는 다른 많은 사람들과 똑같이, 고통스러워하는 한 사람에 불과했다.

부산에 도착한 뒤로 처음 교회에 출석했다가 돌아오던 그를 낯선 사람들이 가로막았다. 체격이 건장하고 눈빛이 날카로운 사내들이었는데, 그들은 기려를 골목으로 끌고 가더니 손에 쥔 것을 보여주었다. 특무부대원임을 증명하는 패였다. 기려는 놀라거나 당황하지 않았다. 이유야 어쨌든 인민공화국에서 대학교수와 병원장까지 지낸 신분이니 한 번쯤은 이런 일을 겪게 되리라 짐작하고 있었다. 기려가 이미 전쟁 직전에 짐작했듯이 이승만은 권력을 탐하는 인물이었다. 임시수도 부산의 피난민들을 괴롭히는 건 의식주의 빈곤뿐만은 아니었다. 무소불위의 권력을 지닌 특무부대원을 비롯해 정치 깡패들도 피난민을 괴롭히는 데 한몫을 했다. 이들이 권력을 지닐 수 있었던 건 이승만 덕분이었다. 이승만은 자신의 권좌를 유지하기 위해서라면 무슨 짓이든 할 사람이었다. 이승만의 비호를 받는 그들 가운데 특히 특무부대 상사들은 무식하기로 유명했다. 그들은 전쟁 전 대개 청년단원으로 활동했던 사람들이고 또 그 이전 일제시대에는 밀정, 순사, 헌병 보조로 활동했던 사람들이다. 그들은 자신들의 권력을 이용해 서울에서 피난 온 여대생들을 아내나 첩으로 삼으며 전쟁의 달콤함을 느끼고 있었다. 아무나 눈에 거슬리면 빨갱이로 몰아 뇌물을 요구하고 목숨을 빼앗았다.

"네가 장기려지?"

기려는 그렇다고 대답한 뒤 그들의 시선을 피하지 않고 똑바로 바라보았다.

"빨갱이 새끼가 눈을 똑바로 뜨고 쳐다봐? 이 새끼 간덩이가 부었군."

그들은 기려를 양쪽에서 잡은 뒤 대기해두었던 차에 태워 위장 가옥으로 데리고 갔다. 그는 저항하지 않고 그들이 하는 대로 내버려두었다. 그는 특무부대원들의 명령을 따라 눈을 감고 고개를 숙였다. 부산 지리에 익숙하지 않은 그로서는 자신이 지금 어디쯤을 지나는지 알 수 없었지만 목적지가 어디인지는 알고 있었다. 삼일사라는 위장 간판을 내걸고 있는 심문실이 바로 그곳이다. 그는 북에서도 여러 차례 이와 비슷한 심문을 겪은 적이 있다. 하지만 이처럼 난폭하고 무례하게 끌려가본 것은 처음이었다. 불안에 가슴이 뛰고 호흡이 가팔라져야 하건만, 그는 아무렇지도 않았다. 기껏해야 죽기밖에 더 하겠는가. 물론 자신이 죽으면 홀로 남을 둘째 아들이 어떻게 될지 알 수 없었다. 하지만 이런 게 운명이라면 받아들일 수밖에 없었다.

그들은 기려에게 무슨 지령을 받고 남쪽으로 내려왔느냐고 물었다. 기려는 있는 그대로를 말했다. 자신은 인민군이 평양에 들어온다는 소문을 듣고 피난을 왔을 뿐이라고. 그들은 기려의 말을 믿지 않았다.

"이 새끼 정말 죽고 싶어? 누구의 지령을 받고 왔는지 똑바로 말해!"

"나는 누구의 지령도 받지 않았소. 내게 지령을 내릴 수 있는 사람은 이 세상에 없소. 오직 한 분 저 하늘에 계신 하나님만이 내게 명령을 내릴 수 있소."

"흥, 네가 정말 기독교인이라면 왜 공산주의자들을 섬겼지?"

"나는 공산주의자들을 섬긴 적이 없소. 내가 섬기는 분은 오직 하나님과 예수님뿐이오."

누군가 그가 심문받고 있는 방에 들어왔다. 군복을 입은 그 사내는 들어오자마자 기려의 뺨을 때렸다. 그는 고개를 들고 자신의 뺨을 때린 사람을 보았다. 낯이 익었다.

"나를 알아보겠나, 장 박사."

기려는 믿을 수 없었다. 자신 앞에 앉아 있는 사내는 바로 박 의원의 아들 박종훈이었다.

"육군병원에 갔다가 우연히 장 박사를 보았지. 어이가 없더군. 이북에서 대학교수를 지내고 병원장까지 지낸 사람이 이곳에서 의사 노릇을 하고 있다니 말이야."

박종훈의 말투는 싸늘하다 못해 얼음장처럼 차가웠다. 기려는 병원에서 누군가 자신을 노려보고 있다는 서늘한 느낌을 받은 적이 있다. 그게 바로 박종훈의 시선이었다는 걸 이제야 깨달았다.

"북에서 호의호식하고 지내다 지금 이 꼴이 되었으니 운명이란 참 알 수 없는 야릇한 게 분명해. 안 그렇소, 장 박사?"

"내게 뭘 바라는지 알 수는 없지만, 만약 돈 때문에 그렇다면 사람을 잘못 골랐다고 말씀드리고 싶구려. 나는 단 한 푼도 품에 지니지 않고 평양을 떠나왔소. 가지고 오려 해도 가지고 올 귀중품도 없었소."

박종훈은 코웃음을 치더니 손에 쥔 것을 그에게 내밀었다. 그가 경성의전을 졸업할 때 성적 우수로 받은 기념 금메달이었다. 심문을 받기 전에 몸수색을 하며 그들이 가져간 것이었다. 기려의 눈이 반짝 빛났다. 그가 지금까지 유일하게 기념품으로 삼고 있는 메달이었다. 금이라서 보관한 게 아니라 의학 공부에 몰두했던 대학시절의 소중한 기념품이었기 때문이다.

"자, 이런 게 또 없다고 말할 수는 없겠지?"

"부탁이오. 그건 돌려주시오. 그에 해당하는 금값을 지불하라면 내 어떻게든 마련해보겠소. 그건 내게 하나밖에 남지 않은 학창시절의 기념품이오."

"그 말을 내가 믿을 것 같아?"

박종훈은 다시 그의 뺨을 때렸다. 일제시대부터 첩보 계통에 몸을 담았던 박종훈인지라 지금은 제법 계급이 높아진 듯했다. 박종훈은 다른 특무대원들을 보며 잇새로 뱉듯이 날카롭게 말했다.

"이 새끼 정신이 번쩍 들게 해주라고."

박종훈이 심문실을 나간 뒤 그는 옷을 모두 벗으라는 명령을 받았다. 그가 머뭇거리자 군홧발이 사정없이 그의 정강이를 강타했다. 그가 정강이를 쥐고 쓰러지자 다시 발길질이 날아왔다.

"여기가 어딘지 몰라? 빨리 안 벗어!"

그는 알몸이 되었다. 난방이 잘 되지 않는 곳이었다. 예수가 이 땅에 온 날을 하루 앞두고 있는 12월의 마지막 주간이었다. 그의 몸에 소름이 돋았다. 그는 두 손으로 자신의 몸을 비볐다. 특무대원들은 그의 알몸을 감상하듯 물끄러미 바라보더니 뒤로 돌라고 했다. 그가 뒤로 돌자 허리를 숙이라고 했다. 그의 몸 가장 은밀한 곳을 그들에게 보여주었다. 그들은 기려가 어딘가에 무기가 될 만한 것들을 숨기고 있을지도 모른다고 했지만, 그들도 기려가 간첩이라고 생각하지는 않는 듯했다. 그들은 알몸이 된 기려를 내버려둔 채 가타부타 아무 말도 없이 나가버렸다. 그는 딱딱한 나무 의자에 앉아 될 수 있는 한 몸을 웅크렸다. 박종훈과 자신의 인연이 기구하다 싶었다. 그토록 존경하던 박 의원의 아들과 원수와 같은 사이가 될 줄은 꿈에도 몰랐다. 그는 두리번거리며 자신이 감금되어 있는 방을 살펴보았다. 페인트칠이 되어 있지 않은 시멘트 벽 여기저기에 피 튀긴 자국이 남아 있었다. 바닥에도 파인 곳이 많았고 시멘트 부스러기가 군데군데 먼지덩어리처럼 뭉쳐 있었다. 그는 자신이 잡혀와 이처럼 모욕을 당하고 있다는 사실에 별 감흥이 없었다. 죽어서 이곳에서 나가든, 살아서 나가든, 홍역을 치르듯 겪어야 할 일이다. 하지만 그는 이 방을 거쳐 갔을 무수한 사람들을 떠올린 순간 가슴이 아팠다. 오로지 전쟁을 피해 목숨을 걸고 부산으로 내려왔을 피난민들. 북에서 내려온 피난민이라면 무조건 빨갱이로 간주당해 이곳에 끌려와야 했다. 이곳을 무사히 거쳐 간 뒤에야 비로소 신분이 입증되는 것이다. 얼마나 많은 사람들이 이곳에서 특무대원들의 구타와 욕설과 고문을 받으며 죽어갔을까. 얼마나 많은 사람들이 피난을 떠나며 지니고 왔던 자신만의 귀중품을 이들에게 빼앗겼을까. 누군가는 딸을, 누군가는 아내를 빼앗겼을 것이다. 남과 북 어디에도 정의는 없다. 살아남기 위해 타인을 스스럼없이 죽음으로 몰아넣는 악귀들의 세상일 뿐이다. 그는 자신이 영영 허깨비 신세에서 벗어나지 못하리라 생각했다. 한번 이런 고통을 맛본 사람들은 정상으로 돌아갈 수 없을 것이다. 기려는 자신도 마찬가지일 거라 생각했다. 되돌아갈 곳이 없는 신세, 결국 앞으로 나갈 뿐이다. 죽음이라는 최후의 낭떠러지를 향해.

그가 특무대에 끌려간 것을 알게 된 주변 사람들이 그의 구명을 위해 발 벗고 나서주었다. 이승만 정권은 미군과 긴밀한 관계를 맺고 있기 때문에 그의 구명에는 미국인 선교사의 역할이 컸다. 미국인 선교사는 기려가 공산주의자가 아님을 보증해주었고, 그는 1주일 만에 지옥 같은 그곳을 벗어날 수 있었다. 물론 그들이 기려를 순순히 보내준 건 그에게 정말 빼앗을 만한 돈이 한 푼도 없다는 걸 알았기 때문이지만. 1주일 만에 수척해져 꼬챙이 같은 몸이 된 그가 삼일사를 나설 때 박종훈은 나직한 목소리로 비아냥거렸다.

"장 박사, 부디 몸조심하시구려. 어차피 당신은 저쪽에서 교수까지 했던 인물이니 우리가 늘 주목하고 있다는 걸 잊지 마시구려."

그는 박종훈의 얼굴을 똑바로 바라보았다. 외모는 박 의원을 닮았으나 내면은 전혀 다른 이 사내가 바로 조국의 현실이다. 그는 박종훈이 가엾었다. 이전 세대와 단절된 사람들. 이전 세대에서 아무것도 물려받지 못한 사람들. 그래서 국가라는 새로운 안식처에 열광하는 사람들. 그들이 바로 박종훈과 같은 이들이 아닌가. 국가라는 조직이 위기에 처하게 되면 결국 그들 스스로도 소모품으로 전락하게 되리라는 걸 박종훈은 아마도 모를 것이다. 박종훈에게 이런 특혜가 베풀어지는 건 언젠가는 소모품으로 사라져야 하기 때문이다. 그는 박종훈을 향해 치솟는 분노를 억누를 수 없었다.

'너희가 너희를 사랑하는 사람만 사랑하면, 그것이 너희에게 무슨 장한 일이 되겠느냐? 죄인들도 자기네를 사랑하는 사람들을 사랑한다. 너희를 좋게 대하여 주는 사람들에게만 너희가 좋게 대하면, 그것이 너희에게 무슨 장한 일이 되겠느냐? 죄인들도 그만한 일은 한다. 도로 받을 생각으로 남에게 꾸어주면, 그것이 너희에게 무슨 장한 일이 되겠느냐? 죄인들도 고스란히 되받을 요량으로 죄인들에게 꾸어준다. 그러나 너희는 너희 원수를 사랑하고 좋게 대하여 주고 또 아무것도 바라지 말고 꾸어주어라. 그리하면 너희는 큰 상을 받을 것이요, 더없이 높으신 분의 아들이 될 것이다. 그분은 은혜를 모르는 사람들과 악한 자들에게도 인자하시기 때문이다. 너희의 아버지께서 자비하신 것같이, 너희도 자비로운 사람이 되어라.'

수도 없이 이 구절을 더듬어보아도 분노는 쉽게 사그라지지 않았다. 아니 오히려 그의 내부에서 일어난 이 증오심은 그 자신을 더욱 갉아먹었다.

풀려나온 기려는 육군병원 숙직실에서 시체처럼 누운 채

하루하루를 보냈다. 해가 바뀌어 1951년이 되었고, 일사후퇴가 있었고, 더 많은 피난민들이 부산으로 들어왔다. 후퇴한 군인들이 늘어나 자연히 부상병도 늘어났다. 그의 주변 사람들은 차마 그에게 수술을 거들어달라 말할 수가 없었다. 그의 얼굴을 보면 아무 말도 할 수 없었다. 퀭한 두 눈과, 생기를 잃은 두 볼, 깊게 그어져 영원히 펴질 것 같지 않은 이마의 주름살. 평소에도 과묵했지만, 이젠 아예 벙어리가 된 게 아닐까 싶을 정도로 굳게 닫혀 있는 파리한 입술. 만약 그가 숨조차 쉬지 않았다면 사람들은 그가 죽었다고 생각했을 것이다.

그의 육체는 살아 있지만 그의 영혼은 거의 죽었다고 봐도 틀리지는 않았다. 어느 순간 죽은 게 아니라 전쟁이 시작될 때부터 그의 영혼은 조금씩 죽었다. 그의 시대가 그의 영혼을 갉아먹었다. 이제 더는 갉아먹을 게 없을 만큼 그의 영혼은 남루해졌고, 그를 사로잡는 무기력은 치사량에 근접했다. 이제 정말 그는 죽는 일밖에 남지 않은 사람인 것 같았다.

그의 둘째 아들은 여전히 병원에 딸린 약국에서 허드렛일을 하고 있었다. 틈만 나면 숙직실로 찾아와 그를 들여다보고 갔다. 기려를 이 세상에 붙잡고 있는 마지막 끈은 바로 그 아들 하나뿐이었다. 하지만 이제 그는 이 끈마저 놓고 싶었다. 이처럼 차디찬 숙직실에 누워 있어도 그는 모든 걸 듣고 볼 수 있었다. 전쟁으로 부모를 잃은 고아들이 밥 달라고 울부짖는 소리를 들을 수 있었고, 피난민촌 골목에서 일어나는 악다구니들도 들을 수 있었다. 하루하루를 연명하기 위해 부둣가를 서성거리는 무기력한 가장들과 헌병대와 특무대의 발길질에 나가떨어지는 피난민들도 볼 수 있었다. 쓰레기통을 뒤지는 사람들과 떡 한 조각 때문에 사람을 죽이는 모습도 볼 수 있었다. 그가 누워 있는 이곳 육군병원의 수술실 풍경도 눈앞에 그려볼 수 있었고, 아무런 치료도 받지 못한 채 토막 안에서 죽어가는 피난민들도 볼 수 있었다. 이게 그가 최후의 순간에 보게 되는 세상의 풍경이었다. 그는 이렇게 세상과 이별을 하는 것이다.

그가 까무룩 정신을 잃고 깊은 어둠 속으로 들어갈 찰나, 밖에서 와글와글 떠들어대는 소리가 들려왔다. 멀리서 들려오는 것 같기도 하고, 귀에 대고 속삭이는 것 같기도 한 소리였다. 일어나라. 그는 마지막 남은 힘을 다해 귀를 기울였다. 한 여인의 울음소리가 선명하게 들려왔다. 어쩐지 그 소리는 평양에 남겨진 아내가 우는 소리인 것만 같았다. 그는 눈을 번쩍 떴다. 아내를 보지 못하고 죽을 수는 없었다. 아내가 아니라는 걸 알고 있었지만, 그 사람을 한번 보고 싶었다. 그는 나무침상에서 내려와 기다시피 숙직실 문 앞으로 갔다.

"부상병들 치료만으로도 바빠 죽을 지경이에요. 아주머니, 어서 가세요."

누군가의 짜증 섞인 목소리가 들려왔다. 기려는 부들부들 떨리는 손으로 문을 열고 밖을 내다보았다.

"제발, 제발 부탁입니다. 어떻게 좀 해주세요."

간절히 애원하는 사람은 기려도 몇 번 본 적이 있는 병원 구내식당의 찬모였다. 늙수그레한 찬모도 고향이 황해도라고 했다. 군의관 한 사람이 찬모를 밖으로 밀어내고 있었는데, 그 뒤에는 많은 사람들이 몰려 있었다. 피난민의 무리인 듯 입성이 꾀죄죄했는데 그들 속에서 여자의 울부짖음이 나오고 있었다. 출산이 임박한 임신부가 내는 소리였다.

"제가 딸같이 여기는 아인데, 아무리 힘을 써도 아이가 나오질 않아요. 제발, 저 아이를 살펴봐주세요."

군의관은 보초병들에게 그 자리의 수습을 맡기고 떠나버렸다. 보초병들은 피난민들을 밀어냈다. 혹시나 치료를 받을 수 있을까 싶어 찾아온 사람들이 모두 떠밀려 나갔다. 여자의 고통에 찬 신음은 줄어들지 않았다. 오히려 더욱 커졌다. 기려는 분명 제왕절개가 필요한 산모라고 생각했다. 하지만 여전히 꼼짝도 할 수 없었다. 몸에 힘이 전혀 들어가지 않았다. 그때 그의 귀에 기도소리가 들려왔다. 피난민들 가운데 기독교인이 있었던 모양이다. '두세 사람이 내 이름으로 모여 있는 자리, 그곳이 어디든 내가 바로 그들 가운데 있다'는 목소리가 들리는 듯했다. 아! 하고 그는 탄식을 했다. 잊고 있었다.

예수는 고통받는 사람들이 있는 곳이라면 어디든 있다는 사실을. 기려는 문고리를 붙잡고 간신히 몸을 일으켰다. 그리고 찬모를 향해 손짓을 했다. 찬모는 보초병의 제지를 뚫고 그에게 다가왔다. 기려가 찬모에게 물었다.

"양수가 터진 게 언제입니까?"

찬모는 다급한 목소리로 말했다.

"어제였어요. 저희가 어떻게든 애를 낳아보게 하려고 했는데, 도통 나오지가 않아요. 저러다 애는커녕 애 엄마까지 죽게 생겼어요."

빨리 손을 쓰지 않으면 찬모의 우려대로 태아와 산모 모두 목숨이 위태로운 상황이다. 그는 헛웃음을 흘렸다. 대체 내가 뭐라고 이런 질문을 하고 있단 말인가. 나는 이제 의사도 사람도 아니지 않은가. 이미 죽은 것과 마찬가지인 사람이 아니던가.

"선생님, 선생님도 의사이시죠? 유명한 의사라면서요? 제발, 도와주세요. 네?"

그러나 찬모가 다급해지면 다급해질수록 기려의 정신은 맑아졌다. 그의 의사로서의 본능이 살아 움직이기 시작한 것이다. 그는 다시 물었다.

"출혈은 있었나요?"

"오늘 아침에 하혈을 했어요. 피를 많이 쏟아 정신을 잃을 지경일 텐데 저렇게 울부짖고 있는 거예요."

하혈까지 했다면 태반이 자궁 입구를 가로막고 있을 가능성이 높다. 고통스러워하는 건 출혈 때문이 아니라, 억지로 태아를 낳으려고 시도하면서 자궁벽에 무리한 힘이 가해졌기 때문이리라. 비록 그가 산부인과 전문의는 아니지만, 그 정도 상식쯤은 지니고 있었다. 아니, 외과의사라면 누구나 그 정도쯤은 알고 있었다. 외과의사가 하지 못할 수술이란 없다고 해도 과언이 아닐 테니 말이다. 그는 수술을 서둘러야 한다고 생각했다. 그는 보초병에게 수술실을 마련해줄 것을 부탁했다. 보초병은 눈을 크게 뜨고 고개를 저었다.

"박사님 잊으셨습니까? 여기는 육군병원입니다."

"잘 알고 있어요. 곧 뒤따라 갈 테니 외과수술실을 잠시만 쓰겠노라 전해주세요."

보초병은 마지못해 고개를 끄덕이고 병원 본관으로 달려갔다. 그는 찬모에게 부탁했다.

"우선은 출혈을 멈추게 하는 게 중요합니다."

그는 잠시 생각에 잠겼다. 당장 지혈제를 사용할 수는 없으니 압박술을 시도할 수밖에 없었다.

"산모가 무리한 힘을 쓰지 않도록 계속해서 주의를 주세요."

기려가 이렇게 나서니 나머지 보초병들도 그저 지켜보고 있을 수밖에 없었다. 기려는 자신에게 이런 힘이 남아 있었던가 싶을 만큼 스스로에게 놀랐다. 이마에 땀이 맺히기는 했지만 걸음을 옮길 수도 있었다. 긴장이 되어서인지 손은 떨렸지만, 행동은 침착했다. 그는 사람들에게 산모를 옮겨줄 것을 부탁한 뒤 수술실로 향했다. 이미 보조병을 통해 기려가 수술을 할 것이라는 사실을 알고 있던 군의관 몇 명이 그에게 불만을 터뜨렸다. 하지만 수척한 기려가 힘겹게 몇 마디 말을 하자 손을 내저었다. 그들도 죽은 사람이나 마찬가지였던 기려가 갑자기 이처럼 수술을 하겠다고 나서는 게 신기했다. 그러나 무엇보다 군의관의 마음을 흔들어놓은 건 기려의 눈빛이었다. 그들은 기려의 눈빛에서 절망을 딛고 일어나려는 한 사람의 간절한 몸짓을 보았다.

"그럼 한두 명의 의사가 선생님을 보조해드릴 수 있도록 하겠습니다."

그들은 오히려 이렇게 그를 돕겠다고 나서기까지 했다. 그는 환자가 마취실을 거쳐 수술실로 오기를 기다리며 생각에 잠겼다. 방금 전까지도 죽은 자나 다름없던 자신이 지금 이 순간 수술실에 있다는 사실을 스스로도 믿을 수 없었다. 그는 자신을 이곳으로 이끈 힘이 보이지 않는 손길 때문이라는 걸 느꼈다. 그때 목소리가 들렸다. '나는 제자들에게 버림받았으며 유다에게 배신당했다. 베드로에게 부정당하고 제사장들에게 불경죄로 고발당하고, 군중들에게 살인자의 편을 들었다고 무시당하고, 산헤드린과 로마병사들 그리고 십자가에 다가온 모든 사람들에게 소롱을 낭했느니라. 그러나 나는 끝까지 하늘에 계신 나의 아버지를 섬겼느니.' 그는 무릎을 꿇고 기도했다.

"부디 제게 힘과 용기를 주십시오."

기도를 마치자 더는 떨리지 않았다. 고단한 몸을 뉘고 오랜 잠을 자고 난 사람처럼 정신마저 맑고 깨끗해졌다.

외과의사인 그가 부인과 수술을 한다는 소문이 병원에 퍼졌다. 군의관들은 아무리 솜씨 좋은 장기려라 해도 수술의 성공을 쉽게 장담할 수는 없다고 입을 모았다.

"항생제는 투여했지요? 자 그럼 이제 수술을 시작합시다."

수술이 시작되자 육군병원은 깊은 침묵에 빠졌다. 모두 기려가 어떤 결과를 가져올지 궁금했다. 기려는 산모의 하복부를 횡으로 절개했다. 너무 힘을 주지 않으려 애썼다. 산모이기 때문에 본능적으로 지방을 축적했다 해도 피하지방의 두께는 손가락 한 마디를 결코 넘지 않을 것이었다. 주저함 없이 단 한 번에 피부를 절개하는 그의 손놀림은 한창 때의 솜씨를 보여주듯 대담하고 섬세했다. 한치의 오차도 없이 피부를 절개한 그는 그 아래 피하지방과 근막도 똑같은 크기로 절개했다. 그의 예상대로 피하지방층은 두껍지가 않았다. 산모라고는 해도 한 끼 식사로 죽조차 먹기 힘든 피난민이 아닌가. 근육층을 박리하고 복막까지 절개하는 동안 기려는 자신도 놀라울 만큼 정확하게 손을 움직였다. 그의 정확한 손놀림 덕분에 출혈은 심하지 않았다. 그를 보조하는 군의관이 견인기로 절개부위를 벌려놓았다. 자궁이 드러났다. 그는 잠시 숨을 골랐다. 저 안에 아이가 들어있다. 이제 그는 자궁벽을 갈라 아이를 꺼내야 한다. 한 아이의 탄생을 직접 그의 손으로 맞이하는 것이다. 그가 잠시 머뭇거렸던 건, 과연 이런 세상에서 태어난다는 게 무슨 의미일까, 라는 의문이 떠올랐던 탓이다. 그러나 그런 감상에 잠길 겨를이 없다. 그는 조심스럽게 자궁벽에 칼을 댔다. 그 안에 남아 있던 양수가 쿨럭쿨럭 흘러 나왔다. 군의관이 복강에 넣었던 거즈 위로 새로운 거즈를 댔다. 그리고 태아가 다치지 않도록 갈라진 틈에 손가락을 넣고, 손가락과 자궁벽 사이로 가위를 집어넣었다. 이렇게 하면 가위가 태아에게 닿는 일은 없을 거였다. 자궁벽을 가르자 태아의 까만 머리가 보였다. 머리가 위로 올라와 있으니 생각보다 수월할 듯하다. 그의 예상대로 전치태반이었다. 태반이 산도를 가로막아 아이가 자궁 밖으로 나올 수 없었던 것이다. 그는 조심스럽게 두 손을 넣고 아이의 머리를 잡아당겼다. 드디어 아이의 머리가 제 어미의 배 밖으로 나왔다. 군의관은 아이의 입속과 콧속을 재빨리 씻어냈다. 아이가 불순물을 흡입하지 못하도록 한 뒤 천천히 어깨를 잡아당겼다. 그리고…… 아이가 태어났다. 탯줄을 자른 뒤 태반을 빼내고 봉합을 하는 동안 간호병들이 아이의 몸에 묻은 태지를 씻겨주고 있었다. 간호병들 역시 이처럼 아이를 받아보는 게 처음인지라 모두들 들떠 있었다. 기려를 도와주고 있는 군의관들도 부인과 수술은 처음이라 조금은 흥분한 듯했다. 그러나 기려는 끝까지 침착했다. 자궁을 들어내지 않고 그대로 봉합을 하는 터라 세심하지 않으면 출혈을 막을 수 없었다. 수술을 집도하는 의사로서 끝까지 침착하지 않으면 안 된다.

수술을 마친 그의 온몸은 땀으로 흠뻑 젖어 있었다. 그는 눈물이 날 것 같았다. 자신의 손으로 두 생명을 구했다는 기쁨 때문이었다. 간호병들이 아이를 그에게 보여주었다.

"선생님, 건강한 사내아이입니다."

간호병의 말처럼 아이는 건강해 보였다. 그는 아이의 얼굴을 내려다보았다. 아직 눈도 뜨지 못한, 이 조그만 아이에게 경의를 표하고 싶은 심정이었다. 예수가 그렇게 말하지 않았던가. 누구든지 이 어린이와 같이 자기를 낮추는 사람이 하늘나라에서는 가장 큰 사람이다. 또 누구든지 내 이름으로 이런 어린이 하나를 영접하면, 나를 영접하는 것이다. 그는 오랜만에 입가에 미소를 띠었다. 그리고 그는 자신이 새로 태어났음을 알았다. 자신이 세상 밖으로 꺼내놓은 이 아이처럼 자신도 죽음의 낭떠러지 앞에서 뒤돌아서기를 한 것만 같았다. 그는 다시 기도했다. 산모가 건강하게 회복되기를, 이 아이의 앞날에 축복이 있기를. 비로소 그는 자신이 더는 허깨비가 아님을 알게 되었다. 작은 생명 하나가 죽어가던 그를 살렸다. 그의 눈에서 이번에는 진짜로 뜨거운 눈물이 흘러내렸다. 그는 아이에게서 예수를 보았다. 아니, 산모에게서, 피난민에게서, 전쟁을 견디는 모든 사람에게서 예수를 보았다.

그는 모든 야윈 환자들에게서 십자가에 매달린 그리스도를 보았다. 그들의 살가죽에 드러난 갈비뼈의 윤곽이 그러했고, 의사인 자신을 바라보는 간절한 눈길이 그러했다. 또한 그 갈망 속에 감춰진 체념, 자신이 이미 병들어 있으며 그 병이 무거운 것이든 가벼운 것이든 숙명적으로 받아들여야 한다는 체념 속에서 인류의 죄를 대속하려 했던 그이를 발견했다. 죽음으로 부활하리라는 신념이 없다 해도, 죽음을 받아들일 수도 있다는 체념은 인간이 지닐 수 있는 가장 고결한 태도 가운데 하나일 것이다.

십자가를 지고 골고다 언덕을 오르던 예수처럼 그들의 몸은 야위었다. 앙상한 갈비뼈와 쇄골을 드러내고 병에 시달리며 죽음만을 기다리던 그들이 바로 예수가 아니면 누구란 말인가. 의사를 한 번도 못 보고 죽어가는 사람들, 그들이 바로 예수다. 그는 사람들 앞에 무릎을 꿇었다. 이제 그에게 기회가 주어진 셈이다. 예수에게 받은 사랑을 예수에게 돌려줄 수 있는 기회. 누군가 그의 머리를 쓰다듬어 주었다. 그는 보지 않아도 자신의 머리를 쓰다듬는 이가 누구인지 알 수 있었다. 그에게 일어나라고 속삭여주던 이였음을, 그에게 새로이 생명을 불어넣어준 이였음을.

에필로그

 어느 날 영도구 대교동에 자리 잡은 영도경찰서에 이상한 사람이 찾아왔다. 경찰들이 보기에 이 사람은 조금 정신이 나간 듯 보였다. 40대 초반의 사내인데 경찰들은 이 사내가 무슨 말을 하는지 도통 알아들을 수가 없었다. 화가 난 경찰 한 명이 버럭 소리를 질렀다.
 "그러니까 당신, 대체 무슨 일로 온 겁니까?"
 경찰이 윽박질러도 소용없었다. 사내는 무조건 자신을 감옥에 넣어달라고 사정하는 게 아닌가.
 "얘기나 들어봅시다. 대체 무슨 잘못을 했다는 거요?"
 사내는 중얼중얼 이런 의미의 말을 했다.
 "어제 있었던 일입니다. 오래전 내원하여 왼쪽 갈비뼈 아래의 통증을 호소하는 환자였지요. 분명히 비장 부근에 종양이 있다고 생각했습니다. …… 수술준비를 하고 개복수술을 했지요. 수술 중 투여할 혈액도 충분히 있었고, 마취도 잘 되었습니다. 개복을 한 뒤 제 판단이 맞았다는 걸 확인할 수 있었지요. 육안으로 확인할 수 있을 만큼의 크기의 종양이 비장에 형성되어 있었으니까요. 그런데…… 제가 욕심을 좀 부렸나 봅니다. 충분히 떼어낼 수 있으리라 믿고 절제술을 시술했으니까요. 아무래도 종양 절제수술인데…… 좀더 신중했어야 한다고 생각합니다. 종양을 제거하려 수술칼을 대는 순간…… 피가 분수처럼 솟구쳤습니다. 제 손은 물론이고 마스크에까지, 안경에까지 튀었지요. 그래서 순간 당황했습니다. 혈관을 결찰하고 지혈제를 뿌려 출혈을 막았어야 했는데…… 그만 출혈점을 찾지 못해 손써볼 사이도 없이 다량의 피를 흘린 환자가 결국…… 쇼크사하고 말았습니다. …… 제 잘못입니다. 그러니 저를 감옥에……."

경찰들은 기가 막혔다. 무슨 말인지 잘 알아들을 수는 없었지만 대충 짐작은 할 수 있었다.

"그러니까 당신이 의사란 말이죠? 의료사고를 냈으니 감옥에 넣어달라는 말을 하려고 왔단 거죠? 그런데 당신 의사면허는 있습니까?"

사내는 고개를 끄덕였다. 경찰들은 서로의 얼굴을 보며 난감하다는 표정을 지었다. 지금은 전쟁 중이었다. 임시수도인

부산에는 그렇지 않아도 피난민으로 북적거렸고 하나의 거대한 병동이라 해도 될 만큼 아픈 사람들로 넘쳐났다. 무면허로 의료행위를 하는 사람들조차 눈감아주고 있는 실정인데, 버젓이 의사면허를 가지고 정상적으로 병원을 운영하는 의사를 대체 어떡해야 한단 말인가.

"이보시오 의사 양반. 지금은 전시라 사람들은 어디 한군데 성한 구석이라고는 없을 만큼 앓고 있소. 무슨 말인지는 알겠지만, 실수를 했다면 더 많은 사람들을 진료하고 수술해서 그 마음의 빚을 갚아나가는 게 현명한 선택 아니겠소? 면허증이 있는 의사가 환자를 수술하다가 죽게 했더라도 우리로서는 어떻게 할 도리가 없소. 그러니 이만 돌아가시오."

사내는 터덜터덜 경찰서를 빠져나왔다. 경찰들을 어리둥절하게 했던 이 사내, 기려는 허전한 마음을 달랠 길이 없었다. 수술을 할 때마다 기도를 하고 다짐을 해도 피할 수 없는 실수가 있게 마련이었다. 그는 오래전 아내가 했던 말을 떠올렸다. 미래에 자신이 저지를지도 모르는 실수를 예방하기 위해서라도 더욱 공부를 열심히 하라던. 그는 헛웃음을 흘렸다. 그리고 이렇게 중얼거렸다. '여보, 당신이 우려했던 대로 나는 수술을 하다가 환자를 죽음에 이르도록 하고야 말았소. 이 죄를 어떻게 씻어내야 한단 말이오.'

그는 속죄를 하듯 읊조렸다. '네 오른 눈이 너로 하여금 죄를 짓게 하거든, 빼서 내버려라. 신체의 한 부분을 잃는 것이, 온몸이 지옥에 던져지는 것보다 더 낫다. 또 네 오른손이 너로 하여금 죄를 짓게 하거든, 찍어서 내버려라. 신체의 한 부분을 잃는 것이, 온몸이 지옥에 내던져지는 것보다 더 낫다.'

피난민을 위한 병원을 세울 필요가 절실하다고 느낀 장기려는 많은 이들의 도움으로 부산 영도구 제3영도교회 창고에 복음진료소를 설립할 수 있었다. 서른 평 남짓 되는 창고에 칸막이를 설치한 간이병원이지만, 하루 평균 60여 명의 환자를 진료하였다. 이 병원을 찾는 환자들은 누구나 무료로 진료를 받을 수 있었다. 그는 이곳에서 색다른 실험도 했다. 복음진료소에는 모두 열한 명의 직원이 근무하고 있었는데, 그 가족의 합계가 마흔네 명이었다. 미국 개혁선교회의 지원금에서 직원들의 월급을 지급했는데, 그는 직위에 따라 차등지급하지 않고, 가족 수만큼 돈을 나누어 딸린 가족이 많은 사람들에게는 많이 돌아가도록 했다. 그 와중에 이와 같은 의료사고를 내고 만 것이다.

하지만 그는 책임을 회피하려 하지 않았다. 다행인지 불행인지 경찰들은 그를 고이 돌려보냈다. 그는 지금 자신이 겪고 있는 고난이 어쩌면 아직 그에게 할 일이 많이 남았음을 일깨워주려는 하늘의 뜻인지도 모른다고 생각했다. 그의 삶은 늘 이와 같은 시행착오와 거듭남이 반복되는 과정이라 해도 지나치지 않을 것이다. 그러면서 그는 늘 한걸음씩 앞으로 나아갔다.

복음병원의 원장직을 수행하는 한편 그는 서울의대 교수직을 맡아 후학을 가르치는 일도 소홀히 하지 않았다. 복음병원은 이후 규모가 커지면서 새로운 터를 물색하지 않을 수 없었고, 그렇게 새로 마련한 자리가 바로 부산 암남동이었다. 현재의 고신대 복음병원의 기초가 바로 이곳에서 만들어졌다.

하지만 그에게는 늘 자신을 괴롭히는 문제가 있었다. 그의 스승 백인제 박사가 인민군에 의해 북으로 끌려갔다는 사실과, 송도고보 시절의 선배였던 석주명 박사가 어이없게도 국군에 의해 탈환된 서울 한복판에서 빨갱이로 오인받아 국군 장교의 총에 맞아 죽었다는 사실 등은 월남한 뒤에야 비로소 알게 되었다. 전쟁을 피해 간 사람은 단 한 명도 없었다. 그리고 기려 역시 전쟁의 한복판을 맨몸으로 건너왔다. 이런 시대를 어떻게 살아야 하는가, 라는 질문은 한순간도 잊을 수 없는 본질적인 것이었다. 아니, 어쩌면 기려뿐만 아니라 그런 질문을 피해 갈 수 있는 사람은 아무도 없었는지도 모른다.

그는 스승인 백인제 박사가 해방 뒤 서울대 의대 제3외과 교실의 주임교수 자리를 물려주기 위해 자신을 기다리고 있었다는 사실도 뒤늦게 알게 되었다. 1과와 2과는 모두 경성제국대학 출신들이었고 3과만이 경성의전 출신들이었다. 한

마디로 서울대 의대로 통합이 되면서 경성의전 외과는 서울대 의대 제3외과교실로 자리이동을 한 셈이었고, 스승은 경성의전의 전통을 제3외과교실에서 자신의 제자와 후학들이 이어나가주기를 바랐던 것이다. 그러기 위해서는 스승과 필적할 만한 재능 있는 후임을 앉혀야 했고, 스승은 그 자리에 장기려가 제격이라고 생각했던 것이다. 하지만 기려는 스승의 이런 기대와 바람을 만족시켜주지 못했다. 스승이 그런 생각을 하고 있는지 알 도리도 없었으니 말이다. 이 사실을 알게 되었을 때 기려는 피눈물을 쏟았다. 그리고 그는 힘들 때마다 의학도였던 시절 스승이 들려주었던 말을 떠올리며 견뎠다.

"왜 아픈 사람을 일컬어 환자患者라고 하는지 아나? 환患은 꿰맬 관串자와 마음 심心자로 이루어져 있다네. 상처받은 마음을 꿰매어야 한다는 뜻이라고 할 수 있네. 다시 말해 환자란 다친 마음을 어루만져줄 손길을 필요로 하는 사람이야. 눈에 보이는 상처는 치유하기 쉽지만 마음에 새겨진 상처는 쉽게 아물지 않는다네. 자네가 진정한 의사가 되려면, 무엇보다 먼저 환자의 마음을 고치는 의사가 되어야 하네."

그가 가슴에 품고 있는 이 말은 곧 그의 삶의 신조이기도 했고, 그가 후학들에게 물려준 그의 철학이기도 했다.

그는 부산의대 교수로 재직하던 1959년 간암환자의 간을 대량절제하는 수술에 성공했다. 1943년 평양 기홀병원에서 설상절제수술에 성공한 이후 그가 두 번째로 이룬 외과학계의 쾌거였다. 이 공로를 인정받아 1961년에는 대한의학회 학술상 대통령상을 수상하였다.

이후 그는 우리나라에서는 전무후무한 의료보험조합 설립을 추진하여 부산 청십자의료보험조합을 만들었다. 가난한 사람들이 소액의 일정 보험료만 내면 언제든 진료를 받을 수 있도록 한 획기적인 조합이었다. 이 공로로 또한 1979년 사회봉사 부문 막사이사이상을 수상하였다.

복음병원 원장을 지내던 시절에는 가난한 환자들을 무료로 진료해줬고, 무의촌 진료 또한 그만둔 적이 없었다. 그는 여전히 바보처럼 살았고, 그로 인해 바보 의사라는 수식어가 단 한 번도 그를 떠난 적이 없지만, 그는 마치 이렇게 실패해야 성공할 수 있다는 걸 보여주기라도 하듯 스스로 바보이기를 그만두지 않았다. 때로는 누군가 그를 비웃기도 했다. 그러면 그는 이렇게 말했다.

"가난한 사람들을 경멸하는 사람이 곧 예수를 경멸하는 사람입니다."

노태우 정권 시절, 정부는 북방정책의 일환으로 남측의 몇몇 유명인사들에게 방북을 권유한 적이 있다. 기려에게도 평양에 가서 가족들을 만나보라는 제안이 들어왔다. 그때 기려는 이렇게 대답했다.

"이산가족이 나 하나만이 아닌데 누군들 평양에 가고 싶지 않겠습니까. 북한에 가족을 두고 온 모든 사람들을 함께 보내 준다면 나도 갈 생각이 있지만 그렇지 않다면 받아들이기 어렵습니다. 또한 나는 매일 영적으로 아내와 만나고 있는 사람입니다. 육신으로 며칠 만나고 오는 것이 내 나이에 무슨 득이 있겠습니까. 내가 평양에 간다면 그곳에서 내 생명이 다할 때까지 함께 살 수 있든지, 아니면 내가 아내를 데리고 남한으로 내려와 살 수 있든지, 이 둘 가운데 어느 쪽이든 허락해 준다면 평양에 가겠지만 그렇지 않겠다면 사양하겠습니다."

1950년 평양 종로에서 아내와 헤어진 뒤로 하늘의 부름을 받아 죽는 날까지 43년여 동안 그는 북에 남겨두고 온 아내와 가족을 그리워하며 재혼도 하지 않고 살았다.

1995년 12월 25일 새벽 그는 끝내 눈을 감고 말았다. 그의 나이 여든다섯이었다. 60여 년을 의사로 활동한 그는 집 한 채 남기지 않은 채 빈손으로 왔다가 그렇게 빈손으로 돌아갔다. 무일푼으로 태어나 무일푼으로 살다가 무일푼으로 죽은 그이지만, 지금도 여전히 어디에선가 가난하고 외롭고 쓸쓸한 사람들 곁에서 그들의 야윈 손등을 어루만지고 있을 것만 같다.

작가의 말

 몇 해 전 이 소설의 첫 문장을 썼다. 시작은 단순했다. 어느 선배가 내게 만약 평전이나 위인전을 쓰게 된다면 누구를 다루고 싶냐 물었고, 나는 주저하지 않고 장기려라고 답했다. 하지만 나는 소설가이므로 평전이나 위인전이 아닌 소설로 쓰고 싶다고 덧붙였을 뿐이다. 그렇게 시작되었다. 그리고 조심스러울 수밖에 없었다. 얼마 전까지도 우리 곁에 존재했던 실제 인물을 소설로 다루었을 때 고인과 유족에게 누를 끼칠 가능성을 전혀 배제할 수 없기 때문이었다. 소설을 마무리 지은 이 순간에도 자신할 수가 없다. 어쨌든 이런 이유로 나는 평전 형식의 글을 쓸 때 흔히 먼저 시작하는 작업, 그러니까 고인의 주변 사람들의 증언채록과 같은 작업을 아예 염두에 두지 않았다. 대신 나는 장기려, 그가 살았던 시대에 야영을 하고 싶었다. 그가 보았을 것들, 그가 느꼈을 것들, 그가 안타까워했을 것들, 그 모든 것들을 몸으로 느껴보고 싶었다. 생활사와 같은 미시사에 관한 학문적인 연구들이 잔뜩 쌓여 있는 덕분에 노력만 기울인다면 그리 어렵지 않게 과거를 경험해볼 수 있었다. 특히 그의 청년시절에 초점을 맞춘 이유는 그 시절이 오늘날의 우리의 삶을 결정지은 역사적 시기이기 때문이었다. 그 사이『장기려, 그 사람』(홍성사)이라는 평전이 출간되어 내게 부족한 것들을 참조할 수 있는 행운도 누릴 수 있었다.

소설을 쓰다 밤의 기슭에 이르면, 나는 참을 수 없는 심정이 되곤 했다. 머릿속에는 오로지 예수뿐인 장기려를 떠올리면, 그가 사랑했던 것들에 대해 무한한 애정을 가질 수밖에 없었던 까닭이다. 깊은 밤, 오로지 고요한 숨소리만이 들려오는 그 시각에, 누구를 사랑해야 할 것인가로 고심해본 사람이라면, 이 심정을 이해할 것이다. 사랑이란 도약을 위해 웅크리고 있는 고양이와 같다. 부드럽고도 날카롭기 때문이다. 장기려는 내게 그런 존재였다. 예수에 대해 너무 깊이 생각하느라 예수를 닮아버린 사내. 자신이 이미 예수를 닮은 사람이라는 사실조차 깨닫지 못할 만큼 격정의 늪에 빠져 헤어나지 못하는 사내. 대개의 종교인들이 숭배의 대상으로만 여겼던 것들을 자신의 삶으로 만들어버린 이 사내를 기억한다는 건 어쩌면 하나의 고통이다. 그렇지만 기꺼이 감내할 가치가 있는 고통이기도 하다.

인류 역사를 통틀어 십여 만 개의 종교가 탄생했다가 소멸해갔다. 오늘날 가장 신성한 장소는 은행이며 가장 신성한 숭배의 대상은 물질이다. 이것들의 위력은 좀처럼 수그러들 기미가 보이지 않는다. 마찬가지로 지금 위세를 떨치고 있는 종교라고 해서 영속할 것이라는 장담은 누구도 할 수 없다. 몰락은 대체로 자멸의 형태를 띠고 있다. 그럼에도 불구하고 사람은 살아갈 것이고, 새로운 종교를 만들어나갈 것이다. 그런 점에서 볼 때 장기려 그는 종교의 기적이 아니라 인간의 기적이다. 종교가 닿을 수 있는 곳에 이르렀기 때문이 아니라, 그가 인간으로서 닿을 수 있는 최선의 용기를 보여주었기 때문이다. 그러나 그는 하나의 돌연변이에 지나지 않을지도 모른다. 인간 본성이 모두 그러하다고 장담할 수 없기 때문이다. 그래서 나는 독자에게 장기려를 닮아야 한다거나 그런 삶을 살아야 한다고 주장하고 싶지 않다. 다만 이렇게 실패해야 성공한다는 역설을 보여줄 수만 있다면 나는 족하다.

조금 더 장기려에 대해 알고 싶은 독자라면 앞서 언급한 평전을 일독해보라 권하고 싶다. 그러나 무엇보다 그가 직접 쓴 글들을 묶은 두 권의 수상록을 읽으면 그의 내면에 닿는 가장 빠른 길을 찾을 수 있을 것이다. 나 역시 그런 방식으로 장기려에게 다가갔다.

손 홍 규

청년의사 장기려

초판 1쇄 발행 2008년 7월 7일
초판 11쇄 발행 2011년 8월 1일
개정판 14쇄 발행 2025년 4월 18일

지은이 손홍규
펴낸이 김선식

부사장 김은영
콘텐츠사업2본부장 박현미
콘텐츠사업6팀장 임경섭 **콘텐츠사업6팀** 정지혜, 곽수빈, 조용우, 이한민, 이현진
마케팅1팀 박태준, 권오권, 오서영, 문서희
미디어홍보본부장 정명찬 **브랜드홍보팀** 오수미, 서가을, 김은지, 이소영, 박장미, 박주현
채널홍보팀 김민정, 정세럼, 고나연, 변승주, 홍수경
영상홍보팀 이수인, 염아라, 김혜원, 이지연
편집관리팀 조세현, 김호주, 백설희 **저작권팀** 성민경, 이슬, 윤제희
재무관리팀 하미선, 임혜정, 이슬기, 김주영, 오지수
인사총무팀 강미숙, 이정환, 김혜진, 황종원
제작관리팀 이소현, 김소영, 김진경, 이지우, 황인우
물류관리팀 김형기, 김선진, 주정훈, 양문현, 채원석, 박재연, 이준희, 이민운

펴낸곳 다산북스 **출판등록** 2005년 12월 23일 제313-2005-00277호
주소 경기도 파주시 회동길 490
전화 02-704-1724 **팩스** 02-703-2219
이메일 dasanbooks@dasanbooks.com
홈페이지 www.dasan.group **블로그** blog.naver.com/dasan_books
용지 스마일몬스터 **인쇄** 민언프린텍 **코팅 및 후가공** 제이오엘앤피 **제본** 다온문화사

ISBN 978-89-6370-847-8 (03810)

· 책값은 뒤표지에 있습니다.
· 파본은 구입하신 서점에서 교환해 드립니다.
· 이 책은 저작권법에 의하여 보호를 받는 저작물이므로 무단 전재와 복제를 금합니다.